枣庄学院
纪念抗日战争胜利70周年
研究丛书

总主编 胡小林 曹胜强

枣庄抗战文艺研究

Zaozhuang Kangzhan Wenyi Yanjiu

张伯存 秦珊珊 曹新伟 顾玮 孙琳 著

中国社会科学出版社

图书在版编目（CIP）数据

　　枣庄抗战文艺研究/张伯存等著. —北京：中国社会科学出版社，
2016.4

　　ISBN 978 - 7 - 5161 - 7633 - 7

　　I.①枣… II.①张… III.①抗战文艺研究—枣庄市 IV.①I209.6

中国版本图书馆 CIP 数据核字（2016）第 032685 号

出 版 人	赵剑英
选题策划	李庆红
责任编辑	陈肖静
责任校对	周晓东
责任印制	王　超

出　　版	中国社会科学出版社
社　　址	北京鼓楼西大街甲 158 号
邮　　编	100720
网　　址	http：//www.csspw.cn
发 行 部	010 - 84083685
门 市 部	010 - 84029450
经　　销	新华书店及其他书店

印　　刷	北京君升印刷有限公司
装　　订	廊坊市广阳区广增装订厂
版　　次	2016 年 4 月第 1 版
印　　次	2016 年 4 月第 1 次印刷

开　　本	710×1000　1/16
印　　张	19.75
插　　页	2
字　　数	334 千字
定　　价	75.00 元

凡购买中国社会科学出版社图书，如有质量问题请与本社营销中心联系调换
电话：010 - 84083683

枣庄学院纪念抗日战争胜利 70 周年研究丛书

编 委 会

总　序

历史总是在回顾中才显露它的厚重。第二次世界大战是人类迄今为止所经历的最残酷的战争。从亚洲到欧洲，从太平洋到大西洋，世界先后有61个国家和地区、20亿以上的人口被卷入战争，伤亡人数达9000余万，壮美河山被践踏得满目疮痍。在这场战争中，战争与和平、野蛮与文明、邪恶与正义、杀戮与救赎、侵略与反侵略展开了殊死对决，人类面临着空前危机。所幸，"二战"在带来巨大灾难的同时，也向世人证明了和平、文明、正义、救赎和反侵略比它们的敌人更有力量，这是我们今天纪念"二战"意义之所在。

中国是世界反法西斯战争的东方主战场，中国人民对这场战争的胜利做出了突出贡献。对枣庄人民来说，枣庄地区的抗战在中国抗战史上具有值得珍视的特殊价值。这是因为，无论在正面战场还是在敌后战场，枣庄都谱写了抗日传奇。在正面战场上，台儿庄大捷狠狠打击了日军不可战胜的嚣张气焰，鼓舞了全国人民的抗日斗志；而在敌后战场上，铁道游击队纵横驰骋，打得鬼子闻风丧胆。它们已成为全民族抗战的标志性符号。两支抗战力量汇聚一地，在正面战场和敌后战场均写下抗战历史浓重的一笔，这在全国抗战史上也不多见。这是值得枣庄人民特别骄傲的地方。

在国人心目中，枣庄早就是一座抗战名城。中国人民抵御外侮的坚强决心和钢铁意志，在枣庄抗战史上得到最集中的体现。抱犊崮山坳里一一五师的猎猎红旗，津浦线上游击队员扒飞车、搞机枪、炸桥梁的矫健身姿，台儿庄巷间中惊心动魄的拼死肉搏，运河两岸地方武装的长途奔袭，均绘就中华民族抗战史上最美画卷。让更多的人来了解这段由鲜血和生命铸就的历史，牢记中国人民为维护民族独立和自由、捍卫祖国主权和尊严而建立的伟大功勋，是我们义不容辞的责任。

人类历史的进程是客观的，但历史的的确确是由人来书写的。日本长期以来对侵略历史的否认及歪曲告诉我们，历史书写的的确确存在着对抗与竞赛。在抗战胜利 70 周年的今天，我们必须还历史以本来面貌。我们坚信，枪炮声写就的历史终将战胜谎言的鼓噪。这里呈上"枣庄学院纪念抗日战争胜利 70 周年研究丛书"，就是希望为读者提供真实的抗战历史，并以此来告慰那些在战场上英勇拼杀、为国捐躯的英灵，纪念那些在战争劫难中无辜死去的万千同胞，继承和弘扬伟大的抗战精神。2015 年 7 月 30 日，中共中央政治局就中国人民抗日战争的回顾和思考进行第二十五次集体学习。习近平总书记在主持学习时强调，深入开展中国人民抗日战争研究，必须坚持正确历史观、加强规划和力量整合、加强史料收集和整理、加强舆论宣传工作，让历史说话，用史实发言，着力研究和深入阐释中国人民抗日战争的伟大意义、中国人民抗日战争在世界反法西斯战争中的重要地位、中国共产党的中流砥柱作用是中国人民抗日战争胜利的关键等重大问题。习总书记的相关论断，使我们深受鼓舞，也为我们研究抗战史指明了方向。

铭记苦难历史，弘扬抗战精神，续写民族大义是时代赋予国人的神圣使命。枣庄学院一直以应有的文化自觉和责任担当致力于枣庄地区抗战史的挖掘、整理和研究工作，通过寻访抗战老兵、遗孤，追寻抗战足迹，查阅海内外文史资料，使得发生在枣庄的民族抗战史愈发清晰地呈现出来。在专家学者和社会各界的共同努力下，终于编著成册。这套丛书一共九本，包括《枣庄抗战通史》《台儿庄大战史》《铁道游击队史》《台儿庄血战记》《名人与台儿庄大战》《枣庄黄埔人与中国大抗战》《抗战英雄孙伯龙与运河支队》《枣庄抗战文艺研究》《台儿庄大战诗词选》，其中既有对枣庄地区抗战历史的全景式扫描，也有对局部战场的细致刻画；既有对不同抗战力量丰功伟绩的深度挖掘，也有对英雄人物的大力讴歌。我们希望通过编著者的努力，能够全方位、多层次、多维度地复原和再现枣庄地区那段不屈不挠、驱逐倭寇的光辉岁月。

为学养和水平所囿，丛书还存在种种不足，尚祈有识之士指谬。

胡小林

2015 年 8 月 7 日

目　录

第一章　导论

　　枣庄，位居山东南大门，京沪铁路线上，南北要冲，历来是兵家必争之地。抗日战争时期，日本侵略者为了打通南北交通大干线，侵占枣庄，不惜派遣重兵来犯，英勇无畏的枣庄人民奋起抗敌，抵御外侮，保卫家园，在这块热土上发生了许许多多惊天地泣鬼神的英勇战斗、战役，产生了很多可歌可泣的英雄人物事迹。中国共产党领导的铁道游击队诞生在这里，他们发起了一次次神出鬼没的游击战，被誉为飞虎队，令侵略者闻之胆寒；闻名中外的台儿庄大战发生在这里，它的胜利极大地鼓舞了全国人民的抗战士气，是中国抗战史上值得大书特书的标志性战役。这块热土上的人民始终铭记抗战英雄先烈，他们的光辉事迹代代相传，枣庄乃至全国的作家、艺术家运用各种文学艺术形式一遍遍书写着这里的抗战故事，塑造着一个个抗战英雄。

　　早在1938年，作家蒋锡金、孔罗荪、罗烽等共同创作了三幕话剧《台儿庄》，在当时产生了很大影响。全国知名作家知侠1954年出版了长篇小说《铁道游击队》，影响了无数读者，成为红色经典，先后被改编为电影《铁道游击队》、电视剧《飞虎队》、舞剧《铁道游击队》、连环画《铁道游击队》，还衍生了电视剧《小小飞虎队》等。向春的长篇小说《煤城怒火》，倪景翔的长篇小说《龙凤旗》是枣庄抗战题材小说的力作。毕四海以"台儿庄大捷"为题材创作了三部系列小说《黑泥》、《烟云三题》与《老狼的传说》。张继创作了短篇小说《三八年日本人占领俺峄县城》。闵凡利的抗战小说有《血声》、《古槐》、《鬼子来了》、《红狐狸》等。王庆利的抗战题材小说有四部中篇《红枣儿要杀人》、《谁开的枪》、《滚梦惊雷》、《榴花》和一部长篇《孤独的风景》。女作家吴敬凤的长篇小说《风雨台城》、张玉军的长篇小说《抱犊崮》、筱桦的短篇小说《大秀的春天》、王凤国的短篇小说《放下屠刀》是抗战小说新收获。电影《血战台儿庄》于 1986 年上映，获得各方好评，对海峡两岸交流起到很好的促进作用，近期有电视纪录片《台儿庄 1938》，电视剧《壮士出川》、《我的特一营》等陆续播出。此外，还有大量的关于"台儿庄大捷"的诗歌创作和通讯报道散见各地报刊。

知侠的《铁道游击队》作为当代战争文学的代表作，延续了传奇小说的叙事模式和结构，其叙事模式明显具有"十七年"革命文学文本结构的共性。从《铁道游击队》的显形文本结构来说，是抗战背景下的革命英雄主义颂歌，其隐形文本结构则是民间侠义精神文化及民间英雄传奇。民间文化传统中自由粗放，洋溢着原始生命力的艺术精神是作品潜在的内涵，以传统侠义故事作为叙述框架，来表现革命战争中的英雄业绩。作品的通俗化叙事机制将人物归属于正反两大类型，在刻画敌对方的时候有脸谱化和漫画式的倾向，装进了新的革命斗争、民族斗争内容，起到了教育人民、建构民族自信心的作用，可谓"旧瓶装新酒"。侠义精神和英雄传奇让小说有经久不衰的魅力，这不能不归功于小说对以游侠、绿林、侠义为主题的民间文化形态的利用。阅读中读者既体验到了智勇双全、神出鬼没、血腥暴力的快意恩仇，同时又受到了民族自尊自强，为维护族群不惜流血牺牲、无畏精神的教育。除了对传统小说艺术手法的借鉴外，情节安排中"场景化"的运用，使《铁道游击队》有了戏剧化的特点，深深打上了那个时代的文化烙印。

向春的长篇小说《煤城怒火》是"文化大革命"后期为数不多的抗战文学之一，小说突出了民族战争的正义性、阶级性，弘扬了抗战文学所共有的爱国主义、英雄主义和理想主义精神。善与恶、神与鬼、美与丑的二元对立，压迫与反抗的叙事模式，有意将政治、阶级上的敌我矛盾转化为道德上的善恶对立，非常符合中国百姓的审美习惯，中国人的善恶标准清晰而明确，"善有善报，恶有恶报"的因果论思维颇为强大，这种叙事模式适应了普通读者的阅读心理，引发了读者的民族情感，从而实现了文学惩恶扬善的教化功能。人物塑造有着鲜明的类型化、符号化特点，几个汉奸形象让人印象深刻。它在政治和审美上具有双重属性，使得抗战小说既有主流认可的正统性、严肃性，又有为群众喜闻乐见的通俗性和娱乐性。小说散发的民俗气息和传奇特征，一定程度上增加了通俗意味和娱乐看点，快意恩仇的民间复仇情绪与革命的战争豪情交织在一起，充满悬念刺激的斗争场面，可歌可泣的英雄事迹，机智紧张的人物对话，使得小说在完成政治主题之外，有了一些新鲜的民间元素，避免了小说陷入公式化、概念化的模式。

毕四海以"台儿庄大捷"为题材创作了三部系列小说《黑泥》、《烟云三题》与《老狼的传说》。他将其放在民间视角下，着重关注战争与人性的关系，细致地表现了人物丰富的内心世界，努力展示地方文化与习俗对人物的影响，使其小说有着更为丰厚的地方文化意蕴及人性内涵。《黑泥》赋予抗日英雄孙连仲"老狼"的形象特征。"老狼"在中国主流文化中颇有贬低意味的象征，但作家却有意描写孙连仲作为一名"老狼"的机智、善守、强悍的传奇性格与战争生活景观，充满了民间文化的审美韵味，凸显了民间道德。民间道德的内涵通常是复杂多样的，毕四海在这一爱国题材中，在其人物与故事情节中融进了诸多元素，刻意表达"老狼"孙连仲的民族大义，庞炳勋的民间情义与做人的正气，汤恩伯的自私心理与消极抗日情绪而显现出的奸诈与邪恶。不仅如此，小说还刻意强化了"知恩图报"的民间江湖性质，淡化了上下级甚至国家、民族与军人的关系，突出的是世俗义气，表达的是大众心理。显然，毕四海在小说中着意凸显的是民间的道德与美学倾向。

倪景翔的《龙凤旗》讲述的是抗日战争时期，鲁南地区地方抗日武装的恩怨纠葛与爱恨情仇。小说塑造了孔昭棠这位深明大义的爱国者形象。倪景翔在对抗日战争时期的滕县人格审视之时发现，作为孔子、孟子、墨子家乡的鲁南地区，儒家文化、墨家文化与道家文化、佛家文化在这块古老的土地上互相渗透交融，微妙复杂的悠久文化积淀造就了祖祖辈辈生活在这里的人们。倪景翔书写的《龙凤旗》，虽属于抗战题材，但又绝不仅仅只是一部抗战小说，民族矛盾、民族意识、民族悲情以及战争本身已经不再是这部小说最主要的诉求，而对文化、历史、战争和人性的思考却得到了最为充分的展开。小说的文化意蕴还体现在对滕县地域文化的描写上。笼罩在古老滕县上空的文化气息，是那样的复杂与沉重。《龙凤旗》借抗日战争这一社会历史背景，在以真挚的情感赞誉中华民族古老灿烂文明的同时，也以凝重的历史沧桑感审视和反省我们民族千百年积淀下来的文化心态和思维方式。

张继的短篇小说《三八年日本人占领俺峄县城》包括三个短篇：《糊涂》、《药规》、《软玉》，写出了小人物在民族危难面前挺身而出，以独特方式抗击、抵御侵略者的献身精神。《糊涂》的主人公朱三合是个小商贩，身材矮小，性格懦弱，是个经常受人欺负的角色。他顶着乡亲们的误解，答应给日本鬼子送糊涂（方言指稀饭），用计将路上接应的鬼子砸死扔到井里，事情败露后被鬼子打死。《药规》写的是鲁南名医黄二先生用计谋令患病的日本鬼子通讯兵在作恶多端的恐惧、惊悚中死在路上的故事。《软玉》中的妓女软玉身份卑微，在日本鬼子刺刀的威逼下，她为了救乡亲们，挺身而出，勇于"献身"，充当侵略者发泄兽欲的工具，令他们传染上性病，以她自己独有的方式报复侵略者，最后死于鬼子枪下。乡亲们有感于她的大义，为她树碑扬名。小说乡土气息浓郁，民间立场书写，语言质朴，具有鲜明的地方特色。

对于抗战历史题材，闵凡利一直有一种偏爱。写出优秀的抗战题材的文学作品，可以说是他创作的一个心结。在创作初期，他曾写过短篇抗战小说《血声》、《古槐》等，近两年，他又发表了《鬼子来了》、《红狐狸》等。在有关此类题材的创作中，闵凡利运用民间的叙述视角和立场，重新审视鲁南这块土地上的人民对外来侵略者的还击，着意表现不为异族淫威所屈服的民间世界，彰显了中华民族的爱国主义和英雄主义的精神。尽管小说中的舅舅们不是那么高大完美，然而正是这些广大朴实的农民参与了这场伟大的民族自卫战争，才使我们这个饱受欺凌的国家摆脱了任人宰割的命运，正是他们的勇敢与牺牲才换来了我们今天幸福和平的生活，也正是他们用自己的实际行动向世界宣布：中国人民是不会因为侵略者的嚣张气焰与残忍杀戮而屈服的。小说立足现实，回望历史，有着极其强烈的现实意义和社会价值。在抵抗外侮上，闵凡利的笔触饱满而凝重，他站在时间之外，重新审视着在特定历史情况下的民众抗日的行为，从无意识到有意识，从无力到有力，从迷茫彷徨到积极主动。在这场伟大的战争中，那种深藏在鲁南这个地区内部的力量，那种在勤劳善良、朴实敦厚里所蕴含的血性和坚强，都被他一一充分地展现了出来。在对这一历史灾难记忆的言说中，在对日本侵华战争中烧杀抢掠的描述中，他写出了鲁南人民的正气和大义，写出了弱者的抗争是那样的惊天动地，写出了民间的力量是那样的惊心动魄。

王庆利发表的抗战题材小说有四部中篇《红枣儿要杀人》、《谁开的枪》、《滚梦惊雷》、《榴花》和一部长篇《孤独的风景》。王庆利的抗战小说尽可能地还原历史真相。因此，我们看到了他的抗战小说中的别样风景。通过"还原"，他写出了历史的丰富性与复杂性；他把小人物推到了历史的前台，将抗战与日常生活紧密相连，表现人物纠结的内心世界；他咏叹人性的伟大，宽宥人性的卑微；他的思考与关注没有止于抗战，而是延续到了极"左"路线、新时期直至当下。他试图让读者通过重读这场战争，去深刻自省，去重新认知我们的民族：这场战争对中华文明意味着什么？在一场人类文明浩劫的同时，对中国文化性格的发展来说，可否认为是一次洗礼？抗战中引发的很多问题是否随着战争的结束已经结束？显然，在王庆利的小说背后，有一双忧郁而又悲悯的眼睛，这双眼睛赞叹抗战英雄们的一腔热血，更流连于抗战时期普通民众的心路历程，更关注他们的文化品性与生存欲望发生矛盾时精神上、心灵上所忍受的煎熬。他充分张扬自己的想象力，将笔触深入人物极其复杂的内心世界里去探察、去表现，既写出了抗战的伟大、崇高与神圣，也写出了抗战英雄的生存困境和心理纠结，既展示了个人在抗战中承担的苦难，也展示了人之所以为人的诗性追求，从而较为全面地再现了战争的悲壮与悲惨，还原了历史的荒诞与苍凉。

"70后"女作家吴敬凤50多万字的长篇小说《风雨台城》从民国二十二年（1933年）开始，重点以抗日战争为背景，挖掘历史，解读真相，写出了纵横交织、惊心动魄的台城历史。小说写到日寇入侵后，以方世云为代表的中华儿女，在中国共产党的领导下，奋起抗日，那一个个战斗场面，无不壮怀激烈，荡气回肠，场面广阔宏大，达到了震撼人心的效果和层面。这种艰难曲折、动静结合、张弛有度的描绘，让读者如亲临现场，直接感受那个特殊年代社会历史和人物命运，直将鲁南古镇台儿庄描写得风生水起、波澜壮阔。浓墨重彩地描写了中华民族抵御外侮浴血抗战的场面，内容充满悬念和曲折，情节开合有序，张弛有度，把抗战中的民族精神表现得感天地、泣鬼神。从文学艺术上说，小说语言干净、清新、练达、流畅和风格的浑然一体、文气的首尾贯通，显示作家驾驭文字的深厚功底。小说把人物置于鲜明可感的生活场景之中，情操的美丑，形象的黑白，各自个性鲜活，神姿多样，在悄然间纷纷丰满，清晰而灵动，真实可感。小说构架宏大、合理，且具有鲜明的时代特色和深厚的地域文化征象。

张玉军的长篇抗日小说《抱犊崮》以张万恒父子的革命经历为主线，以鲁南抱犊崮山区为背景，以纪实的手法描述了枣庄人民在国难当头英勇杀敌、保家卫国的战斗历程。小说用大量细节揭露了日本鬼子侵略中国，奸淫妇女、屠杀百姓、毁我家园、烧杀抢掠的滔天罪行，描述了鲁南人民在民族生死存亡的关键时刻，挺身而出，奋起反击的英雄壮举，其中既有肉铺伙计杀鬼子的故事，也有百姓为抗日部队送钱献粮的义举，既有进步群众斗智斗勇与敌人巧妙周旋的情节，也有共产党领导的独立团、县大队在反围剿、阻击战中与鬼子短兵相接、浴血奋战的惨烈场面。不仅如此，这篇小说还让读者充分领略抱犊崮山区秀丽的风光与淳朴的民风，感受到20世纪上半叶鲁南人的喜怒哀乐，体验到传统农民日落而息、日出而作的生活方式。作者用质朴的语言描述了鲁南人民勤劳善良、勇敢智慧与刚直不阿的性格特点，故事情节既有卿卿我我、儿女情长，又有侠肝义胆、铁血儿郎，特别是鲁南地区土得"掉渣"的鲜活生动的方言，既亲切自然又妙趣横生。

筱桦小说《大秀的春天》的故事架构以真实的事件为基础，没有塑造"高大全"式的英雄形象，人物素描简明有力，在叙事中放弃了对战争正义性的追究，将笔墨放在主人公如何完成父亲未完成的事情并为死去的亲人报仇这件事上。《放下屠刀》更是主人公的个人"史诗"三部曲，以人物一生的经历作为线索贯穿全文，刻画出了战争中人的生存状态、精神心理和不平凡的命运，揭示了在战争中人性善恶交织，复仇与宽容相矛盾，救赎与反省并存等复杂的人生状态，在民族矛盾、民族悲情的诉求之外，有了更为丰富的人性展示。在叙事上，《大秀的春天》和《放下屠刀》两部小说均采用第三人称叙事，在情节结构方面，两篇作品均采取了传统叙事"草蛇灰线"的结构方法，通过悬念与巧合的设置，增强故事性和传奇色彩。除此之外，两位作者在创作中已经有了一定的空间叙事意识。小说的叙事空间均架构在乡土社会基础上，在两篇作品中，大团圆结局使个体悲剧价值均未能从历史的胜利大框架中分离，个体生命的悲剧如一道水流，流过历史的纪念碑，便在春风和煦中被蒸发殆尽。乐观主义情绪充斥的大团圆结局，消减了战争本身应具备的丰富性和深刻性，更稀释了人物命运的悲剧性和人生不可捉摸的悖论。

三幕话剧《台儿庄》由作家蒋锡金、孔罗荪、罗烽等共同创作，1938年由读书生活出版社出版。描写了山东枣庄台儿庄地区，码头工人们一天的艰苦生活与抗战的悲壮经历。中国将士以最简陋的武器对抗凶残而装备精良的侵略军，他们坚持战至最后一刻、最后一人，众多英雄人物湮没在血与火中的光荣事迹一一展现。剧本与历史进程高度契合，俨如一幅抗战时期斗争与反抗的浮世绘。语言朴素、洗练，布景生活气息浓郁，既有古式建筑、残缺的堞口，也有台底的碉楼，根植的树木等，以一种素描或淡彩画的笔法来表现严肃的主题，揭示时代的本质，使人感到平易亲切，耐于咀嚼回味。这部现实主义悲剧的思想意义并非仅仅局限于对生命表面的简单摹写，而是将笔触深入人性深处，对人物与战争的态度、关系进行了深刻的解剖与揭示，对战士们浴血奋战的牺牲精神予以高度的肯定和赞美。整个剧作揭露了日本侵略者的凶残本性，讴歌了中国军民奋勇杀敌、不畏牺牲的英雄行为。创作者充分发挥了戏剧的直观鼓舞作用，为戏剧艺术的普及与"大众化"做出了许多有益的探索和实践。

电影《血战台儿庄》是一部血肉长城与纪实美学完美融合的影片。黑白光影交织，历史再现与艺术审美的相得益彰，一个个真实可信的、有筋骨有血性的人物形象定格在银幕上，一段段刻画着血与火、泪与痛的情节，从浴血搏杀的大战场地，到同仇敌忾的士兵群像，一串串令人自豪的反击和胜利变成鲜活记忆走过岁月，在电影中慢慢地沉淀。20年前，极具史诗般主题和油画般色彩，气势恢宏的纪实性影片《血战台儿庄》，在共同抗日这面旗帜下，表现了全国军民沉着奋斗，国共两党战斗上共同合作，各派政治力量与军队并肩战斗的爱国主义精神，唤起了海峡两岸人民对于那场血战的记忆，再一次温热了两岸同胞心中共同的民族情怀，必将唤起海峡两岸的中华儿女对那万众一心、共御外侮的烽火年代的共同追忆。

新中国"十七年"电影时期，是电影翻拍文学作品的高峰期，而作为黑白胶片封存历史记忆的电影《铁道游击队》，可被称为文学剧改编电影的典范。影片中随处可见扒火车的危险镜头，面对当时拍摄技术的限制，虽然令导演组捏了一把汗，但演员敬业的精神，使得扒车、跳车的惊险场面顺理成章。片中还设置了令人提心吊胆的格里菲斯式的"最后一分钟营救"，塑造了铁道游击队里唯一的女性角色——芳林嫂，虽然戏份不多，但秦怡饰演的芳林嫂唯一的一场动作戏却成为伦理影片中永恒的经典。永远弹奏的"土琵琶"，传唱不衰。布景在电影中的运用在历史真实与艺术真实的基础之上，可圈可点。不仅外景有玄机，而且货车外的景色也经过了特别的处理。总体上看，电影不论是形式技巧还是表现方法等，均跳出了公式主义的泥沼，带来了一些新鲜的风貌。游击战争的题材，并不新鲜，但铁道线上的斗争却有其独特性，电影拍出了与《平原游击队》不同的特色，克服了原小说战斗场面铁道特点不鲜明的缺陷，使战斗场景显得惊险刺激、扣人心弦。艺术家们用他们的眼睛和镜头记录下中国近代百年沧桑巨变，使得那些鲜活的、刻骨的历史原封不动地再现于今人的视野，以求将这段沉重激昂的历史，鲜活形象地展现给读者，借此唤醒我们对这些中国的脊梁的回忆。

电视剧作品中，包含了众多抗战精品，如以儿童视角书写抗战传奇的《小小飞虎队》，秉持革命式叙事与"精神狂欢"相结合的剧作精神，摒弃"高大全"式的英雄人物塑造，运用儿童式的机智、幽默和英勇，展现了在残酷的战争下孩子的善良、美好的心灵，用童真、童趣诠释了"友谊与正义"、"勇敢与担当"的可贵品质，较好地体现了儿童的活泼与机智、趣味性与幽默性，具备了一种儿童剧的深沉与思索，是对以往抗战题材儿童剧作品的大胆革新，称得上是国内第一部反奴化教育的儿童抗战戏。

为传承红色精神，向经典致敬，电视剧《飞虎队》由《神探狄仁杰》原班人马打造，根据知侠所著的《铁道游击队》改编，在铁道游击队的故乡枣庄柴胡店镇葫芦套影视基地置景拍摄，讲述了抗战时期，山东鲁南地区的铁道游击队员在中国共产党的领导下开展对敌斗争的故事。整出剧由一个个故事性强的"小故事"连缀成一个大故事，主要内容为抗日战争时期，在山东南部枣庄矿区，以刘洪、王强为首的一批煤矿工人和铁路工人，因不堪日寇的欺压和蹂躏，在中国共产党的领导下秘密建立起一支短小精悍的游击队。这支游击队经历了飞车搞机枪、血染洋行、智打票车、夜袭临城、打冈村、搞情报、夺布车、上济南、下徐州等多次战斗，活跃在日军侵华战争的主要铁路命脉——津浦线的山东沿线，被老百姓称为"飞虎队"。鲁汉、林忠等铁道游击队员，在战斗中逐渐成长，并为国捐躯；刘洪和芳林嫂也在战斗中产生爱情。日本侵略军为消灭心腹之患，在铁道线附近进行残酷扫荡和绞杀，利用种种阴谋，使铁道游击队面临险境。1945 年抗战胜利，铁道游击队在人民的支持下，周旋于铁道和微山湖之间，抓住了逃跑的鬼子小林和他的残兵败将，并逐步壮大起来。无论是叙事框架、人物塑造还是武打动作，导演钱雁秋都拒绝效仿与戏说。相比以往的电视剧，新拍摄的《飞虎队》看点颇多：其一是技术的革新，新增跑酷的动作元素；其二是拒绝"旧瓶装新酒"，着力打造成适应时代发展的好剧，用全新的手法再次演绎这部红色经典。

作为一部献给抗战胜利 70 周年的五集文献纪录片，《台儿庄 1938》由季桂金担任策划，孙继炼任总编导，摄制组用两年时间，深挖中国大陆战场旧地，通过寻访中国大陆参战老兵、台湾政要，查阅日本机密战争档案，搜集整理来自欧美国家的珍贵历史影像，分"大战前夕"、"滕县之战"、"临沂之战"、"生死三日"、"正义千秋"五个部分，分别从中国大陆、中国台湾、日本三方视角，抱着科学、审慎、严谨、求实的态度，拨开历史烟尘，深入战场，钻探血火，倾听口述，研判精神，以罕见的深度详述了台儿庄战役的进程，对交战各方的总体战略、重大战役的战术方针、战争领袖的才干与局限、军事技术的发展、偶然因素的作用等，均做出令人叹服的介绍与分析。60 多年来最真实、最惨烈的抗战口述，300 位亲历者全景还原历史真相，见证民族英雄传奇，讲述战争的惨烈、悲壮和残酷，更艰苦卓绝的战争史实、更加残酷而警醒的历史记忆，更全面地反思战争，给人以心灵撞击和思想震撼。该纪录片对抗日战争的深度挖掘与描述是独一无二的，里面绘制了上百幅作战地图，栩栩如生地向世人披露发生在中国战场上的一连串入侵、屠杀与抗争的事实，包括无数悲天动地的事件、万千大小人物的命运沉浮，它壮阔而又悲怆的战争画卷也始终冲击着后人的心灵，从而呈现出一幅令人激动、悲悯而又不得不反思的战争画卷。该片在历史与现实之间建立起一条通道，这条通道为那些伟大的心灵光辉所照亮，当我们漫步于这条文艺长廊时，人类文明的艰难、喧嚣、动荡的历史进程也会变得依稀可辨。

七年磨一剑的连环画《铁道游击队》，由丁斌曾和韩和平共同完成，创作上精益求精，品质上乘，它承载了一代又一代人的红色记忆，也曾是孩子们炙手可热的读物。那一幅幅工笔线描、黑白或彩绘等多种形式表现出来的画面，形象生动、情节跌宕起伏、引人入胜，文字通俗易懂且富有写实感，讲求意境营造与语言锤炼，加之颇具特色的中国式画风，一度成为人们茶余饭后的精神食粮和引以为豪的智慧财富，同时也成为那个年代人们心底深处抹之不去的情结。但针对目前媒体的不断繁荣，连环画也逐渐退出文艺市场，面临着书架上边缘化：有藏家，少读者的尴尬。即便如此，连环画也不失为一种文艺表现和历史研究的独特载体。

大型经典舞剧《铁道游击队》由总政歌舞团排演，该剧拥有高规格的创作班底、鲜明的红色主题、巧妙的舞剧结构、逼真化的道具使用、雄浑悠扬的配乐，地域特色浓郁、文化底蕴深厚，展现了一道精神大餐与视觉盛宴。同时，舞剧还从剧本、音乐、舞蹈、服装、造型、舞美等方面进行了新开掘、新阐释，使其具有了新的美学追求与情感气质。舞蹈、配乐、舞美有机配合浑然一体，在叙事中推进戏剧发展，揭示人物性格，同时处处看到的是舞，所有空间都充满表现力地参与在舞中，真正实现了舞美行为与舞蹈语言、故事叙述颇具新意的紧密结合，舞蹈叙事方面实现了最理想的状态，为弘扬社会主义先进文化做出了突出的贡献。

2015年拍摄的电视剧《台儿庄往事》与新版《铁道游击队》，力求反映中国抗战史的不同层次和面相，生动典型地反映出中国抗战史的主要成就和艺术思想。《台儿庄往事》以1938年震惊世界的台儿庄大战为背景，以五百多位台儿庄老百姓坚守家园的真实史料为依据，讲述了以台儿庄青年萧换牙为代表的一大批平民百姓，由求生、护家的小愿，发展到抗敌、卫国的大爱，为保护家园而组成"平民敢死队"，最终拿起武器参加抗日的故事！该剧以独特的视角，结合历史史实，用新材料、新角度、新理念、新审美书写了中国抗战，对残酷场景和血腥场面的处理也更艺术、更人性，展示了平凡人的不平凡信仰与斗争精神，力求为观众呈现出一段段鲜活生动的历史画面。《铁道游击队》中，导演为该剧加入了武侠元素，英雄人物不再是"高大全"形象，"心爱的土琵琶"依旧不可替代。

立足于激荡壮烈的民族战史，以警卫特一营营长周天翼及年轻将士们在前线英勇激战、慷慨赴死的经过为叙事主线的《我的特一营》，讲述了1938年台儿庄大战前夕，日军沿津浦线前进，企图合围徐州，国民党第56军特一营全体将士在营长周天翼的带领下英勇抗击日本侵略者的故事，真实还原了参战官兵是如何在缺粮少衣、缺乏枪弹、孤立无援等极端困境下，用鲜血与生命保卫祖国的领土与尊严，慷慨赴死、舍身成仁的壮烈一幕。该剧不再把镜头对准作战指挥部的统帅名将，没有浓墨重彩写英雄，避免了一味地说教，而是从一个普通参战士兵角度切入，将镜头深入到人物内心深处，把草根战士的喜怒哀乐、爱恨情仇及个人命运刻画成一条故事的主线，以其独特的切入角度给该剧提供了一个柔情的内核，一个格外鲜活而又人性化的内核，在丰富有趣的故事情节中阐述道理，说明真相，"以小见大"，叙事重心落在"我"上，个体叙事的腾挪挥洒空间较之于"我们"的集体叙事，显然更为洒脱灵动。

取材于川军抗战史实的《壮士出川》，聚焦了中国抗日战争历史上最为悲壮的滕县保卫战、台儿庄大战等战役，战争场面激烈刺激，故事情节真实可靠，人物形象虚实得体、轻重有别，没有过度的夸张渲染，没有对江湖趣味的激赏、爱情故事的描绘，摆脱了沾染情感泛滥的弊端，对日寇的刻画，也没有沦入泛脸谱化的模式，很好地把握了传奇叙事与历史现实之间的关系，是我国抗战题材电视剧中第一部较为完整地描绘一支国民党地方军队抗战功绩的作品，为抗战题材电视剧创作增添了地方系统叙事的新格局。不同于以往的战争题材剧作，该剧一经播出，收视口碑"双赢"，被称为中国版的"兄弟连"。

所谓正者，却硬是演出了一场荒诞滑稽的大戏；所谓悲壮，却用嬉笑怒骂的方式轻松演绎。作为"英雄无敌"系列第四部的《正者无敌》，是一部典型的川剧，沿袭了此前的军事悬疑风格，取材于川军出川抗日的真实历史事件，实打实反映川军悲情与豪迈。全剧以大笑开头，以流泪结束，情节滑稽热闹，人物荒唐走板，是由《大宅门》的太太争宠、《亮剑》的见招拆招、《历史的天空》姜大牙似的人物狡黠最终混合而成，分别从川魂、川人、川妹子等角度，对抗战中一个个铁血忠贞和灵魂不朽的真实形象进行了阐释，还原了抗战的艰难、正义的抉择以及无畏的牺牲精神，展示了民族魂魄。《正者无敌》在主流价值观、情节剧创作指导下，将思想性、艺术性与商业性巧妙融为一体，讲述了真正的中国故事，发出了真正的中国声音，阐释好了真正的中国特色，不折不扣地记录了中国军事史，对中华民族是一件有意义的事情，为观众呈现出一部令人激情澎湃的精品大戏。

通讯特写、新闻报道作为文学中的轻骑兵，在台儿庄大战期间发挥了独特的文学功能，在烽火连天、国难当头之时，"行动高于一切"，作家、记者们纷纷以笔为战斗武器，追踪如火如荼的战斗生活，把握剧变的战斗片段，快速、真实地描绘伟大的时代风云，表达了强烈的爱国主义精神和民族斗志，具有思想性、战斗性和珍贵的史料价值。这些报道虽然角度各有差异，但都将新闻性、时效性与战斗性发挥到了极致。从内容上看，这些新闻写出了前方军人的英勇牺牲，也写出了后方民众的忠诚热心；写出了伤病将士的凄惨与痛苦，也写出了难民的苦难悲哀；写出了敌人的凶暴顽固，也写出了战斗的艰辛残酷；写出了胜利者进攻的神威，也写出了溃败者退却时的仓皇。这些作品较详细地记录了中国军民舍生忘死、可歌可泣的英雄战迹，刻画出伟大的抗日英雄与受苦受难的百姓形象。从艺术表现上看，这些作品大多呈现出雄浑、刚健、悲壮的风格，鼓舞激励着千百万中华儿女前仆后继，英勇战斗，增强了民族自信力和同仇敌忾的凝聚力。在创作手法上各有所长，如著名记者范长江在台儿庄大战期间，在《大公报》上发表了新闻专电6条，战地通讯3篇，他在写人记事时，插入了一些富有思辨色彩的议论，创造了夹叙夹议的通讯文体，将叙事、抒情、议论融于一体，不拘一格写新闻。这些新闻作品虽然在抗战的同一历史条件下，有着大致相近的审美追求和创作思路，但由于作者的艺术才能和审美理想存在一些差异，所以无论在内容还是形式方面，都呈现出多样性和丰富性。

著名诗人臧克家的《津浦北线血战记》是当时第一本全面反映台儿庄大战的长篇战地通讯报告集，作品以大量的细节描写，全景式地描绘了战役的方方面面，如实记录了被采访人物的外貌言行，使读者如闻其声，如见其人，如观其景，通过作家对整个战役真切的描述，领略硝烟弥漫中的战争风云。著名作家郁达夫亲赴台儿庄前线，他不仅完成了劳军的任务，还以新闻方式报道了前线的战绩，功莫大焉。

上述无论是给人以丰富想象的文学作品，还是鲜活灵动、真实可感的银幕形象，无不向今人昭示了在民族危机、国难当头的时刻，有那么多可歌可泣的英雄人物、凡夫俗子、市井小民义无反顾、不惜生命来捍卫这片土地和家园，从他们身上看到中华民族的强健脊梁和生生不息的精神力量。

第二章 抗战传奇——《铁道游击队》

第一节 革命英雄传奇的诞生

新中国成立后，战争文学得到了空前繁荣，以歌颂革命战争、回顾革命历史为内容的"革命历史小说"成了最受瞩目、最为成功的大众文学。"革命英雄传奇"作为"革命历史小说"的一个分支，以通俗小说的面貌风行一时，在社会上产生了广泛而巨大的影响。时至今日，它们以"红色经典"（五六十年代革命历史小说的代名词，最著名的莫过于"三红一创，青山保林"：《红日》、《红旗谱》、《红岩》、《创业史》、《青春之歌》、《山乡巨变》、《保卫延安》、《林海雪原》）的特殊身份，仍被老一辈津津乐道，也深刻影响了20世纪六七十年代的人。知侠的《铁道游击队》就是其中一部颇为优秀的英雄传奇，它以山东"鲁南铁道大队"为原型，描写了一群活跃在铁路线上的"飞车英雄"，他们在枣庄打票车，搞洋行，到临城打冈村，捉松尾，临枣支线撞车头，津浦干线翻兵车，个个武艺高强，人人智勇超群。他们的英雄事迹经过群众的口耳相传已妇孺皆知，再经电影、电视剧、连环画等形式的改编宣传，广为流传而深入人心，《铁道游击队》与当时很多革命历史小说一样，对当代中国人关于革命历史的认知起到了很好的普及作用。

一 知侠其人

知侠，原名刘兆麟，后易名疾侠，发表作品时改名为知侠。1918年2月7日诞生在河南省汲县（现卫辉市）柳卫村一个贫苦的铁路工人家庭。

他自幼聪颖好学，但因家庭拮据，只读到初三便辍学回家了。为生计他先后任过乡村的小学教员和火车站里的学徒工。1937 年"七七事变"后，日本侵略军大举进攻华北，知侠的家乡沦为敌占区。1938 年 9 月，知侠历经曲折到达陕北洛川，成为延安抗日军政大学的一名学员，从此投身于革命洪流中。

1938 年 12 月，抗大响应"到敌人后方去"的号召，组成了抗大一分校，知侠跟随开赴太行山。1939 年冬东进山东沂蒙山区。在行军途中，知侠光荣入党。1940 年 1 月，知侠和战友们到达中共中央山东分局、八路军山东纵队所在地沂南县。1940 年年初，知侠在抗大一分校文工团成了一名文化战士。1942 年，知侠在临沭的"减租减息"工作结束后，很快接受了党组织的派遣，以新华社山东分社特约记者的身份，化装密赴枣庄，到鲁南铁道游击队的驻地进行采访和生活，为日后《铁道游击队》的创作积累了大量真实而丰富的战斗生活素材。之后，他随部队转战于胶东半岛和沂蒙山区，参加了淮海战役，迎来了新中国的成立。1949 年新中国成立后，知侠出任济南市文联主任，中国作协山东分会主席。1951年主编《山东文学》，后任文联秘书长。1951 年 7 月，知侠在《山东文艺》上发表了小说《铺草》，1954 年长篇小说《铁道游击队》出版，这是知侠的成名作，它标志着知侠的文学创作已经走向成熟。作品一经问世，即在全国产生了广泛而深远的影响，不仅被搬上了银幕，改编了五六个版本，还被译成十多个国家的文字。从此，中国当代文坛"十七年"文学史中有了知侠的一席之地。

1953 年秋，知侠被调往上海作家协会，从事专业文学创作。此后，他陆续发表了《突破口上》、《一次战地采访》、《马尾松种子》和《铁道游击队小队员》等作品。1958 年他回到山东，1959 年山东文代会上，他当选为省文联副主席兼作协山东分会主席。他接连发表了《红嫂》、《沂蒙山的故事》、《一支神勇的侦察队》、《英雄的表兄和表妹》等一系列中短篇小说，多卷长篇小说《决斗》，这些作品大多取材于沂蒙山革命根据地的军民生活，引起了较大反响。

1985 年，知侠辞去省文联负责人职务，迁居青岛，安心创作，他先后完成了 40 万字的长篇小说《沂蒙飞虎》、《知侠中短篇小说选》、《战地日记——淮海战役见闻录》。1991 年 9 月 3 日上午，知侠在青岛政协老干部座谈会上不幸突发脑溢血去世，在生命的最后 5 年里作家始终保持旺盛的创作力，给我们留下了百万余字的优秀作品。

二 《铁道游击队》形象之谜

知侠的《铁道游击队》于 1954 年出版，作为"十七年"战争文学的代表，小说以传奇式的革命叙事模式，以传奇英雄人物曲折的游击战争故事表现了一段抗战历史。小说出版之后，不少读者问作者："《铁道游击队》是否真人真事？这些英雄人物的下落和近况怎样？作者怎样写了这本书？作者和书中人物的关系，等等。"① 在后记中，作家说这部小说是"以真人真事为基础写出的"，"书中所有的战斗场面都是实有其事的"。② 这里的真人真事是指故事的原型"鲁南铁道游击队"的战斗事迹。1940 年 2 月"铁道大队"成立于山东煤城枣庄，队长洪振海，政委是教书出身的杜季伟，副队长是王志胜，队员主要是爱国矿工和铁路工人。在八路军广泛开展敌后游击战时，铁道游击队成了铁路沿线敌后武工队的组成形式。鲁南铁道游击队以微山湖为依托，活跃在津浦、临枣（临城—枣庄）、台枣（台儿庄—枣庄）几条铁路线上，他们打票车、劫货车、扒铁路、炸桥梁，有力地打击了日军的战略运输，顽强地与日本侵略军战斗长达七年之久，历经数百次惊险战斗，歼灭和瓦解了大批日伪军，缴获了大批军用物资，有力支援了鲁南抱犊崮山区抗日根据地军民的反"扫荡"。从 1942 年春到 1943 年底，铁道游击队先后护送刘少奇、陈毅等领导干部及其他数百名干部安全通过敌人的封锁沟墙，保证从苏北去延安的这一段交通线通畅。日本无条件投降后，1945 年 10 月，在沙沟车站附近，山东枣庄和临城日军官兵及家属千余人向鲁南铁道游击队缴械投降，这是抗战胜利后军事受降中十分罕见的一幕。铁道游击队在六任政委的具体指导和教育下，机动灵活地打击敌人，"像一把钢刀插入敌人的胸膛"，在抗日

---

① 知侠：《铁道游击队·后记》，人民文学出版社 1958 年版，第 500 页。
② 同上书，第 501 页。

战争中立下了卓越功勋。

知侠在真人真事基础上的创作首先源于他个人的历史记忆：作家自幼生长在河南北部道清支线的铁路边，会扒车，当过车站练习生，熟悉铁路上的生活。同时，他是一员武将，从陕北到太行山，又从太行山到山东沂蒙山区，熟悉敌后的游击战争生活。作为鲁南的随军记者，抗战胜利前夕，知侠穿过日军的封锁线，第一次去鲁南铁道游击队。1946 年五六月间，知侠第二次来到铁道游击队，进行了个别访问或集体座谈。根据在铁道游击队深入生活期间所收集、整理的两大本材料，知侠开始着手创作长篇小说《铁道队》。最初发表在 1943 年《山东文化》上，但很快就难以为继了，这其中的奥秘直到 1987 年《新文学史料》第 1 期《〈铁道游击队〉的创作经过》中才揭晓。因为当作者深入铁道游击队之后才发现"生活的真实和艺术的真实两回事"，他原先以章回体的传记或报告文学形式去写真实人物先进事迹的企图与真实的现实生活有着不可逾越的距离，所以他决定用"典型化"的艺术方式来塑造英雄人物。1952 年，已担任山东省文联编创部长、秘书长的知侠，到枣庄旧地重游，回济南后便开始着手创作长篇小说。为点明战斗性，他给"铁道队"这个标题加了"游击"二字，改为"铁道游击队"。作者"根据四个政委的个性和特点"，并以其中的杜季伟为主"塑造了一个政委形象"，但杜季伟是有缺陷的，够不上英雄人物，必须用典型化的手法加以处理；芳林嫂是作家融合了时大嫂、刘桂清、老尹三位女性的特点塑造出来的，也采用了老洪和老时这条线索，同时糅进了其他两位女性的个性特点和斗争事迹；徐广田是山东军区甲级战斗英雄，后来发生了蜕变，作者就把他的事迹糅合、加工到其他小说人物里了。1943 年，隔着狭窄的运河，与一小队鬼子进行血战时，洪振海在高地上牺牲了，这次战斗是违反游击战术原则的，但在作品中，作者并没有写老洪牺牲，而是把他和后来的大队长刘金山合成一个人写，塑造了完美的英雄形象。

作者认为"典型化"就是本质化的过程，具体地说，就是"在创作中，可以舍弃那些琐细的、重复的和非本质的东西，把一些主要英雄人物加以合并，在性格上进行大胆的塑造。"① 这意味着，《铁道游击队》是以真实的历史生活为基础的虚构的历史世界。正因如此，作者塑造的人物才可能是理想的、完美的。他们拥有非常人可比的智慧、胆略、技艺，并被赋予了传奇色彩，是作者以夸张手法塑造的没有缺陷的英雄形象。这些游击队员身怀绝技、神出鬼没，令敌人闻之胆寒。纵横交错的铁轨、奔驰的火车，游击队们身轻如燕，飞上飞下。作者对普通游击队员也进行了典型化处理，强调突出了队员中单个英雄形象。小说不仅塑造了刘洪的英勇，他像个"大"字把自己紧贴在飞速奔驰的列车车壁上，还写到彭亮只身黑夜入城，勇除叛徒黄二，可谓智勇双全；就是上了年纪的冯老头，也不逊于年轻人，走路健步如飞，人称"飞行太保"。哪怕在背水一战的困境中，游击队们也能以必胜的信念和气概，使矛盾迎刃而解，一次又一次化险为夷。这种经理想化、浪漫化的处理方式塑造出来的英雄形象，有着大无畏的牺牲精神，无比坚定的革命信念，崇高的集体观念，高尚圣洁的道德情怀和超人的政治勇气，往往成为人们缅怀历史、追忆革命、树立榜样的具象载体，其忘我的牺牲精神和革命英雄主义精神，给人们以深刻的影响和教育。

铁道游击队的成员各个不同、个性突出，比如，老洪的性格"刚强果断"，他只要认准要做的事，没有办不到的，就是刀山他也要攀上去。而王强就比较犹豫，遇事常拿不定主意。鲁汉和林忠是有缺点的革命战士，林忠爱赌钱，鲁汉好酗酒，他们讲义气，好冲动，经常骂骂咧咧的，获胜之后大碗喝酒，性格豪爽。李正因为是知识分子出身，因而表现出智慧过人的一面，他遇事冷静沉着，善于把握大局，做队员的心理辅导和思想工作。李正作为革命领导人及时出现，使这些自发反抗敌人的江湖侠士、穷工人，成为骁勇善战的游击队员，有了部队政治部的引导，革命才得以"从失败走向胜利，从胜利走向更大胜利"。

作品的通俗化叙事机制将人物归属于正反两大类型，在刻画对立方的

---

① 知侠：《铁道游击队·〈铁道游击队〉创作经过》，人民文学出版社 1958 年版，第 533 页。

时候有脸谱化和漫画式的倾向，比如鬼子二掌柜的外貌是扫帚眉下面一对凶恶的眼睛，时常眯缝着，嘴角拉得长长的，一笑露出金牙。寥寥几笔就勾勒出鬼子贪婪、凶恶的丑陋嘴脸，而保长则尖头尖脑，滑得流油，表面上嬉皮笑脸，不知心里揣着什么鬼把戏，写出了保长对内欺压百姓，对日本人俯首称臣，暗地里又耍心眼、得好处的两面派行径。日本鬼子的头儿——松尾和冈村虽然是配角，但他们是游击队针锋相对、生死较量的另一方，对比英雄人物，集中尖锐的矛盾往往要通过对他们的刻画才显示出来，这两个"代表"各具特色，但无疑一定是更加丑陋凶残的。冈村平时常板着脸，看到中国人就瞪着眼珠子，充满杀气；松尾是很狡猾的老特务，脸上不离笑容，见了中国人握着对方的手笑着说："我喜欢和中国人交朋友"，但杀人厉害，用刀砍头或把人活埋。松尾作为老奸巨猾、极度阴险的笑面虎，和刚愎自用、残酷暴虐的冈村相对照，丰富了日寇的群体形象和个性特征，这种写法符合人们的审美心态，容易被普通读者接受。

第二节 革命叙事：侠义精神与英雄传奇

《铁道游击队》作为当代战争文学的代表作，深深打上了那个时代的文化烙印，其叙事模式明显具有"十七年"革命文学文本结构的共性。黄子平谈到"十七年"革命历史小说时说："这些作品在既定意识形态的规限内讲述既定的历史题材，以达成既定的意识形态目的：它们承担了将刚刚过去的'革命历史'经典化的功能，讲述革命的起源神话、英雄传奇和终极承诺，以此维系当代国人的大希望和大恐惧，证明当代现实的合理性，通过全国范围内的讲述与阅读实践，建构国人在这革命所建立的新秩序中的主体意识。"① 陈思和曾指出五六十年代的当代文学作品往往由两个文本结构构成——显形文本结构与隐形文本结构。从《铁道游击队》的显形文本结构来说，是抗战时代背景下的革命英雄主义颂歌，其隐形文

---

① 黄子平：《"灰阑"中的叙述·前言》，上海文艺出版社 2001 年版，第 2 页。

本结构则是民间侠义精神文化及民间英雄传奇。民间文化传统中自由粗放、洋溢着原始生命力的艺术精神是作品潜在的内涵，以传统侠义故事作为叙述框架，来表现革命战争中的英雄业绩，可谓"旧瓶装新酒"，尽管"十七年"的政治功用已然淡去，但侠义精神和英雄传奇却能让小说有经久不衰的魅力，这不能不归功于小说对游侠、绿林、侠义为主题的民间文化形态的利用。

《铁道游击队》采用章回体的传统体式，每章加小标题，以1944—1945年鲁南枣庄临枣支线及微山湖的游击队战争为主要叙事内容。小说一开始，游击队员都是一些侠客，都有热情豪爽、行侠仗义的性格，多少带有江湖好汉的行事风格，刘洪勇敢、讲义气，扒车扒得又好，能为穷弟兄们撑腰。遇到事，老洪一声招呼，说干啥就干啥。就这样，刘洪因为自己的侠义行为和形象得到了众人的拥护，这些飞车英雄、民间的英雄豪杰"豪爽、义气、勇敢、重感情，有钱时就大吃大喝，没钱时宁肯饿肚子"，李正观察并分析了他们的侠客作风："由于在他们的头脑中还没有树立起明确的方向，生活还没有走上正轨，所以他们身上也沾染了旧社会的习气：好喝酒、打架、赌钱，有时把勇敢用到不值得的纠纷上。他们可贵的品质，使他们在穷兄弟中间站住脚，而取得群众的信任。但那些习气，也往往成了他们坏事的根源。"① 李正认为自己需要很快进入他们的生活里，堵塞他们那些消极的漏洞，不然将会葬送掉已经组织起来的革命事业。这些侠义之士不是完全的革命者，但却是革命者的雏形，侠义精神只有经过革命意识形态的改造，侠义之士被改造为革命战士，才能真正体现革命历史小说的内在要求。李正利用他们身上的这种民间色彩，假扮侠客，如主动邀请鲁汉喝酒，当队员们认同他这个政委后，他开始了阶级觉悟的启蒙工作，使侠客的感情向阶级仇恨、民族仇恨转变。于是，在政委的领导下，革命前侠客靠吃两条线，过得逍遥自在，革命后扒火车成为为革命提供物资的手段，劫火车变成了对敌斗争的方式，侠客之间的义气关系变成了同志的革命关系。在完成一系列的改造后，铁道游击队打票车、打冈

---

① 知侠：《铁道游击队》，人民文学出版社1958年版，第76页。

村、智炸六孔桥、劫布车、拆炮楼、掩护领导过路、被敌人围在微山湖中化装逃离、短枪队尽显威风，这些故事跌宕起伏，这些人物让读者感到可亲可敬，既迎合了当时的主流意识形态，又体现了民间传统的价值，符合广大读者的阅读口味。

《铁道游击队》的成功还在于对古典小说传统叙事模式的借鉴，作家说："为了使这部作品能为中国的广大读者所喜闻乐见，事先我剖析了一遍《水浒传》，在写作上尽可能注意以中国民族文学的特点来刻画人物，避免一些欧化的词句和过于离奇的布局和穿插，把它写得有头有尾，故事线索鲜明，使每一个章节都有一个小高点。"[1] 作者在写作前特意研究《水浒传》的结构、人物刻画、情节的安排和语言文字，在创作中也有意地"运用了中国古典小说的笔法"[2]。这种写法更适合文化水平不高的读者的审美要求，也更能为他们所理解和接受。作者与叙述人混淆，作者代替叙述人来为读者观察形象体系，决定了审美距离和视野，也使作者可以自由出入小说所叙的故事，作家、历史的亲历者、见证人几个身份的统一，使作品所叙述的内容具有了无可辩驳的说服力。

首先，小说用"五虎将"模式刻画了不同个性的人物：刘洪、王强、彭亮、林忠、鲁汉，塑造了群体英雄形象。在传统小说中，这种人物模式为民间所熟悉和赞赏，《水浒传》中的一百单八将，《三国演义》中的五虎将（关、张、赵、马、黄），《三侠五义》和《隋唐演义》中多次出现英雄群体形象。

其次，作品利用了古典小说中以少胜多的战争模式，铁道游击队经常以十几个人对抗日伪军几百人，在一强一弱、力量悬殊的战斗中，正义的一方虽处弱势，但最终总是弱的一方获胜。例如，松尾在苗庄几乎被飞虎队活捉，虽然脱险了，却挨了芳林嫂一手榴弹，打得他头上起个鸡蛋大的疙瘩。芳林嫂在鬼子那儿留下了响亮的名声，气得松尾要抓她报仇。面对穷凶极恶的鬼子，芳林嫂表现出以弱胜强的英勇胆略。再如，日军对微山

---

[1] 知侠：《铁道游击队·〈铁道游击队〉创作经过》，人民文学出版社1958年版，第534页。

[2] 知侠：《漫谈拙作话当年》，《山东文学》1980年第9期。

湖进行大规模围剿，聚集了7000鬼子对付实际上不足200人的游击队，游击队被敌人重重包围，在突围的可能性很小的情况下，他们机智地换上了鬼子的黄军衣，摇着红白旗，硬是在鬼子稠密的炮火下"插翅飞掉"了！

再次，描写男女的恋情是通俗小说惯用的手法，"革命加爱情"也是"十七年"革命历史小说常用的模式，写出了英雄面临革命斗争和爱情的双重考验。小说写刘洪和芳林嫂在战争岁月的磨砺下产生了深厚的感情，但也使刘洪陷入了深深的焦虑："在他负伤后被芳林嫂掩护的那些日子里，他感到自己的心发生不寻常的跳动。他浑身像被火燃烧着。他才第一次感受到女人的爱情。可是他知道自己是个革命战士，不该在残酷的斗争时想到这些，但是在战斗间隙或休息下来的时候，那对大大的黑眼睛就常常浮上他的脑子里。在这静悄悄的休养所里，他躺在病床上，脑子里总是不息地转着，想到队员们，想到今后的战斗，也想到湖边的芳林嫂。有时他压抑着自己，不要常往这里想，可是这是不可能的，他怎么也不能把她的形象从自己的脑子里抹去。"① 后来芳林嫂被日本鬼子抓去，日军投降后芳林嫂又落入国民党反动派的手中。这样，无论是民族敌人，还是阶级敌人，都构成了爱情的阻力，只有打败这二者，才能既使革命事业成功，又使有情人终成眷属。英雄的爱情传奇，也成为谱写革命历史的组成部分。同时，这种浪漫的情调，细腻的感情描写，增加了人物身上的人性美、人情美，因此显得真切感人，更为大众所喜爱。

最后，复仇模式也是英雄传奇中常用的。如《搜神记》、《赵氏孤儿》、《水浒传》，古代小说史中以"复仇"模式构建小说的比比皆是；在"十七年"英雄传奇叙事中，"复仇"模式也得到了广泛的借鉴和改造。林忠和鲁汉因为黄二出卖而英勇牺牲，队员们伤痛欲绝，李正说："对这些同志的牺牲，我们是痛苦的，也要为他们报仇的，但是我们不能光停在悲哀和气愤上。""我想牺牲的同志是很希望我们更谨慎地战斗，胜利地完成他们所理想的事业。"② 在这里，"为同志复仇"化为继续与敌人斗争

---

① 知侠：《铁道游击队》，人民文学出版社1958年版，第223页。
② 同上书，第403、404页。

的前进动力，借助"复仇"这种民间普遍存在的心理，个人恩怨的复仇完成了向阶级斗争内涵的转化。

除了对传统小说艺术手法的借鉴外，情节安排中"场景化"的运用，使《铁道游击队》有了戏剧化的特点。人物被安排在特定的场景中，通过人物言行、人物与人物之间的对话和碰撞，激起矛盾，通过一幕幕场景的"演出"，完成主题的表达和人物塑造。《铁道游击队》的典型场景有：血染洋行、飞车搞机枪、打冈村、搞布车、票车上的战斗、微山湖化装突围等，通过描写游击队这些历险性的特别生活状态，突出了英雄超常的意志、精神。这些典型场景制造了一个又一个叙事上的紧张点，一方面控制文本结构本身，另一方面吸引读者的阅读兴趣。革命英雄与对立方在此消彼长的斗争中形成的斗争场面构成了叙事阶段式演进的叙事单元，叙事动力就是二元对立的冲突，双方人物的设置必然定位于善与恶、正义与非正义、革命与反革命的模式中，这是预设的叙事轨道，革命意识形态的渗透使传奇小说的传统叙事结构成为隐形模式。

但是我们也应该看到，敌我双方的二元对立思维模式下塑造的英雄人物，虽"典型化"为具有道德示范和人生楷模意义的形象，但由于作家创作中人为地夸饰或拔高了英雄壮举，产生了近乎完美的高度理想化的人物。为了突出英雄形象忽略了普通人对战争生活复杂的感受和情感欲望，英雄形象丰富深刻的人格力量和复杂多样的审美个性被冲淡，内心矛盾冲突也比较单一，没有对战争的恐惧和责任心这两者的矛盾心态。有着正常的害怕、怯懦心理的典型形象成为凸显英雄的配角。在大量以弱胜强的战斗描写中，战争被戏剧化、简单化处理，敌人往往愚蠢不堪，只知道残暴地屠杀，而且战斗力低下，很容易被制伏。这样写战争，它的残酷、复杂性或多或少打了折扣，反抗斗争的艰巨性也被简化了。对英雄夸张的描写和对敌人的蔑视、憎恨之情可以理解，但不能消解对战争的深层思考，不能忽视战争摧残生命（无论是敌方还是我方）的本质，不能漠视"人"本身的情感和心理欲求。缺少对人的存在价值与生命价值的严肃思考，这是此类战争小说的一大缺憾。二元对立的思维模式和形象冲突使得革命意识形态继续在和平时期发挥作用，因为遗忘过去就意味着对为革命献身者的背叛。因而即使在革命成功之后，作家仍然沉浸在胜利的乐观主义和自豪情绪之中，对反面人物保持强烈的仇恨意识，认为他们被消灭是罪有应得的，而不反思战争暴力所带来的人性伤害。孔范今指出：这类战争小说在人物描写、场面描写上是独到的，但在战争的残酷性、理性、破坏性方面，却未能表现出人类反对战争的人道主义思想深度与悲剧性意蕴。

第三节　枣庄民俗文化的折光

西边的太阳就要落山了，
微山湖上静悄悄。
弹起我心爱的土琵琶，
唱起那动人的歌谣……
爬上飞快的火车，
像骑上奔驰的骏马，
车站和铁道线上，
是我们杀敌的好战场……

电影《铁道游击队》中的这首插曲，豪迈、嘹亮又婉转悠扬，人们已耳熟能详。歌曲吸收了枣庄地方民歌的曲调风格，在土琵琶（柳琴戏的主要弹拨乐器）的伴奏下，这首歌风驰电掣般传向四方，成为人们熟悉而深刻的枣庄记忆。

民俗，作为人们历代沿袭承传和共同遵守的传统文化积淀，反映了一个地区的地域面貌、社会制度、经济状况、风土人情、生活习惯等丰富的社会生活。在小说《铁道游击队》中，作家真切、生动地描绘了枣庄这座煤城的民俗风貌，相信本地读者读来更会觉得亲切。第一章"王强夜谈敌情"，开篇便准确把握了煤城特色，概述了煤城枣庄"脏"、"黑"的特点，那些下窑的"煤黑"不仅手、脸是黑的，连吐出的痰都是黑的，煤城的灰暗肮脏不仅是地理条件的自然展示，也象征着旧社会暗无天日的艰难生活。这些下窑的矿工创造了枣庄的财富，却被鄙视和受苦。吃不饱的时候，这些自幼生活在矿坑和铁道边上的穷小子们，就在老洪的带领下"吃两条线"，扒车、搞鬼子的物资补贴生活，这种自发的反抗具有绿林好汉劫富济贫、打抱不平的性质，这也为以后成立铁道游击队革命队伍埋下了伏笔。

小说中常出现的茅草屋是鲁南民居，也是枣庄居民采用较多的建筑，用玉米秸、高粱秸、麦秸等做屋顶，冬暖夏凉；较为低矮的院墙很容易翻过，也为灵活机动的游击战提供了有利条件。院子里有地瓜窖、麦壤垛、劈柴、粮囤、猪圈，农村的茅草屋是游击队员们开会和躲避敌人追捕的重要场所，小说中很多战斗场景就是在这里发生的。

铁道游击队员们都是重情义、讲义气的，这也是枣庄人的性格名片，是枣庄人的立世基础，反映了枣庄独特的人格追求。侠义之风表现在日常生活中，如大口吃肉大碗喝酒，喜吃辣食（如辣鱼）、馍、煎饼、炸鱼（微山湖产鱼），豪爽、痛快的饮食习惯是枣庄人的崇尚，显示出地方特色和湖区特点。在服饰方面，枣庄人喜欢穿黑色衣服，这与煤城的自然环境相一致，"白衣服两天不洗，就成灰的了"，浅颜色的衣服太不耐脏。游击队员们在煤矿是中分头，后来进入村庄都成了农民打扮，队员们便衣、短枪，精神抖擞，更是方便上下火车；大衣披在身上，一有情况就可以甩掉衣服投入战斗。

煤矿矿井生产条件恶劣，矿工的性命朝不保夕，因而喝酒赌钱、及时行乐之风在枣庄弥漫。小说中鲁汉很勇敢，但"好喝酒，耍酒疯"。李正刚从"山里来"的时候，也是先约了这些侠义之士痛快地"喝一气"，凭着"义气"和他们搞好关系。晚饭时气氛欢快，猜拳行令，三五吆喝着，鲁汉猜拳有不少花招，行令前都带着一串酒歌，鲁汉赤红着脸与林忠对战，两人叫着："高高山上一头牛，两支角，一个头，四个蹄子分八半，尾巴长在腚后头！"

小说还借助独具地方特色、原汁原味的枣庄方言口语，表现了枣庄鲜明的民俗文化特色。由于铁道游击队的队员皆为底层人物：矿工、铁路工人等，他们没有很高的文化水平，语言简洁、粗俗，却很生动，适合表现他们豪爽仗义、勇敢倔强的性格，尤其是表露强烈情绪的詈语，即侮辱、伤害或斥责别人的话，更能显示枣庄地区人民的文化心理和传统观念，如"熊、奶奶的、龟孙"通常是老百姓用来骂鬼子和伪军的。还有一些方言如"咋呼、裂"等，表现了枣庄人民的强悍，这是在苦难生活中培育出的坚强性格，只有具备了这种韧性，他们的革命斗争和反抗才会更强烈。

《铁道游击队》还通过民谣、民谚来表达人们对敌我双方的不同感情，衬托了铁道游击队的英勇，甚至神化他们的本领。民谣"盼中央，盼中央，中央来了更遭殃"。老百姓叫国民党军队为"遭殃军"。伪军在吵架赌咒时提到飞虎队时说："叫你一出门就碰到飞虎队"，可见飞虎队当时相当神勇，已令伪军深深惧怕。再如"听说他们能在火车上飞，飞快的火车一招手就上去"，"打遍临枣线，威震微山湖"，游击队的英雄事迹经过百姓的口耳相传也深入人心了。

小说中的仪典节令也具有民俗色彩。春节比元旦隆重，游击队生活艰辛，但因为传统节日春节的到来，队员们精神非常愉悦，一起吃饭、喝酒，热热闹闹地庆祝。对英雄的祭奠也采用了民间形式：用黄表纸折叠成墓碑形状，代替老百姓常用的神像，写上英雄的名字，在节日之时不忘悼念为革命牺牲的同志。

这些独具特色的地方民俗让人过目难忘，使小说深深打上了枣庄的地方烙印，就像一曲《弹起我心爱的土琵琶》一样伴随铁道游击队和枣庄这座英雄城市蜚声海内外。

《铁道游击队》延续了传奇小说的叙事形式和内部构造，装进了新的革命斗争、民族斗争内容，起到了教育人民、建构民族自信心的作用。阅读中读者既体验到了智勇双全、神出鬼没、血腥暴力的快意恩仇，同时又受到了民族自尊自强、为维护族群不惜流血牺牲、无畏精神的教育。小说于1954年1月由上海文艺出版社出版后，立刻风靡全国，深受读者喜爱，"印数统计为二百五十七万多册，加上四川、江西、贵州等地的少年版和节编版，已近三百万册"①，相继被译成英、俄、日、朝鲜等国文字，广

---

① 知侠：《铁道游击队·新版后记》，人民文学出版社2005年版，第505页。

为流传。1956 年由上海电影制片厂拍为同名电影上映，1985 年被改编为 12 集电视连续剧播放，2005 年又被翻拍成 35 集大型电视连续剧，20 世纪 50 年代的老电影《铁道游击队》于 90 年代又被翻拍成惊险枪战片《飞虎队》。小说《铁道游击队》就是通过多种艺术形式的传播，不断扩大着影响。通过阅读，对战争的参与和目击者来说，那个时代大量的英雄事迹，可歌可泣的战争场景让他们永远无法忘怀；通过阅读，后代的人们重新找到了失落已久的那份革命激情和勇气。崇尚英雄是中华民族的传统风尚，那些为人民舍生忘死的英雄事迹使人们深深向往，这也是《铁道游击队》这部英雄传奇至今仍具有巨大魅力的原因。

第三章 民间视角下运河古镇上的大捷
——评毕四海的"台儿庄大战"
系列小说

  毕四海涉入文坛之后，以"台儿庄大战"为题材发表了三篇系列小说，1987年、1988年分别发表了系列一《黑泥——血战台儿庄之一》与系列二《烟云三题——血战台儿庄之二》，在1998年又发表了系列三《老狼的传说——台儿庄大战之三》。

  "台儿庄大战"是以国民党军队第五战区司令长官李宗仁为指挥，中国军队同日本侵略者在以徐州为中心的津浦路南北的广大地域上展开的一场大会战。台儿庄，位于津浦路台枣（庄）支线及台潍（坊）公路的交叉点，扼运河的咽喉，是徐州的门户。当时，日军由于在津浦路南北的侵犯都无法进展，便改谋先攻下台儿庄，再围取徐州。1938年3月中旬，北线日军分左右两翼，向台儿庄进犯。左翼日军第五师团，自青岛崂山湾、福岛登陆后沿胶济路西进，板垣支队则向临沂猛攻。《黑泥——血战台儿庄之一》描述了在李宗仁的指挥下，第二集团军总司令孙连仲带领几千名装备、素质都属劣等的"后娘养的"国民党军人，与既有坦克又有山炮的骄横无比的"天皇骄子"，在运河古镇台儿庄进行血战并取得胜利的艰难过程。《烟云三题》讲述了台儿庄大战中的三位风云人物。第一位是外号叫"油篓"的国军第三军团总司令庞炳勋。小说描写了这位在多年的打打杀杀中非常"油滑"的大将，在临沂之战中却拼死奋勇杀敌，并在与他有嫌隙的国军第59军军长张自忠的援助下，最终打败了日本板垣师团的故事。这篇小说在对庞炳勋誓死抗敌的英雄壮举的细致书写中，还热情赞颂了张自忠弃私仇赴国难的胸襟，其创作主旨是对20世纪80年代国外流行的一种论调——"中国人喜欢窝里斗"的反驳，表达了"中国人在任何时候都能一致对外"的观点。第二位是国军第22集团军122师师长"佛将"王铭章。作家讲述了这位老将军在滕县保卫战中与敌人浴血奋战的英雄风姿，小说用作为四川人爱吃辣椒的生动细节来表现英雄的个性与家国情怀。第三位人物是日本师团长矶谷廉介，作家描述了这位日本军官残忍、骄横的同时，还用了大量篇幅展示了他对茶道的"虔诚"及所谓的武士道精神，以此表现他在台儿庄大战中不可一世的精神状态。《老狼的传说——台儿庄大战之三》把《黑泥——血战台儿庄之一》中的台儿庄大战的国军指挥官孙连仲的故事拓展开来，以传奇的手法展示了外号叫"老狼"的孙连仲，在台儿庄这场惨烈的血战中，所表现出的老狼般的"智慧"、"善守"与出色的作战才能以及其甘愿为国献身的英雄壮举，其间穿插了"老狼"的爱妾也女扮男装参与这场战斗的浪漫传奇情节。

可以说，"台儿庄大战"系列小说，对毕四海来说并不是一部十分成功的作品。但是，试图通过小说创作来探索人性的毕四海，对于战争题材，却一直是十分关注并且颇有"雄心壮志"的，他认为："中国的抗战不论共产党或国民党的战场都有值得写的，如果是把中国的抗日战争放在世界大战的背景下写作，大有文章可做，而目前的战争文学停留在社会层面，很少有作家能从人性的角度深入开掘。"① 他在2000年前后构思的"人性三部曲"（《财富与人性》、《战争与人性》和《权力与人性》），其中《战争与人性》显然是探寻战争与人性之关系的作品。从创作"台儿庄大战"系列小说的20世纪80年代中期到2005年20多年的时间里，毕四海一直有意于战争题材的文学创作，从这一角度来看，"台儿庄大战"系列小说也应值得研究毕四海的学者予以特别关注。

抗战全面爆发后，1937年10月，李宗仁就任第五战区司令长官，驻节徐州，指挥保卫津浦路的防御战。此时上海已经丢失，南京危在旦夕。李宗仁从战略上判断——京沪战事一旦结束，津浦线必然是日军攻击的重要目标，根据对形势的分析，提出了抗战的战略重点是"以空间换取时

---

① 毕四海：《回归小说创作是最大的心愿》，《中华读书报》2005年7月13日。

间"。1938 年 3 月，他利用日军急于打通津浦线的骄狂心理，采取"固守台儿庄及运河一线，诱敌来犯，断敌后路，乘机实施反包围，聚歼日军"的作战方针。于是先令孙连仲的第二集团军的第二十七师和第三十师，布防于运河一线及台儿庄以西，以第三十一师主力固守台儿庄，将汤恩伯的第二十军团部署于向城、洪山镇一线，阻击北面的敌人，并趁机让开津浦路正面，诱敌深入，待敌主力进攻台儿庄时，即南下袭击日军侧背。这场战役，中国军队取得了全面胜利，历史称为"台儿庄大捷"。它沉重地打击了日本侵略者的嚣张气焰，鼓舞了全民坚持抗战的斗志，在中国抗战史上的意义是不言而喻的。毕四海在枣庄生活了十年之后的 1987 年，以小说的形式来表现"台儿庄大捷"，尤其不同寻常的是，作家无意于再现这场战役的惨烈过程，也不再着力歌颂在战役中涌现的可歌可泣的英雄事迹，而是将其放在民间视角下，以蒙太奇手法描述一幅幅战争与日常生活图景，着重关注战争与人性的关系，细致表现人物丰富的内心世界，努力展示地方文化与习俗对人物的影响，使这篇小说有着更为丰厚的地方文化意蕴及人性内涵。

第一节　"老狼"的魅力

与主流道德与崇高理念为书写对象不同，《黑泥——血战台儿庄之一》赋予其主要英雄孙连仲"老狼"的形象特征。"老狼"，在中国主流文化中颇有贬低意味的象征，但作家却有意描写孙连仲作为一名"老狼"的传奇性格与战争生活景观，充满了民间文化的审美韵味。

在李宗仁看来，台儿庄一战对当时整个战局的重要性、关键性是不言而喻的——"它不仅关系到整个抗战的前途，甚至关系到了世界局势的变化"；① 而且对李宗仁本人前途的意义也非同小可——"这场仗打不好，我的处境将会出现严重的不妙"。② 小说一开始即用民间的文化心理揣测

---

① 毕四海：《毕四海小说自选集》（上卷），山东文化音像出版社 1999 年版，第 426 页。
② 同上。

李宗仁作为一个普通人的内心世界。李宗仁在选择指挥员时必定要慎之又慎，最后敲定孙连仲是李宗仁思之再三的结果。

小说赋予了孙连仲一个非常形象的"狼"的外貌特征：

"一个高大的男人走进了小巷，他撑了一把雨伞，那张脸刀砍斧凿一般冷峭。一双眼睛，藏在厚厚的眼皮里，目光很软、很松散。这个男人有两只奇特的耳朵，又长又窄，瘦伶伶地向上耸。耳垂不是一撮软肉而是一尖骨头。"①

在李宗仁眼里，孙连仲"两只老狼似的眼睛，依然高深莫测地眯缝着，没有一丝血色的薄嘴唇，依然紧紧抿着。"② 白崇禧对孙连仲的评价是："孙连仲是一只老狼，典型得很。他从来不叫一声，利爪和利牙从来都是藏得严严实实。一般的风吹草动，休想叫他翻一下眼皮。可是，一旦让他发现了猎物，他会扑下来，从高高的山上。"③ 阎锡山的评价是"这只狼羔子（指孙连仲）对冯玉祥可是忠心耿耿。人又极有骨头……"④ 在这些颇有见识的人的眼睛里，孙连仲不止眼睛、耳朵、神态与狼相似，就连性格也与狼相像。因而，李宗仁认定"用孙连仲守城是知人善用，这只老狼，最善护窝的"⑤，他对孙连仲的交代是："我想请君入瓮，特请你这位'守瓮'名将在台儿庄打一仗，叫全世界看看！"⑥ 显然，李宗仁希望用这位"守瓮名将"守住台儿庄，请"日军"入瓮，使被板垣在临沂受挫而激起骄狂心理的矶谷，在台儿庄也挨一顿痛打，而且这一战是打给"全世界看看"的。

随着故事情节的进一步发展，小说运用传奇手法，描述了孙连仲在战争中所显现的不同寻常处。孙连仲把他的司令部选择在一个神秘、奇特、阴森的王妃墓里：

"台儿庄东头，傍着运河的北岸，有一座高大的坟墓。这座坟墓说是明朝一个皇帝的妃子，下江南时得了急病死了，埋在这里的。"⑦

---

① 毕四海：《毕四海小说自选集》（上卷），山东文化音像出版社1999年版，第496页。
② 同上。
③⑦ 同上书，第419页。
④⑤⑥ 同上书，第501页。

小说对"老狼"孙连仲这一举措的智慧与才能表示了由衷的赞叹。然而，在中国历史上这次运河古镇的大捷中，那一幅又一幅死尸叠陈的景象，一片片焦土，成为"老狼"孙连仲一生中都无法摆脱的噩梦，那"一汪汪黑血，一块块黑泥"，显现了这场战役的惨烈程度。其中，有日军摧毁了台儿庄北城墙从突破口冲进庄之后，池师长亲率敢死队与敌近战，拼死的士兵用大刀发挥威力的战斗场景；有八十多个士兵用十二枚一捆的集束手榴弹捆绑在身上，滚到敌军坦克底下，炸毁日本坦克的悲壮场面；更有当李宗仁命令以十万银圆奖赏敢死队员时，战士的"一致抗战，不要银圆"的慷慨激昂之声；还有台儿庄三分之二的地方为日军占领，孙军死伤十之七八，双方展开激烈的拉锯战之时，孙连仲对池师长也是他女婿的命令——"士兵打完了，你自己填上去。你填过了，我就来填进去！"……到战争最后，日军阵脚大乱，狼奔豕突，向北撤去，孙连仲部与友军内外夹击，形成了横扫残敌的壮观场面。小说详尽地描述了"老狼"孙连仲先依靠台儿庄的有利地形阻击敌人，之后又在夜里进行各种突击拼命拖住敌人，战争过程中他在司令部里发出的命令，在池师长听来声音是"阴森可怖"的。事实证明，孙连仲果然没有辜负李宗仁的信任与重托，在运河古镇台儿庄率部苦战矶谷师团，以顽强的防御和令日军感叹的反击，自始至终没有丢掉阵地。在他"老狼"般的死守中，矶谷"做梦也没有想到，台儿庄是一个巨大的泥潭，让他陷了进去，欲进一尺，竟比登天还难。"这是"老狼"的智慧所在，也是"老狼"的防御的韧性所在。日本侵略中国，在我中华大地上肆意践踏，烧杀抢掠，无恶不作，表现出了异常残忍、凶恶的兽性。在这中华民族生存危亡时刻，当然需要威武强壮的"虎"、"狼"精神来应对，这是民间的生存规则，也是大自然的生存法则。显然，作家在此呼唤的是"强者哲学"。

国难当头，毕四海所表现出的这只"狼"与蒲松龄《狼》中那个狡猾、阴险、凶狠的狼特征相近，与其贪婪的性格相远。这只"老狼"的所谓"狡猾、阴险、凶狠"，在台儿庄百姓、在中国的百姓心中，那是智慧，是强悍，是为国为民而殚精竭虑，是勇于献身，这一气质与精神在那一特殊环境中让中国人民感到异常的安全、亲切与温暖，有着无穷无尽的人格魅力。显然，"老狼"孙连仲在民间视角观照下，是一位可敬可爱的民族英雄形象，他兼有蒲松龄《狼》中的猎人与狼共有的品质：足智多谋，讲究策略，果断勇敢，最终夺取了这场战争的胜利。毕四海在台儿庄大战这一题材中呼唤狼的智慧与性格，彰显狼的优点，其实是对中华优秀儿女的勇敢品质、聪明才智的呼唤，是对爱国情怀、牺牲精神的呼唤，也可以说是民间对强者与正义力量的呼唤。

作为一名蒲松龄的老乡，毕四海在他的农村小说中，曾多次满怀激情地描述过多情聪慧的狐狸形象。其实，狐狸在中国主流文化中是邪恶的象征，如人们习惯把所谓勾引男人的女人称为"狐狸精"，把狡猾的男人称为"老狐狸"。但在民间文化中，对狐媚女人的评判是异常暧昧的，"狐狸精"固然有用媚态迷惑人的嫌疑，但更有美丽多情的含义。而在《黑泥——血战台儿庄之一》这篇小说中，我们又感到了毕四海对狼的偏爱，实质上仍体现出毕四海对民间文化审美的认同。在传统主流文化中，狼向来是狡猾、残忍、贪婪的象征，在20世纪80年代后期还有"狼啊，你千万别堕落成人呀！"的先锋话语。而民间却认为狼很勇猛，且有智慧，常把它与百兽之王"虎"并称，如虎狼之威，如狼似虎，都是指为人们不敢小觑的动物。毕四海在小说中表现对狼的欣赏与赞美，体现了非主流的、民间性的审美趣味。在今天，我们看到的《怀念狼》、《海狼行动》等作品中，在现代人对"狼性"的赞美中，可以清晰地感到20世纪80年代的毕四海，对人性、对人类存在思考的某种现代性与先锋性元素。

第二节 道德的民间化与故事的传奇性

与"庙堂"的基本道德尺度"忠"不同，毕四海的台儿庄系列小说着意凸显民间道德。民间道德的内涵通常是复杂多样的，如惊心动魄的忠奸斗争、善良与贪婪的截然对立，再如善恶报应、富贵无常、福祸轮回等等。毕四海在这一爱国战争题材中，刻意表达的是"老狼"孙连仲的民族大义和超人的智慧，庞炳勋的民间情义和为人的正气，以及汤恩伯的自私心理与消极抗日情绪而显现出的奸诈与邪恶。"老狼"孙连仲虽是蒋介石的大将，但有过"反蒋"行为，且本是冯玉祥的爱将，因而作为"后娘养的"军队的指挥官，在部队调遣上往往要被派到战争最惨烈之处，在武器装备上却是极为劣质的，而且在军队人员配置上更是一支良莠不齐的杂牌军。

《李宗仁回忆录》里对台儿庄大战中孙连仲的军队有这样的描述：

"孙连仲集团军名义上虽辖两军，惟该部团曾参加山西娘子关之保卫战，损失颇大，四十三军所剩只一空番号而已。孙连仲虽曾屡次请求补充，均未获准。其后不久，四十二军番号且为中央新成立的部队取而代之。故该集团军实际可参加战斗的部队只有三个师。"

因而，李宗仁见到的孙连仲是"一脸征尘，一脸牢骚。'双钩'老窖也掩盖不住他眉宇间的郁闷、愤懑"①。"老狼"言语中非但没有对其领袖人物蒋介石的敬佩之情，反而存在许多不恭，甚至是讥讽与不屑，被歧视、被怠慢而引发的愤懑情绪溢于言表："咱爷们才丢了几寸？老蒋头他丢了几百里，几千里。""他的亲儿子（指汤恩伯）在观山景，老子替他卖命！"……与上级李宗仁的对话，也是直言不讳："你不要刘备摔阿斗！""你在欺软怕硬！"这类话语充满了民间世俗大众的想象与情绪，它生动形象地把战争中英雄的生存状态和心理状态，充满人性化地淋漓尽致地揭示了出来，带有一种"人本"的民间历史意识。

而"油篓"庞炳勋打临沂保卫战前，如此对李宗仁说：

"长官，你对庞某有情有义了。你为咱争得了维持现状不归并的中央指令，你又补给了咱庞某大批的弹药、枪炮……咱庞某唯感激涕零，以死相报。"

这里，作家也是刻意强化了"知恩图报"的民间江湖性质，淡化上下级甚至国家、民族与军人的关系，突出的是世俗义气，表达的是大众情绪。显然，毕四海在小说中着意凸显的是民间的道德与美学倾向。

---

① 毕四海：《毕四海小说自选集》（上卷），山东文化音像出版社 1999 年版，第 417 页。

　　这部小说还具有极强的故事性与传奇性因素，即它遵循消费规律的"好看"原则。这既是小说兴盛于明代资本主义萌芽时期的一个根本性原则，同时也是一个久远的传统。因为中国小说早期的原型正是魏晋时期倡兴的"志怪"文体——曾为孔子所不齿的"怪力乱神"一类的奇想幻闻，"怪"与"奇"一直是中国小说最重要的文体特征。从魏晋到唐，虽然小说的要素逐渐具备，描写内容由鬼神到人，但"志怪"与"传奇"的特征却依旧，再到宋元话本，小说内容的根本要求一直是故事要具有吸引力，直到清代的蒲松龄，所推崇的更是"干宝之才"、"幽冥之录"。"奇"由消费需要变成了小说美学观念的最重要的因素，也正因为"奇"，才满足了读者的观赏性、娱乐性、消闲性和刺激性的需要。可以说，注重故事性与传奇性是中国传统小说的艺术宗旨，这样的宗旨无疑是具有民间性的。

　　俗话说：自古英雄爱美人，那么也可以说，自古美人爱英雄。小说通过美人的爱为英雄增光添彩，池照松的妻子是这样的一位美人：

　　"为首的，是一个女孩子，她打扮得十分洋气，华贵，一副大小姐的派头，没有一点点流亡学生的憔悴气。见了这么高的将领（指李宗仁），她一点儿也不慌乱、拘束，而是大方得很，甚至有些满不在乎的劲儿。"

　　这个女孩叫孙凤洁，是孙连仲的女儿。听到李宗仁决心要在台儿庄打一场硬仗之后，"孙凤洁的眼里浮上了一层泪粉粉，她的两朵粉腮，也红艳艳的呈桃花状了。"作家为了满足普通读者的阅读心理期待，即使是在战争环境下的被英雄爱也爱英雄的女性，仍然赋予了她们不仅貌美多情，家庭条件好，而且有胆有识，爱国爱民等理想完美的特征。孙凤洁的观点是"男人——越凶，越招女人喜欢"，"真正的女人喜欢多情的凶猛，凶猛的多情"。民族英雄在民间视角的观照下也显得格外儿女情长："总司令（指老狼孙连仲）也变得神情柔和起来，他定定地看着他的传令兵（情人芳子女扮男装成传令兵），一双藏龙卧虎的眼睛里电光灼灼。"

　　不仅如此，作家还试图通过女人与男人的爱情来探求人性的奥秘，"真正的军人都是风流多情的"：

　　"罗斯福说他一见到他的情妇，政治才华便勃然大发。前年12月10

日傍晚，英国伦敦广播电台向全世界广播了爱德华八世的话："离开我所爱的女人我将力不从心，无法日理万机，履行国王的职责。因此朕郑重决定放弃王位，绝不反悔'。"①

孙奉贤也说："女人能使男人心灵的风暴平息，能让焦躁变成安宁，能叫冲动降为理智。而这一切，对于一个指挥官来说，比生命还重要。"美丽多情的神秘情人的回答是："上帝造出男人和女人，就是为了和谐的。"小说为此还特意设置了女人作为男人静心丸的存在状态——在血肉横飞中仍能保持机智冷静头脑的细节。

在这里，小说显示出了一种完美漂亮的女性是为英雄而活着的民间审美趣味倾向。虽然这类情节所体现的是男人为主体、女人为客体的男性中心思想，表达的并不是男女真正的平等和谐，却也满足了大众文化的审美期待，浸润了这一片古老大地的民间文化想象。

优秀的作家心中始终要存在着读者，考虑读者的阅读心理与兴趣，这一良好素质非常典型地体现在毕四海身上。为了增加小说的可读性，不论在情节设计上，还是在人物性格塑造上，作家都十分注重运用对比手法，努力强化故事的传奇色彩，细致展示人物丰富微妙的心理世界。如在对"老狼"孙连仲叱咤风云英雄行为的展示中，不时穿插其风流韵事与儿女情长的生动细节。不仅如此，对比还是人性的一部分，在对池照松的性格刻画中，小说这样描述："在战争打得最惨烈时，他（池照松）的眼皮子有些潮，人在痛苦、艰险、困难的时刻，似乎倒容易想起欢快、安全、轻松的事情，似乎更多情。"而且，人总是在找寻自身缺失的那部分内容，即互补性格："武夫爱儒雅，粗烈爱温柔。"……越是英雄越是多情人的意识，使毕四海笔下的人物有着极强的张力，英雄不仅让我们敬佩、畏惧，还让我们感到可亲可爱，这种写作手法使战争英雄的"硬汉子"特征、"壮志豪情"品性，透出了某种"柔软"、"温情"的感性特质。

对比手法还存在于对战争中台儿庄古运河的描述上：

---

① 毕四海：《毕四海小说自选集》（上卷），山东文化音像出版社 1999 年版，第 422、427 页。

"水默默地向北滚着。它如今变得血一样红,血一样凝重了。它因为自己变得血腥、污浊而痛不欲生。往年这个时候,它已是温情脉脉,常常扯起几叶白帆和一团团雾岚,给北中国描绘吴越秀色了。"①

日本侵华同样也给古运河带来了厄运。

显然这一手法不只是塑造人物、刻画情节的需要,还是战争小说艺术的需要,它有效地控制了战争过于紧张的节奏特点,缓和了读者低沉抑郁的情绪,给冷酷、惨烈的战争小说增添了柔美、亮丽的丰富特质,也使小说能够存在在紧张的节奏中透出轻松、在残酷的场面中露出温情的艺术气息。

当然,对比也是现实生活的存在状态,正如美国记者巴本对李宗仁所说:"世界真有趣,天天在发生着对比,眼泪和欢笑,死亡和降生,抗战和投降。"②

第三节 浓厚的民间文化韵味

"台儿庄大战"系列小说,在对战争的具体描述过程中,采用了民间立场与民间视角,讲述的是民间流传的战争故事,体现出了较为浓厚的民间文化韵味。

既然小说无意再现这场战争,而是着意于突出英雄人物的生存状态、精神状态、生命意义与人性内涵,试图以此表现一种人性的、文化的、心灵的历史战争。因而在题材选择上,虽是抗战爱国题材,但作家选择的是国民党军队与日军的战斗,在20世纪80年代社会思想还不够开放多元的时期,这样在英雄人物塑造上,更易持一种平视的角度,较为自由地对其予以观照,注重表现英雄在战场上那具有普通人中的人性一面,也更易展现他们平凡的文化心理与世俗精神世界。

"老狼"孙连仲的"狼"性有着丰富的多层次的文化魅力,其性格也

---

① 毕四海:《毕四海小说自选集》(上卷),山东文化音像出版社1999年版,第430页。
② 同上书,第436页。

有着无穷的张力;台儿庄大战的序幕战之一——滕县保卫战,其指挥者是
"佛将"王铭章,他脖子上挂着妻子从四川寄来的红辣椒,举着刀指挥士
兵与敌决战,吃一串辣椒打退敌人一次进攻。最后他吞下去了滕州父老希
望他能够保卫滕县,在他45岁的生日那天送来的贺礼——金子做的小秋
千,连同他缠绕上去的妻子的青丝,与古老的滕县城墙一齐直挺挺倒下
去……;而指挥台儿庄大战的又一个序幕战——临沂保卫战的庞炳勋将
军,在民间视角下也是异常地鲜明生动,对庞炳勋将军的介绍,小说中有
这样的描述:

"冯玉祥赐号'油篓'于庞炳勋,军界同仁一致认为,自愧弗如"。
打临沂之战时,历久戎行、身经百战的庞老头儿身上大小有178个伤疤,
但伤痕累累却无损他的健康,自称"廉颇老矣,尚能饭"①。

日本对中国的侵略行径以及李宗仁的礼遇、推崇与推心置腹,令这位
年过半百的只知保存自己势力的"地头蛇"、"兵油子"将军,甘愿为国
效力,并万死不辞。在对这场战争的描述中,表现庞炳勋将军更是一幅幅
奇特的场景。战前庞炳勋便衣回家,对家人一番交代之后,他是带着被桐
油大漆髹了10年的自己的棺材打临沂之战的;猩红色披风、挺胸昂首、
骑马在前的庞老将军身后,是几名士兵与一具桐油在太阳光里光芒四射的
棺材;在"一发炮弹切开了蓝天,把一片火光泻在旁边院子里"的同时,
绵香、辛辣、驱寒、健胃的临沂早点"糁汤",被150多名士兵喝成"哧
溜溜"的响声一片;老兵、瘦马、破车、新枪,拉着装满炸药的棺材,
朝着板垣的指挥所狂奔;在临沂呈驼峰处的茶叶山顶巅的凹处,庞炳勋的
一双老筋纵横的手,抖擞着抚摸与自己有着私仇却赴国难、从背后给敌人
痛击的粗犷大汉张自忠……

一个个悲壮惨烈的战争场面被毕四海诠释得如此独特、世俗、多情而
且浪漫,写出了民间的自在和本原的一面。其中的"兵多将才强"、把兵
看成"自己肋骨"的文化心理,高僧关于庐山云雾茶的"生存之道",临
沂一带早上喝糁之习俗,台儿庄张家狗肉与苍山大蒜泥的香气,王铭章打

---

① 毕四海:《毕四海小说自选集》(上卷),山东文化音像出版社 1999 年版,第 458 页。

仗时吃辣椒的特性，庞炳勋拉着多年精心打造的棺材去打仗之场景，"老狼"把指挥所安排在坟墓里的独到之举而传令兵又是其女扮男装的情人等，民间景致与情趣，氤氲着一种特有的宽容、平和精神与气度。它的书写不但使人物个性更加生动鲜明，还给作品增添了深厚的独特的地方文化韵味。而板垣师团残部狼狈逃窜，"一口气跑了90里，创当时亚洲军事史上逃跑之最高纪录"，其灵魂埋在了台儿庄之揶揄，透露出作家对抗战英雄情不自禁的赞誉，充溢着作家对这场中国历史上的抗战大捷由衷的自豪与欢乐。小说不仅有悲壮高昂、豪迈的英雄主义基调，还有一种悲剧性与反讽性相结合的风格，同时又掺杂着一丝调侃的意味。

　　小说的民间文化意蕴，还体现在通过人物对地方民间小调的吟唱来表现其内心世界上。如汤恩伯倚仗蒋介石的宠爱，对李宗仁的命令阳奉阴违，在抱犊崮山区行军速度极慢，作家穿插了其行军过程中，不时有人哼起沂蒙小调的细节来表现其部队的悠闲、散漫："一更天里呀，月稀稀，小妹妹山洞里呀……"还有师长池照松在战争间歇之时想到的情歌，王铭章在临死前耳边响起的妻子给他唱的民间小调，等等。这类内容的穿插一方面是由于情节的需要，另一方面也是小说艺术的民间传统，体现了民间美学风范和格调。这些山野之歌虽然肤浅直白，但在冯梦龙眼里是"情真而不可废也"，因为"但有假诗文，无假山歌"，这是真性情，是人性的一部分，有意叩问人性的作家毕四海在此对民间小调的引用当然大有深意。这种非正统的美学趣味无疑是属于民间的，属于市民阶层的，体现了小说的娱乐性与消闲性甚至是刺激性的需要，当然，这种娱乐目的又不可有"为风俗人心之害"。

　　"台儿庄大战"系列小说，由于是在民间视角的观照下，作家就很自然地以轻松的心态，增加了大量篇幅的有关爱情、亲情、生活个性、地方文化习俗的描述，弃置了传统战争题材小说的英雄神话色彩，也消解了这类小说过于庄重严肃的风格，使其成为虽为战争题材小说，却又不仅仅是战争题材小说的艺术，从而使小说具有了人性的厚度，生存的深度。

　　中国小说艺术自其诞生以来就一直有着民间传统，庄子曾就其民间特质表达过对小说的轻蔑："饰小说以干县令，其与大达亦远矣。"（《庄子·外物》）"小说"在这里显然是指小人物的道理，离真正的"大道"哲思"远矣"的世俗言谈。东汉史家班固在其《汉书·艺文志》中对"小说家"作了如此的阐述："小说家者流，概出于稗官。街谈巷语，道听途说者之所造也。"指出小说家只是一些小人物，小说也只是一些来自街谈巷语的道听途说、奇谈怪论而已。庄子、班固的看法显示了小说的边缘性的民间特质。在中国小说成熟期的明代，不但其间的"三言"、"二拍"整理自民间的话本，而且《三国演义》、《水浒传》、《西游记》、《金瓶梅》四部奇书也是兼有历史、游侠、神魔、世情等民间因素，体现了浓厚的民间精神与审美价值取向。但近代以来，中国社会的内忧外患使现代思想启蒙者，将小说提升到了社会文化的"中心"位置，梁启超"欲新一国之民，不可不先新一国之小说"① 可谓表达了维新者的共同心声，"五四"新文学也是强调小说的"改良人生"的启蒙作用，这样小说也就由社会边缘走向了文化中心。因而20世纪小说中的主流意识形态因素的分量一直较重，它也因此慢慢失去了中国古典小说亲和于民间文化精神的传统，致使小说一度走向了畸形与贫困。

直到20世纪80年代初期，汪曾祺的《受戒》和《大淖记事》、邓友梅的《那五》、陆文夫的《美食家》等风俗文化小说的出现，民间的理念才逐渐在当代复活与拓展开来。在这些小说中，与社会主流无关的乡间民俗和市井生活场景被凸显出来，汪曾祺小说中的僧人耕田除草，当家理财，杀鸡宰羊，娶妻吃肉，还原出了一个地地道道的世俗人生，还原了民间的自在、本原的生活形态。在1985年"寻根文学"的思潮中，韩少功提出"文学应有'根'"，"'根'不深则叶不茂"，反复强调文学中应含有那些"未纳入规范的民间文化"和"乡土中所凝结的传统文化"："俚语、野史、传说、笑料、民歌、神怪故事、习惯风俗、性爱方式，等等，其中大部分鲜见于经典、不入正宗"，但它们却"像巨大无比、暧昧不明、炽热翻腾的大地深层"，"承载着地壳——我们的规范文化"。李杭育在梳理文学精神之"根"时也提出了类似的见解，指出文学的精神之"根"不是属于主流的

---

① 梁启超：《论小说与群治之关系》，《新小说》1902年第1期。

"中原规范"，而是这中心之外的"老庄的深邃，吴越的幽默，以及楚人的讴歌鬼神"，它们才是"我们需要的'根'"，因为"它们分布在广阔的大地，深植于民间的沃土"。① 显然，这些取向于非主流、原生、乡野、大地、民间的小说思路，在 20 世纪 80 年代初期开始走进文坛的毕四海这里，也已达成共识。但是，从总体上看，当时启蒙主义语境仍然占据了绝对优势，知识话语仍具有特定强势的情形，民间性更多的还是处于遮蔽状态，其消闲性仍被排除在小说艺术之外。当时大多作家们一方面强调小说的边缘性，但内心深处却仍然充满了对宏伟理念和精英意识的天然的亲和。

　　今天我们细读文本，会看到毕四海的这类小说，既具有本源性，又具有功利性；既接近小说本体，又具有文化启蒙意义的因素。我想，这也是毕四海虽表现出一定的民间自在的生活状态与民间审美趣味，但仍是站在传统知识分子的立场上，一再强调关注战争小说，其主旨是探索"人性与战争"关系的原因。

---

　　① 韩少功：《理一理我们的"根"》，《作家》1985 年第 9 期。

第四章　鲁南大地的集体历史记忆

第一节　抗日地火运行
——评向春的《煤城怒火》

　　抗日战争是中国近代以来一场旷日持久、艰苦卓绝的战争,从 1931 年的"九一八"事变至 1945 年日本投降,长达 14 年。中国作为世界反法西斯的东方主战场,无数中华儿女舍身赴死,前仆后继,死亡总数占第二次世界大战死亡总人数 9000 万的 40%,中国人用"3500 万人的伤亡和 6000 亿美元的财产损失的巨大代价"[①] 换来了这场战争的最终胜利。如今历史烟云散去,回望中国近代百年屈辱的历史,抗日战争是转折点,是中华民族新觉醒和伟大复兴的重要起点。战争留下了可歌可泣的故事,也带给我们巨大的心理伤痛,在此后的半个多世纪,以抗战为题材的文学创作从未停止过,它们构成了 20 世纪中国新文学主潮的特殊部分,也为战争文化提供了一份珍贵的历史档案和心灵实录。

　　中国的抗战文学创作大致分为三个时期:1931 年到 1945 年抗战胜利,这一阶段的抗日题材作品可称为"战时文学",1949 年新中国成立至"文化大革命"结束的 50—70 年代文学为"战后文学"(通常被称为"革命历史题材"或"革命战争题材"作品,而不再称为"抗战文学"),20 世纪八九十年代即新时期以来的"抗战文学"(1994 年张承志重提,指出

---

① 　王新华:《不能忘记的抗战·序》,上海画报出版社 2005 年版,第 10 页。

今天仍然需要抗战文学，1995年抗战胜利50周年，中国作协发起"中国抗战文学征文奖"，正式定名为"抗战文学"，脱离于"革命历史题材"而成为独立的文学题材）。

战时的"抗战文学"有着鲜明的"为抗战服务"的目的，当时，抗日救亡是整个时代的主旋律，战争激发了中国人的民族危机感和爱国主义情感，促使中国大部分作家迅速投入到抗日题材的创作洪流中去。"十七年"抗战文学的创作中，由于主流意识形态居于支配地位，抗战文学从内容到形式进一步"规范化"，1960年7月提出的"两结合"创作方法要求作家们表现英雄的时代和时代的英雄，即塑造无产阶级英雄典型——工农兵英雄人物。新时期之后的抗战历史书写逐渐弥补了战时和战后"十七年"对战争本身思考的不足，丰富了战争人物的生存状态、精神世界和内心情感，力图通过个性化的阐释还原历史的细部真实。

拨开"文化大革命"文学"空白论"、"断裂论"的迷雾，"文化大革命"时期"写抗战题材的有8部，即李学诗《矿山风云》（第一部）、崔椿蕃执笔的《盐民游击队》、向春《煤城怒火》、牟崇光《烽火》、李荣德和王颖的《大雁山》、郭澄清《大刀记》（三卷本）、晋庆玉《英雄的乡土》、刘云鹏《柳河屯烽火》（上部）。抗战题材小说占长篇小说总量的10%弱。"① 向春的《煤城怒火》是"文化大革命"后期为数不多的抗战文学之一。如果参照西方战争文学评价作品的"人性"角度，会认为"文化大革命"时期的作品因受文革极"左"思潮的影响，突出了政治教化功能，普遍存在概念化、公式化和脸谱化的弊病，鲜有文学研究价值。但是，如果我们跨过历史时间的鸿沟，还原当时的历史语境，不可否认的是这些作品有着文化"活化石"一般的本土特征，它们也是特定历史时期的抗战文学的一页，有一定的文学史价值，不应该被搁置甚至湮没，而创作它们的作家更不该被遮蔽和遗忘。

一　向春：执着于底层现实的创作

成善一曾在《矿井里爬出来的作家》一文中写道：向春的人生旅途

---

① 卢敦基：《"文革"时期的抗战长篇小说》，《浙江广播电视高等专科学校学报》1995年第4期。

是艰难的，他沿着农民—教师—大学生—矿工—作家一条坎坷曲折的道路成长起来。1936年农历润三月十八，仲春时节，李向春出生在山东省汶上县南旺区柳林闸古运河西岸的一个贫困却勤劳的人家。1960年因饥馑带来的灾难，他只能从菏泽师专文史专业退学，到枣庄矿务局朱子埠煤矿当了矿工。向春在朱子埠煤矿当了23年矿工，他把最好的年华献给了拼命流血的掘进工事业，因而他的小说创作有着坚实深厚的现实基础。

1959年，向春写农村生活的《老妈妈》发表在《海鸥》上，其他小说也相继在其他文艺期刊上发表。向春在《山东文学》发表了写矿工的小说《老监察》，《大众日报》也相继发表了他的小说，他被山东省作协推荐为"一手拿笔一手拿镐的矿工作者"出席了1965年召开的"全国青年文学创作积极分子代表大会"。1965年7月，向春把定名为《寒冬》的稿子寄给《收获》杂志社，于1975年8月，改名为《煤城怒火》出版。1979年向春加入中国作家协会。自此，李向春又创作了《煤城激浪》、《卧龙镇》、《天怒人怨》、《惊心动魄》、《黑色世界》、《鳏夫与寡妇们》、《山川恨》、《恩怨》等长篇小说，这些小说始终执着于描写煤城和煤矿工人，寄托了作家对于煤炭事业深深的爱。

1995年12月2日，山东作家协会召开的"李向春作品研讨会"上，专家评价道：向春以煤矿为背景写了近百年的矿工生活，塑造出不同时期矿工的艺术形象，为中国矿工塑定了一座艺术丰碑。向春对矿工一片赤诚，坚持民族形式、民族传统和现实主义创作道路。向春的可贵之处在于不断探索，不断扩大创作领域，以煤矿为背景，笔触整个社会。从《煤城怒火》到《天怒人怨》展示出广阔的视线和生活的厚度；从《卧龙镇》到《鳏夫与寡妇们》显示了创作的成熟和艺术的提高；从《煤城激浪》到《惊心动魄》流露出对国家的忧患和对党的信任。陈宝云特别指出：从向春创作的演变之迹，能看出他怎样逐渐摆脱"文化大革命"思潮的影响，逐渐适应新思潮的需要，也可以看出他创作所坚持的东西。

《煤城怒火》的初稿写于1972年9月，两年之后脱稿于济南，1975年由山东人民出版社出版，刚一出版就轰动了70年代的中国文坛。经历了"文化大革命"的文坛荒芜太久，《煤城怒火》如同沙漠中生出的一朵艳丽的花，正好填补了空白，因作品有大众熟悉的生活气息，故事性强，而成为当时的畅销书。《煤城怒火》被人们称为《铁道游击队》的姊妹篇，与《烈火金刚》、《野火春风斗古城》、《大刀记》一样成为炙手可热的文学作品，不仅在广播电台连播，而且被改编为评书、连环画和电影。《煤城怒火》虽然产生于"文化大革命"，但没有写"文化大革命"，也不歌颂"文化大革命"，它饱含感情地再现了煤矿工人新中国成立前的生活和历史，这里有工人的血和泪，爱与恨，哀凄与悲壮，屈辱与抗争，有工人的情志与心魂，因此有别于单纯的政治观念的"传声筒"。李向春是地地道道的煤矿工人，他与工人摸爬滚打在一起，长期的生活体验和观察思考，使他非常了解矿工的感情、思想和心理，正因如此，《煤城怒火》有着作家的真诚和生活的真实，这同那些适应极"左"政治的需要随意拼凑起来的作品，有很大的区别。深入剖析此作品，它的突出特点是采用二元对立的叙事模式，表现出战争时代人性善恶的激烈交锋，将抗战覆盖于革命之下，将阶级斗争与民族战争融于一体，在人物塑造上有模式化、符号化的鲜明特点，传奇性的革命叙事中有着正统与通俗兼有的民间意味。

二 善恶二元对立的叙事模式

《煤城怒火》描写了抗战期间，生活在底层的煤矿工人在党的领导下，与日本侵略者和汉奸卖国贼斗智斗勇，最终赢得胜利的曲折故事。抗日战争既是反侵略的民族自卫战争，也是被压迫阶级的解放斗争，在民族矛盾与阶级矛盾极为尖锐的时候，以朱大顺为代表的工人阶级与日伪军进行了多次殊死较量，在这场正义与邪恶的较量中，工人们迅速成长，由自发盲目的行侠仗义，在苦难中反抗，到接受党的领导之后，成为影响时局、间接抗战的中坚力量，进而成为主动消灭敌人的进步力量，随着阶级队伍的壮大，战争形势逐渐明朗化，直至取得最后的胜利。作品突出了民族战争的正义性、阶级性，弘扬了抗战文学所共有的爱国主义、英雄主义和理想主义精神。

作品的主人公朱大顺本是一个底层农民，与麻木、愚昧的农民形象不同的是，他在少年时便显示了正义的一面，勇敢反抗压迫、剥削。在杀了地主白吉，毁了地主儿子白润的同时，作为个体的反抗，朱大顺并不具有阶级觉悟和革命性，运河边除霸抗暴似乎是对恶势力的本能反抗，因为穷人只有造反才能报仇，才能活下去。在流浪了一冬天之后为能吃上口饭他成为煤城的矿工。旧社会地狱十八层，矿工埋在最底层，在煤城"下窑七分灾，不是早上死，就是晚上埋"。但这里的工人们同样生活在窑主的残酷剥削下，"租子重，利钱高，苛捐杂税赛牛毛"①，运河岸边的民谣唱出了穷人生存的艰难。日本人进驻煤城之后，进行了疯狂的屠杀和掠夺，在国家与民族危难之时，朱大顺逐渐超越个体目标，主动承担起组织反抗和地下斗争的任务。他在地下党的领导下，开始团结工友，一起斗争，成了煤城第一个矿工共产党员。在他的帮助教育下，郭忠、刘铁、王天英、陈刚、张振等人迅速成长，成为对敌斗争的英雄。朱大顺在学习了毛主席的《战争和战略问题》之后意识到：只有武装夺权才能解决战争问题，武装斗争是煤城抗日胜利的必由之路。无论在思想还是行动上，朱大顺都是没有缺点的先进人物，他行侠仗义，无私救助贫困工友，他机智勇敢，虎口显威，阻断了"鬼子"的出煤计划，他果断神勇，临危不乱，指挥工友与日伪军斗争，连刘子福、谷子叶、董地湖等"骑墙派"也被他慢慢感化、教育，加入了间接抗日的队伍中。朱大顺等矿工是工人阶级的典型，代表了人性的善良、博大、同情和担当，具有乐观主义、英雄主义和牺牲精神。

工人阶级的对立面是日本侵略军和汉奸伪军，以小岛和龟六为代表的日寇顽固自负，丑陋愚蠢，他们身上既有军国主义的战争狂热，又有暴力分子的残忍兽性。他们与以刘八、梁钦山、周学昌为代表的汉奸一起构成了作品憎恶、否定的阶级对立面。

日本帝国主义铁蹄踏入中国之后，煤城成为他们抢夺和占有的军事重地，他们是凶恶残暴的民族敌人，也是狡猾阴险的阶级敌人，为了实现"以战养战"的野心战略，他们打着"共荣"、"亲善"的幌子，拼命压榨矿工，很多矿工惨死在窑下，矿工一旦反抗便血腥镇压，威逼利诱，为加快夺煤，补给军用，疯狂而残忍。日寇的穷凶极恶与汉奸的贪婪惧死既

① 向春：《煤城怒火》，山东人民出版社1975年版，第14页。

是个人的道德缺陷，也是整个剥削阶级的象征，作品不遗余力地鞭挞，激起了读者对他们强烈的仇恨和厌恶、警戒与排斥。作品的人物关系简化为二元对立关系模式，在正义与邪恶、压迫与反抗的战争中，正义的一方无疑指的是出身农民的穷人、底层矿工、好人、革命者，作为正面形象，他们善良、勇敢，团结一致，是作者肯定和赞扬的对象。邪恶的一方即指地主土匪等富人、矿警、坏人、反革命，他们愚蠢、奸诈、穷奢极欲，是作者否定和批判的对象。善与恶、神与鬼、美与丑的二元对立，压迫与反抗的叙事模式，引发了读者爱憎分明的民族情感共鸣，造成了欲罢不能的阅读效果。在"十七年"革命历史题材作品中，这种二元对立的叙事模式比比皆是，有意将政治、阶级上的敌我矛盾转化为道德上的善恶对立，非常符合中国百姓的审美习惯。中国人的善恶标准清晰而明确，"善有善报，恶有恶报"的因果论思维颇为强大，这种叙事模式适应了普通读者的阅读心理，从而实现了文学惩恶扬善的教化功能。

小说除建构了敌我、善恶、正义邪恶等二元对立模式，其抗战的主题往往被覆盖于革命之中。小说开篇，朱大顺等贫苦农民，在没有共产党的领导时，受地主的压迫致使亲人遇害，杀了仇人害怕被追杀而四处流亡，此时的阶级斗争是失败的，到他们当了矿工，有了党的领导后，对日寇的斗争与反抗地主阶级压迫的斗争合二为一，取得节节胜利。"革命是暴动，是一个阶级推翻另一个阶级的暴烈行动。"[1]无论是国内的阶级斗争还是民族战争，都可以置于阶级斗争的范畴内。在抗战期间就开始用阶级分析法来界定抗战的力量和敌我的不同阵营，因而抗日斗争不是单纯的抗日，而成了反抗统治阶级压迫的斗争，一场超越民族界限的阶级革命。阶级矛盾和敌我斗争的合一，符合抗战时期的社会现实，贫苦的工农因被压迫阶级属性而成为革命的坚决力量，其他阶级如小资产阶级知识分子、开明绅士（刘珍、董地湖）则需要改造、团结和争取。因此，在"文化大革命"文学提供的抗战图景中，主要在于塑造工农群众及英雄人物，知

① 毛泽东：《湖南农民运动考察报告》，《毛泽东选集》第一卷，人民出版社1991年版，第17页。

识分子是无法作为抗战英雄出现的。"土匪当汉奸，天生的料，货真价实"①，土匪（梁钦山）和地主（白吉）同是剥削阶级，自然有了汉奸的第二种身份，国民党伪军则是助纣为虐，枪口对内的反动分子，他们构成了抗战时期的统治阶级。这是以阶级划分作为人物定位的写法，直到新时期，文学摆脱了政治斗争工具的地位才得以突破，人性、人道主义得以凸显和张扬，在抗战文学中，也出现了国民党军人、土匪、地主和知识分子抗日英雄，完成了革命英雄到抗日英雄的转变。

三 类型化、符号化的人物塑造

在《煤城怒火》中，敌方与我方界限分明，好人、坏人极易区分，人物塑造有着鲜明的类型化、符号化特点。

朱大顺作为反抗压迫的工人阶级的代表，在小说中被塑造成"高大全"的英雄形象。首先他拥有英雄通常具有的外貌：魁梧的身材、威武的脸膛、灼灼的眼光、逼人的气魄，他坚定不移地跟党走，坚决执行毛主席革命斗争路线，最终打造成了能武装自己的工人阶级领袖。在他的教育引导下，连刘铁、李林一样的辣性子也变得有勇有谋。其次，在行动上，他智斗小岛，迷惑敌人，老塘放水，阻止敌人出煤；他团结帮助工友，屡次救出受难和被关押的工友，后来又将计就计，果断神勇地指挥窑下歼敌、炸车抢煤、火烧棒场；他有着鲜明的阶级立场，拒绝了刘八的收买，证明了"矿工的骨头最硬"，"练就了一身钻刀山的胆"和拥有"为工友碎尸万段脸不寒"的气概，连汉奸刘八也畏惧三分，称他是"钢铁汉子"。② 最后，在精神实质上，这种压倒敌人的豪迈气概、不畏艰难的乐观精神、对敌人满腔仇恨的阶级感情，体现了超越普通群众的革命性和无产阶级觉悟。作品借刘珍之口给了英雄一个特写与定格："朱大顺的形象越来越高大，光辉闪闪"，是个"难得的矿工革命者"③。朱大顺集农民、工人、革命者、党员、军人诸种形象于一身，也是斗争最坚决的被压迫阶级的象征符号。朱大顺的形象塑造体现了理想化的追求，他大段大段的宣

① 向春：《煤城怒火》，山东人民出版社1975年版，第98页。
② 同上书，第647页。
③ 同上书，第830页。

讲式话语证明了政治话语权已掌握在无产阶级手里，小说通过朱大顺形象实现了强大的政治教育功能，但单纯的政治视角局限了人物本该有的复杂和深度，以简单的阶级划分取消了人物个性，大大削弱了作品反映现实生活的广度和深度。

刘珍是指引、联络朱大顺等工人的地下工作者，她聪慧、细心，以医生身份做掩护，在对敌斗争中起到了上传下达的重要作用，但在作品中完全成为被改造的知识分子，作为朱大顺形象的反衬而存在。早在1939年毛泽东就指出知识分子并不是一个阶级，他们可以归为小资产阶级，思想往往是空虚的，行动往往是动摇的，他们多数只能被作为革命阶级的工农民众改造的对象。在抗日斗争伊始，她就与朱大顺意见不合，朱大顺提出要主动进攻，采用多种形式斗争，她批评朱大顺是违背马列主义的右倾和冒险主义，她始终反对冒进，主张"合法斗争"；朱大顺挺身而出，不惧危险，刘珍又批评他个人英雄主义；后来朱大顺越战越勇，屡次取胜，刘珍则认为他肯定滋长了骄傲情绪，害怕朱大顺的主动会使斗争受挫；她不同意在煤城拉武装，在战略上她是"冲动和执拗"的，右倾错误导致她对革命悲观，看不清斗争形势而过于保守，有"书呆子"气。在作者的设计下，这个昔日走在革命前列的知识分子，却不如没念过书的人有本事、进步快。她成了工农兵的学生，必须向工农兵学习。朱大顺在斗争间隙学习毛泽东著作，对毛泽东思想能深刻领悟并运用自如，证明了刘珍才是真正应该被改造的。这种符号化的形象塑造迎合文革时代的主流意识形态，文中多处用黑体字印刷毛主席语录，每一次战争的胜利无不是毛泽东思想和游击战略的成功运用，英雄人物正是习得了领袖的权威思想才在斗争危难中扭转战局，变被动为主动，最终获得了斗争的绝对性胜利。刘珍形象的塑造是从反面证明并张扬了这种政治理念的正确，有力衬托朱大顺这个抗日英雄成了政治理想的载体和符号。

在抗战题材的作品中，汉奸形象是特殊的反面典型。汉奸在抗战小说中泛指投靠侵略者、为满足荣华富贵的私欲而不惜出卖国家民族利益的民族败类。国人对汉奸的痛恨与鄙视之情不亚于对侵略者，"汉奸"这一符号承载了丰富复杂的人性内涵与民族情感，他们是抗战小说中不可或缺的元素。汉奸的形象在"十七年"和"文化大革命"抗战小说中有着类型化的特征：人格和国格的丧失、丑陋的外貌和心灵、穷奢极欲的贪婪人性。

《煤城怒火》中几个汉奸形象塑造得让人印象深刻，如梁钦山、刘八、梁森、王大棒、周学昌等人，无论他们曾经是地主土匪、地痞恶棍还是资本家、国民党特务，都是用来凸显英雄形象的反面人物，阶级属性决定了他们的政治身份，他们必然与革命为敌，站在人民的对立面，他们的下场必然是以死偿还他们犯下的罪行。日本侵略者来了之后他们苟且偷生，借机发财，对侵略者点头哈腰、奴颜婢膝极尽巴结之能事，通过依附侵略者获得了更多的不义之财和更高的官位。但他们对本国老百姓和底层人民却残暴凶狠，与敌人一起欺压同胞，为眼前利益不惜背负千古骂名。俗话说相由心生，在对汉奸憎恶痛恨的心理作用下，作者在外貌上则用漫画的方式对汉奸进行丑化和夸张，进而揭示其阶级属性。如刘八从小就像"一百天没见雨水的豆棵"，"焦黄的头发，精瘦的个儿"，还长着"六棱脸，裤腰嘴，蛤蟆眼"①，被朱大顺在白家楼用石灰烧了眼，一只眼就成了"菠萝花"，外表丑陋的他在煤城汉奸中是最狡猾最狠毒的一个，在十几年镇压工人和钩心斗角的官场生涯中，越来越阴险、圆滑，见风使舵，在日寇侵占煤城之后，地主出身的刘八成了镇压工人的刽子手，"害工人的蝎子"。汉奸的猥琐卑劣暴露了敌人的残暴与欺骗，唤起了人们的厌恶之情，起到了一定的教育作用。

另一大汉奸梁钦山从小吃喝嫖赌，五毒俱全，当过土匪，绑过肉票，在煤城杀害了不少窑户，把日寇当靠山，成为煤城一霸。他对工人阴险狡诈，心狠手辣，对朱大顺、刘铁恨之入骨，怀疑他们是共产党，但怕得罪小岛，想独自争功，就暗中使坏。梁钦山的处世哲学是"干咱这一行，心要毒，面要善，手要狠，话要甜，要分场合地点。为人就得会舔会溜会巴，能奸能诈能滑，要狠要毒要辣，对窑货们要打一巴掌揉三揉，揉了再打。"② 这几句"自白"活画出汉奸的骨相：奸诈狡猾，阴险毒辣，两面

① 向春：《煤城怒火》，山东人民出版社1975年版，第2、132页。
② 同上书，第419页。

三刀的老狐狸。他对矿工色厉内荏，对小岛又阿谀奉承极力讨好，为日本侵略者抢煤出谋划策，自动沦为敌人奴役国人的工具，正是一个丧失国格的"没有骨头的男人"（房福贤语）。

连汉奸的相好或老婆如一枝花、野玫瑰、雪里红、张花鞋等女性，也用绰号定位为"油头粉面、妖气十足"的"女妖精"，与贫苦阶级出身妇女的美丽温顺、勤劳节俭相反，她们丧失了女性的单纯质朴的美，被打上了阶级意识的烙印，在剥削阶级腐朽思想的支配下，只会与汉奸一起花天酒地，纵欲享乐，成为物欲的符号。

《煤城怒火》中的日军是类型化、模式化的人物，也是国人对异国形象想象的产物。小岛是在关东多年的经济情报特务，他"瘦猴个儿，削瘦的猴脸毛刺刺，鸡腚眼嘴巴，稀疏的仁丹胡，一双刺猬眼闪着鬼火"①，完全和抗战小说中"魔鬼和禽兽"的常规造型吻合。除了有着漫画式的外表，小岛还有大众熟悉的"日本鬼子"的典型性格特征：既凶悍又愚蠢，无论是外形特征还是故事情节，都做了丑化和夸张处理，这种符号化的写作深刻影响了几代人对战时日本军人形象的认知，构成了几代人共同的集体记忆。

日军总司令委派小岛来煤城，达到经济上"以战养战"的目的，不惜一切代价，不择手段地掠夺煤炭，把煤城变为侵华的基地。小岛既要强迫窑工出煤，又要抓共产党，表面上诡计多端，但在党领导的工人阶级面前却是愚蠢的，在朱大顺的设计中从头至尾被牵着鼻子走，往往中了圈套却不自知，尤其在窑里被整得狼狈不堪。一场正邪战争之后，小岛被大顺枪杀了，鬼子与汉奸全军覆没。在鬼子被杀时，作品写道："鬼子倒下乱滚，有的脑袋被劈开，有的削个脖儿齐，还有的丢胳臂断腿，哀号成一片。"②"鬼子、汉奸像王八推西瓜，滚的滚，爬的爬，嗷嗷怪叫，呼爹唤娘。"③这里，"大刀向鬼子头上砍去"的复仇快感给读者带来了感官刺激，这是对暴力美学的渲染。在人"鬼"之战中，我军快意恩仇，敌军

---

① 向春：《煤城怒火》，山东人民出版社1975年版，第134页。
② 同上书，第776页。
③ 同上书，第815页。

狼狈逃窜。作品极尽对敌军的嘲讽，贬低对方的同时抬高了我方，主观上获得心理上的优越，洋溢着乐观主义的情绪，但除了在"胜利情结"的驱使下，在痛杀鬼子的集体狂欢中产生自豪感外，客观上造成了人物形象的简单化和脸谱化，缺少对战争中日本人的性格心理的理性反思与人性的深度挖掘。

四 传奇性英雄叙事的民间意味

《煤城怒火》在政治和审美上的双重属性，使得抗战小说既有官方认可的正统性、严肃性，又有为群众喜闻乐见的通俗性和娱乐性。向春本人有着丰富的矿区生活经验，多年的下窑经历使他掌握了大量的第一手资料，因而能把矿区的政治斗争写得生动紧张而扣人心弦，把矿工们与险恶的自然环境进行斗争的场面写得惊心动魄、真切传神，加上人物塑造的民间特点，故事情节一波三折、曲折跌宕的传奇性，叙述语言明显的地方色彩和乡土气息，使得作品一问世就吸引了读者的关注，获得了大量读者的喜爱。

向春在曲阜师范学校读书时就喜欢读《水浒传》、《三国演义》一些古典小说，也爱读鲁迅、茅盾和巴金的作品，对《青春之歌》和赵树理的作品爱不释手，还特别喜爱当代作家写现实生活的作品。他从传统小说中汲取营养，在创作《煤城怒火》时用古典小说的叙事模式，故事原型是读者好接受的善恶二元对立模式，最终善（我方）战胜恶（敌方）的斗争。小说每章一个四字标题，整齐有序地勾勒出人物成长和革命发展之路。主人公在胜利之后，又投入了下一场战斗，传达了英雄生命不息、战斗不止的革命主题，文本开放式的结尾，暗示了革命的未完成性，表达了一种革命乐观主义情绪。作品采用古典小说常用的全知叙事，情节充满戏剧性，可谓波澜起伏、曲折多变，迎合了民间的审美心理和大众的阅读口味。例如作品"窑下歼敌"和"大闹煤城"两章，刘铁带领张振、陈钢与鬼子、汉奸们斗智斗勇，配合支队，获得了反围剿的胜利，故事紧凑，节奏紧张，可读性很强。

在人物塑造上，小说刻画了一批扶危济困、侠肝义胆，爱憎分明、疾恶如仇的民间英雄形象。作家曾说：井下环境虽差，却是藏龙卧虎之地。

下窑的矿工身份多样，有的是抗日英雄，在窑下劈死过鬼子，在老塘里砸死了汉奸；有的虽然没文化，但一直是地下党的积极分子；有的亲历了抗日战争和解放战争，他们有一肚子生动、感人的故事。矿井里蕴藏着大量的生活和斗争故事，向春与矿工同甘共苦，如兄弟家人，并留心收集素材，他有时凑歇班时约定采访人，还利用探亲假到远处采访重点人物，因而他笔下的矿工有着民间好汉耿直淳朴、慷慨仗义的精神气质。

小说"荒郊除害"、"虎穴斗敌"几章重点刻画了几个孤胆英雄的大智大勇。矿工英雄朱大顺正义无私、见义勇为，不光只身闯虎穴，救出了几千被抓的工友，还领导矿工罢工、游行，在鬼子面前不卑不亢，果敢沉着、料事如神，堪比诸葛亮。另一英雄人物刘铁也是享誉民间的"神人"，他杀了梁钦山，拉人带枪，浩浩荡荡占了卧虎山，反扫荡大闹煤城，炸龟六，枪毙王凤德，杀了齐家父子，是个智勇双全的硬汉。难得的是作品还在"亲人重逢"一章浓墨重彩，刻画了女英雄王天英的形象。王天英之前全力支持丈夫朱大顺革命，尝尽苦难却始终与之患难与共，是个朴素诚实、勇敢不屈的劳动妇女典型，在大顺的影响下，她更加刚强，大顺坐监她没有失望，在党的教育下，迅速成长为煤城第一个女共产党员。这次她乔装侦缉队女特务，和张振到卧虎山找联络点，深入虎穴齐高福家，如"智取威虎山"中的杨子荣一样，冷静机智，迷惑敌人，还用"玉环步"、"鸳鸯腿"打倒了齐标的左右打手，是个能文能武的传奇女英雄。

小说的叙述语言和人物语言有明显的鲁南地域色彩。朱大顺进煤城的第一眼就是满眼的黑："黑云、黑烟、黑风、黑地、黑屋、黑路、黑城墙，连乱飞的麻雀都成了黑的！"[1] 一连串的黑字，给读者一个强烈的煤城印象："黑暗阴冷"，这既是自然环境的描写，也是阶级压迫严酷氛围的营造。人物语言中枣庄的方言词汇比比皆是，如"家走"、"脓包"、"咋呼"、"啦"等，刘铁介绍窑里情况时说"下窑七分灾，不是早上死，就是晚上埋"、"窑户苦、窑户难，娶个老婆没饭管。男的下窑，女的要

---

① 向春：《煤城怒火》，山东人民出版社 1975 年版，第 35 页。

饭，那狗阎王的生死簿上也不叫穷人团圆"①、"窑下最怕三大害，一个水，一个火，瓦斯爆炸没处躲"②；马继六说"三尺肠子，空着二尺九"③，这些语言倾诉了受阶级压迫的矿工命运的悲惨，情感直白而强烈。"别刘备摔孩子，邀买人心啦！"④ "卧虎山的梨——干脆！""哑巴吃扁食，心里有数。"⑤ 这些民谚词句以短句为主，干脆利索，自然朴实，明快清新。再如"饿死也不当汉奸，豁上讨饭，也不吃这眼角食"⑥，"我这个人站着是一根，躺着是一条，想叫我弯腰，没门"，"姓敢的遇上姓猛的，合一块敢上天戳窟窿"。"煤块碰上火把，地也能烧焦。"⑦ 这些典型的矿工语言真实反映了矿工的现实生活和精神气质，对形象的塑造和情节推动有重要的作用。因乡土气息浓郁，极有形象感和表现力，既通俗易懂又生动形象，读来让人倍感亲切。

小说散发的民俗气息和传奇特征，一定程度上增加了作品的通俗意味和娱乐看点：快意恩仇的民间复仇情绪与革命的战争豪情交织在一起，充满悬念刺激的斗争场面，可歌可泣的英雄事迹，机智紧张的人物对话，使得小说在完成政治主题之外，有了些新鲜的民间元素，避免了小说陷入公式化、概念化的模式中，而沦为乏味的单纯说教。

很多专家对向春创作中的缺陷毫不讳言，认为他作品中浪漫主义不足，人物往往理想化，影响了作品的震撼力。文字有时失之于粗疏和粗俗，影响了作品的美感，故事结构冗长……除此之外，由于创作思维受限，作品对人性的挖掘和心灵的展示也较肤浅，对战争的思考也不够深刻和个性化。但我们回眸抗战的历史与彼时的文学想象，《煤城怒火》仍不失为一部兼具思想性和文学性的作品，其艺术之光不应被遮盖，小说传达出的反抗压迫、为民族舍生取义的革命豪情和英雄主义、爱国主义精神品

---

① 向春：《煤城怒火》，山东人民出版社 1975 年版，第 38 页。
② 同上书，第 100 页。
③ 同上书，第 58 页。
④ 同上书，第 281 页。
⑤ 同上书，第 260 页。
⑥ 同上书，第 267 页。
⑦ 同上书，第 33 页。

质永远熠熠生辉。

第二节　倪景翔《龙凤旗》的文化意蕴

20 世纪 80 年代后期，特别是进入 90 年代之后，我国许多作家不约而同地将审视生活的目光和兴趣投向了历史领域，于是，一大批历史题材的小说应运而生。但这批历史小说与我国"十七年"的革命历史小说相异，也与一般意义上的传统历史小说迥然不同，它们把历史只是作为人物活动的背景，通过对当时社会生活的透析，对人物命运的书写，或从传统文化视角，或从生命本体视角，或从民间视角，展示作家对人性与文化的审视与思考。1995 年由北京十月文艺出版社出版的长篇小说《龙凤旗》，就是从鲁南地域文化视角去观照抗战历史，表现枣庄作家倪景翔对人性和文化的独特认识与思考的作品。

《龙凤旗》讲述的是抗日战争时期，鲁南地区地方抗日武装的恩怨纠葛与爱恨情仇。小说塑造了孔昭棠这位深明大义的爱国者形象，但可悲可叹的是，孔昭棠不但要抗击日本侵略者，还要提防自己的同胞；不但要转战于"前线"，还要周旋于"后方"；不但要与军阀、地主、豪强斗智斗勇，还要与自己的前妻、兄弟达成各种协议，然而最后还是死于自家兄弟的枪下，死前发出"我死不足惜，惜吾未中倭寇之弹，而死在我同胞枪下，实乃终生之憾……"[①] 的痛苦呻吟。作家对这一幕幕往事投以惊悚的目光，使抗日战争的历史具体可感，鲜活生动，而且还意味深长，令人深思。当然，《龙凤旗》作为一部抗日战争题材的长篇小说，其中不乏对中国人民在这场伟大斗争中抗敌御侮的爱国精神，对民族脊梁式的人物倾注了极大热情的篇章，但我们看到更多的是，作家试图借助对滕县人民在这场战争中的生存状态和心理状态的书写，揭示中国负面的传统文化在历史与现实中的复杂存在，其落脚点在于对人性的反思和民族性文化的批判。

---

① 倪景翔：《龙凤旗》，华夏出版社 2007 年版，第 454 页。

　　战争之所以能够成为文学的三大永恒主题之一，主要原因应该是战争导源于并揭露着人性的美与丑、善与恶的复杂存在，应该是在战争中所流露出的人性的勇猛与懦弱、伟大与渺小更为昭然清晰。文学表现战争，绝不是因为其政治的、经济的或军事的意义，因而，刀光剑影、血流成河、尸骸遍野等一些触目惊心的战争场景，也绝不应该成为战争文学表现的真正内核。倪景翔显然意识到了这一点，作为1947年出生的他，没有亲历过抗日战争，但也正由于此，他才能够获得一定的时间距离去理性观照，因而他更有可能冷静思考深藏在其内部的许多重大的历史启示，获得某种人性的洞察。

　　倪景翔在对抗日战争时期的滕县人格审视之时发现，作为孔子、孟子、墨子家乡的鲁南地区，儒家文化、墨家文化与道家文化、佛家文化在这块古老的土地上互相渗透交融，微妙复杂的悠久文化积淀造就了祖祖辈辈生活在这里的人们。他们最推崇一文一武的两个历史人物是王晏与叔孙通，他们最渴望成龙成凤，最大的梦想是做"皇帝"。有了这一"发现"，倪景翔书写的《龙凤旗》，虽是表现抗战题材，但又绝不仅仅只是一部抗战小说，我们看到，民族矛盾、民族意识、民族悲情以及战争本身已经不再是这部小说最主要的诉求，而对文化、历史、战争和人性的思考却得到了最为充分的展开。"黑凤会""龙凤旗"上的所谓"龙凤"图案，原是女土匪齐凤环结婚时"蒙脸红子"，被丈夫孔昭棠离去时的一场大火，烧成的残缺不全的两个似龙似凤似蛇似鸡的大窟窿，齐凤环以此作为"黑凤会"会旗的图案，孔昭棠也用它作为自己领导的"鲁南抗日卫国军"军旗的图案。这个有着似龙似凤似蛇似鸡两个图案的旗帜，与其说是齐凤环为了报复深深伤害了自己的丈夫孔昭棠，象征着"恨"，或者说孔昭棠为了表达自己对齐凤环的歉意与愧疚，象征着"爱"，不如说它更象征着鲁南地区人们潜意识里的成龙成凤的渴望、做皇帝成娘娘的梦想，而这渴望与梦想却被现实与文化制约着，只能成为非龙非蛇而又非凤非鸡的怪物。在读《龙凤旗》的过程中，我们最突出的感受，就是这个有着辉煌而灿烂古老文化的滕县城里的人们，在中华民族最危难时刻，同胞兄弟之间反目成仇的状况，实在令人触目惊心，可谓痛心疾首。

　　"按县衙门里民众请愿自发出钱而立的两块'德政碑'，这两块碑一是知县毛澄的，一是中乌令王晏的"，小说在楔子里叙写的这两块"德政碑"，在滕县人民心中占着重要的位置。历史上的毛澄与王晏的魂灵，在日本侵华的这一乱世里，在滕县人身上得以尽情地施展、淋漓尽致地表现，显示了这一"重要的位置"的强大威力。大敌当前，山河破碎，这一时期中华民族最需要的是全国上下，精诚团结，一致对外，可滕县的人们却仍然互相猜忌，严加提防，有野心的人甚至怀着私欲，不惜险恶陷害，大有置自己的同胞于死地而后快的心理，此时他们真正仇视的仿佛不是日本侵略者，而是自己的兄弟姊妹。甄宪武是一个既杀人又抢人家业，还娶人妇的黑狗熊转世的恶棍，他杀赵半仙就用俗语"量小非君子，无毒不丈夫"来求心安，他与汉奸柴鸿运狼狈为奸，很清楚这是为虎作伥，但想的却是"恩人是条路，罪人是堵墙"。柴鸿运走上汉奸之路，竟然无耻地认为自己的行为，如同历史上的王晏般能够审时度势，是顺势而为，不但会升官发财，还能够立"德政碑"。而卑琐怯懦的孔昭文一旦得到了柴鸿运所坐的那把"金交椅"，马上也有了成龙成凤的愿望，搞他的"织网计划"，凭吊"德政碑"，梦想"人随王朝草随风，人生路上步步升。"而翼云山上的元老级人物罗庆芬，和齐凤环比武时下狠招、刺杀沈晓云、放火烧奶奶庙等一系列疯狂举动，显示了她是一个阴险毒辣、狂躁不安、满怀杀机的女性，可是当自己的许多姐妹惨死在日本人的刀枪之下时，她仍置这一民族的血海深仇而不顾，却一再催促齐凤环去杀孔昭棠，最后用"黑凤会"的镇山宝剑杀死了信任自己的齐凤环，反映了她是一个只考虑个人恩怨得失、心胸狭窄、不明事理的人……作家把我们传统民族文化中的劣质元素置于中华民族最严峻的时刻考验——抗日战争文化背景下予以观察，其可鄙可恨程度更加触目惊心，以上种种现象无疑是我们民族历史上的奇耻大辱。

　　所有这些丑恶现象，本来都是一种不合常理的行为存在，但它恰恰是我们民族的一个典型的心理特征——"窝里斗"现象。日本侵略者来到中国，烧杀抢掠，无恶不作，柴鸿运趁乱世当了汉奸，不但满足了其升官发财的欲望，还能够耀武扬威，泄其私愤；齐凤环则打着抗日的招牌占山为王，称霸一方，"对于日本人打国民党，打滕县城，打县城官府的官僚们，竟然有点幸灾乐祸"。原因是"中国人胜了，官府一旦站稳了脚跟，一定会剿她们的窝"。滕县城的这些人们，把国家与民族的灾难，看成是自己飞黄腾达的重要时机，这种书写尽管让我们难以接受，但却真实可信。在中国历史上，每每遭遇异族入侵之时，也是"窝里斗"凶恶表演之刻，试想宋代岳飞遭秦桧陷害而被杀，明代袁崇焕被阉党诬称"通敌谋叛"被残害，均如此。在日本侵华期间，"相煎何太急"的悲剧又一次被滕县人演绎得淋漓尽致。

这部小说还成功地刻画了在国家危难之时挺身而出的民族英雄孔昭棠形象。孔昭棠是一位性格爽直、有情有义的中国人，作者在这一人物身上寄予了传统民族文化的优秀特质。他是我们民族的脊梁，国家的希望，对他一生影响最为深远的是曾在"文昌学馆"教书的冯道士。孔昭棠最初的抗婚离家出走，主要是由于冯先生的教育和秋瑾女士事迹影响，"好男儿志在四方，当兵才能救国"。然而待他转战南北，英勇厮杀，立下赫赫战功之后，这一戎马生涯中的灿烂和辉煌，让他骄傲自豪的同时，更让他感到惶恐与迷茫。"一将功成万骨枯"，成为师长的他，开始为累累白骨战栗了，而此时冯先生的三幅字则成了他解甲归田的最佳契机。可不久，日本侵华的炮火打破了他平静的生活，在日军炸死其爱子、亲邻的情况下，他毅然放弃了颐养天年的计划，变卖家产，铁心抗日，上报国恨，下报家仇。孔昭棠的思想性格核心就是"国家兴亡，匹夫有责"，从此他的生活轨迹，无不体现了他作为一个血性男儿保家卫国的壮志豪情。这位抗日英雄，既不同于以前同类题材中的共产党或国民党中的任何一员，也不同于出身江湖的大王。作家赋予他来自民间大众的品性，既是一位品质正派、有知识有技能的俊才，还是生活在鲁南大地上的普通一员。这位英雄是幸运的，多年的征战生涯使他具有谙熟战争韬略的军人素质，儿时的诵读又令他拥有饱读"四书""五经"的儒雅气度，同时他秉性贤良方正。在组成"鲁南抗日卫国军"后，作家对其心理历程进行了步步深入的展示，充分表现了他的光明磊落的品格和民族利益高于一切的精神。然而，在他身上还显示了这片古老土地上沉重的文化烙印，他是迷信的，相信算卦、占卜、测字，选吉日打仗、招兵等。在其爱妻死后，他身为司令，竟非常任性，冒生命危险进城要回"珠披风"为其妻陪葬，并且"非有六六天同的棺木不葬"，而且还要风水先生选看坟地。与此同时，更为不幸的是，在与敌人浴血奋战的同时，他还要以自己的生命悲愤地向国人呼吁："中国人不打中国人！"优劣兼备、微妙复杂的齐鲁传统文化，在孔昭棠这位民族英雄的个性与命运中，都有着独特而丰富的表现。

从20世纪二三十年代起，西方文化人类学家就对基本人格作了持续而深入的探讨。其代表人物如沙利文、卡迪纳、林顿等，都一致认为文化背景与人格的形成有密切关系，同时，人格也离不开个人心理潜能的巨大作用。在这篇小说中，我们看到，在滕县这一方热土中，存在着两极对立的人格素质并不奇怪。孔昭棠作为滕县人的优秀代表，中华民族的脊梁形象，自有其与常人不同的文化根基和人生态度。不难看出，在这部作品中，作者既把他当作为国献身的较为理想的英雄典型，也把他当作一面可以澄影鉴形的"镜子"。用他照出了其同学柴鸿运的凶狠与丑陋，照出了甄宪武的粗俗与贪婪，照出了魏方伦的不义与阴险，照出了孔昭文的怯懦与卑鄙。从他身上，我们看到了中华民族的希望，看到了中国传统文化中精华的一面。

小说的文化意蕴还体现在对滕县地域文化的描写上。作者不惜笔墨叙写了天帝山的传说，龙槐树的由来，伯劳洞的形成，朴山和高山的神话，还描述了穷秀才仲襄溪以一篇《窝窝赋》直上青云、光宗耀祖的故事……天帝山、龙槐树、伯劳洞等民间流传的神话故事，无不体现了鲁南人们心目中对龙和凤的崇尚，对成龙成凤的向往。龙和凤能够除妖辟邪，呼风唤雨，它们是掌握人类命运最高的"官"，而滕县也素有"滕小国"之称。成为"滕小国"的"皇帝"的思想已经渗透到了某些滕县人的血液中，因而，在抗日战争时期，借人们抗日情绪拉起队伍的一些人，并不能以民族大业为重，同仇敌忾，却各怀鬼胎，保存实力，抢占地盘。而历史名将王晏和以一篇《窝窝赋》直上青云、光宗耀祖的穷秀才仲襄溪，则是不惜侮辱人格绞尽脑汁当了官的"小人"，而他们却被鲁南人崇拜着，并立了"德政碑"。这一切使我们感受到，笼罩在古老滕县上空的文化气息,是那样的难以言说的复杂与沉重。因而,在日本侵华的国难当头,民族生死存亡关键时刻,当然会有"孔昭棠们"为国为民的奋勇而起,但也一定会出现翼云山的"女土匪和甄宪武、柴鸿运们"的为一己私利而祸国殃民。小说力求从文化视角观照抗日时期人们的生活和命运,不仅细腻地展示了滕县人身上所蕴含的中华传统文化的优秀品质,也直面了封建文化下扭曲、变态与丑陋的人性。它告诉所有的中华儿女,不能忘记20世纪日本侵略者残杀中国人的那把罪孽深重的屠刀,但中国人杀中国人的那把屠刀也一样罪孽深重,它甚至更令我们痛心疾首。今天,如若我们不能够正视并彻底反思那段不堪回首的历史,不认真审视我们的传统文化,就无法面对那些在抗日战争中牺牲的英雄之魂,中华民族也很难以昂扬的姿态真正屹立于世界民族之林。

《龙凤旗》借抗日战争这一社会历史背景,在以真挚的情感赞誉中华民族古老灿烂文明的同时,也以凝重的历史沧桑感审视和反省我们民族千百年来积淀的文化心态和思维方式。显然,作家深知,一个有希望的民族是勇于直面自身的,失去了对自身的反省能力和不断自我批判的自觉性,与失去了自信心和自强意识同样可怕。对历史和现实的深入体味,使作家的历史意识跃上了一个较高的层次。这不仅使他从文化视角展示民族辉煌的过去,同时也在社会变迁、时代动荡中窥视民族历史文化的劣根处。

第三节　抗战小说与民族精神的彰显
——评闵凡利的抗战小说

对于抗战历史题材,闵凡利一直有一种偏爱。写出出色的抗战题材的文学作品,可以说是他创作的一个心结。在创作初期,他曾写过短篇抗战小说《血声》、《古槐》等,在近两年,他又发表了《鬼子来了》、《红狐狸》等。在有关此类题材的创作中,闵凡利运用民间的叙述视角和立场,重新审视鲁南这块土地上的人民对外来侵略者的还击,着意表现不为异族淫威所屈服的民间世界,彰显了中华民族的爱国主义和英雄主义的精神。

关于抗日战争这一历史创伤记忆的书写，在新时期之后，那种政治化和正统化的历史观就已经解禁，一批试图全面而真实地描述抗日战争历史、被政治意识形态历史观遮蔽的历史小说逐渐浮出历史地表，从而构成了 20 世纪 80 年代以来文学语境的重要组成部分。受这种语境的影响，新世纪的抗战小说，以民间立场和话语解构"正史"，重新叙述和建构抗战历史的小说文本，已经成为抗战小说的基本主题模式和叙事模式，成为一种新的主导型话语。

发表在《西南军事文学》2001 年第 3 期的《血声》，可以说是一部体现民间立场的抗战短篇小说。它是一个六千字左右的作品，写的是民间力量对抗战胜利的影响和贡献。小说以家族记忆的形式追述了"舅舅"的抗日故事：在那战火纷飞的年代，日本侵略者来到了鲁南这块土地上，烧杀抢掠，无恶不作，"舅舅"与土旦舅、秃三舅参加了当地农民抗日的自发组织"卫家社"。"卫家社"在一次掩护乡亲们转移时遭遇了鬼子，土旦舅在这次战斗中英勇牺牲。因"舅舅"与土旦舅、秃三舅是从小到大的伙伴，二人报仇心切，私自潜上罗汉山打鬼子的埋伏，结果为了掩护秃三舅，"舅舅"被日本人打死。之后，日本军官山本为了杀一儆百，声称亲属可以认领尸体，否则就要将其喂狗，不得全尸。外婆不顾乡亲们的阻挠，勇敢认领，结果被鬼子开枪打死。在这篇小说中，闵凡利没过多拔高他笔下的人物形象，英雄的名字也只是千千万万个鲁南普通农民的名字——土旦与秃三，小说只是平实地展现了鲁南人民那质朴善良的品质下所蕴藏的不屈，表现了民间世界的铮铮骨气。它告诉人们，也正是这样的农民，这样的骨气，支撑了一个民族的魂灵。

显然，《血声》表现出了对抗战时期人们精神状态的特别关注。在死亡面前，姥姥、舅舅们都选择了尊严，他们虽是普通的农民，但都视死如归，"舅舅像平时奔那个地方去凉快一样，跑得很匆忙。微风吹过，橡树的叶子发出热烈的声音，像是呼唤舅舅"。而外婆在侵略者面前，也是掷地有声，"'他是我儿子！'外婆说这话时声音很大，震得在场的人都激灵灵地打了个颤。"而乡亲们的手也攥成了拳头："狼狗还在撕咬着，惨不忍睹，大伙们都转过脸去，用手捂着眼睛，可手却攥成了拳头。"日本侵略者的凶残没有让中国人民屈服，反而更加强了他们反抗到底的决心，正如小说开篇所写的"舅舅"坟前的碑——"坟前的碑老成了绿色，在野草里，硬硬地站着"。舅舅们给我们诠释了人之所以为人的品性与人活着的尊严，小说极力张扬了一种不屈不挠、勇敢面对的抗争精神。

　　《血声》在发表之初就被当代军事文学评论家周政保极力推崇，在当期"主持人语"中，周政保说，不仅因为在 2001 年前后抗战题材或以日军侵华作为背景的小说实在太少了，更主要的是"作家不忘历史的精神，中国读者很需要这样的不忘历史创痛的小说"①。1945 年中国抗战就取得了胜利，日本侵略者投降了，他们甘心退出历史舞台了吗？请看现今的日本局势：日本政府倚仗其经济实力拼命发展军事装备，被政府篡改历史事实的教科书，日本右翼势力的猖狂言说，有些学者竟然声称南京大屠杀是世纪谎言，影片也美化东条英机，称其为民族英雄，……从这一角度看，抗战远远没有结束，日本也并没有投降。《血声》的题记称"此文谨献给那些为抗战而默默死去的人们"。是的，历史是不能忘记的，特别不能忘记那些为民族献身的人，尽管舅舅们不是那么高大完美，有些鲁莽，有些急躁，不够足智多谋，甚至还报仇心切，违反了军纪，然而正是这些广大朴实的农民参与了这场伟大的民族自卫战争，才使我们这个饱受欺凌的国家摆脱了任人宰割的命运，正是他们的勇敢与牺牲才换来了我们今天幸福和平的生活，也正是他们用自己的实际行动向世界宣布：中国人民是不会因为侵略者的嚣张气焰与残忍杀戮而屈服的。作者满怀深情地写道："把舅舅抬到了罗汉山口，山上的那棵橡树不知谁栽的。反正很多年了，很大，像伞，血红血红的。秃三舅就把舅舅埋到了橡树前，那个向阳的土坡上……"②小说立足现实，回望历史，寻找和传达了一种"硬硬地站着"的精神，有着极其强烈的现实意义和社会价值。

　　《血声》在艺术上也是可圈可点的。小说以 12 岁的"我"的孩童视角来讲述舅舅、姥姥们的抗战故事，是别有意味的。它首先确定了"我"

---

①　周政保：《从〈血声〉说起》，《西南军事文学》2001 年第 3 期。
②　闵凡利：《血声》，《西南军事文学》2001 年第 3 期。

与故事中人物的关系，有更加强烈的亲切感与可信度，而且家族叙事可以规避政治意识形态话语。其次，它还有精神传承的意味，有抗战英雄对下一代的殷切期望，"舅舅就把我抱起，欢呼。那时，舅舅眼里便对我流出一种光，像正午的阳光，烤得我身上火辣辣的。我发现，在舅舅的眼光里，我就像村西铁匠炉黑舅手中烧红的铁，等待着捶打，等待着淬火。"①即使在"我"长大之后，为抗战而牺牲的舅舅的灵魂也在时时刻刻召唤着"我"和娘，"他的眼里有一种东西，对我暗示着什么又期待着什么"②。另外，小说在语言上也颇为考究，它如此表达舅舅牺牲时的场面与敏锐的感觉："外婆的泪稠稠地在眼里盈。满了就颤颤栽下来，砸在了我的头上，好疼。""他身旁放着个尸体，前心开了朵大红花，在阳光下，非常艳。耳边的黑痣，泛着光，刺得外婆的泪刷地流了。""山本狠狠地把刀磨进外婆的脖子，刀刃上流出了红红的血，蜿蜒地爬，爬向了山本的手臂。"③用孩子的眼光与感觉、用天真的话语与懵懂情感来表现中国人民在那一历史时期遭受的重创，起到了一种出乎意料的艺术审美效果。

《古槐》是篇小小说，它和《血声》一脉相承，也是追述了鲁南人民面对外侮时的一种内在精神状态。这部小说篇幅非常短小，只是描写了一个场景：鬼子来了，把全村人都集结在了村中的老古槐树下，当日本鬼子拿出明晃晃的大刀去威胁古槐下的人们时，才发现，他的刀已经失去了光芒。面对鬼子的枪口，古槐树下的村民们同仇敌忾，以一种不屈的斗气和骨子里那浑厚的血性，使外来侵略者落荒而逃。生活在这里的人们坚信，只要在这棵有灵气的古老槐树下面，任何灾难都能够让他们安然无恙，因而即使面对凶残的日本人，有了这棵古槐的庇护，他们全身也充满了力量。作者在《古槐》中，试图告诉人们，就是这块我们祖祖辈辈生活的热土里面，有着一种让人们饱满的志气和正气。显然，这类抗战小说，不仅仅寄托着闫凡利对抗日战争的想象，也包含着他对这场战争的认识和感受，他着意挖掘的是蕴藏在民间的伟大强力，表现的是中华民族的蓬勃和

---

① 闫凡利：《血声》，《西南军事文学》2001 年第 3 期。
② 同上。
③ 同上。

旺盛的血性和骨气，让我们认真审视这块土地和民间文化的厚重与深远。

在发表了两篇抗日战争小说之后，闵凡利曾涉足了给他带来较大声誉的禅悟小说和反响颇佳的乡村官场小说，然而他对抗日历史题材仍频频回眸，分别在《延安文学》2014 年第 3 期、《前卫文学》2015 年第 1 期发表了《鬼子来了》和《红狐狸》两部小说。

闵凡利的《红狐狸》是纪念抗日战争胜利 70 周年而创作的中篇小说。作为一部响应国家意志和号召而写作的特稿，在描述那场民族创伤记忆的时候，仍表现了一种与正史不同的叙事视角。白莲坡上的华府最近祸不单行：先是二少爷死了，二少爷才十六，正是要讨亲的年龄。接着是大少爷在前方的战场上战死。之后，又是华家的老爷华玉堂疯了。大少奶奶书亭于危难之际做了华府当家的。而在这个时候，老管家卢明聪又被红狐狸下的帖杀死……为了华家，大少奶奶书亭先为华府招聘了对她暗恋着的郝苟做了新管家，之后她又决定了一件事，就是给疯了的华老爷找一个小奶奶来为华家延续香火……已经七十多岁的华老爷娶了 18 岁的铁匠之女红袖。红袖来到华府，先后为华家有了两个"根"……这个时候，日本人来到白莲坡，他们来华府寻找一件宝物玉麒麟……究竟华老爷能不能给华家传宗接代？红袖生下的两个儿子是不是华老爷的儿子？玉麒麟是不是存在？能不能找到？红狐狸是谁？华老爷是不是真疯？管家郝苟和华家有着怎样的恩怨纠葛？大少奶奶最后投向谁的怀抱？华家究竟何去何从？……土匪、镖师、先生、杀手、鬼子……一个个粉墨登场；悬疑、阴谋、惊险、刺激、情感……贯穿始终。江湖恩怨里挟裹着血雨腥风，国仇家恨里飘荡着儿女情长，民风民俗里舒展着中国气派……阴谋伴着阴险，惊险培育着惊奇，悬念又是那样的扣人心弦……白莲坡，一个充满谜一样的地方，它隐藏着谜，生长着谜，制造着谜……所有的谜底直到最后才抖开，结局是那样巧妙，而又是那样的出人意料。

小说的主要线索有两条，主线是鬼子来了之后，白莲坡的各方力量联合起来打鬼子，副线是华老爷为了保护华府的祖传财宝和留住年少的华家大少奶奶书亭装疯的故事。在主线中，为了赶走日本侵略者，华府家的大少奶奶不惜花费重金，利用自己所有能利用的关系，主动联合各方力量；

而同时，罗汉山上的土匪，活动在善州的共产党领导的八路军，还有生活在这片土地上的人民，如华府家的护院、医生等都摩拳擦掌，组成了天罗地网，他们与铁道线上的飞虎队共同组成了鲁南地区的抗日武装。正是全民皆兵，同仇敌忾，利用中国人民的智慧，互相保护，巧妙周旋，打得侵略者晕头转向，寸步难行。小说讲述了当中国人民遭受外来侵略时，在维护民族尊严和利益等方面全民抗战的历史，表现了中华民族不屈不挠的抗争精神。

显然，白莲坡是鲁南地区一个普通的村庄，作家把它作为一个抗日战争时期中国千千万万个乡村的缩影来讲述的。小说的情节是一个混合着家族伦理纠葛、家族秘史与乡民抗战的略显"杂乱"的故事，而恰恰是这个略显"杂乱"的故事，才更充分地彰显了抗战救国在当时的"神圣"的最高利益地位。在这个"神圣"的最高利益"整合"了各种私欲私利的乡村抗战的图景中，那些为捍卫国家尊严而英勇抗争的力量，首先是山上共产党领导的游击队，其次是白莲坡的大少爷、大少奶奶、管家和他们家的护院人员，最后还有为报杀妻杀子之仇的罗汉山上的土匪。小说告诉人们，正是这些各阶层参差不齐的混合的力量，在中国历史上演绎了那么多轰轰烈烈的乡村抗日故事。当然，这部小说还是一部家族的心灵成长史。这里的人们在历史的特殊时期里，在民族情义与家族恩怨、个人欲望与民族大义混杂交融的情形下，奏响了抗击外侮的民族大合唱与英雄交响曲。既然是合唱与交响乐，就没有主流与边缘，任何民众都可能是抗战历史的主角和主体。这样的抗战历史书写与角色分配，无疑是对传统意识形态下的历史叙述的颠覆，是作家利用想象的权力、虚构的权力对历史的个人化叙事，是对历史记忆的民间化立场的表达。

在抵抗外侮上，闵凡利的笔触饱满而凝重，他站在时间之外，重新审视着在特定历史情况下的民众抗日的行为，从无意识到有意识，从无力到有力，从迷茫彷徨到积极主动。在这场伟大的战争中，那种深藏在鲁南这个地区内部的力量，那种在勤劳善良、朴实敦厚里所蕴含的血性和坚强，都被他一一充分地展现了出来。在对这一历史灾难记忆的言说中，在对日本侵华战争中烧杀抢掠的描述中，他写出了鲁南人民的正气和大义，写出了弱者的抗争是那样的惊天动地，写出了民间的力量是那样的惊心动魄，透露出了"前事不忘，后事之师"的主题，传达出了"勿忘历史"的真诚而焦灼的呼唤。

关注抗日战争的所有作家，无不怀着一种深刻的民族正义感和责任感。我们知道，在20世纪的前半个世纪中，中国人民都在承受着战争的苦难，但承受的战争苦难在"九一八"事变到1945年抗战胜利的14年间，感觉是完全不同的。这一抗击日本侵略者的14年，尤其是全国抗战的8年，是全中国人民同心同德抵御外侮的时期，因而这一时期也最能充分显示中国人的血气和精神。天地玄黄，世事变迁，但青山不灭，青史不灭，作为20世纪70年代出生的青年作家闪凡利，为了不能忘却的纪念，用笔走进了历史，走进了鲜活的历史英雄的生命和梦想，沉浸于这场伟大的民族自卫战争中，创作出了极力彰显民族文化精神和民族自豪的作品。闪凡利认为，真正使中华民族摆脱蒙昧、觉醒起来的是抗日战争，真正让我们认清中华民族伟大精神的也是这场抗日战争。正如尤凤伟在《战争·苦难·人性》中所说："战争是不能忘记的……面对文学而言，只有从一个民族经历过的战争才能真正窥见这个民族的精神脊髓。"闪凡利在对这场战争的文学建构中，怀着强烈的责任感和民族自豪感，以1938年日本侵略者来到鲁南地区之后的抗战为背景，充分张扬自己的想象力，极力表现生活在这片土地上的人们自觉联合各界民众的抗日力量，打击侵略者，保卫祖国的民族气节和英雄壮举。

第四节　抗战小说与历史还原
——评王庆利的抗战小说

"忘记过去，就意味着背叛。"纵观中国现当代文学史，抗战小说可谓汗牛充栋，取得了突出的成就，并形成了较为坚实、丰厚的传统，为当下的抗战小说提供了丰富的艺术经验。"十七年"时期，知侠创作的《铁道游击队》，可谓当时抗战小说的典型代表，着意塑造勇于为国牺牲的抗战英雄形象，情节曲折生动，富有传奇色彩。进入新时期，抗战小说不再对"谁在抗战"这一政治问题进行追究，英雄形象也从带有意识形态色彩的"神"变成了有血有肉的人，抗战英雄有痛有泪、有喜有忧。他们首先是一位"既英雄好汉也王八蛋"的普通人，然后才是驰骋疆场、叱咤风云的英雄，有慷慨激昂、献身于国家人民的伟大壮举，也有生活的困窘、心灵的创伤和无奈的选择，这一类小说以莫言的《红高粱》为代表。抗战小说发展到今天，大体已形成了三大传统：第一类是以塑造具有传奇色彩的英雄形象为主的作品。这类小说往往着意于描述抗战英雄神奇地穿梭在敌我之间，搜集并获取情报，轰炸炮楼，让日本鬼子闻风丧胆，正如苏轼《念奴娇·赤壁怀古》中的公瑾，"雄姿英发"、"羽扇纶巾"，"樯橹灰飞烟灭"，在功成名就后，"赢得美人归"。抗日英雄运筹帷幄，洒脱、飘逸，他们的足智多谋被描写得酣畅淋漓，英雄美人的情节模式被设置得如行云流水，这类抗战小说极大地满足了善良淳朴的中国人民对抗日战争的情感审美期待。第二类是追求恢宏史诗品格的作品。它们将英雄主义与人道主义结合在一起，既注意描写抗日战争的崇高与神圣，也写出了英雄在战争中承担的苦难；既揭露日本侵华给中国人民带来的伤害，也表现战争带来的灾难性质，这类小说较为全面地再现了抗战的悲壮与悲惨。第三类抗战小说努力回避那种虚有其表的具有华丽色彩的战争小说传统，力求还原战争真实的面目，刻画一系列严峻残酷的战争场景。这三类传统形成了一种互为交融的态势，为今天的抗战小说创作奠定了丰厚的艺术底蕴。

　　枣庄作家王庆利对抗战题材情有独钟。在2010年以来的短短五年时间，他发表的抗战题材小说就有四部中篇《红枣儿要杀人》、《谁开的枪》、《滚梦惊雷》、《榴花》和一部长篇《孤独的风景》。关注抗战的所有作家，无不怀着一种深刻的民族正义感和责任感，因而他的抗战小说与其他同类题材小说一样，严厉谴责了日本帝国主义侵略中国的恶劣行径，热情歌颂了中国人民艰苦抗战、不畏牺牲、保家卫国的精神，同时，我们还注意到，王庆利书写抗战小说，其落脚点是尽可能地还原历史的真相。

他说:"我觉得自己不是创作,是还原,尽可能还原历史真相。"① 正因为王庆利有了这一追求,我们看到了他的抗战小说中的别样风景。通过"还原",他写出了历史的丰富性与复杂性;通过"还原",他把小人物推到了历史的前台;也是因为"还原",他咏叹人性的伟大,宽宥人性的卑微;同样是因为"还原",他的思考与关注没有止于抗战,而是延续到了极"左"路线、新时期直至当下。他试图让读者通过重读这场战争,去深刻自省,去重新认知我们的民族:这场战争对中华文明意味着什么?它是一场人类文明浩劫的同时,对中国文化性格的发展来说,可否认为是一次洗礼?它暴露出了人性中哪些固有的东西?抗战中引发的很多问题是否随着战争的结束已经结束?

显然,在王庆利小说背后,有一双忧郁而又悲悯的眼睛,这双眼睛赞叹抗战英雄们的一腔热血,更流连于抗战时期普通民众的心路历程,更关注他们的文化品性与生存欲望发生矛盾时精神上、心灵上所忍受的煎熬。他知道,战争中人的任何一次选择,都可能牵扯到生命中不能承受的生与死、荣与辱这些重大的问题,因而他充分张扬自己的想象力,将笔触深入到人物极其复杂的内心世界里去探察、去表现,既写出了抗战的伟大、崇高与神圣,也写出了抗战英雄的生存困境和心理纠结,既展示了个人在抗战中承担的苦难,也展示了人之所以为人的诗性追求,从而较为全面地再现了战争的悲壮与悲惨,还原了历史的荒诞与苍凉。

一 将抗战与日常生活紧密相连,表现人物纠结的内心世界

既然抗战时期,各阶层和群体的人民都为中华民族的解放做出过贡献,那么抗战小说,就完全可以把普通民众推向历史的前台。王庆利在这一时代理念的指导下,把祖祖辈辈生活在鲁南这片土地上的普通民众,作为其小说中参加惨烈的抗日战争的角色主体,将抗战与日常生活紧密相连,表现人物纠结的内心世界。

《红枣儿要杀人》以抗日战争为背景,描写了这样的一个故事:有着

① 王庆利:《穿越无人欣赏的孤独——写〈孤独的风景〉之初衷》,载《孤独的风景》,中国文联出版社2012年版,第197页。

中国文化情结的日军警备队中队长小左，偶然偷窥了当地富商、忠义煤矿董事长冯宜坤的二女儿海棠和白管家儿媳妇红枣儿一块儿洗澡，看中了穿红肚兜的海棠。冯宜坤一方面要应对日本侵略者对忠义煤矿的窥视，另一方面，又要提防小左对爱女海棠的不怀好意，万般无奈之下让红枣儿代替海棠从了小左。红枣儿面对婆婆的跪求，内心矛盾是相当激烈的，要牺牲自己的清白代替小姐海棠去侍奉日本人小左，这对于任何一个女人来说都是异常艰难的事情。但为了东家冯家及婆家白家的安全，红枣儿还是忍辱同意了。在与日军警备队中队长小左的相处中，红枣儿作为一个"女人"，她意外地发现了作为一个"男人"的小左有温情、率性和文雅的一面，在知晓自己是代替了冯海棠的情况下，竟然还对自己脉脉含情，甚至呆气地说自己像小左的母亲并且喜欢自己，而相比之下，丈夫白冰因心中一直爱着冯海棠，对红枣儿则十分冷淡。这一切使红枣儿与小左的关系发生了微妙的变化。人性中有善良、温情的一面，但战争与善良、温情无关。公公的被杀、婆婆的自杀、小姑子的惨遭蹂躏与死亡，令红枣儿看清了残酷的社会现实，清醒地意识到自己面对的是不共戴天的敌人，于是她选择了杀人，先设计杀死了汉奸高涛，后又引燃炸药与小左等同归于尽。

作者详尽地描述了普通百姓在日本侵略中国之时的生存状态，在那一血与火的历史时刻，展示出了人们在危机之时那种披肝沥胆的无奈选择，为生命中不能承受的沉重发出了经久不息的悲悯叹息。正如王庆利在《红枣儿要杀人》创作谈《选择之痛》中所说："他们的每一个选择都可能关涉着个人乃至众多人的身家性命，因此注定了这种选择是极为痛苦的，二十世纪中国历史的复杂变动又增加了这种选择的艰难及其结果的戏剧性。"[①] 这篇抗战小说成功的关键，就是没有简单地设置人物之间的情感纠葛，没有显示作家营造跌宕起伏的戏剧性的能力，而是能够细致入微地揣摩、传达人物在特殊历史关头，内心的复杂纠结、矛盾与选择之痛。

当红枣儿与冯宜坤、日本人小左同归于尽之后，白冰与在白冰指导下走上革命道路的冯海棠自然而然地结为伉俪。然而，生活在继续，作者没

---

① 王庆利：《选择之痛》，《中篇小说选刊》2011 年总第 31 期。

有将人物定格在胜利广场的"狂欢"之中，而是把故事意味深长地结束于抗美援朝前夕的凝重时刻：

> 海棠展开纸：协商离婚四个字，映入了眼帘。泪，慢慢从一双眼睛里流下来。白冰一时不敢看那双流泪的眼睛，他将脸转向墙，用手指在墙上划，划了很多道道，直到把手指划疼了，才住了手，说：海棠，你不要怨我，我也不想。
>
> 他转过脸来，对着海棠：但是，我无法面对过去。
>
> 是的，你已经给我说过，你感到愧疚，感到不安，因为你让我投奔延安，并不是出于要解放全中国的高尚情操，而是要报复我爹，是他，不只断送了咱们的爱情，而且还把红枣儿送给日本人，让你感到莫大的耻辱，是吗？除了这些，还有什么吗？海棠哭喊着，把手中的那张纸撕得粉碎，砸在了白冰的脸上：你选择了逃避，算什么男人。
>
> 不是逃避，是回避。白冰抬手打掉胸口上的一片纸屑，说：没有你我会更痛苦，但是，身边有了你，我就会时刻提醒自己，感觉到自己很卑鄙，很无耻，自己真的不是一个男人。
>
> 哼！海棠冷笑了一声：说得好听，还回避，不是一个样吗？我已经给你说过，你劝我走，我是走上了正道，投向了光明，至少比我姐强，她都被日本人炸死了，还是一个国民党军官的太太，要永远被钉在耻辱柱上。从这点上讲，我应该感谢你一辈子，你也应该感到骄傲。
>
> 那是你的想法。白冰盯着她，问：你知道吃了苍蝇是什么感觉吗？
>
> 海棠气得别过脸去，不理他。
>
> 白冰走到她的对面，摊开两手，说：从那天晚上找不到红枣儿后，我就找到了娘，从她那里证实了我的怀疑，我想找小左拼命，但是娘给我跪下了，她说这是报冯家的大恩，说冯家一辈子没求过白家办一点事，就这一次，如果我不答应，她就一头撞死，海棠，你说，我是什么感觉？

　　我没有怪你，没有看不起你，一点都没有。海棠哭着说白冰啊白冰，都过去了，你不要再拿已经成为历史的事折磨自己，也不要再折磨我，好不好？

　　我想吗，我想折磨自己吗？白冰说，真的海棠，在你们冯家，我一直没把自己当成外人，我把你爹当成了我爹，原指望他能给我一个说法，但是，我亲眼看见了他的态度，他摔碎了自己最喜欢的花瓶，花瓶一破，我就明白了，那个家，已经不再是我的家，红枣儿也已经不是那个红枣儿了。

　　可海棠还是原来的那个海棠啊！海棠叹了口气，说白冰，你心中装着恨啊，对我们冯家所有人的恨，所以你想报复我，你的所作所为，现在真的让我怀疑，你和我结婚，现在又想和我离婚，是不是你阴谋的一部分。

　　从你爹摔破那个青瓷花瓶开始，我就下定决心，要让他的心和那个花瓶一样，也变得一瓣一瓣的。白冰说我不想瞒你，我确实恨你爹。

　　那好，我告诉你，你的目的已经达到了。海棠舞动着手说，现在，冯家除了我，已经没有活着的了，所以，你连我也不放过，想害死我。

　　摇摇头，白冰说，那时候，我明知道嘴里含着一只苍蝇，但没法吐出来，还是要咽下去。现在……

　　我明白了，你不要说了。海棠点点头说，我现在就是一只苍蝇，你把我也当成了一只苍蝇，所以急着要吐出来，吐出来你就好受了。

　　不是你，是我。白冰说，我把自己、把自己做过的事当成了一只苍蝇，所以，我要把它们吐出来。

　　说完，不待海棠说什么，转过身去，大步流星地走向前边披了绿色伪装的汽车。汽车上的横幅标语格外醒目：抗美援朝，保家卫国！①

_____

①　王庆利：《红枣儿要杀人》，《中篇小说选刊·增刊》2011 年总第 31 期。

"耻辱"与"报复","卑鄙"与"无耻","阴谋"与"怨恨","愧疚"与"不安"与"嘴里含着没法吐出的苍蝇的感觉",这种种心绪都与"高尚"、"伟大"的爱国情操无关。小说将抗战与日常生活紧密相连,将抗战英雄与普通人的情感世界息息相关,将人物内心的纠结与选择过程作了细腻深刻的剖析,还原了人物复杂的内心世界,也还原了历史的丰富性与复杂性。伤害是多层次的,情感是微妙的,心理是难以言说的。白冰和红枣儿的夫妻关系并不好,白冰也不在意红枣儿的喜怒哀乐,他最心爱的人是冯海棠,可生活与文化的逻辑悖论是,作为妻子的红枣儿被冯宜坤代替冯海棠送给了日本人,这种事情的的确确对白冰造成了极大的伤害,到底是谁伤害了白冰?日本人?冯宜坤?红枣儿?冯海棠?娘?……为了中国人民的利益,为了中华民族的独立,爱国爱民的抗战英雄白冰可以抛头颅、洒热血,但这一伤害给白冰埋下的心理阴影却已经深入了骨髓,导致白冰在当事人几乎都死光了的情况下,多年之后仍耿耿于怀,当时的"报复"还不够,"恨"要至死方休!哪怕是对自己的亲密爱人。这如同冯海棠的追问,眼泪与叹息是那样的黏稠与沉重。作家站在历史与现实的交叉点上,把审视的目光延续到抗美援朝,甚至直指当下,继续着冯海棠的追问:千千万万英烈的生命换来的和平岁月,中国人民是否从此过上了幸福的生活?我们的生存困境究竟来自何处?

小说视角独特,耐人寻味,令人深思:"抗美援朝,保家卫国!"——家在何方?白冰执着地送冯海棠参加革命与自己参加抗美援朝的行为,显然隐含了个人的恩怨纠葛与各种复杂难言的痛苦心理,这种隐含个人恩怨与复杂心理但却以"革命"的名义去做事的行为,在新中国成立之后,又造就了多少人间与历史的悲喜剧?

二　对人性的卑微与软弱给予了温情的书写

在乡土抗战作家看来,中华民族抵御外侮的希望不仅要寄托在年轻有为的知识分子身上,普通乡野民众的力量也不能忽视。在日本帝国主义的铁蹄没有踏进这片国土之前,鲁南这片大地上的乡野民众也如萧红《生死场》的开篇描写,按照自然规律"忙着生,忙着死",处于一种浑浑噩噩的生存状态。然而,就是这类生活在乡野之地的普通人,无论其性格、经历、地位如何，在生死存亡的关头，一旦有机会，也能够挺身而出，会以自己的生命换取一个民族的独立与自主。乡土民间一旦如此被看成是民族能量的储存库，那么与之相伴随的生活方式、观念习俗就获得了合理性与合法性，在作家心中就会得到相应的宽容、肯定与理解。

《滚雷惊梦》作为一部抗战小说，描述了抗战之火一旦燃烧起来，有胆有识的英雄就有可能一呼百应，血气方刚的年轻人也能坚持硬拼到底，在极为恶劣的条件下与敌人抗争的故事。但领导人民抗战的核心人物邵真及其队伍"农民大队"并没有占据小说的中心位置，邵真非凡的谋略与胆识、"农民大队"那些让敌人闻风丧胆的情节，更多的是通过乡野民间的传说来介绍，小说前半部分主要表现的是邵真拉起队伍打得敌人落花流水时家人与四邻的生存状况，而后半部分则着意关注"农民大队"的战士邵林叛变后忐忑不安的心理及其所作所为。

在日本入侵前，邵真为了在家乡办学校启蒙民众，变卖了一些家产，少收学费甚至不收学费，被父亲邵国仁责骂"败家子"与"不成器的东西"。日本侵华之后，邵真又将家里的油坊、粮店、家具变卖，把家乡四邻的青年集结起来，拉起了一支抗日队伍，这一作为不仅惹得乡亲四邻抱怨（抱怨邵真置他们的孩子于危险境地），妻子与未成年的女儿为躲避日本人的追捕四处流浪，且最后害得母亲邵韩氏连看病的钱都没有，其父亲也为保护与邵真一起抗日的教书先生被日本人残忍杀害。邵真年迈的母亲邵韩氏除了对乡亲四邻道歉磕头外，还为求神保护邵真和"农民大队"的安全而磕头，这位老人对邵真是"从早骂到晚，从白骂到黑"。参加抗日革命队伍的叶子的父亲邓光荣，在小说中也被描述成了一个"势利"的乡村老人。显然，不论是邵真的父亲和母亲，还是叶子的父亲，或是邵真的四邻乡亲，都是从自身的或家族的眼前利益出发去行事做人，评判抗日战士邵真、邵林的是非功过，可以说他们是乡野民众的普通一员。

抗日英雄邵真首先面临的是家人的责难与邻居的怨恨。家人责难其一生中好不容易积攒下来的家业被邵真用来招兵买马，"挥霍一空"；邻居怨恨邵真带坏了他们的孩子，使其追随牺牲生命；邵真的母亲除了对邻居们抱歉磕头，还要烧香拜佛保儿子平安，连日的惶恐不安使她很快病倒；

而邵真唯一的 5 岁女儿则因为躲避日本人的追捕被砸伤，再也站不起来。《滚雷惊梦》非常形象地概括了英雄邵真在英勇杀敌之时的焦头烂额、身心疲惫的生存与精神状态。小说如此细致的描写显然不只是为了反映抗战时期民众心理的惶恐与不安，更是为了展示抗战英雄的心理困境与精神痛苦，也是为了品味抗战时期人们生活的悲苦滋味。

分析到此，我们看到，《滚雷惊梦》作为抗日战争题材小说，王庆利另辟蹊径，所写之人皆为乡野小民，所叙之事是日常琐事，但我们透过此种琐事深入思考之时，便会感到作家对战争中底层人物的深切悯怀。小说以近乎虔敬的态度抒写战争中民族的生存状态，把散乱的农民生活现象统一在卑微的小人物身上，并无一点轻视与嘲弄；相反，作者一丝不苟的笔墨，本身就显示出对这一群小人物的理解、同情甚至敬畏和礼赞。他们卑微，然而实在，亲切！作家善于发现这一点并直率地写出，怀有宽容怜悯之心，试图还原抗战时期普通民众的生存状况，真是个中况味，难以尽言。因而作家不惜笔墨，详尽描述了这些老年人和普通民众害怕惹怒日本人招来祸害，采取消极避让政策的心理状态。然而，邵真的父亲邵国仁是为了掩护教书先生孙茂东和学生，"堵在学校门口，死死抱住一个端着枪向学生瞄准的小鬼子不放，当即被一个长着鹰钩鼻的鬼子劈成了两半"。而邓光荣则是死于给邵真的老婆和孩子报信。作为一位勤劳的农民，邓光荣习惯早早起来捡粪种庄稼，猛然看到日本人进村后，"丢了粪箕就往回跑，到家后抓起擀面杖，在院子里没命地敲打瓷盆"，等被称为"野狼"的日本队长知道邓光荣是故意捣乱时，气急败坏，剁掉了他的双手，剜了他的双眼，汉奸种化志则放开手中的绳，让狼狗撕开了他的肚肠。这两位老人家与在国难关头的热血青年的目标一致，虽手无寸铁，却本能地把入侵者当成自己不共戴天的仇敌，千方百计地掩护同胞，并为此献出了宝贵的生命。原来，那些平常看似懒散自私而无所用心的人们，或者虽然认真地生活但并无高远关怀的人们，都有一种在紧急关头能为自己国家和民族的独立与解放而献身的精神。

整个民间乡野世界本来就是一个求财纳福、趋利避害的社会群体，但在抗日战争的环境下，求财纳福、趋利避害却成了一个大是大非的问题、民族大义之事。可抗日战争的洗礼并不能转瞬间就让他们每个人都能舍生取义，因而作家怀有宽容之心，展示了邵真父亲对邵真的斥责，邓光荣对抗日战士邵林的打骂。作家揭示了普通民众"自私"、"狭隘"的心理，之后又告诉我们，正是这些求平安的"自私"的普通人，当时局把他们推到风口浪尖上时，一样能够绽放出最美的人性之花来。进而让我们感悟到，在民族生死存亡的关键时刻，这些看似"低贱"的、"狭隘"的生命，也会成为一条坚不可摧的阵线："生是中国人，死是中国人"是他们的信念，是支撑他们的生命尊严和人生价值的全部底线。

直视社会之"恶"，人性之"恶"，表达由此引起的忧郁和对理想社会和人性的向往，是审美现代性的艺术追求。尼采认为"光明"与"阴影"同在，他在《人性，太人性》中形象地借"流浪人"与"影子"的对话，深入浅出地指出了这一点。

"流浪人"如此对"影子"说："你知道，我爱阴影像我爱光明一样。如果有漂亮的脸庞、清晰的言辞、博大的爱、坚强的性格，阴影和光明是一样必需的。他们不是敌人，相反他们手拉手亲密地站在一起，当光明消失时，影子也随之溜走。"①

影子的回答自然而贴切："我和你恨同样的东西：我爱人类是因为他们是光明的信徒；我爱他们发现和获得知识时眼睛里闪烁的光……但知识的阳光照下来造成阴影，我就是那阴影。"②

光明和阴影分不开，这样比喻合乎常识，不过，人类社会中的"光明"常常对"影子"不屑一顾，以为不要"影子"才显"光明"的亮丽高远。如何才能写出真实的有血有肉的人物，古人总结的经验是"爱而知其恶，憎而知其善"，即爱一个人不要只写他的优点，恨一个人不要只写他的缺点。王庆利怀有"还原"历史的心愿，是对传统抗战文学最深刻大胆的反思，才有了小说对这两位老人以及邵真家人邻居在日本入侵时"自私"行为的描写，从而真实地展现了普通民众从恐惧抗日到自觉走向

---

① 赵一凡：《西方文论关键词》，外语教学与研究出版社 2006 年版，第 395 页。
② 同上。

抗日的心路历程，深入地挖掘他们本能的爱国冲动和反抗意识。这一艺术表现不但没有损害中国人的形象，恰恰体现了作家对于人性的正视与尊重。

也正因有这一艺术追求，才有小说后半部分对抗日战士邵林叛变行为的温情书写。抗日战士邵林经受住了敌人严刑拷打，"但是，当他从铁窗外看到被野狼抓来的老娘时，他脑后抽凉风，终于垮了下来"①。

"后来，他对叶子说，他并不是一个贪生怕死的人，但是，面对满头银发的母亲，他的坚守变得不堪一击。娘，是他在世的唯一一位亲人，自己还没有尽孝，他不想让她老人家成为敌人的刀下之鬼。小鬼子正是抓住了他这一弱点，逼迫他不得不低下高昂的头。"②

作家细致地展示了邵林叛变后忐忑不安的惶恐心理，并把邵林的叛变写成了"有限度"的叛变（被动地把有限的不重要的信息传给敌人），这当然与铁杆汉奸种化志主动给敌人出谋划策，使"农民大队"遭受惨重损失的行为截然不同。故事的结局是邵林在母亲自杀后，打死了已升职为敌人警卫队长的种化志，当他举枪向日本军官野狼开枪时被对方割断了喉咙。

邵林是这部小说中着墨较多的一个叛徒，作家在他身上将爱情、亲情与家仇国恨熔于一炉，冶炼、锤打，让这一人物在生存的悖论中忍受煎熬，揭示出战争的残酷性与人性的复杂性。小说给我们的启示是，叛徒固然可耻可恶，但我们更应该痛恨日本侵略者对人情、人性与人类文明的肆无忌惮的践踏，战争是罪孽深重的。正因为作家有了这样的思考和抱负，小说才对邵林的叛变行为没有作简单的道德评判，而是给予了一定限度的同情与谅解，对人性的软弱有着适度的理解和宽容。

王庆利把目光温情地投入到了普通民众身上，通过对他们在抗战中卑微的生态与心态的描述，细致地表现了他们在爱与恨、生与死的艰难选择中的痛苦挣扎，充分展示他们在大是大非面前所闪现的人性光辉，并对导

① 王庆利：《谁开的枪》，《文学界》2014 年第 10 期。
② 王庆利：《谁开的枪》，《文学界》2014 年第 10 期。

致人类困境的诸多因素进行了深入的挖掘,展现了个人在战争中经受的心灵考验和生命磨难,成功地还原了战争应有的悲惨与历史的苍凉本质。

三　对负面文化性格的认真审视

若说《滚雷惊梦》对中国普通民众在保家卫国中艰难的人性挣扎给予了温情的书写,而《谁开的枪》的主题则别有怀抱,耐人寻味。

王庆利的抗战题材小说讲述的不是正规部队的抗日战争生活,而是在中国共产党的领导下活动在鲁南地区的具有民间性质的地方武装,任务是配合主力部队战斗。民族抗战需要中国全民众的力量,而这些大量来自民间的英雄和士兵,大多原本是日出而作、日落而息的农民。这些农民有着各自的精神创伤、家族恩怨与情感纠结,在家乡一带对日作战,敌我、亲疏各种错综复杂的关系与情感纠葛因而更为凸显。《谁开的枪》就从这种复杂棘手的"关系"与"纠葛"入手,讲述"铁道大队第四中队"的一次金马村伏击战的故事以及后续故事。这次金马村伏击战"没碰着敌人一根毫毛,自己却一死一伤","第四中队"的队长老虎觉得憋气、窝囊。但为更重要的是:

"这事还让他就像陷入一个泥潭,让他拨扯不清。战争年代,打仗死人不足为奇,可这次不一样:一是这人是自己人打死的,二是死的人是副队长胡家法的堂弟胡家园。按说,打仗误伤也是常有的事,可这次也不一样:误伤自己人的,偏偏就是凌国美的弟弟凌国有,而且,凌国有偏偏又与胡家园有过节。"① 《增广贤文》中言:"打虎还得亲兄弟,上阵须教父子兵。"意思是打虎时亲兄弟能够齐心协力,上阵打仗时,只有父子同时上阵才能打胜仗。告诉人们:打最凶猛的野兽老虎是很危险的事情,最需要配合信任,因而还得是亲兄弟,上阵打仗需要统兵的了解自己属下,属下要完全服从上级的命令。父子兵这个兵字不能简单理解为普通士兵,应该理解为统兵的是父亲,属下是儿子。统兵的大帅对自己属下是最了解(知子莫若父),发出的命令是最能够保证执行的。这里强调做危险、困难的事情时要团结一致、通力合作,配合信任,有共赴患难之心之情,才

---

① 王庆利:《谁开的枪》,《文学界》2014 年第 10 期。

能把事情做到最好。而《谁开的枪》中的"打虎"与"上阵"的不但不是"亲兄弟"与"父子兵",反而是有着家族仇恨的村人邻居。小说故事的悬念设置得非常巧妙,情节由此展开,胡家法对胡家园死在自己人手里这件事难以接受,更让他不敢想象的是,胡家园是不是死于一个阴谋!?他如鲠在喉,难以释怀,此事几乎成为他的心病。后来,队长老虎与当事人凌国有均在抗战中牺牲,在抗战胜利后,胡家法又参加了辽沈战役和抗美援朝,离休之后回了农村老家。这位曾打得日本人闻风丧胆,并在辽沈战役和抗美援朝中立下了汗马功劳的革命战士,对党和政府一无所求,但追问却一刻都没有停止,直至在国庆六十周年之际,那个"秘密"仍让他耿耿于怀,穷追不舍,在追问无果之时"感到失落"。小说最后也没有揭开谜底。尽管读者在故事的开始也与胡家法、老虎队长一同想知道,到底是谁开的那一枪,但随着情节的进展,特别是在国有、老虎已经为国捐躯之后,慢慢认为对此再进行追究已没有任何意义,而此时的胡家法仍在追问,"这追问"就值得追问了!为什么一定要厘清?目的是什么?是否他心里已经认定了凌国有在伺机报复?正如朱吉余先生在题为"小处说说,人情毕见"的序中说:"我关心的不是究竟是谁开了那一枪,而是在阅读中体会到人与人之间的回护与自省,体会到的是人性的复杂和抉择。"

胡家法的悲剧,是战争造成的伦理悲剧。从战争的逻辑层面上来说,战士牺牲纯属正常,但在伦理层面,他的分析与推理有合理成分。但战争的逻辑掩盖了伦理的逻辑,而他执意在伦理层面评判这一事件,显然带有褊狭的个人恩怨因素。更深的悲剧是,战争不仅掠夺了许多鲜活的生命,而且还改变了文明社会的生活观念,使我们的生命如此麻木:在半个多世纪的物是人非之后,胡家法仍在追问"谁开的枪"?王庆利以其锋利的笔触,直接拷问战争年代人们已经改变的迟钝、麻木的良知。这部小说给人印象最深的情节不是革命战士的奋勇杀敌,而是这位英勇杀敌的战士为什么一直在追问。作家细致地展示了胡家法已有的潜在答案,而这一潜在答案又因无法证实使他忍受着折磨的痛苦心理。

一般的抗战小说,往往突出中国军人与日本军人的矛盾,而将中国军人与民众写成团结一致、同仇敌忾的群体，回避了我方军队内部的冲突和争斗，尤其回避了中国军人与民众自身性格上的缺点与文化的缺陷。而《谁开的枪》将人物置于各种复杂的矛盾关系中，敏锐地捕捉那些抗战期间抗日英雄与广大民众身上存在的狭隘、愚昧麻木的一面，让他们在心灵上因此忍受各种力量的撕扯，从而写出了人物性格的复杂性与文化特性，其战争小说显示出了拷问民族灵魂的深邃与厚重。

分析到此，我们看到，《谁开的枪》显然不只是一部抗战小说了，它不是在现实功利层面上对入侵者进行揭露和攻击，而是以穿皮透骨的深邃目光，将战争作为一座熔炉，将人的心灵放在上面炙烤，以达到透视人性的文化的深度，具有文化批判、人性反思的哲理深度。从这一意义上说，它还是一部心理探究小说，是一部探索人性的小说。

四 对女性美的诗意观照

女人是人情美、人性美的主要体现者，也是人间爱与美的象征，但在战争中，她们往往成为最大的受害者。王庆利的抗战小说《榴花》，在描述战争对母爱的毁灭中，揭露战争对人类亲情的破坏，同时又在对母爱的赞美中，昭示出人类对爱、对文明孜孜不倦的追求，揭示出了人类生生不息的伟大力量之源。

《榴花》从人道主义角度揭示战争给人类带来的灾难。榴花因为战争失去了丈夫，亲生儿子也因患病而死去，但在以后的艰苦生活中，她又全心全意地抚养与保护了两个他人的儿子（一个是汉奸的儿子，另一个是朝鲜籍的日本士兵）。在这部小说中，敌我、兵民不再只是相互厮杀的仇人，还有可能成为同病相怜的日本侵华战争的受害者。

榴花是一位在亲戚家做女佣的没有文化的下层妇女，有着一个非常"俗"的名字榴花。妹妹榴叶死后妹夫牟亚东当了汉奸，因担心妹妹的儿子"小小猪"受到拖累，她决心把"小小猪"养大成人。在抚养"小小猪"的过程中，她所面临的困境不只是生活的贫困与战乱，还要躲避汉奸牟亚东来抢孩子，因而可以说是千辛万苦。作为一位母亲，更为含辛茹苦的是，她还收留了另外一个孩子——日本逃兵台儿喜。台儿喜是庞炳勋的部队在临沂与日本人打仗时存活下来的日本兵，在逃命的过程中，因偷吃榴花给丈夫上坟时摆在坟前祭奠用的供果而相遇，因为心疼和可怜，榴花收留了这个十七岁的半大孩子，并按丈夫的姓给他起了个名字叫台儿喜，从此二人成了母子。台儿喜虽是日本兵，但不是日本人，而是朝鲜慈江道人，原名叫朴东营，因为家里穷，为了混口饭吃，稀里糊涂加入了日本人的队伍，被改名为木下。作品详尽地描述了榴花知晓台儿喜是日本兵后的矛盾心态：台儿喜紧紧跟随她回家，像一只忠实的小狗，无论如何打骂从不还手，并向她叙说："不想回到部队，不想到战场上打死人，更不想被人打死"，后又下跪、磕头，恳求"娘"把他收留。台儿喜的不幸遭遇让榴花心起怜爱，而一声"娘"更唤醒了她的母性之光。当知悉日本军官试图抓回台儿喜，将其送上军事法庭，并要枪毙时，榴花更是不惜牺牲生命也要保护这一可怜的孩子，而有正义感的亲戚谢鹏、德国传教士比尔先生等也甘愿冒着生命危险为台儿喜遮风挡雨。

小说中的日本兵台儿喜还没有被驯化为一台杀人机器，他与中国普通百姓一样凄苦无辜，远离父母家人，被迫走向战场，因而他对正在进行的这场战争非常厌恶。逃走的念头一直在脑中回响，逃离了军营，获得了自由，情愿挨饿受冻在野外流浪，也不愿回到部队。台儿喜活着的渴望主要是来源于对回家的渴望——日夜思念远在朝鲜的父母。小说通过台儿喜的命运遭际，生动地刻画了主战者吞食百姓血肉的丑恶嘴脸，战争与人性的激烈对峙，让我们看到，日本发动的侵华战争，是对全世界爱好和平的人们进行的野蛮挑衅，日军在中国制造的种种惨绝人寰的暴行，是对人类文明历史的粗暴侵犯，是反人性、反人类、反人道的。从这一意义上说，日本的侵华战争，不只是对中华民族的凌辱，而且还是对全世界人类文明、道义和良知的亵渎。事实上，军队中的很多人，原本就是社会下层的民众，只是迫于各种原因才走向从军之路的。在军队中，部队也只需要他们的身体，他们的生命在需要的时候填充在弹坑里，而不需要他们的灵魂。他们死后，堆积如山的尸体，留下的也不过是可以统计的冰冷的数字，没有人去关心他们的前生后世。因此有深度的抗战题材的文学作品，不应该只是盲目地煽动两国民众的仇恨，而是将军人也当作有血有肉的生命，去观照他们非人的命运。同时还应该把官和兵区别开来，将真正的战争的发动者、操纵者、受益者与那些被迫走向战场卖命的边缘人物区别开来，这样才能够真正将批判的矛头指向战争的元凶。

从这一意义上说，这篇小说可谓一部具有反战性质的作品，它在一定程度上体现了作家的人道主义文学视野。作家怀着崇敬的心情书写了一位永远的母亲形象。而正是因为有了这位伟大的母亲，战争中的台儿喜幸存了下来，并满怀感激之心，直至病死。死后，公安人员从其保险柜里找到一摞没有寄出的信件，每个信封上只有三个字：收信人地址处写着"中国"，收信人处写着"娘"。而那位"小小猪"，长大成人之后则当了兵，更名为牟小小。榴花正如她的名字一样，是一草芥人物，也是历史长河中底层人民的典型代表，卑微、平凡却鲜艳无比，她怀着对生命的无比敬仰、对生活的无比虔诚之心，在那艰苦贫穷的战乱岁月里，像石榴花酿孕出了一颗颗饱满的、晶莹剔透的石榴一样，给战火纷飞中的凄凉人间带来了一丝温情与希望。

在对王庆利抗战小说的解读过程中，我们感受到，他对历史与战争有着独特的文化思索。他通过对在战争威胁中人们生发出来的本能欲望的书写，通过对民族自尊与生存欲望冲突的展示，传递出了作家对人与人性存在的理解，把高尚的、卑微的、坚强的、懦弱的……人性的真实内容及奥秘揭示了出来，同时也避免了一般战争小说把战争孤立化、抽象化的描述，从而成功地把战争与历史、现实有机结合起来，把抗日战争文学推向了更加广阔自由的精神空间。

王庆利在谈到为什么写《孤独的风景》时说，"是为了记忆"！是的，正是为了记忆，为了今天，为了能够"守住家园，守住土地，守住朴实的心灵"，他怀着探求人类和历史事实真相的责任与意识，用心捕捉一个个遗落在街道和乡村的历史镜头和片段，多种角度地呈现，最大可能地还原。在王庆利朴素、坚实的叙述风格下，抗日战争生活以它本色的面目呈现在读者面前，那些所有的经历与创伤，呐喊和呼号，一切都是那么平凡与普通，那么真实而自然。

第五节　波澜壮阔的英雄史诗

——评吴敬凤长篇历史小说
《风雨台城》

长篇小说《风雨台城》终于以精美的版式由作家出版社出版面世了，这是"70后"女作家吴敬凤的又一部呕心沥血之作。

当我读到这部50多万字的反映和描绘有着历史名城、运河古镇之称的山东台儿庄人民，在中国共产党的领导下，从新民主主义革命到解放战争这段历史中，发生的一桩桩惊险的、曲折的、血腥的、令人荡气回肠的历史故事，眼前就展现了一幅江北水乡、鲁南煤城枣庄人民伟大斗争的历史画卷，以致心潮难平。隐藏在故事表象背后的深层次的那种民族精神，令人感慨万端，彰显着小说超强的批判反思力度和震撼人心的力量，小说从事件的选材、人物的设计到情节的推演和节奏的把握开掘，无不表现作家吴敬凤对重大历史题材的把握和人性深度开掘的表现力。这部小说的成功，是她深厚的生活积淀和匠心慧眼的映照。

这是一部波澜壮阔的英雄史诗。

作家吴敬凤以她明睿的头脑、娴熟、细腻的文笔以及她对史料强劲的驾驭能力，从映照岁月的深邃到洞悉历史的原始，以关键时间为桩点，其他众多时间节点为辅助，人与事互为经纬，把发生在台儿庄这块美丽、传奇的充满深厚文化底蕴的热土上的、头绪纷繁的现代史，叙述得波澜起伏、澎湃跌宕而又井然有序，同时，众多的历史人物和素材，旁逸斜出的背景事实点染佐证，仿佛蓊郁的花架，主次分明而又生机盎然，把那个特殊年代发生的抗日斗争和民族英雄们同凶残暴虐的日本强盗进行殊死的斗争，写得丰富细腻，传奇惊心，纵横交织，活灵活现，精彩不断。

这是一部充满了民族精神的书，既写主人公奋斗史又写与外来侵略者浴血斗争史；这是一部生动传神、史料丰富翔实的书；同时，又是一部情节跌宕起伏、引人入胜的书。在台儿庄这个故事的舞台上，充满了精妙的细节，丰盈的意象，饱含新鲜汁液的语言，仿佛有一种魔力在吸引读者看下去。笔者为女作家吴敬凤对故乡台儿庄这片热土的深厚感情和她充满激情的秉笔直书的写作精神，以及严谨、刻苦、真实地再现和发掘曾经埋没在历史长河中英雄史诗的魄力和视野的广远而拍手叫好。

在备受震撼之后，笔者就这部鸿篇巨著的艺术特色、历史真实、艺术虚构和人物形象的塑造，发表点看法，写下如下文字，刍荛之见，不敢称评。

一　在历史的真实基础上，体现多姿多彩的艺术特色，巧妙地铺展广阔宏大的场面，抒发壮怀激烈的情怀，讲述荡气回肠的英雄故事，酣畅淋漓地再现了台儿庄的民国至新中国成立前的历史，深刻鲜明，跃然纸上

《风雨台城》从民国二十二年（1933年）开始，重点以抗日战争为背景，挖掘历史，解读真相，写出了纵横交织、惊心动魄的台城历史。小说一开头，就描写了抗战前台儿庄物产的丰富，街市的繁华，人情的朴实和运河两岸的美景；描写了白家、黄家和方家的爱恨情仇及日本强盗对中国的狼子野心；同时，也描写那个年代青帮的势力、官府的黑暗和匪患的猖獗，巧妙布下了一条条线索，然后，一层一层去揭示人物关系，事件的来龙去脉。不论是人文环境，还是街井风情，民意风俗，都在作家的笔下显得格外鲜活、生动。特别是日寇入侵后，以方世云为代表的华夏儿女，在中国共产党的领导下，奋起抗日，那一个个战斗场面，无不壮怀激烈，荡气回肠，场面的广阔宏大，都达到了震撼人心的效果和层面。这种艰难曲折、动静结合、张弛有度的描绘，让读者如亲临现场，直接感受那个特殊年代社会历史和人物命运，直将鲁南古镇台儿庄描写得风生水起、波澜壮阔。

在《风雨台城》中，作家吴敬凤以丰富的想象力，克服资料匮乏，题材重大敏感，线索多样，人物繁杂等诸多难点，以敌我双方的较量为重点，从战场搏杀写到指挥者和党的地下工作者与敌人的斗智斗勇；从地下工作者的英勇顽强写到普通百姓的民族气节；浓墨重彩地描写了中华民族抵御外侮浴血抗战的场面，内容充满悬念和曲折，情节开合有序，张弛有度，把抗战中的民族精神表现得感天地、泣鬼神。台儿庄大战，运河支队的夜袭火车站，血战朱阳沟、巨梁桥惨案以及郝鹏举起义的反复，峄县铁脚岭匪首黑巾女侠和张映铁的壮举，枣庄中兴公司的风云变幻，都在这个广阔宏大的场面里，随着战争的发展而演绎、发展和变化着，表现着生活在台儿庄这片热土上的中华儿女面对日本强盗的勇敢、顽强、自尊和深明大义的精神风貌。读后，无不为这部书中传递出来的中华民族精神的浩然正气，而感到魂魄的强烈震撼。

无疑，这部书留给后世的影响是深远的。

在描写台儿庄大战时，作家写道："1938年3月23日，震惊中外的台儿庄大战终于爆发了……台儿庄之战，只是徐州会战之一。但它却是徐州会战中最辉煌、最悲壮的一幕，足以影响了中国抗战的整个局面和信心。因此，这场战争影响了整个世界。有人说它是反法西斯战场中最骄傲的一战是毫不夸张的。"接着，她以酣畅的笔墨描绘了敌我在装备上的悬殊，敌人的残暴和中国军队第三十一师在峄县康庄附近与日军相撞后，展开的激烈的战斗场面，描绘了中国的守城军队在敌人飞机大炮的狂轰滥炸下，用步枪拼死抵抗的悲壮和英勇，描写了方世云领着由地下党组织起来的几百人抗战支援队，怀着一腔热血与鬼子一决雌雄，他们破坏铁路、抢救伤员，与中国军队并肩战斗。"3月26日，1000名日军在30辆坦克和7架战斗机的掩护下，向台儿庄北的南洛、刘家湖一带猛攻，扼守该村的三十一师守军奋力作战，但日军攻势太猛，战斗尤为激烈。加上日军飞机在上空对准官兵阵地轰炸，官兵死伤尤为惨重。整个阵地尘土弥漫，烟火遮天。同时，日军飞机开始在台儿庄上空狂轰滥炸，那些从上百米高空落下的一枚枚炸弹带着骇人的杀伤力，把守军扼守的小北门附近的建筑物在震耳欲聋声中炸为废墟。中国军队的顽强阻击，使从北而来的日军受到沉重的打击……"紧接着，作家吴敬凤描绘了土匪张映铁与日寇战斗的场面："矶谷得知信息之后，便命令濑谷启把枣庄、峄县方面的兵力、火力都集中起来火速增援台儿庄。没想到濑谷启刚出峄县的吴林村北，却意外地与一股来历不明的队伍交上了火。那支队伍，濑谷启凭经验能看出不是中国的官兵，每人除了持有新、老不一的步枪外，没有其他装备。而战马也只是有三成人数。但那支队伍来势很猛，因为是从濑谷启军背后直冲而是来的，倒让日军很是措手不及了一阵子。待回身反应过来，人数竟损失了几十。濑谷启大为恼火，拔出东洋刀来，歇斯底里地吼了声：'嘎叽叽'……鬼子调好射击炮，接二连三地向对方一阵轰炸，对方不少人在轰炸中倒了下去。日军趁机又是一阵轰炸，那支队伍显然招架不住了，掉转头向北逃了去，濑谷启没有心思追赶他们，他们的任务是尽快增援台儿庄……那支逃散的队伍中，张映铁的一条膀子炸掉了，被单三强揽在马背上昏迷了过去。单三强哭喊着，拼命地抽着马屁股向峄县方向狂奔……单三强带着队伍赶到中和堂时，发现店门紧闭，周围一个人都没有……几乎要哭了，他看了眼横抱在怀中张映铁，脸已呈现灰白，断臂上的血仍然在汩汩地流着。单三强有些绝望了，他清楚地知道，再这么任由着血淌下去，用不了多大一会儿，大哥必死无疑……他看着眼前的一帮弟兄，果决地说，我们去枣庄……猛一夹马肚子，那匹马疯了似的向北狂奔而去。单三强脑子里不时地闪现着早上张映铁带他们出来时的一番话：弟兄们，俗话说，好男儿，当保家卫国。现在，小鬼子打到咱家门口了，在咱们这烧杀抢掠、无恶不作，咱们还能继续在这占山为王吗？——不能了！坚决不能了！……我们要下山去跟鬼子拼一番去……"

　　略略数笔，作家吴敬凤就把张映铁的牺牲写得悲壮而惨烈，既写出了一个占山为王的土匪的民族气节，也写出了中华民族同仇敌忾的英雄形象，一个全民抗敌的浩大而广阔的场面展现在读者的眼前。紧接着她又描写了中国军队与敌人殊死的搏斗，在硝烟弥漫的战火中，战士们浴血奋战脱光了膀子，挥舞着大刀片，向鬼子的头上砍去，杀退了敌人无数次的进攻；老百姓往战场上送茶送饭；还有艺人到战场上唱大鼓书鼓舞士气；女学生们也到阵地上去唱歌：任凭鲜血洒遍这块土地，要把那豺狼全杀完，全杀完……敢死队的勇士们那一声声如狮子般的吼声，是中华民族血魂的呐喊，在作家吴敬凤的笔下活灵活现。台儿庄大战从3月23日起至4月4日，终于以中国官兵牺牲三万将士的生命换来一个大捷而得以结束。而日寇死伤11749人，在敌我力量悬殊的情况下，中国军队同仇敌忾、视死如归的精神，在《风雨台城》这部书里彰显得淋漓尽致。

　　小说中有许多既符合史实，又极富艺术魅力的章节。比如：作家吴敬凤既描写了日本帝国主义武装侵略的罪行，同时，也描写了文化侵略的阴谋。小说开篇就提到了台儿庄才子方世云的一幅惊世之画《台儿庄庙会全图》和白家的一批中国字画，继而在描写日寇令人发指的武力侵略的同时，还丧心病狂地掠夺中国名贵书画，进行文化侵略。笔墨酣畅地描写了白家张太太、方世云以及三太太薛茹媚不顾性命，守口如瓶，誓死都不让日本人掠去中国书画。作家吴敬凤还用细腻的笔触描写了方世云不给日本人画《台儿庄庙会全图》，并将这一幅图作为线索贯穿全书，通过细节的描写，不仅勾勒出方世云洒热血、斗顽敌、浩气昂扬的民族气节及其民族英雄的性格特征，还从另一个侧面反映了日本强盗的文化侵略的阴谋以及必然惨败的下场。文如行云流水，亦皆合于史实、情理，真正做到了历史的真实和艺术虚构恰好达到了一致，重叠在了一起，不分彼此。

作家吴敬凤正是凭借着"我爱史诗色彩多"的热情和胸怀，去进行这样一项艰难而艰巨的创作的，含辛茹苦，呕心沥血，历时三年，终于完成了这部史诗般的鸿篇巨制。

二　语言文字独特，人物鲜活可触

女作家吴敬凤以神奇的想象，质朴的语言和澎湃的激情，把共产党人方世云、段生林、李佩珍等人物的艺术形象以及隐秘的心灵世界写得活灵活现、惟妙惟肖、摇曳多姿，读之感觉一股浓烈的现实主义气息扑面而来，一种高品位的奇妙而独特的审美快感使读者心旷神怡，不是吴敬凤的文字绮丽，而是作品超越了传统的小说模式，把不同阶层、不同身份、不同民族、不同文化的人物的故事串起来，表现了他们在风雨如磐的战争年代的生存状态，很有质感，让我们感到了文字的独特魅力。

应该说《风雨台城》是当代文学锦缎上的一朵绚丽的奇葩。

从文学艺术上说，虽是小说语言，可通篇干净、清新、练达、流畅，文气的首尾贯通，无不显示作家驾驭文字的深厚功底。在描写方世云那幅奇画时，作家简略几笔描绘了台儿庄的城貌："不错，台儿庄这个地方，前傍运河，四面环山，城四周皆以青砖砌起的城墙围之；城内大大小小的寺庙不下上百座，每逢初一、十五，光是寺庙的香烟就把整个城笼罩住了。"她在这里作了一首五言律诗，更是道尽了台儿庄城的城貌："古镇由来远，已博天下名。长河横郭过，碧瓦覆琼城。群寺钟声远，孤帆落日红。清风才起处，幽巷酒旗升。"接着，她用洗练之笔描写了方世云回到离别15年的台儿庄，落脚黄家的情景，寥寥数语，环境、人物都鲜活地跃然纸上。黄梅的痴情，黄家人对方世云离家15年原因的探究，揭示了人物之间的矛盾，并为小说的矛盾发展布下伏笔。从而塑造了方世云铁骨铮铮、一腔正义、视死如归的中华儿女的形象，为他以后在对待白家的仇怨的豁达、仁义及与日本军官井川美栀子的情感纠葛中，所表现的大义、冷静和鲜明的立场，足以彰显出那个乱世年代，台儿庄人的性格特征。

吴敬凤在塑造人物时，没有故作新奇的语言，她把丰富的描述和人物的艺术细胞巧妙搭配。看似随意的画面，却又奇笔跌出，常有弦外之音之微妙。在描绘仇英和井一郎共开药材店开业的酒桌上，王义山探究段生林来此地的用意时，就颇为精彩。两个人说着就说到了女人的身上，从而使段生林巧妙地掩饰了自己特工的身份，后来随着事件的发展，揭去一层层的面纱，读者才知道，段生林从国民党的特工转变为共产党的地下工作者，而王义山却是日军的间谍。这里，作家独具匠心地布下层层线索，巧用笔墨，写出日本间谍的狡猾、奸诈和隐藏的秘密，塑造了中华儿女段生林的民族英雄的有血有肉的形象，他变幻莫测、足智多谋、勇敢顽强、不怕牺牲、游刃有余地辗转周旋于有敌人出现的各个场面，临危不惧、处变不惊。他每一次干净利落的刺杀，他在执行任务时的果敢、缜密的行动及心理活动，在文字中表现得真实而细致、练达，就像我们看见血管里的血液在流动，给我们展现了一个触手可及的英雄人物。

一部好的文学作品，文字一定要鲜活，人物的刻画要精雕细琢。在描述白家大太太张和月为了保护那批中国字画不落入日寇之手，不顾个人生命安危，在临死前，机智地借用藤野之手杀了汉奸白彦彪，那种悲壮，无不让读者在揪心的悲痛之时从内心升起浩然正气。顺着作家细腻、精致的笔触，我们看到那个时代台儿庄人的灵魂。在刻画小人物赖二时，那精到的文字透视了这样一个既可悲、可怜又可笑的猥琐的小人物的灵魂，他贪财好色，阿谀奉承，胆小怕事，却又无时无刻不做着出人头地的梦想。在乱世中，这样的小人物注定只能过着随波逐流、提心吊胆的日子，然而，他的存在却串起了方、白两家的恩怨情仇。应该说，赖二的形象是最独到、最成功、最经典的。尤其是对他的外貌、心理描写，特别精彩。

纪德君在《明清历史小说艺术论》一书中，谈到历史演义小说形象论时认为，塑造人物形象，表现人物性格是小说艺术创作的主要任务之一。可以说，人物形象塑造得成败与否直接关系到一部小说的质量与价值。至于历史小说，往往关乎于历史上真实存在过的人物，则更是如此，相对于纯想象人物而言，也就更难塑造好，正所谓牵一发而动全身，一旦出现败笔，就有可能影响小说的整体质量。《风雨台城》这部小说在人物的刻画上，倾注了特殊的感情。它在人物形象的塑造上，表现多样，各种各样的人物在这个丰富的舞台上，按照自己的性格，多姿多彩地表演着，那富于变化的典型，既有戏剧性又有历史的真实性，是艺术与真实的交织。

吴敬凤手中的笔真是一支多色调、绘声绘色的生活画笔，她没有一笔一画死描历史，拘谨地局限于写在诸史册中的史实、史迹，而是渗入符合那个时代的生活气息，在创作过程中，把人物置于鲜明可感的生活场景之中，情操的美丑，形象的黑白，各自个性鲜活，神姿多样，在悄然间纷纷丰满，清晰而灵动，真实可感，仿佛一个个都是从历史生活的深处向我们信步走来，气息可闻，须眉毕现，以自己独特的光彩亮了起来。

女作家吴敬凤对书中所有人物的刻画，是情注笔端、颇具匠心而又爱憎分明的。在写《风雨台城》的过程中，塑造了上百个形形色色的人物形象，遍及当时社会各个阶层、各类行业，如方世云、白彦军、段生林、赖二、张印铁、黑巾女侠、范十七、井川美枙子等，他们按其性格发展，由浅而深，由淡而浓，如迎面走来一样，越近则面目越清晰，笑貌越亲切，反面人物的嘴脸越可恨，终于赫然浑成一个形象和精神丰满的人物就完整地出现了。

这是《风雨台城》的成功之处。

三　小说构架宏大、合理，且具有鲜明的时代特色和深厚的地域文化征象

《风雨台城》这部小说，反映的是鲁南台儿庄的一段风起云涌的历史。规模是如此宏大，结构却是那么的严谨，俨然描绘出一幅民国至新中

国成立前台城历史的真实画卷。可以说，是以史实为骨架的出色虚构。

　　这样一部鸿篇巨制，要求作者有着极高的艺术水准，最主要是小说结构要完美。作家吴敬凤做到了，她的这部小说，构架庞大，结构却是非常的严谨。她用得最多的，是采取直叙和倒叙等种种方法，轻松地把握娓娓道来的节奏，不论是场景的设置，还是情节的发展、人物的塑造，都做出了合理的安排，在笔墨的运用上能控制得恰到好处，都做到了让小说里的故事鲜活起来。如写到段生林刺杀木村后，就描述赖二的被铺、井川美栀子怀念与方世云的恋情和藤野对她下达杀掉方世云的命令，然后，才接着去写段生林受伤后被鬼子抓起来；又如，写方世云因放走了薛如楣被国民党抓起来就戛然而止，在叙述了许多事件后，才回头去写方世云被打得遍体鳞伤。还有赖二的胳膊被小鬼子砍掉了一条，他的疗伤过程也被写得几经波折，这样的安排，悬念丛生，引人入胜，文中很多这样的巧妙安排，吸引着读者关注人物命运强烈读下去的欲望。

　　在这部长达 50 万字的小说里，作家吴敬凤对叙述和想象力的控制，犹如圆桌面上的舞蹈，做到了任何动作，不管多么优美，也不可泛滥；任何铺陈，不管多么准确，也必须节约笔墨。巧妙地将激情化为一种平衡的力量。肌理之美是必需的，而血肉的构造尤为重要。在如此时间跨度的史诗性叙事中，节奏过快或过慢都是危险的，会危及全篇结构，而作者掌握得很老练，其叙述不疾不徐，既照顾到点和面，也照顾到经和纬，使作品内容层层推进，构成一部宏大和谐的交响乐章。在如此宏大的篇章里，将结构驾驭得如此娴熟，真的很难得。应该说，吴敬凤已成为文学界的一颗新星，她有很高的悟性和天分，其毅力和激情也令人敬佩。

　　《风雨台城》写的是民国二十二年（1933 年）至新中国成立前这段历史，那是一个漫长的兵匪当道，且外侮铁蹄践踏着祖国的土地的多事之秋，百姓生活在水深火热之中。在那样的历史时期，注定涌现叱咤风云的英雄豪杰。这些风云人物中，有将军，有士兵，有江湖侠士，还有草莽土匪。乱世出英雄，乱世也出匪盗，更有奇人异士和江湖骗子出入于乡间市井，不乏英雄豪杰为穷人打抱不平、杀富济贫，常与官府作对，与侵略者势不两立，也不乏有人奋起反抗日本帝国主义的侵略和压迫，所以，才会在这块神秘的土地上演绎出一个又一个惊心动魄的传奇故事。而《风雨台城》在描写这些为生活所迫的人们之所为的基础上，浓墨重彩地描绘中国共产党领导台儿庄人民反抗日本帝国主义的压迫和斗争，那些党的优秀儿女公开的或秘密的斗争，无不带有鲜明时代的特色。而且，吴敬凤笔下的每一个人物都具有浓郁的地方色彩。

鲁南台儿庄，是作家吴敬凤生于斯长于斯的地方，那里就是生长故事的地方，又是一块出产讲故事的作家和诗人的土地。吴敬凤就是这些诗人和作家中的一位，她在创作过程中，以她对本土文化的热爱和对地方语言的熟练把握，使其更具地域文化象征，乡土味道更为浓烈了。

诚然，这部小说还有缺点，如主要人物方世云的形象的塑造还有缺陷；再如，文中出现多处笔误和语法错误。但是，瑕不掩瑜，相信作家吴敬凤会再上一个新台阶。

《风雨台城》全书情节风起云涌、气势磅礴。可以说，作者选取了这一题材后所进行的近乎全景式的写作，是令人兴奋的。可以肯定地说，这部小说再现了那一时代辉煌的历史场景。

第六节　战争图景中的人性关怀

——评《大秀的春天》和 《放下屠刀》

抗战文学属战争文学的一种。新时期抗战文学虽与战时、战后文学一脉相承，延续了作家的忧患意识和历史责任感，但由于政治权力话语干预程度削弱，文艺思想、文化格局有了较大的变化，在以抗日战争为题材的小说创作中呈现出多元化的态势。作家对历史、战争和小说艺术等方面有了更深层次的探寻与思考，在历史记忆的选择和文学表现的角度方面有了明显差异，对人与历史、人与战争等关系的思索与人性挖掘更为复杂、深刻和多元。

现以枣庄籍作家筱桦（王明华）的《大秀的春天》与王凤国的《放下屠刀》两篇作品为例，以求管中窥豹，探讨新时期抗战文学的若干特点。

一　对正史观的继承与解构

历史观是关于历史问题的根本看法，是对历史根源、目的、本质的基本观点，是历史实践在人们头脑中形成的理论观点。抗战文学作家的历史观往往决定了其作品的重心。"战时文学"和"十七年""战后文学"两个时期，是在正史观的场域中，是在"政治的战争观"（尤凤伟认为"战争观"有两种：一是"政治的战争观"；二是"人性的战争观"）中定义战争，因而抗战文学限制在民族矛盾、爱国主义的基本框架中，作家们努力提供革命化的抗战图景，强调民族战争的正义性，愤怒控诉侵略者和阶级敌人对人民的暴行与戕害，表达正义的，乐观主义、英雄主义革命豪情和不屈不挠的战斗意志，为新生的革命政权确立合法性。而新时期抗战文学则往往突破宏大叙事的樊篱，在政治和社会学框架之外，虽仍热情弘扬爱国主义和英雄主义精神，但往往选取个人化视角，通过"个人生活史"和对战争细部的勾勒（孟繁华认为：只有细部才能进入历史，也只有细部才能进入战争的本质），[①] 展现正史掩盖下的人在战争中的生存状态、心理状态和人性本质，还原了国民党抗战与民间抗战的历史事实。

《大秀的春天》的故事架构以真实的事件为基础，1938 年 3 月 15 日，日军在山东省滕县（现枣庄滕州）制造了"北沙河"惨案，全村 65 户人家，共有 50 余户 98 人惨遭杀戮，房屋被烧毁 240 余间，连牲畜也没留下一头。村民死于日军刺刀，或者被逼跳井。小说对这个惨案进行了改造，不再聚焦于日军的残暴和百姓被戕害的惨烈上，而是掀开了民间抗日图景的一角，将笔墨着力集中于大秀的个人复仇上。主人公大秀"不明白爹要做什么"，她只是出于一个孩子对父亲的孝顺本分"知道爹是不会错的"，而且"当然要做完爹没做完的事"。在爹死后，大秀找到了部队，但"很生气也很失望"，因为部队并没有为爹报仇的意思，随后其所有行动的产生都是围绕个体感受展开。作者不让大秀走传统抗日文学中的人物

---

① 孟繁华：《战争本质的国族叙事与个人体验——中国、西方战争文艺"历史记忆"的差异》，《山东社会科学》2006 年第 4 期。

形象选择的道路——参军，进入组织，为国家浴血奋战的同时完成对个体的救赎，而是选择个人反抗，甚至不惜用"以恶抗恶"的方式。在后续情节中，作者安排娘和妹妹惨死之事从大秀嘴里说出，一方面还原复现了史实，另一方面表明这首先是一个家庭个体的悲剧。小说第二主人公老陈头除了"吐痰"和带大秀逃生之外并无任何建树，整篇文章的重心完全落在了大秀为亲人之死而实施的个体复仇上。大秀乔装打扮并成功"博取"了汉奸的欢心，杀死鬼子做成人肉包子，还杀了汉奸，这一切都是她凭借一己之力完成的，和革命无关，和党的领导教育无关，似乎也与国家无关，只和个体的弑亲之仇有关。

《放下屠刀》更是王春城的个人"史诗"三部曲：第一部分王春城还是个连长，作者安排了一场"日军和我军几乎全部阵亡"且"枪支弹药已全部用完"的战争，故事开始就只剩了王春城和3个日本人，并迅速调整为1:1态势。王春城因强烈的内心愤怒把对手打得奄奄一息，却因对方只是个十六七岁的孩子而心生仁慈，留了这个日本兵性命，后因内心折磨而坦白，被迫提前退役，到此，人物行动完全源于自身性格而非历史大背景，放走敌人这一事件早已逾越正史"跟敌人拼到底"的价值取向。第二部分王春城经历了有些荒诞和无奈的人生巨变，由抗日英雄到汉奸走狗再到平凡不入史的英雄，最后，看破历史变迁、人生变幻的王春城只想装聋作哑"一个人静静地生活"。第三部分王春城已年迈，被放走的日本人前来道谢，已成中年的儿子跪求原谅，王春城只用了"孩子"一词便将往事如蛛丝般轻轻抹去，仿佛一切的光荣与耻辱都已远去，都可忽略了。

在这两篇抗战小说中，个体选择与个人救赎贯穿全文，而抗日战争、解放战争、"文化大革命"、平反、千禧年狂欢等重大历史事件仅仅作为时代背景轻描淡写地呈现，其间并未上演"国家利益高于一切"等正义、非正义之间冲突的故事，却有关乎战争中人性、人道的心灵拷问与救赎反思的内心图景。

二 题材处理上传奇与现实的两种分化

新时期抗战文学试图重构与叙述个人化的历史真实，在最严酷的战争生存场域，揭示生死、善恶、爱憎、崇高卑下等极端的情感以及人性的扭曲、裂变，但因为作家对战争的认识不同，个性不同，不可避免地出现了传奇化与现实化两种分歧。前者将历史事件夸张、变形，加以演绎，并灌入民间传说的伦理逻辑和通俗传奇意味，对人物形象赋予原型内涵；后者则尽可能地"真实"地复述事件，即便有所加工，也多使用类似故事组合成"典型"进行表述，力求圆满地契合历史事件。

《大秀的春天》取材自山东滕县"北沙河"屠村惨案，但小说的主体故事却是大秀女扮男装，杀鬼子做人肉馅包子为亲人复仇，故事的伦理逻辑是传统意义上的"有仇必报，血债血偿"，情节则几乎完全是在历史事件上的演绎。主体复仇故事化用了两类民间传说：一是"女扮男装"。出于人物行动方便、故事传奇性需求等原因，女扮男装的传说在中国文学史上层出不穷：祝英台扮书生与梁山伯情起，花木兰扮战士替父从军……大秀扮小叫花子为亲人复仇也显得合情合理。在"花木兰"情结的支配下，大秀不仅女扮男装，而且具有男性的性格特点——乔装打扮演戏博得汉奸欢心，从而混进齐民客栈可谓冷静；将卖肉钱拿来买烧鸡，诱敌并将之杀害可谓机智；不仅杀了鬼子，还将鬼子肉剁碎做成包子馅可谓凶狠；灌醉汉奸李三取其性命报仇，随即拉老陈头出城逃命可谓果断。当然，为了使读者相信大秀女扮男装之后的壮举，作者在前文进行了铺垫，"爹从小就把她当男娃儿拉扯着，上山打猎下河摸鱼，男娃儿能干的她全能干"。大秀在此体现出"父亲的女儿"人物原型特征，从小觉得自己和其他女性不一样，像男孩们中的一个，"她聪明，讲求战略，从不受情绪的摆布以致做出错误的决定"①，全家丧生之仇被大秀"说得不慌不忙，像是在说别人的故事"，而随着故事发展，大秀的用语、举止、行动和价值观更加男性化，之前的性格铺垫得到了不断强化。二是"草莽英雄"。读者看到丢了鬼子又吃着包子时，内心多半会有"人肉包子"的猜测，等看到后面作者抖"包袱"："大秀微微一笑。根本没什么猪肉，那是人肉……小

---

① ［美］维多利亚·林恩·施密特：《经典人物原型45种：创造独特角色的神话模型》，吴振寅译，中国人民大学出版社2014年版，第32页。

鬼子的肉",即刻,读者便会想到《水浒传》里张青、孙二娘"十字坡客栈"里的人肉包子来。草莽英雄们向来大碗喝酒,大块吃肉,潜意识中没有那么多道德、伦理禁忌,他们将不义之人诛杀啖食属于本能抗暴。大秀年龄尚小,人生阅历尚浅,或许受了老陈头发牢骚说"我他娘的给你包人肉包子"的影响,也似草莽英雄一样敢"以暴制暴",单枪匹马杀了鬼子、汉奸的复仇颇具传奇性,其大众化、通俗化、娱乐化的民间意味展露无遗。

克罗齐曾说"一切历史都是当代史",那么,一切历史也是个人史。《放下屠刀》中的王春城形象,既不是被"神化"的战斗英雄,也不是具有传奇经历的民间草莽,他在战争中经历的"特殊"事件对读者来说也并不陌生。王春城是大多数普通战士中的一员,普通战士意味着他不是一块钢铁,意味着他是一个活生生的人,有所有人都有的七情六欲,有一个人应具备的人性。因而他会因为战友的死亡而产生"一对一"好好较量一番的刻骨仇恨,会因为父老乡亲惨遭杀害而产生"送你上西天"的杀人冲动,会因为对手惊恐万千的样子而放走鬼子却"说不清楚为什么",会挣扎于隐瞒军情还是坦白交代,会踏踏实实提前转业回家种地与童养媳老婆生儿育女,更会面对人生起起落落无奈无语到仅仅"叹一口气"……作者没有将王春城传奇化,而是采取平淡叙述的方式将故事娓娓道来,既不扩展故事外延,也不填充故事内涵,只围绕王春城生活的若干细节出发,讲述一个普通人的故事。作者秉承文学创作关注个体命运与具体生活现象的原则,加入作者本身对事物独特的感受与评判,并在末尾用直接议论的方式结束全文,将题材的现实性表现得淋漓尽致。

三 客观立场下的反战主题

战争文学中的小说形式可追溯到《史记》、《资治通鉴》等史传文学,至《三国演义》、《水浒传》发扬光大。古代的战争文学多站在客观立场上讲述战争故事,虽然也有历史功过评判的倾向性,但尚能从交战双方的立场和视角刻画战争人物,表现各方的战争思想和军事谋略。抗日战争小说甫一出现就偏离了古代战争文学的创作立场,战时文学坚持国族立场与政治视角,采用正义与邪恶的二元对立思维模式,由于作家不可避免地站在本民族本国家的立场，着力强调我方在战争中的正义性和对方的非正义性，很难客观全面地认识战争本身。新时期后，由于意识形态规约与政治禁忌不那么明显与强势，抗战文学的书写者，创作的自由度有了很大的提升，在进行抗战题材的写作时，往往选择客观立场，甚至不预设立场，摆脱了两极化的思维模式，作者对战争本身的思考也更加深入与理性。

不难看出，《大秀的春天》中也有"我军/日军""日军/老百姓""大秀/仇人"这样的对抗存在，但作家在叙事中放弃了对战争正义性的追究，将笔墨放在主人公如何完成父亲未完成的事情并为死去的亲人报仇这件事上。至于这场战争因何而起，双方分别是什么人，大秀并不清楚，而且似乎也不想搞清楚。大秀费尽周折杀死鬼子和汉奸，目的仅仅是为了给亲人报仇。在这场战争中，日军和我军究竟谁是正义方，大秀始终是懵懂的。只有当日军杀害了亲人和乡亲们，给大秀带来具体的损失和伤痛时，她才有了清晰的认知，也就此找到了行动的动力——复仇。如果站在抗日战争正义性的立场上，大秀应该或可选择与我军一起转移，在革命中成长，在成长中保家卫国。但大秀并不将之作为自己的人生目标，而是选择凭借一己之力复仇，然后隐遁过正常生活。这种战争书写，表面上看似乎战争主题已为传奇故事掩盖，但正是大秀"由羊变成狼"的人性变异，从侧面反映出战争的毁灭性力量，它能使正常人变得疯狂，能使善良朴实的女孩子因仇恨变得凶狠狡诈。大秀在作者笔下不是一个年轻小姑娘，而是足智多谋的个人英雄。面对强大的敌人，她有属于自己的军事谋略：自残变麻脸讨汉奸欢心，乔装成小叫花子分散敌人注意力，用买肉的钱买烧鸡引诱敌人……小姑娘丢卒保车、李代桃僵、声东击西招招用得纯熟，虽不是军事家，可行动中透着军事谋略的味儿。相较而言，王春城的角色就平淡了一些。当然，《放下屠刀》意不在此。作品虽没有放弃对抗战定性，但这一定性是通过转换立场的方式来进行的。被王春城放走的日本人选择多年后到中国"向中国人民忏悔"，并且表示当时"厌倦了日本的侵略行径"，"对日本做了对不起中国人民的事，深感罪孽深重"。作者借以传达出"不是我们认为这场战争中日本是非正义的，而是日本人自己认为自己是非正义的"这一观点。同样的定性如果单纯站在中国立场，表达单层次的民族情绪，容易使中国读者产生审美疲劳。这种立场的转换使读者对战争本身的关注与讨论有了可能性，给炽烈的民族情绪和昂扬的乐观主义降温后，反战意识才能得到凸显，多层次的战争反思才能得以展开，可见，相比于表现抗战的艰苦卓绝，作者更想传达战争给人类个体带来的伤害，控诉战争对人性的泯灭，弘扬人性中的博大、善良和美好，最终完成反战的主题诉求。

四　对人的终极关怀与人性挖掘

文学是人学。优秀的战争文学作家不仅要善于描写战争过程、战争场面及震撼人心的战争结果，还应力图探索战争的本质，塑造出鲜活、丰富的人物群像，揭示出战争中复杂、深邃的人性，实现对战争现象的深度解读和对人类终极关怀的思考。

在《大秀的春天》中，作者没有塑造"高大全"式的英雄形象，更不探讨人物行为的正义与否，只是刻画了一个典型的复仇者形象——大秀，她具有复仇者应该具备的全部品质：机智、隐忍、果决、勇敢。人物素描简明有力：穿着男孩子的衣服，被我军抓住后主动交代身份，亲人死了马上复仇等，这些叙述直接展现了她勇敢机智、果断坚毅的性格。语言描写强化性格：大秀见到慌忙逃命的柱子并没慌乱，而是用简洁的语言回答对方的一一提问，最后还不忘交代捎信，显露出她遇事不慌张，沉着冷静又有主见的特点。小说还通过侧面描写深化人物形象：通过对喜欢说大话但没实际行动的村民的描写，反衬大秀沉默但踏实的性格；通过老陈头的评价说明大秀善恶分明、睚眦必报的性格。这个人物形象是丰满的，她虽然知道络腮胡子是好人，但还是在得知他们无法为爹报仇之后"怒气冲冲地往山下跑"；她虽然说起家人遇害的事情"不慌不忙，像是在说别人的故事"，但心里早就酝酿了一整套报仇计划；她虽然恨鬼子恨汉奸恨得牙齿痒痒，但还是为了复仇大计表面装成一副奴才样子，以至于让不明真相的老陈头看不惯直吆喝"瞧你那软骨头样，还刘爷！你干脆叫爹得了，没骨气的东西……"她虽然胆识过人，但仍是一个杀人后"身体筛糠一样抖着"的姑娘……大秀不是英雄，她只是一个普通老百姓，一个复仇者，作者通过各种细节描写将一个满怀仇恨的姑娘刻画得栩栩如生。

除了主要人物外，作者对老陈头的人性挖掘也细致入微，老陈头在厨房做工时间比大秀长，人生阅历也比大秀丰富，面对汉奸虽表面顺从，但内心还保留着正义感，文章虽未交代其生平来历，读者仍可通过他对李三的态度柔中带刚、对鬼子充满厌恶、对大秀同情怜悯的各种细节，补白他的人生际遇。这样一位也算见过世面的老人，当得知大秀把鬼子杀了做包子馅时，还是"目瞪口呆，心里一阵阵发冷"，说句"你个姑娘家，也太……"就说不下去了，其性格中淳朴善良、软弱犹疑的复杂性被成功地展现出来。

《放下屠刀》则干脆就人物一生的经历作为线索贯穿全文，王春城跌宕起伏的命运正是复杂人性的产物。如果在战争中果断地杀死了敌人，王春城就是英雄，但他终究没有泯灭宽容同情之心；如果不将放走敌人的事情报告领导，王春城也许会在军营戎马一生，但他终究不能放弃责任之心；如果不把自己的过去透露给别人，王春城绝对可以平稳地度过"文化大革命"浩劫，但他终究不能逃脱赎罪之心……作者并非只通过王春城一人展现人性之复杂，以"文化大革命"为典型，作者将人性之恶暴露出来，"人们开始喜欢斗这个斗那个，没敌人也要琢磨出一个敌人斗"展示出从众心理和信任缺失；"谁会来跟他说话，谁敢为他说话"表现出人人自危和明哲保身；"人们感觉这样批斗不过瘾，就把他的老婆、孩子一起拉出来批斗"这更是人性之恶的极大释放；更不要提儿子"在人民群众面前，把王春城脸打得呱呱地响"揭露出亲人反目和弑父倾向……一个人的悲剧就是一个时代的悲剧缩影，一个时代的悲剧却是一个人悲剧的全部。王春城的儿子人到中年，终于求得被原谅的机会，虽然迟了些，但总比鲁迅撕破弟弟风筝却求原谅而不得好得多。

可见两篇小说同样都刻画出了战争中人的生存状态、精神心理和不平凡的命运，揭示了在战争中人性善恶交织，复仇与宽容相矛盾，救赎与反省并存等复杂的人生状态，在民族矛盾、民族悲情的诉求之外，有了更为丰富的人性展示。

五　朴素传统的战争叙事

新时期西方各类叙事学著作涌入中国，在文学创作过程中使用各式

"新潮"叙事方式，解构传统的叙事模式已成为作家的习惯，但《大秀的春天》和《放下屠刀》两篇作品，主要采取传统的叙事方式，老老实实叙述历史，行文不花哨，不过分用力，情节发展水到渠成。

在叙事上，《大秀的春天》和《放下屠刀》两文均采用第三人称叙事，也即异源故事叙事，其"叙述者不是人物之一，还要具备故事外叙事即一级叙事的条件，亦即叙事文的叙述者——作者本人"。① 这种叙事方式能够最大限度地涉及文章细节的方方面面，对情节的推动及人物的塑造都极为便利。如《大秀的春天》中，"娘没说话，大秀说的这些话远应该是她说的，现在大秀替她说出来，她就没话可说了。"这个叙述的声音不是来自大秀或者他娘，而是来自文中看不见的作者。这简单的一句表述不仅说明了大秀娘担心的事情，表现了她内敛的性格，也说明了大秀的聪明伶俐、善解人意，更对后文的情节发展起到推动作用。而《放下屠刀》更为明显，尤其是文末一段"此刻，我们心间的一把锁终于开了，于是我们思想了，若当年那位日本兵不来，我们怎么样给王春城定位，我们是否依然对生命一视同仁"。作者干脆毫不遮掩地跳出了故事，直接发表议论，表明自己的态度，展现创作价值观。

在情节结构方面，两篇作品均采取了传统叙事"草蛇灰线"的结构方法，通过悬念与巧合的设置，增强故事性和传奇色彩，具有通俗化和民间性特点，其中尤以《大秀的春天》为典型。"……一股骇人的气味漫过了大秀家种棉的洼地，又穿过李三娘家屋后面那一大片苘麻棵子，硬丝丝地扑入大秀家院内"，这股进入大秀家院内的骇人气味不仅预示着大秀爹的死亡，还暗示了娘和妹妹将遭遇不测；大秀出场时的衣着打扮和性格都"男娃儿似的"，为她后来扮小叫花子埋下线索；爹带大秀"上山打猎"（实际是给我军送粮送药）为大秀自己找到队伍提供可能性；老陈头一句"包人肉包子"的牢骚话启发了大秀杀鬼子做包子馅，大秀"管保他们吃下去再给我吐出来"一句也在文末得到了验证：松井看到人的大腿骨

---

① ［法］热拉尔·热奈特：《热奈特论文集》，史忠义译，百花文艺出版社 2001 年版，第112 页。

"掐着脖子哇哇狂吐起来"……可以说整个故事几乎就是由一条条线索编织而成的，它们环环相扣，遥相呼应，形成了情节结构的密网。

当然，两篇作品的结尾很难说得上是真正具有结束功能的结尾。因为结尾"必须同时具有两种面目：一方面，它看起来是一个齐整的结，将所有的线条都收拢在一起，所有的人物都得到了交代；另一方面，它看起来又是解结，将缠绕在一起的叙事线条梳理整齐，使它们清晰可辨，根根闪亮，一切神秘难解之事均真相大白"①。如果说《大秀的春天》尚能勉强地草率交代人物去向，并运用一段景物描写来呼应开头点明题目，那么《放下屠刀》文末的一段议论就显得十分粗暴，甚至有以道德价值认识来取代生命本体价值认识之嫌，让人忍不住想起战时文学的标语和口号，恐怕这种结尾已经不为新时期文学的读者们所喜闻乐见了吧。

除此之外，两位作者在创作中已经有了一定的空间叙事意识。空间与时间一样，都是文学创作中必不可少的维度，让·伊夫·塔迪埃曾表示："小说既是空间结构也是时间结构，说它是空间结构是因为在它展开的书页中出现了在我们的目光下静止不动的形式的组织和体系；说它是时间结构是因为不存在瞬间阅读，因为一生的经历总是在时间中展开的……"②

两篇小说的叙事空间均架构在乡土社会基础上。与城市社会相对的乡土社会（农村社会、乡村社会）作为空间概念，在抗战场景中应占据叙事的主战场。在《大秀的春天》中，看到了作者建构空间的努力：小说第三节用千余字构建了"鲁城"，且结合时间"腊月初八""庙会"，形成了一个可供人物活动的时空结构。在这个空间里，作者还原了鲁城庙会的历史情景，描写了老百姓的吃喝玩乐，展现了残酷岁月中少有的温情，也表现了乡野民众的血性。但长期以来的时间体叙事习惯使得这种尝试仍显乏力，前半部分勾画祥和安宁又热闹的鲁城庙会景象，与被占领的紧张气氛颇多不合之处，后半部分则让生意汉子耍起了嘴皮子："真要是鬼子来了，再不济也得攮他一刀子解解恨"，实际上，鬼子就住在东门里大街

---

① ［美］J. 希利斯·米勒：《解读叙事》，申丹译，北京大学出版社2002年版，第51页。
② ［法］让·伊夫·塔迪埃：《普鲁斯特和小说》，王森译，上海译文出版社1992年版，第224页。

正中的齐民客栈，整天进进出出，也没见有人上去攮刀子，"大家宁肯绕着走"。当然，这些可以理解为作者为了反衬大秀的勇敢无畏，但这种反衬让个人英雄主义的传奇色彩又格外浓重了一些，小说也就始终围绕在复仇的小世界里，无法打开格局。如果作者在创作中，能够继续加强空间叙事功力，使空间架构更为丰满，且与整个时代大背景契合，与人物产生互动，那么小说抗战场景布局的立体感和层次感将会更加突出。

六 "大团圆"与悲剧意识的缺失

作为一种典型的文学类型，战争文学在东西方的发展、表现形式及成就价值均有较大差异。西方战争文学因具有较强的悲剧意识，故在战争文学中力求理性思考，注重挖掘战争对人性的扭曲与异化，因此涌现出了许多超越战争的反战小说，如《永别了，武器》、《第二十二条军规》、《五号屠宰场》、《这里的黎明静悄悄》等反思战争的杰作。而我们的战争文学常以"大团圆"式的全面胜利为暂时结束，多注重英雄主义和乐观主义基调的建立，往往有意淡化和忽略悲剧意识。尤其作为抗战文学背景的抗日战争不仅是自1840年以来，中华民族在反抗侵略的斗争中取得的第一次彻底胜利，还是民族历史命运的根本性转折，也是现代民族国家的良好开端。当叙述这段历史时，作家很难抑制强烈的民族自豪感，革命乐观主义情绪膨胀，即便进入新时期，作家个性化的独立思考也往往为潜意识中的"胜利情结"所征服，少有作品能真正实现对现实政治功利性的超越。

在《大秀的春天》中，大秀这个年轻姑娘的个人抗日复仇故事被作者叙述得悬念迭起，故事情节跌宕起伏，扣人心弦，但结尾那"光明的尾巴"将"大团圆"意识暴露无遗。故事中，大秀的计划如此周密，几乎没有遇到任何阻碍，她神不知鬼不觉地顺利杀了鬼子和汉奸，报了灭门之仇。末尾"真的是春天了"一段一笔勾销了来得"忒早"的冬天的肃杀之气，杀了一个鬼子和一个汉奸并顺利逃亡之后，大秀的春天来了，于是小说也就圆满结束了。但仔细推敲一下，根据文中大秀自己讲述，她爹是被鬼子们用刺刀戳死的，娘怕鬼子糟蹋孩子，把孩子推到井里淹死。如果大秀要复仇，应该是向所有的鬼子复仇，单挑汉奸李三来说"我跟他有杀爹杀娘杀妹妹的仇"，恐怕无法让读者信服。在《放下屠刀》中，王春城坎坷一生演绎到亲人反目、独自生活、地方史志办无法定义其英雄与否，如此已经较为充分地使人物具有了悲剧性，但作者似乎觉得这样故事还不算完整，一定要使日本人亲自谢罪，令儿子跪求原谅，请王春城开口宽恕，再加上作者的议论才完美，如此，做到了前后呼应，故事也形成了头尾衔接的整体，但作者给读者留下的思考空间被一再压缩，人物命运的悲壮与荒诞意味已被消弭。

在两篇作品中，大团圆结局使大秀和王春城的个体悲剧价值均未能从历史的胜利大框架中分离，个体生命的悲剧如一道水流，流过历史的纪念碑，便在春风和煦中被蒸发殆尽。乐观主义情绪充斥的大团圆结局，消减了战争本身应具备的丰富性和深刻性，更稀释了人物命运的悲剧性和人生不可捉摸的悖论。

郁达夫曾说过，战争时期不可能出现优秀的战争题材作品，这是因为战时创作目的在于激起民众的热血，鼓励人们投身战场，作品的时代性和功利性强，所以战争语境一旦结束，这些作品就不再流行。战争结束之后，人们亢奋的情绪逐渐转为沉静，在安宁的环境中创作，有可能出现具有经典意义的"大小说"，他说"反映着这一次民族战争的大小说，大叙事诗，将来一定会出现，非出现不可"①。综上所述，新时期抗战文学在对前期抗战文学继承的基础上，做出了大胆突破与多元化的尝试。但这些尝试显然还刚起步，还有更广阔的创作空间有待作家进一步探索。

---

① 郁达夫：《郁达夫文集》，浙江文艺出版社1992年版，第320页。

第五章 炮火中的"戏剧",舞台上的 "硝烟"——三幕剧《台儿庄》

今年是中国人民抗日战争胜利70周年。

七十年前我们英勇的先烈用鲜血捍卫了民族的尊严,

七十年后我们从文字里去寻找那段烽烟弥漫的岁月。

抗日战争烽火一起,极大地改变了中国现代文化和文学艺术的原有发展轨迹,抗战主题逐渐成为众多文艺作品争相关注的焦点。"在诸文学品种中,诗和戏剧,受抗日战争的影响最大,而戏剧更重大。"① 田汉曾起草的《中华全国戏剧界抗敌协会成立宣言》指出:"对于全国广大民众作抗敌宣传,其最有效的武器无疑是戏剧——各种各样的戏剧。"抗日战争期间,战士们在前线与敌人殊死搏斗,而作家们所从事的工作便是心防,即通过剧作、电影、新闻、小说等方式与敌人进行斗争,争取民心,鼓舞士气。因此,动员全国戏剧界人士,奋发其热忱与天才,为伟大壮烈的民族战争服务实为当务之急。

三幕剧《台儿庄》由作家蒋锡金、孔罗荪、罗烽等人共同创作,1938年由读书生活出版社出版。该剧讲述了山东枣庄台儿庄地区,码头工人们一天的艰苦生活与抗战的悲惨经历。工人们在日军残忍的屠刀下,一度失掉了士兵的保护,失掉了家,失掉了一切亲爱的骨肉。但在真理与

---

① 司马长风:《中国新文学史》下卷,香港昭明出版社1978年版,第257页。

正义面前，在现实与人性面前，日军也很快败下阵来，而台儿庄，却正渐渐走上最后胜利之途。整个剧作与历史进程高度契合，毫无半点夸张与修饰，俨如一幅抗战时期斗争与反抗的浮世绘，剧作者以百折不挠的努力，深挖今天社会的病根，以其磅礴的气势和澎湃的激情揭露了日本统治者的凶残本性，讴歌了中国军民奋勇杀敌、不畏牺牲的英雄行为，向全国人民发出了"保卫祖国，一切不愿做奴隶的人们，起来"的战斗呐喊，力图使观众听到将要到来的时代的脚步声。充分发挥了戏剧的直观鼓舞作用，为戏剧艺术的普及与"大众化"做出了许多有益的探索和实践，迭予侵略者以打击，厥功至伟。正如夏衍所指出的："在参加了民族解放战争的整个文化兵团中，戏剧工作者们已经是一个站在战斗最前列，作战最勇敢，战绩最显赫的部队了。"

第一节　剧本诞生前的两三点思考

台儿庄战役胜利之后的4月7日晚上，武汉市民举行了庆祝台儿庄大捷的火炬游行，战线后方的文艺工作者罗烽、锡金、罗荪等参加了游行，每一个人的情绪都在紧张热烈中燃烧着，直到走出游行队伍时，人们狂热高涨的情绪，依旧无法遏制。他们沉浸在激烈的游行之时，没有忘记抗战话剧，和前人走过的，那么成功、辉煌的话剧发展之路，他们怀着爱国主义激情和"野火烧不尽"的信心，决定拿起笔杆，决定为这个历史性的胜利做更多的工作。他们组织了众多的救亡演剧队，以笔为枪，以血肉头颅争取祖国生存，以流墨水来呐喊，放出了每个人心中的欲望之魔，刹那间心中的火苗趁势而出。恰巧在这个关头，有人提议合写一个剧本。没有任何异议，建议也开始具体化起来，并由王莹、舒群、适夷、罗烽、锡金、罗荪六人参与讨论。最初决定写一个三幕剧，王莹、适夷执笔第一幕，锡金和罗荪写第二幕，舒群、罗烽写第三幕，进而讨论了剧本内容的轮廓，包括故事发展，人物和幕景地点的选择，主要是决定剧本的主题和怎样的表现方法。讨论后便分头搜集材料，剪辑报纸杂志上的各种通讯、照片、论文等，倾听从台儿庄前线来的朋友带回的更真实的描述，结合鲁南前线更多的、更真切的图片，这些素材共同构成了三幕剧《台儿庄》的最好参考。然而不巧的是，刚刚开始写作的时候，适夷因割治鼻病入院了，不能动笔；王莹这时候正忙着拍摄《最后一滴血》，也无暇执笔。因此，原来的分配不得不变动，于是又决定了由锡金执笔写第一幕，罗荪担任第二幕，第三幕由罗烽执笔写。并且决定每写完一幕，由六人集体讨论修改，最后在全部完成的时候，由自己分担剧中人物角色，以对话的方式，逐句逐段地加以修改订正。剧本中间经历了多次的讨论和切磋，每一次都是全副精神投入，虚心接受意见，修改了再修改，任何人没有半句怨言，反倒是写作的狂热得到了宣泄，无论别的工作怎样繁忙，剧本的工作还总是放在前面。直到剧本完成的那一刻，他们才像是刚从战场上打赢了胜仗一样的战士，终于能愉悦一下，放松一下。

三幕剧《台儿庄》创作于抗日战争前夕，创作者始终以推动抗敌工作为宗旨，摒弃宏大历史叙事，情节绵密，起伏相应，合乎生活逻辑，人物行动突转也显得自然、贴切，展现了无情战争与贪婪人性的冲突，自始至终，情节的推进无不与人物的性格塑造相得益彰，真切地反映了人物的内在情感与心灵真实。整出剧语言朴素、洗练，见解却不同流俗；布景生活气息浓郁，既有古式建筑、残缺的堞口，也有台底的碉楼，根植的树木等，以一种素描或淡彩画的笔法来表现严肃的主题，揭示时代的本质，使人感到平易亲切，耐于咀嚼回味。这部现实主义悲剧的思想意义并非仅仅局限于对生命表面的简单摹写，而是将笔触深入人性深处，对人物与战争的态度、关系进行了深刻的解剖与揭示，对战士们浴血奋战，抛头颅、洒热血的牺牲精神予以高度的肯定和赞美，于朴实平淡中刻画了人物在战争来临后苦于生活下去的无奈与孤立，赋予了爱国主义以透视国民精神与社会心理的深刻思想内涵。正如奥尼尔所认为的："生活本身——算不了什么。只有理想才促使我们去斗争……"

第二节　真实理念与现实主义创作

历史的选择代表了各自的立场和观点，锡金、罗荪、罗烽等文艺工作者用手中的笔杆和心中的主义，写出了这一幕又一幕威武雄壮的历史活剧来。因为是含有历史性的，是要面向百姓的，尤其是要面向贫苦大众的，因此，剧中除人名和人物的活动是虚构的之外，所有时间、地点和事件大部分依据真实材料而作，尽量做到实事求是，写活生生的现实，写抗战中的人与事，尽量为人民大众所喜闻乐见。剧中少见王侯将相与历史性的宏大叙事，而是将视角对准贫困大众在抗战中的真实生活与苦难经历，选择在较广阔的画面上从多种角度反映了战争年代，压抑苦闷、困顿无望、风雨飘摇、危在旦夕的台儿庄现实抗战图景，揭露战争的悲惨与社会的黑暗，并注意揭示这些现实状况在人们心灵深处引起的剧烈变化。尤其是结尾处把鬼子追到海里去，回归一派太平盛世与美丽世界，更是写出了一出激动人心的新戏剧，喊出了老百姓的心声。面对历史，面对现实，剧作家并没有对现实斗争回避或"躲躲闪闪"，而是以壮士断腕的勇气推进写作进程，又何其不是一种大担当呢？

在表现的方法上，还应该加一点说明的就是剧中敌人对话的描写。照一般的写法，剧目中人物的对话写法有两种：一种是把对话的字句弄得稀奇古怪的，另一种是再多加上许多"的"字，变成了又不通又不顺眼的日本话的中国话。而那种日本腔的中国话，不但使人难以理解，往往会引起哄堂大笑，甚至损害了剧情气氛的进展。作家们认为只要在舞台上能够说明这个人物是日本人就够了，因此尽量避免了说教式的对话，完全用中国对话来写，在上演时的台词却可以灵活变通，如呼唤名字可以用日本音等，用最形象、最真实的谈话着重表现了军民间是如何配合起来，给予敌人致命打击的英勇睿智。中日士兵间的对话一面是恐慌着随时会发生的袭击，一面是自暴自弃的残杀和淫乱，也客观再现了敌人的暴虐以及敌军内部的矛盾。在码头工人的对话中，也是平静安逸、真实可信的。如孙李氏一直哭哭啼啼自己的孩子小黑子掉进河里，张万才反问："你的小黑子几岁了？当家的呢？"一旁的何德山却站出来解围道："何必再问她呢？她已经受不了啦，你别再问她。"通过这一段平静朴实的对话，可明显看出码头工人间朝夕相处间的理解与同情、宽容与怜悯。用最平缓的语言暗示最激烈深刻的冲突也是一种智慧、语言再平缓但也看得出人物对未来生存状态的忧心忡忡与无可预知，再如何德山的一席话："那天晚上好月亮！噼里啪啦树上，屋子就塌了，我的屋子也震塌了，梁就倒下来架在我的头上，我妈头上一头都是血，真可怜我的村子，我的家园，我的妈这么大年纪就没有好死，生前享不了儿子的福，到头来我葬她的都没能够"等等也暗示出战争吃人的本质。追求一个安定的生活，也想更长久地拥有稳定的生活，从而不再为生存担忧。这种行为本身当然是无可厚非的，工人在码头上的生活，似乎已经习惯了昔日的嘈杂，街头的叫卖，人们的寒暄，想要彻底摆脱来自房间之外的世界里无法预知的威胁。但最终，一声炮弹使得这种担忧成为现实。

剧作最鲜明的特点不仅仅是"摆事实"，而是以现实主义总视角来"讲道理"，创作出民族乃至个人生存之间的共生状态，它对生活现场的逼近和卷入姿态，质朴而真实地记录了我们这个民族不畏强权暴力，不惧流血牺牲以求整体生存，张扬了一种以关注现实人生为己任的戏剧精神，也不乏真切感人的力量，从一个崭新独特的角度极具现实意义地揭示了当今人们复杂的、不可名状的心理焦虑和相互间深藏不露的紧张关系。应该说，这种精神是跨越时代的，其借鉴作用，不仅有助于当下话剧的发展，而且必将惠及话剧的未来。

第三节　稳定精良的佳构剧

菲尔德曾对"三幕剧结构理论"有所提及，他提倡在优秀的剧情片背后，隐藏着一种相对稳定、一以贯之的戏剧性结构。开始时，人物纷纷登场，戏剧开始发展，冲突愈演愈烈，在一连串的上升动作中，进入最后关键战役，直到推向剧情的转折点。结尾会有一个清楚且合逻辑的收场，一切纷纷扰扰的事件又回归平静，社会重拾秩序。佳构剧让我们享受打破世俗规范的幻想，但是又不会真正威胁既有的社会结构，绝不会留下任何悬而未决的疑问去困扰观众。每一幕都要达到一个危机点或张力点，每一幕的张力都必须比前一幕更强，也即闭幕戏或情节点。

《台儿庄》是一出典型的三幕剧佳构剧，其结构形式承自19世纪20年代法国剧作家尤金·史克莱伯所发展的"结构精良的戏剧"，注重时间推移的连续感，每场戏都必须透过"描写冲突的本质"而不只是"描写冲突"来推进故事的进程。第一幕从启到承，旨在铺陈，完成主要人物出场介绍、故事的前提，在开始时迟缓一下戏剧张力，剧情中出现叛徒制造情节点，使得原本平静的秩序被打破，长度约占整部剧本的三分之一，被称为"有去无回的门槛"，一旦人物走过这道门槛，就要面临前所未有的处境，而且也无法再回到进门之前的时光。结尾处会有一个明显的转折点，让剧本的第二幕变得更为复杂。《台儿庄》第一幕开场交代了故事发生的时间和外在环境：1938年的3月下旬，地点为台儿庄的西门外运河的一个已经破坏的旧码头上。主要人物相继出场，黑妞儿——一个跟着妈妈在一起"缝穷"的十八岁女孩子；陈寡妇——黑妞儿的母亲，一个守寡十多年的女人；小陆——二十四岁的码头工人，与黑妞儿的关系较为亲近；王大海——码头工人，人称老粗里面的老粗；曹老棒——前辈级的码头工人；刘四——二十六七岁的码头工人，却不愿提及自己的生活；何德山——一个恐惧、哀伤的三十几岁的难民；孙李氏——三十几岁，丈夫失散、孩子丢失的难民；张万才——一个由杂货商人沦落到无家可归的难民；王三儿——与码头上每个人都混得很熟的小贩；吴玉桂——未满二十岁的小兵，是战争的儿子；赵裕春——一个不务正业、游手好闲的流氓；王排长——一个果敢的军人等，其次还有士兵、船家数人，完成了戏剧的建置工作，建立起了主要人物和其他环绕在码头工人活动的人物之间的关系。第一幕作者通过几位小人物在码头边的对话、聊天，以饱含同情的笔触，写出了台儿庄码头居民从平静生活到日军入侵的悲惨遭遇，暗示出对日军的痛恨，对战争的恐惧，一定程度上揭露了日本鬼子的残暴与罪恶，但并没有陷入冗长拖沓的对话之中。第一幕结尾时，画外音显示为"天空差不多全黑了，炮声的闪光照亮着王排长的脸，兴奋紧张，他拿出一个望远镜眺望着远处"，天空被描述成被暗云掩罩，像是要下雨的样子，有一些风，暗示了暴风雨即将到来前的沉寂与压抑。究竟为什么会兴奋而紧张，远方究竟又是怎样一番光景，激起了观众的观看欲望，为第二幕的进行埋下了伏笔。

第二幕是承到转，旨在制造对立，长度约占整部剧的1/2，情节点是把故事转向别的方向，正如菲尔德所指出的，第二幕中主创的任务是展现对抗（confrontation），也即营造矛盾、冲突，为主人公的行动设置重重障碍，以便"主要人物遭遇和征服一个又一个的障碍，最后实现和达到他或她的戏剧性需求"。① 该剧中，第二幕时间为第二天，地点为台儿庄城厢，出场人物有黑妞儿、陈寡妇、曹老棒、刘四、王三儿、孙李氏、赵裕春、中村秀雄、山崎、日本哨兵等。矛盾冲突主要集中于日军接到上级指示，攻下我军在台儿庄的最后据点，但没想到却遭到码头工人的极力反抗，火光，射击的声音，不时传来的女人的低泣，狂虐的笑等，日军的残暴与大施淫威，码头工人们的浴血奋战却反遭日军的围追堵截等戏剧性冲突构成了这一幕的主要事件。曹老棒匍匐在地上，日兵用鞭狠狠地抽打着他，曹老棒挣扎起来，又跌下去，折射了日军的残忍暴力。刘四与鬼子撕夺一场戏，日军残忍的手段更是不堪入目，刘四最终将日哨兵刺死。中间还设置了汉奸的形象，丑恶的嘴脸得到了深刻揭露，扩张了戏剧性张力。孙李氏自从失去儿子后，就一直不停念叨，却遭到日兵甲的极端调侃，虽然孙李氏极力反对，但残忍与暴乱却不断交织。一句"我给你儿子"更是将人类的天良丧失殆尽。第二幕结尾时，赵裕春被抓到，并被民众判为汉奸，但究其真相，令人猜疑，成功转入了第三幕叙述中。此外，该幕还有几处漂亮的转场镜头，如中场部分，小陆与吴玉桂谈论军队与鬼子的争论间的对话，插入了天气的镜头转场，"天渐渐地越发暗下来了，是暴风

---

① ［美］悉德·菲尔德：《电影剧本写作基础》（修订版），钟大丰等译，世界图书出版公司北京公司2012年版。

雨将要到来的象征,陈寡妇已经闲着很久,在等她的女儿"这种转场转接无痕,最终融合在叙事线索中,推动剧情的进展,是比较成功的。

与第一幕相比,第二幕日军暴行,作者是有感而发,刹那间狼烟四起、群魔乱舞、码头失守、百姓为奴、日军称霸、掏尽一空,在作者看来,日军的暴行,对女同胞的凌辱,是毫无人性的蹂躏,不堪入目,是人类历史,乃至宇宙万物间,一个永远不能洗刷的污点,也是任何一个未经历过战争的人们所无法亲身体会的,相信也不是一切艺术所能完全表达的。

第三幕是转到合,旨在解决问题,长度约占整出剧的1/4,即在前两幕中出现的矛盾与冲突,紧张局面逐渐告急。矛盾能否顺利解决,结局是否合情合理,不仅关系到剧作的精彩、成败,在某种程度上意味着另一种开端。这一幕中,敌军甚是猖獗,工人连日与敌浴血奋战,猛烈反攻,残敌狼狈北窜,该敌实力本弱,经此重创,不足为患。剧中可见种种残忍和暴乱,惨叫声、哭喊声,妇人也忍受着所有人间最悲惨最残酷的耻辱,对曹老棒暴虐地抽打、猛力地踢着等字眼,看后无不令人心里一颤。剧中作者并没有把种种悲惨写上去。结局并不意味着结尾,而只是作为整出剧的一个特殊场景或镜头,在收场时,剧本中一切纷纷扰扰的事件都回归平静。

三幕剧《台儿庄》并非依历史剧的写法写的,剧作者没有从中间选择一个故事作为历史标签,整部剧也没有一个完整的故事作为主心骨,而是采用直线叙事方式,三幕的时间是紧紧连接在一起的,地点都是在码头上,展现给我们的只是一系列互为关联的偶然事件,以及一个事件及事件中人物活动的关系,并非严格按照时间比例划分。如码头工人们的交谈,日军的突然袭击与暴行,共军与码头工人们的浴血抗战等情节,情节跌宕起伏。不但如此,舞台上也没有出现大幅度的动作,而是通过展现经历不同、性格各异的人物形象,生动地刻画了一群生活在半殖民地半封建社会的都市中心的新形象,使得丰富多彩、悲喜交集的剧情在严密的布局中井然有序、波澜起伏地走向高潮,展现出未来的曙光。

整台戏把运河畔人民所做的牺牲奉献,把作为个体的人的情感痛苦及精神磨难，表现得哀回婉转又大气磅礴，牵人情肠，更促人反思。当大战来临，人们性命难保，焦躁不安，日子困顿难熬，作者有意识地用阴晴不定、沉闷压抑的天气，影射当时的政治环境，反映了特殊时期，民族危亡之时，小人物在动荡不安的处境中依旧高昂着头颅，与日本侵略者誓死血拼，绝不求饶，以此来鼓动全民抗战，渴望民族新生的爱国主义思想，更希望看到这个戏的观众，能和作者、和戏中所有的民众士兵们相共鸣。全剧宛如一幅自然和谐的真实社会风俗画，散发着浓厚的生活气息，显示了作者现实主义的独特风格。

剧中虽然没有写政治性事件，甚至连国民党的压迫、日寇的侵略之类的词句都没有出现，但剧中严正的教化意义没有受到丝毫损伤，于平凡的生活中表现出强烈的时代气息和鲜明的政治倾向。这种戏剧冲突表现得真实、具体，这种伟大的精神也使得整部剧焕发着希望与光明。该剧的戏剧构思，给了我们一个有益的启示：一个戏剧作品要找到最恰当的结构形态，作者要从所占有的素材出发，努力深刻地开掘这些素材的社会意义，提炼主题思想，并在这个基础上，找到一个最能揭示人物内心世界和性格特征，最能表现人物之间关系的生活画面，而这个生活画面不但要有利于表现戏剧中的人物在做什么，而且还要表明他们在想什么。这样的生活画面，就是作者所设计的时间、空间，由此看来，剧作家在设计一个戏剧结构时，不但同他的艺术技巧的高低有关，而且同他发掘素材的社会意义与提炼主题思想的水平有关。这既是一位剧作家的艺术素养问题，也是他的思想素养的问题。

第四节 塑"人"而非造"神"的艺术宗旨

作者笔下人物众多，人物设置合乎情，通乎理，不悖于历史人身份，但没有浓墨重彩地写一个典型人物，也没有过分拔高英雄形象，或者故意丑化反面角色，而是尽可能地将每一个人物都有所顾及，各具特色，因此，作者笔下的人物并不显得枯燥乏味，反倒胸怀大志，实有一颗报国心，剧中每个人物性格都按照自身的生活逻辑展开，彼此之间发生着直接或间接的联系，形成具有浓郁生活气息的戏剧冲突，丰富与饱满构成了整部剧的人物形象。情感与道德，现实与历史，苦难与温情娓娓道来，表达出作者对处于时代夹缝中与战争背景下个体生命的理解与体恤。

首先是强化了人物的行为性。如第二幕对日兵甲的描写中，"我再请你们吃两把刀，用尖刀刺下去，用脚踢着，残暴地，不在意地刺下去，又移动了两下，挨近伤兵，用脚踢了两下，伤兵滚动了两下，甲举起枪，预备刺下去等"，一连串的血腥动作增强了戏剧的画面感。作者笔下的人物，无不为生活所迫，但他们都积极地生活着，勇敢地斗争着、探索着，无论是被日军刺瞎了双眼的黑妞儿，还是为民族大义光荣赴死的陈寡妇，无论是码头工人曹老棒，还是与鬼子拼命私夺的刘四，他们把"死"看作自由的开始。正如开篇有段战士的独白，深入人心："天空失落了月，失落了星，地面还在朦胧，远处的军号响了，正在唤我出征。母亲，谢谢你——你的眼泪，爱人，谢谢你——你的红唇，别了，这些朋友，这些温暖的手。骑上马，放松了缰绳，去，去冲向敌人的阵地。在那自由下，我愿为我的祖国牺牲。"一段战士内心的揭露，写活了人物的形象。

其次是人物的丰富性。丰富性即借助人物的三部分生活（即职业生活、个人生活、私生活）的戏剧性展示，以彰显人物的综合形象。所有人物的命运都是苦的、悲伤的：黑妞儿年轻貌美，跟着母亲做"缝穷"，成为每个码头工人心头暗暗埋下的希望。但本该华丽的年纪却惨遭日军的蹂躏，几经周折，最终，一个为寻找最后慰藉的而自觉武力无所不能的弱女子——黑妞儿，却又在"一首歌"所体现出的人性力量、情感高度与道义压迫下倒下去。当然，"一首歌"并不可能杀死鬼子，诚如作者所言，"真正杀死侵略者的，是这歌声和这舞动背后的古老、坚韧、生生不息的文化传统"！而这些，恰恰是在人物关系及性格的互动中来开掘人物及其人文意蕴的，从而艺术地避弃了另一种"高大全"与脸谱化。年纪较大些的曹老棒，总念叨着自己不中用了却也希望日子能和和美美地过下去，却也最终惨死在日军的屠刀下。日兵丙，虽跟随日本军队来到战场征战，却是一个消极的厌战者，他思念家乡、期待和平，虽然也改变不了最终属于战场的命运，但他并未失去做人的基本良心，他对家的渴望与信仰让他最终倒向了正义、真理、崇高的一面。孙李氏无奈丧失了儿子，却又遭到日军的玷污，这种生命的双重打击最终使其断气。孙李氏这一人物形象的塑造，一边是为失去爱人及孩子的伤痛，虽柔弱而坚守大义的如花女子；另一边是嗜血成性而温情得以瞬间唤醒，却偏又带着征服欲的杀人狂魔！孙李氏像一个被命运判决了的囚徒，她惨叫，也都变成了对于她的一种残害。她没有语言，没有笑，像是根木头，而日兵戊却狂饮着酒，沉迷着挑逗，大施淫威，并尽情地玩弄着他的"捕猎物"，犹如玩弄一个棉质的玩偶。孙李氏就这样无力却又沉重地反抗着。全剧就在这种灵魂与性格（这里的性格已然由个性上升到民族性格）的紧张对峙中，一波三折地展开。一个活色生香的小媳妇，就在血与火的环境中，塑起坚韧的耐受力，饶有意味的是，如此决绝贞烈的孙李氏，在亲人家族已惨遭屠戮的当口几欲忍辱放弃坚守，却又在亲人的舍生取义中得以保全。剧作者将孙李氏这个难民般的人物形象描绘得令人同情，将其失去孩子、失去丈夫的曲折命运线和此种的情感跌宕，描写得惨烈又令人同情，更令人为战争中女人扼腕！虽然对孙李氏这个人物形象并没有浓墨重彩地艺术塑造，但毫无疑问，战争中女性的弱势身份更容易唤起人们的终极情感。在对日本士兵进行塑造的过程中，作者并没有走向绝对化，而是保留了适当的同情，认为他多少地保留着一些人性，落笔时对他进行了一定的赞颂，一个未寻找精神慰藉却又无能为力的日兵丙，却又在家信的朗诵中，体现出人性的力量、情感高度与道义压迫下的烦躁与忧虑。写出了小人物在风云变幻、波谲云诡的时代环境中，无奈而狡黠的生存智慧及其走向觉醒与反抗的性格发展过程。这种植根于人性深处的心灵博弈，形成了一种巨大的精神性力量从而更具内在的戏剧张力。曹老棒虽人老不中用，但他更是准备流出最后一滴血，即使成为躺倒的尸体，也要阻止侵略者的前进。人物都是积极地、主动地与一切丑恶的、黑暗的、不合理的现象作坚决的斗争。维护了起码的人格与国格，令人钦佩。小陆这个人物的设置，可以看到作者开拓剧本反映生活的广度的努力。当黑妞儿面对小陆这个也是穷苦出身、为人忠厚的年轻人的时候，勇敢地献出自己的一片痴情。

作者认真地"用严谨的现实主义去写作"，把一群各种各样的"小人物"巧妙地拉到一起，对人物性格的准确判断和心理动机拿捏合理，有意识地在人物性格刻画和环境描写等方面下了功夫，他们是抗日救亡斗争中千千万万人民形象的缩影，每个人物台词和动作虽然不多，几乎是同时用力，但他们的面貌和特征都被生动地刻画出来，没有一点紊乱的感觉，将这样一出"个个角色有戏的群戏"写活了。① 真实地表现了大家抗日的革命精神以及杀身成仁、舍生取义的英雄气概，更无情地鞭挞了媚外残内的汉奸走狗。

话剧作为舞台艺术，应摆脱单纯成为意识形态的宣传工具，太多的政治理念的介入势必会影响对个人人生的书写，必须要从人物性格出发来反映现实社会。与英雄人物相比，平凡人物的觉醒才能真正从根本上触发社会的变革，而对平凡人生的关注不仅意味着启蒙精神在作家精神深处的蔓延，也表明剧作家对个体生命关怀意识的觉醒。该剧避免了戏剧创作的"左倾"倾向，承认人本价值，重视"真人"形象，避免了概念化、符号化非人形象，剧中人物"都有活力与生命"，它给人们内心的感动不是一刹那的，而是意味深长的，在揭露眼前黑暗和消极现象的同时，总能够指出些光明、积极的因素，向人们透露未来的曙光。在人自身与社会、国家的矛盾纠葛中，带来了更大的戏剧发展空间，对剧中这些饱受战争摧残的人们，作者是熟悉的，而且也是满怀同情的，这也是剧本读起来凄楚动人的主要原因，从而达到塑"人"而非造"神"的艺术题旨。话剧的可贵之处在于以极低的视角，关注了战争状态下市井间芸芸众生命运的起承转合，作品开掘较深，人物鲜活可信，以小人物折射大时代，传递出复杂历史情境中真切的底层生活况味。戏剧让我们记住了那些可歌可泣的人，记住了那些可爱的人民，他们为民族大义而战，去除战争创伤之病灶，歌赞不屈爱国情怀，呈现了人性的善美，散溢着浓

---

① 李健吾：《论〈上海屋檐下〉——与友人书》，《人民日报》1957 年 1 月 26 日。

浓人间烟火味儿。

第五节 "以小见大"的家国情怀

从夏衍开始,剧作创作逐渐丢下历史上传奇的、英雄的人物,而拾起那久已活在心头,却搁置一旁的现实中的渺小人物。该剧对小人物的生命关怀意识首先体现在对家庭的关注。剧中随处可见母亲思念逝去的孩子,日兵甲虽人在战场,却处处思念妻子的场景,这是耐人寻味的。"家"在此已不仅仅是一个舞台生活空间,一个单纯的舞台符号能指,实际所指向的是更为复杂的精神空间。"家"是无力的个体自我退避的场所,可以抚慰个体的精神创伤;"家"也为作者洞察个体的生存真实提供了澄明的视阈。作者以冷静的现实主义笔触描写了家庭的窘困、痛苦、尴尬与无奈,同时也暗射了战争对家庭的毁灭性作用,家在不断地被解构的同时,也在不断地被建构。

三幕剧《台儿庄》写的都是平民百姓,一些生活中的小人物,反映他们的喜怒哀乐,该剧并没有过分渲染贫苦百姓的精神苦闷,也没有泛泛地从爱国主义精神出发,而是从小人物的生活中反映出这个大时代,反映他们在受难中如何抗争的情景。但对人物的未来还是抱着希望和信心的,把拥有报国志的百姓塑造成时代的英雄,从专业角度出发探索小家与大家的出路,将他们放在一个可能改变,必须改变,但是一定要经过苦难的现实生活才能改变的环境里面,残酷地压抑他们,鞭挞他们,甚至于碰伤他们,而使他们必须到达的境地。如黑妞儿大笑着对小陆说:"你们不要照顾我,追,追,把日本鬼子追到海里去……"虽小家已遭摧残,破败衰颓,几近碎裂,但她却时刻具有报国意志,表达出大家联合起来救国家的决心,鼓励大家勇敢地活下去。黑妞儿最终是个革命者,用革命的理想克服了个人生活上的伤痛,毅然决然走上了"救国家"的人生大道。舞台上从远处传来的欢呼声,口号声,枪声,炮声渐远,预示着令人痛苦灼烈的战争时代即将过去,给人"带来一些故乡已经春来的消息",让当时的观众仿佛听到些将要到来的时代的脚步声，指向了民族大义，在中国话剧史上写下厚重一页。

第六节　历史评价与世界影响

生命创造了文化，而文化一旦构成一种体系，便具有一种自在的功能，反过来它要制约人类，使人类不断克服自身的原始生命力而适应文化的系统功能需要。因此，生命又成为文化的组成部分。这出悲剧通过对人性深处的灵魂剖析展示的不是诗，也不是一种纯粹的艺术创造，而是一个生命和文化命题，是一种生命与文化的双重悲剧，是作者对于生命和文化的一种思考。因此，对于该剧的理解，应该有更多的文化关注，应该从中国戏剧史和中国思想史的角度去把握它的价值，也应该从中国戏剧史和中国思想史的角度去把握它的价值。

1938 年 10 月，毛泽东同志提出"洋八股必须废止，教条主义必须休息，而代之以新鲜活泼的、为中国老百姓所喜闻乐见的中国作风和中国气派"。[1] 一个怀有崇高目标的人，一个为了未来，为了高尚的目的与一切内在和外在的敌对力量进行斗争的人，才是使生活具有精神意义的榜样。《台儿庄》加强了戏剧的民族化方向与道路的自觉探讨，它拓宽了研究的领域，成功汰洗"欧化"作风，全力为抗战服务，强化了民族的审美特长，最重要的是以开放的心态接受外来文化，没有陷入封闭、保守、狭隘的民族心态，使我们从一个新的视角观察中国人民的抗日激情，发展成为人民大汇总所喜闻乐见的艺术样式。讳疾忌医，不是一个民族的美德，一个夸大的、不知自己短处的民族命运，只有灭亡！难能可贵的是，该剧并未完全沦为"抗战八股"的"传声筒"，而是以话剧抗战，面向百姓，尤其是贫苦大众，在中华民族风雨飘摇之时，勇敢承担起了历史重任。

---

[1]　毛泽东：《中国共产党在民族战争中的地位》，《毛泽东选集》第二卷，人民出版社 1967 年版，第 500 页。

现如今，当革命的风暴已经远逝，文学经由轰轰烈烈的宏大叙事回归平寂的个人叙事时，我们以艺术的审美标准重返历史现场来审视这部作品，剧作者抓住了戏剧学中的"人学"定位，以现代启蒙主义的文化立场，强调了现实主义戏剧的三个现代价值：写人、写生活真实、写对先进文化的开放姿态。而这三点，恰是我国现代戏剧在"革命"时代经常被忽视、淡化和歪曲了的。"把哥哥也拖去！我反对这种把人民卷在悲剧中的战争！侵略别国，把他们的人民弄得流离失所，家破人亡，到底有什么好处呢？这是战争呀！要把军阀打倒才好！"剧中人的话语道出了我们的心声，因为回顾战争，所以我们更加珍惜和平。剧作者把情感重心放在战争给人们带来的灾难及其心灵伤害上面，而非过分地去渲染仇恨，从而促使人们更多地去反思战争去记取历史，体现了戏剧作品在新视角下对人生命和尊严的尊重。这在革命历史题材的戏曲创作中，大可视为新的突破。这在中国抗日战争史上，尤其是抗日战争文化史的研究上是一个贡献。该剧的创作者以"现代"的文化立场，捍卫了文化启蒙主义传统，对于当下中国戏剧的健康发展，具有一定的借鉴意义。这种契合于戏剧本体的情感叙事，作用到抗战题材的戏剧创造中来，就不失为一种化外为内、化刚为柔的叙事策略了。强调作品的现实针对性，重视生活真实性，避免走入"瞒"和"骗"的文学，是经得起时间考验的杰作。正是浸润着作者个体生命关怀的潜流，使该剧具有了别样的美学魅力。

我们的团结是为了抗战，只有抗战使我们团结，因此，有血性有觉悟的戏剧界人士，摒除一切成见，中国戏剧艺术必因和抗敌任务结合，能摒弃过去的积弊开拓新的境地。三幕剧《台儿庄》有力地达到了推动抗战的目的，1938年4月，台儿庄大捷。当这个伟大的战绩，在无数人的口中，在一切艺术描摹中传颂着的时候，日本帝国主义的侵略暴行、中华民族危亡的命运，确实曾促使他们中的相当一部分人开始觉醒。这出三幕剧，犹如"润物细无声"的春雨，在西方列强的入侵与洗劫后的中国大地，在那个战乱纷争的年代，断壁残垣的废墟中重新滋生出了无比光鲜的"胜利之光"，正如《宣言》所呼吁的："我们迫切地要求全国戏剧界人士以群策群力为这些平凡要求的实现而奋斗。这儿已不容有一刻的踌躇，一毫的猜疑，艺术重真诚，'不诚无物'，请大家以最大的真诚与毅力巩固这一抗战中模范的合作，中华民族幸甚！中国戏剧艺术幸甚！"而那些英勇无比的，怀着热爱，为祖国而牺牲了的英雄，他们也会含着泪而微笑吧。

第六章　血肉长城与纪实美学的真实演绎
——《血战台儿庄》

抗日战争，是全中国军民牺牲惨重的悲壮史，也是抵御外侮，保卫国家的一场民族圣战。台儿庄战役作为八年抗战中最为关键性的一场胜利之战，在整个抗日战争史上，是可以大书特书，载入史册的。时任国民政府军事委员会政治部副主任的周恩来对此战役高度评价："台儿庄战役的胜利，虽然在一个地方，但它的意义却在影响战斗全部，影响全国，影响敌人，影响全世界！"在抗战年代，日本侵略军肆意践踏着中华民族的土地，毫无人性地残杀中国同胞。这样的仇恨，这样的记忆，用任何艺术手段都无法完整地表现。而电影《血战台儿庄》的创作者们审时度势，迎难而上，苦心收集史料，专心钻研，几易其稿，终于拍成了这部以凝练、深沉、纪实、悲壮著称的电影作品，用镜头记录下了这场战争的全过程。

《血战台儿庄》是第一部有巨片意识且获得强烈反响的纪实性、文献性军事题材影片，反映了在抗日史书上占有重要篇幅的台儿庄大会战。影片中无论是银幕空间布景，故事叙事结构，还是人物形象塑造，皆在艺术成就上达到了80年代中国军事题材影片的高峰。一个"血"字贯穿全片，从临沂之战、滕县之战、台儿庄大战，影片选取的每一个会战关卡，无不是用鲜血染红的，是中国革命史上惊天地、泣鬼神，军民团结抗击日寇侵略的正气篇，是国民党爱国将领英勇不屈、万死不辞、浴血捐躯的英雄画卷，是一首国共合作、同仇敌忾、共御外侮、震撼中外的正气歌，开创了抗战题材领域的先河。

第一节 且说电影的诞生背景

1978 年，党的十一届三中全会提出"解放思想，实事求是"的方针路线。这一方针政策，不仅是党和国家所坚持的路线，同时更是电影事业发展的新起点。电影的文学剧本曾在《八一电影》杂志上公开发表，3 年无人问津。1985 年 3 月，陈敦德在北京见到了两位年轻的编剧——田军利和费林军，并用当时所谓的高价——3000 元购买了剧本。后陈敦德极力向杨少毅推荐了《血战台儿庄》的剧本，杨少毅看后，激动不已。杨光远是一位集导演与摄影于一身的著名电影艺术家，由他担任摄影的《归心似箭》、《花枝俏》、《许茂和他的女儿们》等脍炙人口的影片，在电影史上产生了深远的影响。1985 年适值抗日战争胜利 40 周年，广西电影制片厂开始策划电影《血战台儿庄》。1985 年 5 月初，田军利和费林军带着剧本第 6 稿来到南宁。最初的剧本主要依据文学剧本改编，以张自忠的形象贯穿。抗日爱国将领张自忠，固然是个事迹动人、传奇色彩浓重的人物，且戏剧性强，而且他没有打过内战，审查容易通过。但以他为中心，将难以从历史的总体上去反映台儿庄战役的意义。后经陈敦德提议，剧本改为以第五战区司令长官李宗仁为主线，并且把写人物的命运变为表现整个事件的背景、过程与结果的纪实性风格，使影片具有宏大的历史感。

影片开拍之前，适逢 80 岁高龄的荷兰著名纪录片大师伊文思访华。在北京饭店的小会客厅里，伊文思向主创人员介绍了自己 67 年前在台儿庄拍摄纪录片《四万万人民》的情况。台儿庄战事接近尾声时，伊文思和爱泼斯坦等外国记者一起探访台儿庄，用摄像机为中国抗战留下了宝贵的史料，向世人展示了一幅振奋民族精神的壮丽史诗。1988 年 6 月 11 日，电影在香港成功首映，并以其史诗般的主题，油画般的色彩，纪实性的风格，以真动人，以真感人，以真取胜，成为在香港公映时创下国产片票房最高纪录的影片，形成了"万人争看"的空前局面。电影曾于 1987

年获电影百花奖、金鸡奖最佳编剧奖。

第二节　阔而不散，紧而不凑的剧作结构

一部影片，应有抑扬顿挫的剧情和一波三折的故事结构，但总体上应是阔而不散，紧而不凑的。影片的剧作结构与三幕剧《台儿庄》的写法如出一辙，没有贯穿始终的人物和情节，没有终点的英雄人物形象，而是将历史片段有机地剪辑在一起。从表面上看，事件与事件之间具有内在联系，但也不是勉强拼凑，遵循情节自然发展规律，事件之间似乎不相关联，如王铭章死守阵地、壮烈殉国与韩复榘保存实力、临阵逃跑似乎没有什么联系，其实具有内在的有机联系。这个联系基于这样一个事实：中华民族到了生死存亡的关头，只有战斗才能生存，畏缩逃跑必将灭亡。从这个角度出发，我们可以看出，该影片在剧作结构土，与一些所谓糖葫芦式的由几起各不相关的情节，通过几个主人公的际遇或所见所闻串在一起是有所不同的。这不同之处首先在于编剧和导演追求的是史诗式的气魄和大度，而并非单纯着眼于表面几起戏剧情节的简单拼凑，某种程度上确保了事件的连贯性与整体性。说起史诗式的气魄与大度，似乎只有在鸿篇巨制《伊里亚特》、《奥德赛》才能见到，其实未必如此。如果以荷马史诗作为经典作品来衡量，那么《血战台儿庄》虽然没有英雄美人式的悲欢离合，历经长期战争而饱经沧桑的故事，但该影片的结构贯穿，能挫败任何侵略者的凶恶气焰，与日军所持有的强大武器相抗衡。这个矛盾是不能调和的，它本身就暗含着强烈的冲突，这冲突本身不需要再去编织离奇曲折的戏剧性情节，只要按着历史真实性的面目，对各种历史人物，在这一历史时期内的所作所为表现出来，就能具有震撼人心的力量。

在拍摄台儿庄战役以胜利告终一场戏时，李宗仁在发报机的"嘀嘀嗒嗒"发报声中，依旧以不带任何感情色彩的旁白向国民政府军事委员会报告，他深沉的声调十分符合凝重、深沉的艺术创作风格。影片最后一个镜头，随着李宗仁画外音的结束，镜头上横尸遍野的战场上，野草在晃

动，停留了约一分钟后，淡出，影片告终。有人说，这个结束性镜头调子太低沉了，不像打了胜仗。但从某种角度上讲，这是合适的。在这场战役中，我们的人民以及广大抗日将士同样做出了重大牺牲，这是影片创作者的独具匠心，想以此来告诉观众：这胜仗是在凝重、深沉的严峻时代背景下取得的，以后的战斗还会更艰苦呢。但是电影在叙事上也没有太闷，在激烈的拼杀和紧张的敌我冲突间，还特意设计了一场"战地回旋曲"式的抒情戏，细腻地刻画了老兵、小兵、战地服务团女大学生的形象，给观众留下了隽永的回味。影片的整体创作风格是统一连贯的，注重刻画严峻战争时刻历史人物的内心活动，将历史纪实与人物刻画有机结合，形成了特有的凝重深沉，悲而不伤，激烈而又让人深省的艺术风格。

第三节 筋骨血性，真实可信的人物群像

人物形象的成功与否是衡量影片艺术与审美价值的关键。电影《血战台儿庄》中出现的人物基本上是人们熟悉的，真实可信的，有筋骨有血性的，如蒋介石、李宗仁、白崇禧、汤恩伯、张自忠、孙连仲、王铭章、矶谷廉介等人，他们的身份、年龄、形象、性格乃至语言习惯都与历史相吻合，几乎少见单纯为了情节的跌宕起伏和戏剧冲突而瞎编胡造，破坏影片的纪实性的人物形象。在演员的选择上，也尽量追求神似、形似的"陌生化"面孔，防止出现观众过度关注演员进而忽略表演的本末倒置。

整部影片，塑造好李宗仁的形象是全片的关键，但其艰难、繁重程度是不言而喻的，从导演到演员，都需要对人物有比较充分、成熟的把握和理解，才能够松弛自如，举重若轻，因此，导演对李宗仁这一人物塑造是煞费苦心。片中李宗仁的戏份并不是最多，也没有将大量的场景和镜头都集中于他身上，更没有简单轻易地让他出现于纷飞的战火镜头之中。相反，银幕上的李宗仁只出现在几处关键时刻，采取了俯瞰全局，又不失细部放大的表现方法，分别从三个方面加以表现：一是人物的出场，自然徐徐展开的镜头，点染了李宗仁于紧迫多变的战争风云之中自信、乐观的品

质。在影片开端的中外记者招待会场，当一名女记者突然问李宗仁："据说，每当您品尝郭德洁女士从广西带给您的乳泉西山茶的时候，您总是感叹地说'知我者莫过于夫人'此事准确吗？"李宗仁欣然回答："哈哈，思乡之情，人皆有之嘛，我想夫人千里迢迢送来家乡茶业，无非是在激励宗仁要像保卫家乡那样保卫徐州！"两者之间短短的、清淡的对话，却内含万千斤重。它借茶抒情，以物达意，表现了李宗仁不忘家乡、不忘民众的抗日决心，将李宗仁这一英雄人物塑造得生活化，接地气，没有使人物故作惊人，成为全民英雄。这场戏，本是决战前的一次重大的、富有政治性的会见，气氛庄重，节奏紧迫，正是由于插入了这类风趣生动的生活细节，使它在庄重紧张的氛围中，透现出一种乐观、诙谐、轻松的心绪，以及一种必胜强敌、满怀希望的信念。借此场景来烘托李宗仁的出场，比之种种豪言壮语，更能反映出人物那种"乘马过街市，信步定人心"的大将风度，同时也与整部影片的质朴风格高度契合。二是李宗仁、白崇禧在掩蔽部玩骰子以卜吉凶的情景，这个细节从直观上赋予一名国民党将领迷信天意的唯心色彩，使人物具有特定的时代、历史、个性风貌；而当李宗仁兴致勃勃地招呼白崇禧，一起到方桌前捡起碗中的骰子来一卜吉凶时，他一心盼望得个"六六顺"却出现卦象不利的结果，镜头中的他并没有失望沮丧，从中揭示出李宗仁推崇"事在人为"的观念，不屈从天意、鬼神，决心力挽狂澜的精神和意志，感受到人物的民族自信力与乐观精神。三是李宗仁在千钧一发之际给蒋介石打电话，场景凝练简约，其言其行，其思其想，确非一般的军人，显示出一种临危不惧、从容不迫的英雄气魄与大将风度，活脱脱地为我们展示了一个真实可靠、有温度、有筋骨，充满了权谋的政治家的形象。这些细节的处理，多角度全方位地展现了李宗仁这一人物形象，使其在不长的场景、多变的势态、复杂的环境中具有了多重而又丰富的含义。

　　飞机狂轰滥炸，扔下的炸弹就如秋天的落叶一样多。有记者曾这样描述当年的场景。战斗一打响，中国军民以血肉之躯投入敌人火海，将"日本"三月亡华的狂言彻底击碎。在这场救亡图存的伟大战斗中，无数母亲送儿子打日寇，妻子送郎上战场，台儿庄激战的最后时刻，守城的一个师消耗殆尽，只剩下一小块阵地。也就是在这一天，师长池峰城接到了集团军司令孙连仲的指示："士兵打完了，你就自己上前填进去。你填过了，我就来填进去……"生死存亡的最后关头，中国共产党人以自己的政治主张，坚定意志，模范行动，支撑起全民族救亡图存的希望。国共两党在民族大义旗帜下共同作战，不甘屈辱的中华儿女共赴国难，用鲜血争取民族独立，用生命捍卫人类正义。人们有理由铭记，因为牺牲如此壮怀激烈。人们有理由骄傲，因为正义如此坚不可摧。同仇敌忾中，善良的人们义无反顾跨进同一条战壕。中国军人在枪林弹雨中面无惧色，露齿而笑的英姿，一直为世人所铭记。影片最后的镜头，是用战士的身体铸成的血肉长城，不同肤色、不同民族、不同地域的民众凝聚成牢不可破的命运共同体，凝聚着正义的力量。士兵的名字已经无法全部记起，但他们的功勋将会永世长存。纪念，不仅仅是为了慎终追远，更是为了让和平常驻，正义长存。70年过去了，死神并未走远，明天，对于年轻人而言，是纷飞的诗歌，是湖边的漫步，是数周的完美恳谈，但是今天，是战斗的时刻，用生命品尝过战争残酷的人们，更知道和平的滋味是如何的甘甜。

第四节　历史再现与艺术审美相得益彰

真实，是艺术的生命。历史的力量在于真实，在于客观还原，与同题材影片《地道战》按照虚构故事拍摄的原则不同，电影《血战台儿庄》严格按照场景真实、人物真实、时间真实的创作法则，追求纪实风格，追求文献性，片中的重大历史事件是真实的，战争的年代、地点、人物、场景也是真实的，就连人物的对话，都有文献可考，用历史唯物主义的观点真实地再现了台儿庄会战的全部，容不得半点杜撰与编造，可被称为一部"活的文史资料"。电影中的"人梯渡桥"、"运河鏖战"等许多动人的场景都取材于真实场景。影片如此强调其纪实性，是由其影片题材与观众日渐提升的审美水平所决定的。一场曾经发生过的战争，一批真实的历史人物，绝对不能由于任意编造而失真，在无限接近历史真实的同时，即使虚构也本着"以虚见实"的原则,对历史内涵与进程进行深层次的挖掘,最大限度地还原了历史事件与历史人物的复杂性和丰富性,人物对话有据可查,有史可究。开会内容完全按照会议记录来拍,这在当时强调曲折情节的故事片里是少见的。在演员、台词、道具等方面力求真实、质朴,剧中扮演中日士兵的演员大多是农民,还有部分学生。在激烈的拼杀和紧张的敌我冲突间,还特意设计了一场"战地回旋曲"式的抒情戏,细腻地刻画了老兵、小兵、战地服务团女大学生的形象,给观众留下隽永的回味。以此来表示对"史"的尊重,对生者的交代,对逝者的告慰。

纵观中国电影战争史上的经典力作,描写抗战、国民革命的电影并不在少数,但描写国民党在正面战场上抗击日本侵略者的题材一直是创作的"禁区",无人触及。但《血战台儿庄》却大胆行进创作禁区,编导对剧本做了较大改动,还原历史真相,还抗日的国民党将士以本来面目,还各阶层人物形象以本来面目,而众多中外闻名的历史人物如蒋介石、白崇禧、韩复榘、池峰城、张自忠等人,以及当年在台儿庄浴血奋战的西北军、东北军、川军甚至中央军的部队番号,官员姓名,武器装备,气质秉性,相貌造型,都要像各路军队当年的样子,给予了深刻而又真实的体现,例如,西北军都是西北农民,必须地朴粗犷,长鬓角白面孔的秀才兵演员一个也不要,且要剃光头。同时改变了过去日本侵略军不经一戳的"纸老虎"形象,改变了有关国民党将士不堪一击的银幕形象。刻画出以赤柴八重藏为代表的日军,凶残毒辣、蛮横无理的嘴脸,相对比表现出中国军民顽强不屈、英勇奋战、威武不屈、同仇敌忾、视死如归的民族气节。

布景方面,原来的战斗遗址已经荡然无存,剧组编导人员亲赴台儿庄实地选景,在原址上再造中正门——当年日军首先攻破的城门、清真寺——战斗中最为重要的一座寺庙,和其他重要场景。走在今天的台儿庄,大战遗址清晰如昨,悲壮的气氛,同样渗透在观众们耳熟能详的一些台词里。"命都不要了,还要钱干什么!"在反映西北军脚踏银圆与敌人抗争的一个场景中,影片在史实司令官以大把大把的银圆激励士兵上前杀敌,这样的细节是真实生动的,但士兵们竟纷纷扔掉了手中的银圆,高呼着"杀敌报国"的口号向前冲去。守城的敢死队员把大洋扔在地上，向敌人阵地出发，57 名敢死队员中仅有 13 人生还；王铭章在川军 122 师几乎全军覆没时口述发给集团军司令孙震的电报："决以死力拒守，以报国家，以报知遇……"是台词，也是史实，这些艺术色彩很淡的语言让人震撼。这就是纪实的力量。

此外，对于敌我双方实力的描述也同样真实可靠。敌人兵力，相当厚，其攻势亦十分猛，机械化部队与飞机、坦克，都有相当的爆威，纯军事观点论，我军有胜利之可能，何以言之？首先，我军士气，非常英勇，任何部队，都是抱着绝对牺牲的精神壮烈殉职，勇斗到底，就是榜样。其次，敌人所仗者，只是器械，我军将士，当然有牺牲，不过最近的事实，证明敌人所谓机械化部队，并不如预想之精良。我们只需勇拼善战，敌人之机械化、现代化，并无很大威力。最后，敌人是速战速决，多途并进，这种战术危险性甚大，我军运动得宜，尤有击破之可能。以我军最后的器械与兵力，与高度机械化的部队交锋，其为必败，然而敌人却一再宣称最后的胜利必属于"我"的精神口号，在我军越战越强，而敌越战越颓败，致力于速战速决的计划，战线一旦拉长，却无力迎战，以至于崩溃。我领土虽然日蹙，却有团结之意志，振奋之士气，凝固之人心。反观敌人，占地虽广，兵士之心理却日渐厌战，军人之道德日渐堕落，其胜败也已注定，最后胜利已可逆睹。

电影的创作法则，既可以是现实的，又可以是理想的。历史与艺术可以无限地接近，却永远不应该相等，在尊重历史史实的前提下还可以进行艺术加工。因此，所谓的纪实性与纪实风格题材，并非纯客观的，而多多少少会带有创作者的创造意图和爱憎倾向，只不过有的显明，有的隐晦，有的强烈，有的淡漠而已。如在处理张自忠与庞炳勋的关系上，两人本身有很深的隔阂，这是有史实依据的，而影片并没有过度渲染两人关系的矛盾性，而是侧重反映了庞炳勋在大敌当前，始终以民族危亡为己任，抛弃个人恩怨，生死存亡，每一个有血性的中国男儿，都将维护民族利益看作最高、最神圣的职责。同样令人印象深刻的还有影片结尾。原剧本的结尾是"全国人民敲锣打鼓庆祝胜利"，如果纯粹按照历史的轨迹，无非是故事于 5 月结束，最后的镜头不外乎是一片胜利的欢呼声，难免落于俗套。杨光远和剧组人员在查阅相关资料后，从时间处着手，把时间卡在 4 月 6 日，使最后的镜头停留在尸山血河之上，将战士们奋勇扑击，在殉国的一刹那，独保持着"死而不已"的坚决战斗姿态。那个用血与肉共同交织成的，长达四分钟的长镜头，在《义勇军进行曲》前奏响彻银幕时，画面全景式地进入破壁残垣一隅：城边、水岸、日军丢弃的铁甲坦克旁，成百上千具尸体铺成一条血路，中国军队的灰色军装和侵华日军的黄色军装已斑驳难辨，余火还在燃烧，浓烟还在弥漫，一面残缺不全的青天白日旗，飘扬在城墙的最高点，影片最终走向一种悲壮美，巧妙回避了"大团圆"结局，增强了影片的整体分量。正是由于影片历史真实和艺术真实的完美统一与高度契合，使得这部影片被深深地打上了"真实电影"的烙印。

第五节　光影交织的视觉震撼

画面是电影的灵魂，是电影逼真视觉效果的再现，没有什么方式比电影镜头更能够诠释战争了，尤其是用血肉之躯筑就的生死之战。《血战台儿庄》是一部凝重、浑厚而又带有悲剧色彩的正剧，影片中随意性的构图造型、仰俯拍的交替使用、灰黑色影调的把握、恰到好处的自然光运用以及真实的音响效果等，都力求从画面上尽量接近当年的战争生活，收到的效果也是既实际又很强烈。

影片的造型遵循美学上的壮美之感，上百具尸体一动不动几个小时，不是战士拍不了这种镜头。王铭章之死、士兵炸坦克等也都有特殊的画面安排。整部影片没有任何棚内戏。让人印象最深刻的是影片结尾，数百具各种姿态阵亡将士的躯体筑成的"血肉长城"，日军丢弃的铁甲坦克旁，成百上千具尸体铺成一条血路，中国军队的灰色军装和侵华日军的黄色军装几乎斑驳难辨。那耿直的古稀老人撞石而亡；众多乡民手举镰刀、斧头、叉子在日军机枪下丧身；身负重伤，不甘受辱的川军小战士的阵亡；

满身血污、一身正气的川军师长王铭章在战旗下以身殉国；在刑场上高呼"为我多杀几个鬼子"的营长赵静波的英勇就义；手捆手榴弹的战士扑向日军坦克闪烁不定的火光映照着废墟中"台儿庄车站"的牌子；上百名中国官兵手持大刀和长枪共同与冲进车站的日本兵展开肉搏，与敌人同归于尽；枪声、嘶喊声、炮声声声入耳，十分悲壮，无不显示出中华神威。尤其是池峰城在废墟中遇六勇士，全营激战后仅剩的六个伤兵的造型，当他们举起血肉模糊断了指头的手向师长行军礼，强撑起独腿行走的造型语言恰到好处地渲染了血战的残酷以及士兵献身的英勇，使观众不由地向师长池峰城一起致敬。

影片色彩较为单一，以凝重浑厚的古铜色为主，光线少见人工光，以自然光为主；版画式的视觉对比，逼真地渲染出当年硝烟弥漫的战争气氛。如台儿庄车站肉搏一场戏，虽是晚上，但充分利用了火光和月光，使画面更接近于生活的原始情状。对于眼睁睁看着大片国土沦丧的中国军民，台儿庄大捷犹如胜利在望的号角，尽管此时抗战才刚刚开始。李宗仁曾回忆说："台儿庄捷报传出后，举国若狂。京、沪沦陷后，笼罩全国的悲观空气，至此一扫而空，抗战前途露出一线曙光……经此一战之后，几成民族复兴的新象征。我军得此精神鼓励，无不精神百倍，各处断墙颓壁上，都现出一片欢乐之情，为抗战发动以来第一快事。"

在一部以历史纪实性为主的影片中，无论是画外音的设置还是画面的处理、音响的安排，都采用了纪录片的拍摄方法，改变了以往过多的画外音使用削弱故事片艺术性的拍法，角色也是尽可能地还原真实感，但具体在细节的安排上要有艺术构思，但这种构思也是在不违背史实的基础上进行重构。

第六节　最牢固的抗争，最终的胜利

有一种记忆，如同人类文明的火种，永远不能熄灭。75 年前，中国在日本军国主义残暴的铁蹄践踏之下，不但没有崩溃，抗战之决心，坚如磐石，绝不悲观，愈战愈勇，正所谓"泰山可动，此志不可移"，举国上下，争取国家独立、民族自由为己任，精神团结之力量，可谓伟大，最终以 3500 多万人伤亡的巨大牺牲，牵制并消灭了日军大部分主力。台儿庄大战所揭示的，正是一个国家或一个民族，如欲解除束缚，挣脱枷锁，从被迫压抑下走出来，以达到自由独立之路，必须经过许久的锤炼与困难。《申报》1938 年 5 月 15 日第 2 版中所述："吾人今日，惟有抗战，使公理正义，得以伸张，强暴侵略，终于覆亡，然后真正而永久的和平予以实现。"

当大战的硝烟逐渐散去，一座庄严的废墟上，用血迹染红的瓦砾，飘扬着的中国国旗，灿烂夺目，中国军队用两万士兵的生命将有着洋枪洋炮侵略者的嚣张气焰打了下去，捍卫了运河古城台儿庄的尊严，捍卫了长江黄河呼啸流动的尊严，更捍卫了华夏儿女和祖国的尊严。面对强权凌辱的不屈，破碎以后的重圆，毁灭之后的涅槃，困境中的回生，那是中华文明顽强不屈的生命力，源远流长，生生不息。战争之于战士，就像是一枚勋章，它将永远伴随着革命先烈的英灵，伴随着永不逝去的历史，伴随着那面鲜艳的五星红旗。风云上下五十年，恒久不变的爱国情，早已成为中华儿女心中最崇高的感情。

第十届百花奖最佳影片奖、国家优秀影片奖、第七届金鸡奖最佳影片奖提名、中国反法西斯战争优秀影片奖……获得多项大奖的《血战台儿庄》，在艺术成就上达到了 20 世纪 80 年代军事影片的高峰，深受海内外华人的普遍赞誉。但它的影响却远不止于此。经典的作品是不可多得、不可复制的，甚至是可以改写历史的。今天再次回顾电影，一下子将人们的思绪拉回到烽火连天的岁月，这是一部凝重、浑厚、质朴却又不失悲剧色彩的纪实性电影，硝烟与战火、厮杀与抢夺、献血与枪炮、毁灭与战争，这是我国新军坚实韧强的确证，敌人武力开始削弱的说明。

台儿庄大战发生在历史的关键岁月，正是国共两党密切合作，同仇敌忾，共赴国难的关键时刻。毛泽东同志曾在《论新阶段》中指出："抗日民族统一战线是以国共两党为基础的，而两党中以国民党为第一大党，抗战的发动与坚持，离开国民党是不能设想的。"作为新中国拍摄的第一部反映国民党正面抗日战场的影片，《血战台儿庄》在中国共产党倡导下，从浴血搏杀的大战场地，到同仇敌忾的士兵群像，感天动地的台儿庄战争，全国军民的沉着奋斗，以及在共同抗日这面旗帜下，各派政治力量与军队并肩战斗的爱国主义精神，打破了因历史和政治缘故所导致的两岸同胞"老死不相往来"的樊篱，唤起了海峡两岸人民对于那场血战的记忆，再一次温热了两岸同胞心中共同的民族情怀，唤起了海峡两岸的中华儿女对那万众一心、共御外侮的烽火年代的共同追忆。同时，把全世界正义的力量，团结在一起，在最黑暗的岁月中坚守和平的希望，使这部影片必将在中国抗战研究史上占有一席之地。

大战结束了，但战争带来的影响远未终结。荷兰作家伊恩·布鲁玛把1945年称为"零年"，面对战争废墟，人们绝望的同时又满怀希望。正义必将战胜邪恶，真理必将战胜强权，霸权主义和强权政治是和平最大的敌人。在联合国教科文组织总部大楼前的石碑上，用多种语言镌刻着这样一句话："战争起源于人之思想，故务需于人之思想中筑起保卫和平之屏障"，"可以宽恕，但不可以忘却"。约翰·拉贝的名言告诫人们，承担战争的精神责任、保持对历史的敬畏，是走向战后和解的唯一道路。谁不反观历史，谁就会对现实盲目。谁不愿反思暴行，谁将来就可能会重蹈覆辙。今天我们回顾历史，是因为时间的河流里沉淀着人类用鲜血和生命换来的真理，回首是为了正确地认知，缅怀是为了更好地传承，共同守护历史真相与和平果实，才能让正义不可战胜。今天安定和谐、繁荣富强的中国，谁能说不是它们用鲜血换来的？我们不会忘记这一民族之魂。

现如今的台儿庄大战纪念馆前，38级汉白玉大理石台阶，象征着大战发生的1938年；纪念馆顶呈圆球状，象征着全国人民万众一心才取得大战胜利。67年前的那次大战取得的胜利，是无比悲壮的胜利。历时3个月的战斗中，中国军队造成了日军近1.2万人的重大伤亡，但也把近两万中国将士的生命，留在了鲁南这片土地上。为纪念台儿庄战役，而重建后的台儿庄古城，也成为首个海峡两岸交流基地，每年4月，海峡两岸同胞都会举办大型纪念活动，不仅为了缅怀先烈，告慰英灵，更是为了传承正义，呼唤和平。正如台儿庄战役所昭示的，抗战是中华民族生死存亡的苦难史。四亿五千万人的泪水与三千五百万人的血肉铸成了一道坚固的万里长城。无论成败党派，每一个做出牺牲与贡献的中华儿女，都是长城上不朽的基石。清真寺——这座建于清朝乾隆年间的寺庙，是台儿庄大战中最为激烈的一个争夺点。尽管经过了重修，在清真寺不大的四合院里，仍旧保留着些许当年战斗的痕迹：写着"指挥所"字样的一面墙上密集处，一平方分米的范围里就有七八个弹孔。据寺院的阿訇介绍说，弹孔最密的一部分墙体，已经被北京的博物馆截下运走了。院中间的空地上有两棵建寺时种下的古柏，树已经枯死却依然挺立，树干上留着多处弹孔，在古柏纹路的衬托下，如同饱经沧桑的脸上的眼睛。

在改革开放的大背景下，海峡两岸和平发展并最终实现和平统一是人心所向、大势所趋。电影《血战台儿庄》为海内外所有的中国人找到了一个共同的语言——"爱国"。因为两岸只有一个家，名字叫中国。

今日中国，有团结之政府，有凝固之人心，有众而勇之兵力，有哀而壮之士气。那一页历史不容忘却，法西斯主义和军国主义战争机器制造了惨绝人寰的兵燹之变，提醒全世界人民时刻抱紧和平的臂膀，以全世界爱好和平人们的共同胜利画上句号。如果没有中国军人的持久抗战，台儿庄大战的历史必将是另一种写法。

故事回放：

1937 年 12 月 13 日，日本侵略军制造了骇人听闻的"南京大屠杀"后，改编了日军华中方面军战斗序列，新任司令官一到任，即打算与华北方面军南北夹攻，合围徐州，一举打通津浦线。与此同时，国民政府军第五战区司令官李宗仁也飞抵徐州，部署这一重大战役。他力排众议，大胆启用代人受过、被民众斥为"汉奸"的张自忠为第五十九军军长，并收编了川军王铭章部。1938 年 1 月，侵华日军华中方面军开始强渡淮河。中国守军第三十一军刘士毅，第五十一军于学忠，第五十九军张自忠相互配合，成功将日军阻止在淮河南岸，粉碎了日军企图沿津浦线南北夹击、会师徐州的战略；3 月，日军矶谷师团孤军南下，进犯徐州。第三军团第四十军庞炳勋部和张自忠部配合作战，成功击溃日军华北方面军板垣第五师团对临沂的进攻，将板垣、矶谷两个师团拟在台儿庄会师的计划彻底粉碎；临沂激战的同时，川军第 22 集团军开赴滕县，以寡敌众，抗衡达四昼夜以上，守城师长王铭章殉国，122 师几乎全军覆没，对迟滞日军南犯起到了重要的战略牵制作用。淮河阻击战、临沂阻击战、滕县保卫战，这三大序幕战终于拉开了台儿庄大战的帷幕。3 月 23 日，矶谷师团孤军进攻台儿庄，大战打响。近半个月的战斗由守城战发展为巷战，日军一度占领台儿庄 2/3 的土地。4 月 5 日，汤恩伯部挥师南下，与第二集团军形成夹击之势，日军溃败，中国军队全线反击，激战至 4 月 7 日取得彻底胜利。

第七章 拨开历史烟尘，钻探血火往事
——五集文献纪录片《台儿庄1938》

时间：1938 年

空间：台儿庄

一段在日本，至今难以重现真相的战史；

一部中华民族，用血肉缔造的心灵涅槃。

回溯历史，70 年前的台儿庄，一场血战惊天下！

70 多年后，台儿庄大战已走过了 77 个年份。

台儿庄大战是一场重要的大捷，是中日两国综合国力的较量，战争中，决定胜败的不仅仅是军事方面的因素，期间中日双方、国共两党在政治、社会领域中同样进行着激烈的较量。大战的胜利，无疑是欢腾振奋、亿兆同心的。回顾战绩，我们今天感佩忠勇战士大无畏的精神之余，喜慰胜利之时，我们流多少血，失多少地，领袖及前方将帅们，如何忧劳擘画，如何英勇牺牲，以及卫国歼敌光荣大路上走过的路程，是不容片刻忘怀的，它壮阔而又悲怆的战争画卷也始终冲击着后人的心灵，这种关键战役是可以大书特书的。这座兵临城下的鲁南小城，有着90天的炼狱鏖战，是中华民族数十万热血青年向死前行的力量源泉。这是全民所共有的历史，也是民族灵魂的一部分。对史学工作者而言，批判日本右翼势力否认侵略战争的奇谈怪论是必要的，但不能仅仅停留在一般的声张道义的层次，尚需进行全方位多角度扎实细致的艰苦研究。

作为一部献给抗战胜利70周年的五集文献纪录片《台儿庄1938》，

由季桂金担任策划，孙继炼担任总编导，分"大战前夕"、"滕县之战"、"临沂之战"、"生死三日"、"正义千秋"五个部分，分别从中国大陆、台湾地区、日本三方视角，以罕见的深度，科学、审慎、严谨、求实的态度，拨开历史烟尘，深入战场，钻探血火，倾听口述，研判精神，详述了台儿庄战役的进程，对交战各方的总体战略、重大战役的战术方针、战争领袖的才干与局限、军事技术的发展、偶然因素的作用等，均做出令人叹服的介绍与分析。为了拍摄好这部纪录片，摄制组利用两年的时间密访东瀛，走遍日本上下，两度探底台湾核心要地，深挖中国大陆战场旧地，通过寻访中国大陆参战老兵、台湾政要，查阅日本机密战争档案，深挖中国战场蛛丝马迹，搜集整理来自欧美国家的珍贵历史影像，绘制了上百幅作战地图，包括无数悲天动地的事件、万千大小人物的命运沉浮，向世人披露发生在中国战场上的一连串入侵、屠杀与抗争的事实，栩栩如生地把事件的展开和战场的轮廓联系起来，尘封70年的抗战细节震撼再现，呈现出一幅令人激动、悲悯而又不得不反思的战争画卷。日本侵华战争，犹如恶狼掉进深渊，该纪录片再现了让日军士兵山口季信深刻感受到痛苦与折磨的历史细节，再现76年前的那场血战，将全国人民和台儿庄战士同仇敌忾、共赴国难的民族精神，天下兴亡、匹夫有责的爱国情怀，铁骨铮铮、视死如归的民族气节，不畏强暴、血战到底的英雄气概，百折不挠、坚韧不拔的必胜信念展现得淋漓尽致，对抗日战争的深度挖掘与描述是独一无二的，成为中国乃至世人了解这场战役的一个最亲切、真实、可信的窗口。

第一节　宏观鸟瞰与微观叙事的相互交织

77年的时光飞逝，昔日的战场早已销声匿迹，仅有的一些影视资料，也难以撑起一部历史纪录片的高楼大厦。那么，摄制者如何通过历史的烟尘，深入到血与火的层面，钻探那段战史呢？该从何处下手对那段历史富矿所蕴含的精神加以研判呢？宏观鸟瞰与微观叙事相互交织，是这部纪录片的一大特色。面对历史，摄制组并没有单纯地将镜头对准台儿庄，而是追根溯源，将目光投向国际，先从一个日本东京神保丁的全景镜头，世界第一条古书街上讲起，渴求从这里能找到蛛丝马迹。镜头渐次展开，台湾中国国民党中央委员会四楼的党史馆内，一张 51 岁的蒋介石神情自若，与其夫人宋美龄在武汉的一座花园里，悠闲地下着象棋的照片展现在世人面前。这盘貌似平静的棋局背后，中国已是如临深渊。照片拍摄时间为 1938 年 1 月，距离南京陷落不足一个月，1937 年 7 月 7 日，日本帝国主义以制造卢沟桥事变为起点，发起了全面侵华战争，日军多路推进，相继占领了北平、天津、上海、太原等中国重要城市，1937 年 12 月 13 日，国民政府首都南京陷落，30 多万人惨遭日本侵略军屠杀的背景阐述。全面性抗战爆发仅 4 个月，首都失陷，军民伤亡近百万人，一时间，悲愤和凄凉的阴云，笼罩整个中华大地，日本三个月灭亡中国的论调，似乎成为现实，此时的中国，急需一场胜利，来振奋人心，鼓舞士气，稳住战局。南京沦陷后，战争气焰极为嚣张的日本政府，没有继续扩大战果，却在 1938 年 1 月 16 日，公开提出，不再与国民政府谈判，转而扶持傀儡政权。

国民政府以汪精卫为首的妥协派提出的"中国武器不如人，战必败"的论断，徐州会战的紧急关头，韩复榘的避战行为会给整个战场带来哪些危险战局？在牵一发而动全身的危急时刻，李宗仁又将做何选择？小小台儿庄，为何会成为中日两军死命拼杀之地？号称台儿庄序幕之战的滕县、临沂又发生了哪些撼人心魄的战场瞬间？交战双方集结重兵在徐州地区投入对决的背后又有怎样的玄机？台儿庄对后来中国抗战的走向又有哪些影响？日本人对台儿庄的态度又折射出怎样的战争观？一场举世瞩目的大血战，在日本却是讳莫如深，那么这些被尘封的历史背后，究竟有哪些让日本人闪烁其词的隐痛呢？为什么日本人口只有中国的 1/6，面积只有中国的 1/28，却能够侵略中国呢？漂洋过海侵略中国的日本兵，何以如此烧杀抢掠、不可一世？近代以来，饱受列强欺凌的中国人，何以能够第一次赢得反侵略战争？在茫茫宇宙无边无际的时空中，小小地球上的人类到底应该怎样生存与相处？对于历史遗留的问题，该片将隐伏在时光深处的历史迷雾——拨开，于细微之处真实还原那段战争往事。

历史的选择开始将矛头指向了位于徐州东北的鲁南小城台儿庄。台儿庄徐州战场上占据重要位置，因地理位置的特殊关系，台儿庄成为兵家必争之地。叙事的发端始于"滕县之战"。滕县虽小，却是台儿庄的重要外围防线、战略要地，守不住，将威胁台儿庄的整个战局，而台儿庄一旦失守，徐州危在旦夕，徐州一旦失守，中国整个大后方屏障皆无。滕县之战，就像"多米诺骨牌"的第一张牌，牵一发而动全身。但令人没有想到的是，在如此重要的关卡上，第五战区司令员李宗仁选派用来守卫滕县，抵御日军精锐的鬼赤柴部队的，居然是当时颇具争议的杂牌部队——川军第22集团军所属第41军第122师，以及另外两师。纪录片先是将镜头瞄准了与川军进行较量的，训练有素、勇猛无比，有"鬼赤柴"之称的日军第十军团第十联队，而川军简陋装备，草鞋短枪，甚至一度被日本随军记者称为"女子游击队"。第十军团在首领赤柴八重藏的带领下，与川军浴血厮杀，这支代表日军最强战斗力的魔鬼部队却遭到了数量、装备处于劣势的川军的致命阻击，川军的耐力、能吃苦的精神，对日军战士的分配情况，了然于胸，使日方无法小视。滕县之战看起来毫无悬念。日军迅猛攻势，他已知以己之力不可阻挡，死亡已是咫尺之遥，却坦然带领川军3000将士走向战场，面对如此狡诈的对手，在悬殊实力下，李宗仁没有退缩半步。李宗仁的人物形象，在这场战役里得到了淋漓尽致的展现。创作者对台儿庄战役与战争中的人进行了着力描绘，于材料的广度中发掘、求解人性的深度，是超级写实主义的实际记录。

文字与影像最终不过是记录战争的经过，但由此而闪出的光辉却能增进人类幸福、促成世界和平，我们承认和平乃是一个"绵延的创造"并非破坏和平的人失败以后所得到的一种静止状态。相反地，和平是一种动的方法，进而实现世界规模的自由、正义、进步和安全。

第二节　你说，我说，他说，场内
场外道尽战争本相

　　一部优秀的纪录片，应该是一个全面的战场讲师——深入浅出地普及军事知识，循序渐进地还原战争本质，饶有兴致地铺就战斗场景，让无数战争内外的人都能看得懂。面对中国记者的摄像机，日本政界要人和权威专家学者对当年的台儿庄战役讳莫如深。而在台湾，无论是蒋介石秘书或蒋家嫡孙，提起台儿庄战役，依然壮志满怀。历史的真相是什么？不同的人有不同的解释，不同经历的人又有不同的见证。除了中国人书写的中国历史，是否还可以获得另一种信源，告诉我们另外一部中国抗战史？或许，历史永远没有真相，因为历史本身是由人来写就的。根源于这样的局限，我们能最大限度得以窥探历史真貌的途径，就只能是，拓宽我们的视界，把历史放在多棱镜而不仅是显微镜下观照。

　　为了尽力还原台儿庄之战的真实情景，摄制组不辞劳苦，亲自奔赴日本、中国台湾、四川、临沂、台儿庄等地，将摄像头对准四川建川博物馆，台北忠烈祠，临沂沂河，池峰城作战指挥部旧址，日本自卫队冈山地方协力本部，亲自查阅日本防卫所档案、《李宗仁回忆录》，摘录了大量日军战斗详报，同时还邀请了大战的亲历者现身说法，以及研究"二战"方面的中日专家，采访了国防大学战略研究所所长、少将金一南，日本爱知学院大学教授菊池一隆，蒋介石之孙国民党副主席蒋孝严，原蒋介石秘书钱复，张自忠外孙车晴，研究日本近现代史的资深专家姜克实，川军总司令邓锡侯之子邓宇民，王铭章堂弟王章敏，时任庞炳勋军团副营长王景芳，川军122师老兵何宏均，台儿庄战役研究学者任世淦，台湾政治大学教授刘维开，台湾国民党中央党史馆原主任邵铭煌，日本大学教授秦郁彦，日本侵华老兵冲松信夫，日本防卫研究所第一战史研究室室长庄司润一郎，黄埔军校同学后代联谊会会长丘智贤（台湾），抗战研究学者萨苏，中国社科院近现代史研究所研究员韩信夫等人，从更专业的层次上给予了点评。但编导并没有客观罗列大战亲历者的真实看法，也没有强硬将自我观点与看法烙刻在片子中，而是利用蒙太奇式的剪辑拼贴，构成了一部完整的战争画卷。

位于日本东京千代田区的靖国神社，因日本一些政要参拜其供奉的14名臭名昭著的甲级战犯，曾无数次伤害中国乃至其他受害国家人们的感情。在靖国神社内部的一处战争博物馆里，日本官方对台儿庄战役有这样一段评价："昭和十三年春，进入台儿庄的濑谷支队，被10万中国军队包围后撤退，开战以来，便持续不断败退的中国方面，因此大力宣传，称中国军队大胜，日军军队溃败。"几行大字，醒目而刺眼。对此日本大学教授秦郁彦说道："中共以及蒋介石，把这一小段单独拿出来做宣传，日方对此很是摸不着头脑。"1938年4月18日出版的《星光日报》，在第一篇的左上角，有一篇连载报道《台儿庄血战记》，记者署名赵家欣，这篇报道完整记述了从3月23日到台儿庄战役结束，中国军队浴血拼杀的全过程。在通讯稿最后，赵家欣这样写道："七六两日，敌继续溃败，我军追奔逐北，将敌赶至台儿庄三四十里以外地，半月血战，至是遂竟全功。"《朝日新闻》报中，关于台儿庄战役的新闻报道的标题"山东最后的据点猛攻台儿庄"、"攻入台儿庄山东南端"、"台儿庄几近陷落"、"津浦线敌据点溃灭"，无不充斥着日军扬扬自得的情绪，并以此来鼓舞士气，日军不允许发表军部规定之外的东西。令人玩味的是，1938年4月7日，中国军队几乎围歼日本坂本支队前后，《朝日新闻》并没有刊登任何有关日军溃退的消息，取而代之的是以"残敌败溃，敌尸路埋街边"、"废墟之地台儿庄"为标题，仍然宣传日军获胜的虚假报道。

第五集中，在台儿庄战役的最后关头，日军不实报道蜂拥而至，偏离了客观事实的轨道，而中国军队战报中所报道的："本日上午九时已总崩溃，板垣矶谷两师团主力被歼灭于战场，残部向峄县方面崩溃，我俘虏及夺获敌坦克、大炮、汽车甚多，正清查中。"中国军方的报道与媒体的报道是完全一致的。日本防卫研究所第一战史研究室室长庄司润一郎："日军在战争初期之所以连战连胜有一个原因是火力，炮火，这在最开始日军是有压倒性优势的"；4月6日晚，在池峰城和汤恩伯军团的前后夹击下，中国军队开始全线攻击日军。被包围日军在4月7日的战斗详报中，开始出现"脱离战场"、"转进"等字样；而日方却用"转进"一词模糊了溃败的事实，而另一位日本随行记者武野武治这样说道："日本传来的，全是打败中国军队的消息，这无法否定，也无法肯定。"日本战争方面的专家庄司润一郎："对台儿庄战役，一直坚持日本官方的看法，中日对于这场战争的看法，到现在都无法达成统一。"台儿庄战役就这样被轻描淡写地隐去了本来的面目。

4月7日，美国摄影记者卡帕拍摄下了一张中国军人将旗帜插上台儿庄城头的照片，宣告这场历时15天的血战胜利结束。1938年4月9日英国伦敦路透社电讯说："英军事当局，对于中国津浦线之战局极为注意。最初中国军队获胜之消息传来，各方面尚不十分相信，但现已证明日军溃败之讯确为事实，英人心理，渐渐转变，都认为最后胜利当属于中国。"苏联《红星报》的文章提道："中国的力量足以肃清国土以内的日寇。"美国则把台儿庄大捷定义为："是日本建立现代化军队以来遭受的第一次引人注目的大惨败。"世界列强的舆论对中国提高自身国际地位和争取外援，都具有积极作用。台儿庄大战期间，有大量的外国记者和电影导演云集中国，他们的行迹遍及各大战场及抗日革命根据地，报道中国人民保卫家园、抗击侵略者的斗争情况，有的甚至为此献出了生命。这些来华办报、采访的外国人，不管他们是出于什么目的，个人有着怎样不同的情况，以怎样的视角和立场看中国，其在当时当地的记录，将成为记载中国那一段特殊历史的珍贵材料。

出版于1939年的由日本士兵山口季信撰写的战地回忆录——《火线出征——台儿庄激战记》，序言部分这样写道："本书的作者，亦是吾部下，虽在台儿庄激战中，以致身残，终日卧床，但仍执笔真实记录了当时这场战役的点点滴滴，本书概以事实叙述，读罢方能体会到作为一个士兵，在战场上，无论肉体，还有精神上，受尽的苦痛与折磨。"仅此一点，即可看到台儿庄大战对日本侵略军打击之沉重。蒋孝严说道："打败仗要认输嘛，连这个都不能够接受的话，我觉得这个是难以置信的一件事情"。这或许就是为何台儿庄大战的资料在日本鲜有印迹，日本人民也一直闪烁其词的根源所在吧。

美国军方纪录片《我们为何而战》同期声（英文）：为什么日本人口只有中国的 1/6，面积只有中国的 1/28，它为什么能够侵略中国呢？原因有两个：一是虽然中国历史悠久，但是中国四分五裂，每个地方都有它自己的军队，也就是说，中国是一个国家，但是它还不是统一的国家；但是日本是一个统一的国家，并且武器精良；第二个原因是日本吸取西方文明只有一个目的，就是制造战争武器，现代海军，现代空军，为侵略做着充分准备。美军如此说，其他人又是怎么说的呢？从大量的访谈中可见蛛丝马迹——日本大学教授秦郁彦："占领了首都（南京）之后的日本变得非常的强硬，提出了要求赔偿、允许日军驻扎等一些苛刻的条件。日本最害怕的就是中国统一，也就是一个统一的中国，这是最可怕的"。日本爱知学院大学教授菊池一隆："当时日本有很多军事工业，兵力也颇有组织，武器数量很多，而且拥有多于中国十几倍的性能优良的飞机、精良的现代武器、坦克，想一举吞并中国"。菊池一隆："起初中国民众很恐惧，无法很好地迎战，但是当眼前的人一个个被杀，家人被害时，这种恐惧就变成了激愤，不惧怕死亡的愤怒。"伊文思拍摄的纪录片《四万万人民》片段中有这样一段台词："我们要反抗，我们要撇下内部矛盾，不能再互相残杀，我们的枪口要一致对外，我们要联合，只有这样我们才能胜利。"邵铭煌："国内的问题，包括西南军阀的问题，也解决了，所以整个中国，呈现出统一的迹象。"

台儿庄是一场"硬仗"，我们所占的优势是人数，敌人所占的优势是兵器。他们想仰仗工业帝国主义者的犀利的武器，来实现其"精兵主义"的迷梦。中国这一伟大战绩，是出于四万万同胞共同的决心，及真正的觉悟，认定不胜利则亡国，不救国则灭种，人民普遍广泛地揭竿而起捍卫祖国，到处都使孤立无援的敌军陷入敌对的人海中，将来得映现于全世界人士之前。"台儿庄一役，不仅是我国抗战以来正面战场的一个空前的胜利，可能也是日本新式陆军建立以来的第一次惨败，足以使日本侵略者对我军另眼相看。"指挥台儿庄大战的中国第五战区司令长官李宗仁如是说。

你说，我说，他说，大家之说汇成语言的河流，于血火映衬的战争背景中，远去的枪炮声闪亮思想的花朵。60年来最真实最惨烈的抗战口述，300位亲历者全景还原历史真相带你重返血腥抗日战场，见证民族英雄传奇，艰苦卓绝的战争史实、残酷而警醒的历史记忆，口述者身份更广泛，增加了更多平民受害者口述，并且增加了侵华日本士兵的口述，从他们的视角，讲述战争的惨烈、悲壮和残酷，更全面地反思战争，给人以心灵撞击和思想震撼。但无论是一般性的表层说法还是深度思考，细心的读者自然能从该纪录片提供的大量史料记述和受访人的话语中，悟出交战双方对于台儿庄之战的不同解读和真实心态，亲自听理评判，分析原委。由此，客观事实便于不经意间跃然而出，昭然天下。

我们不是煽动仇恨，也绝不希望简单地激起民族仇视和对立。中国五千年的文化传统，从儒家的"以和为贵"，"己所不欲，勿施于人"的仁爱精神到墨家的"兼爱"、"非攻"的处事之道，皆是中华民族共同塑造的一处精神高地，深蕴于滚烫的血脉之中，代代传承，经久不衰。正如习主席所言："大邦者下流"，人与人、国与国之间的来往都需要一种凛然大气与宽厚衷心。中国人民从来"不惹事，但也不怕事"，这就是事实。无论属于哪个国籍，邪恶或许会欺诈一时，但公道自在人心，人类的血总是红的，善良的灵魂总是相通的。不论日方怎样隐藏真相，台儿庄，作为一场战役的地理坐标，抑或是一个不屈服的精神高地，都深深地影响着中国的历史以及未来，也让那些遥远的回忆与梦魇如此平静、近切地来到我们眼前，激发我们年青一代更加负责任地思考这个民族、国家的未来。

第三节　同仇敌忾　骁勇善战　共铸中华魂

自1868年明治维新起，日本就处心积虑，亡我中华。1937年卢沟桥事变爆发，中国守军奋起抗击，演变成中日两国间旷日持久的民族战争。南京国民政府建立以后，中国仍是积贫积弱的国家，很清楚自己的力量与实力，在日军一而再再而三的挑衅面前，中国的态度是"和平未到绝望时期绝不放弃和平，牺牲未到最后关头绝不轻言牺牲"。一味地屈辱、妥协与退让，并不能换来暂时的和平与安宁、日本的贪得无厌与得陇望蜀，打破了中国忍让的底线。为了保持民族的生命、国家的尊严、人类的正义，以及每一个国民的人格，就只好与日寇拼命了。

川军第122师老兵何宏均说："敌人炮打的时候，我们就躲藏或监视他们，等他们步兵出来后，我们再出动，3月15日，我们主阵地保留完好，3月16日，敌人的重点就发生变化了，开始打滕县城，16日攻城南，日军坦克走前头，步兵在后头，步兵一个排或四五十人的样子，我们当时是守城，就全靠手榴弹和大刀，每个日兵身上都有一箱。"时任滕县城防司令的张宣武，后来这样回忆道："下午五时许，敌人又发动了第六次攻势，敌人又改成一次三个排，前后重叠形成梯形攻击法。"王铭章师长慷慨激昂的动员令："我们是国仗，要打得很光荣，这是洗刷我们过去川军耻辱的关键战斗，不打退日军，不回四川。"池峰城明白，只有两条路：撤，保全全部力量；守，很可能全军覆没。死守殉国的王铭章似乎就是他的前车之鉴，李宗仁下令，小小台儿庄，不仅关系整个国家生死存亡，更要求池峰城务必坚持最后五分钟，全歼日军，李宗仁利用日军的懈怠之际，命令池峰城坚守台儿庄，调集中央军汤恩伯部从侧背打击日军濑谷支队。在池峰城作战指挥部旧址——这座彪炳"忠义千秋"的关帝庙里，我们不知道35岁的池峰城经历了怎样的痛苦，但知道了他后来的抉择。4月4日，面对日军即将推至眼前的坦克大炮、面对"国家责任"与"兄弟情谊"，他下令炸断运河上的浮桥，切断了他和弟兄们撤离战场的唯一退路。

王铭章师长慷慨激昂的动员令："我们是国仗，要打得很光荣，这是洗刷我们过去川军耻辱的关键战斗，不打退日军，不回四川。"兵力占优，装备精良的日军，连续进攻三日，川军没被打垮，可王铭章的部队毕竟只有3000多人，面对日军强大攻势，眼看全军覆灭，王铭章苦苦盼望的援军，汤恩伯第20军团又在哪里？历史给颇具骂名的川军一个正名的机会一样，汤恩伯部队刚到滕县，就遭到日军的猛烈狙击，增援部队很快被打散，川军陷入绝境。王得知后，率部队与日军进行了最后一次拼杀，

1938 年 3 月 17 日下午 3 时，王铭章将军壮烈殉国。死守滕县城，在汤恩伯部先头团前来增援迟迟未到的情势下，率领自己的警卫排和日军进行最后一次拼杀，随即，日军机枪猛烈射击，身中七弹，英勇献身的国民革命军第 41 军 122 师师长王铭章，真实还原了历史真相，川军的形象得到了某种程度上的颠覆。在如此重要的战役中，解释了川军为何被选中的真正原因。

"临沂狙击战"与滕县之战被称为台儿庄大战的序幕站。大敌当前，不计前嫌的 59 军军长张自忠，毅然摒弃与第三军团中将军团长庞炳勋的私人恩怨，果断率军驰援，24 小时 180 华里，强行军到达临沂，庞张联手成功阻击日军第五师团，使得日军第十师团孤军深入台儿庄，为中国军队在台儿庄重挫第十师团奠定基础，中华民族视死如归，团结御侮的精神在战役期间表现淋漓。枣宜战役中以集团军司令身份战死沙场，日军战史资料记载了最后的情节："第四分队的藤冈元一等兵，是冲锋队伍的一把尖刀，他端着刺刀向敌方最高指挥官模样的军官冲去，此人从血泊中猛然站起，死死盯住藤冈。当冲到距这个军官不到 3 米时，藤冈从他射来的眼光中，感到一种说不出的威严，竟不由自主地愣在了原地。这时，背后响起了枪声，第三中队长堂野君射出了一颗子弹，命中了张自忠的头部。与此同时，藤冈像是被枪声惊醒，倾全身之力举起刺刀深深扎去。在这一刺刀之下，这个高大的身躯像山体倒塌似的轰然倒地。"张自忠牺牲后，被日军葬于战场以北 20 余里的陈家集陈家祠堂后面的土坡上。蒋介石出于第 5 战区司令长官部安全起见，提议李宗仁将长官部由徐州迁往归德或者亳县，李宗仁为便于指挥，安定军心民心，坚持留在徐州这座离前线不过 50 公里的危城。第 2 集团军总司令孙连仲在整个集团军伤亡过半后，始终以大局为重，在生死关头，并未以我为念，对李宗仁表示，绝对服从命令，直到整个集团军打完为止。第 122 师师长王铭章更是在滕县力战不退，以身报国为整个战区赢来布防时间。他们生长在那个年代，眼看国家被日本人所侵略，同胞被人欺凌，责无旁贷，很自然地做了该做的事，如此而已。正是因为有张自忠、李宗仁这样的民族脊梁，中华民族才能屹立五千年不倒。

该纪录片首次从老兵视角切入，片中随处可见九死一生的老兵回忆录，他们承受了战场上最深的伤痛，对他们来说，从战场上活下来，就是一种命运的恩赐。活着的老兵就是老兵的历史，活着，不是为自己，而是生死与共的战友。数名老兵回忆亲眼看见或者亲身经历的肉搏战、组建敢死队向日军冲杀，再现一幕幕"战地风来草木腥"的战争画面，打捞活着的历史。意识模糊的95岁抗日老兵王青松，却能完整背诵出誓师大会上一起高呼过的绝命诗。97岁的抗战老兵孙殿修，还能重现当年拼大刀的样子，97岁的抗战老兵王桂成，已经老病衰弱，军人的脊梁却始终挺拔。106岁的抗日老兵王景芳，历经两个世纪，在想起牺牲的战友时，依然会痛哭流涕。抗战老兵皆属民族英雄，从他们身上可以看出我国千百万为抗日献身的英雄儿女"宁为战死鬼，不做亡国奴"的爱国主义精神。关爱抗战老兵，关注抗战历史，他们需要精神的依靠，我们不能让英雄流血又流泪！老兵不死，他们会在人们的视野中慢慢老去，但他们灵魂的归宿，却永远是那充满豪情与热血的吹角连营。

第四节　视觉震撼下的诗性表达与多风格纪实

影片除了自然渐进的叙事结构与惊险刺激的战争场面外，片中时空的转移，素材的衔接，音乐的切换均疏密有致，张弛有度，给观众形成极为深刻的印象叠加，产生身临其境之感；再加上独具特色的电影拍摄手法，推拉摇移跟镜头的成熟运用，大全景、近景、全景、远景等景别的交叉变换，动态的视觉造型艺术再现了当年那场撼天动地的大血战，表现了中国军人的抗战决心与"誓死不当亡国奴"的战斗意志，狡诈日寇的虎狼野心与残暴行为，增强了观众的带入感，引发观众海啸般的爱国激情。

狗吠声、鸟叫声、风声，声声入耳，导演采取同期声、旁白和音响合成等技术手法。在处决韩复榘的镜头中，紧张恐惧的音乐氛围更是将当时国军令所颁布的杀令，演绎得惟妙惟肖，仿佛带入到那个杀气十足的年代，退后、逃避都要付出生命代价的沉重事实。镜头中的建筑一般都运用了中国传统文化中的天人合一思想，如第四集开篇介绍供奉着抗战中牺牲的中国将士的台北忠烈祠场景时，画面均衡和谐，庄严肃穆，凸显出整个建筑的庄严与静谧。还多次采用多银幕分割剪辑，将武汉的行营与日本的皇宫进行了对比，凸显出日军与蒋介石均竭尽全力地往战略要地徐州添加博命筹码。在金一南讲述日军攻陷首都之时，画外音"全面性抗战爆发仅4个月，首都失陷，军民伤亡近百万人，一时间，悲愤和凄凉的阴云，笼罩整个中华大地，日本三个月灭亡中国的论调，似乎就要成为现实"，此时接着插入了炮火连天的空镜头，暗示出此时的中国，急需一场胜利，来振奋人心，鼓舞士气，稳住战局，以此缓解纪录片的叙事节奏，达到抒情的艺术效果。影片用全景镜头真实还原了台儿庄城头上站岗的中国士兵和士兵身边飘着的军旗。城墙下阵亡的士兵，运送伤员的民工，倒毙在村边的平民，在炮火中被击伤或者惊吓过度而死去的马与鸡，一老妇人在被炸得只剩下一盘石磨的院子里寻找最后一点生活可用的物件。房屋的屋顶被炮火整个掀掉，原先大运河边上可经商，可水运，渔农兼作，房屋整洁的台儿庄，战后只剩一片废墟。

　海报的设计作为对外宣传的一扇窗口，创作者也是花费了心思的。设计采用档案袋的形式，将中国军队与日军的旗帜作为档案袋密封的两个接口，共分五个板块。《浴血勋章》整个画面呈现的是一位铁血战士胸膛的照片，心脏部位被子弹洞穿，血肉模糊，不忍直视，点睛之处是在伤口的上方挂上了勋章的绶带，寓意抗战勇士身上的每一处弹孔都是一枚勋章，展示出台儿庄战役作为一场用生命，用热血换取胜利的壮烈战役，画面上的勋章绶带来自当年真实的台儿庄大捷，而"台儿庄"三字，则取自当年古城台儿庄火车站站牌，细节之处皆充满了历史的痕迹，用强烈的视觉效果给观者带来震撼、感动和油然而生的民族自豪感。今天的台儿庄古城依然还见当年子弹穿过的房屋，一个个硕大的弹孔真实还原了当年大战的激烈场景，令人汗颜！《血梅盛放》则选择以国画的形式，把怒放的梅花画在了墙壁上，点点红梅在寒冬傲放而绝美，鲜红的梅花由墙壁上一个个枪眼以及四溅的献血染成，展示出一幅振奋中华的美丽而悲壮的历史画面。《铁骨河山》则将记忆封存在了苍茫的黑白世界中，远观磅礴的山脉延绵不绝，如传统的水墨晕染，近看却是一根根铮铮铁骨连接而成，组成一幅壮烈的"铁骨铸就美丽河山"的震撼画面，铁骨上傲然屹立着未曾倒下的战士身影，是我们坚强的民族意志的象征。《大刀悲歌》由一把闪着寒光的大刀组成，活灵活现地展现了台儿庄大战中，战士们面对用坚枪利炮武装起来的强悍日本侵略者，中国抗战勇士满怀对祖国的深情，用劣势武器装备与日军拼死搏杀，表现了中国战士钢铁般的意志与战斗精神。背景使用了乌云密布的战争氛围，时刻提醒我们战争的阴霾并没有远离。《气壮山河》以台儿庄战役纪念馆群雕为蓝本，表达了中国抗战勇士为了抵御外侮，满怀对祖国的深情，与日军拼死搏杀的悲慨长歌。

多种艺术形态在此荟萃，既有国画的美丽悲壮，又有民族乐章的壮美豪情，既有电影语言的诗性表达，又有色彩艺术的真实演绎，以独特的艺术方式，翔实的数据，多方位地勾画出战士可贵的民族情怀，恢宏的战斗气势，真实地再现60年前中日两国血与火、灵与肉、正义与邪恶的绝地较量，再现中华民族同仇敌忾，全力抵抗外族侵略的英勇悲壮场景。

第五节 数字的力量 惊心动魄 意义深远

台儿庄位于中国山东境内，著名的京杭大运河穿城而过，因地处江苏、山东两省交界，又被称为山东南大门，江苏北屏障。1938年春，在历时半个多月的激战中，在这片方圆约50平方公里的土地上，中国参战部队达4.6万人，与日军展开残酷的对决。1938年4月7日，中国军队将台儿庄地区日军全部肃清，日军第10师团濑谷支队及第5师团坂本支队向北溃逃，退守峄县、枣庄地区，中国第五战区司令长官下达追击命令，台儿庄战役取得了胜利。中国军队在台儿庄地区的作战中伤亡失踪7500人，歼灭日军1万余人，这是全国性抗战开始后，正面战场取得的一次大胜仗。尽管我们也付出了惨重的历史代价，伤亡士兵无数，但台儿庄这一局部性胜利，狠狠打击了日军的豺狼野心与嚣张气焰，对抗日战争的全局胜利起重要作用，打破了日军不可战胜的"神话"，极大地鼓舞了中国人民的抗日意志。

　　每个人都有历史的盲点，每个人脑海中的历史也都是碎片化的。前事不忘，后事之师，当人们对于大战的直接记忆逐渐消退，在中国抗日战争胜利 70 周年之际，创作者从大量的珍贵史料钩沉与梳理入手，厘清历史脉络，拨开迷雾，抹去偏见，以翔实的图文资料，生动的文字，抽丝剥茧的层层推理，清晰的国际国内时局分析，融入当代中国历史研究专家的新观点，客观的叙述和实事求是的评判，首次全方位地展现了抗战时期艰苦卓绝、风云诡谲的历史画卷，系统再现了抗日战场惨烈、悲壮的真实历史，以中国之英勇抗战之决心，反映了我军奋勇抗战、共同杀敌的决心，以及暴敌溃败，横尸遍野的狼狈情形，77 年前的这场用生命、用热血换取胜利的壮烈战役，尘封已久的历史细节，跃然于银幕之上，字里行间能让人穿越历史的沧桑，看见炮火惨烈的战场，看见那段炮火硝烟的峥嵘岁月，看见勇士们持枪跃进的雄姿，听到先辈们奋勇杀敌的呼喊声，甚至还能嗅到风中吹送的硝烟气味，为观众还原了大战的真实场景，还原了中国抗战勇士的侠骨剑胆，使该片成为最重史实、重记述、重感受、重人性的，描绘中华民族抗战精神的史诗级巨作，歌颂了中国人民不畏强暴、英勇抗争的不屈意志和伟大的民族精神。

　　失败终究是失败，无论时间过去多少年，历史无法被改写。台儿庄很硬，整个中国很硬，打不掉。掩盖战败的事实，美化战争，败仗也说取胜，无论怎样掩饰，终究需要面对历史的拷问。对于一个民族，一个国家而言，台儿庄战役为国人赢得的远远不止一场战争的胜利，战争胜利的意义犹如德国战略学的鼻祖克劳塞维茨所说："一个国家、一个民族，精神的养育，两个因素，一是苦难，二是胜利。台儿庄的意义就是以后绝不退让，绝不吃亏，因为我胜利过。"

　　重现台儿庄战役，有助于今天的人们知晓我们的先辈面对强敌是如何进行战斗的。抗战历史的关注者，会从中找到阅读下去的意义；抗战历史的研究者，也会从中找到值得继续深思的观点。回顾战争历程，正是因为强烈的文化自信，我们才会在内外交困的艰难处境下坚信"星星之火，可以燎原"，才会在日寇的血腥屠杀下坚信"抗日战争是持久战，中国必将取得这场战役的最后胜利"，才会在武器装备极为悬殊的情况下一次次展现出惊天地、泣鬼神的英雄气概。用鲜血与火焰向全世界证明，没有任何侵略者可以征服中华民族！该纪录片正确地评估了台儿庄大战在整个抗战过程中的战略地位与不可替代的历史作用，宛如真实的历史一样纪念着逝去的人们。昔日扬威不屈的，今朝寻梦古水城，这座曾经被炮火完全摧毁的千年古城台儿庄，靠着那股铮铮硬气，不但重新站立起来，而且又一次担负起了历史的重任！

第八章　《铁道游击队》的文艺列车

第一节　黑白胶片封存的历史记忆
——电影《铁道游击队》

茫茫夜色中，勇猛莽撞的铁道游击队大队长刘洪飞身爬上急速行驶的列车，身姿矫健；情急之下，紧张的芳林嫂忘了拉弦便将手榴弹扔了出去，恰巧砸在了鬼子队长的脚后跟上……直到今天，谈起当年的黑白电影《铁道游击队》，这些场景依然可以清晰地浮现在人们的脑海中。

1956 年，这部由小说作者知侠担任编剧，赵明导演，曹会渠、秦怡、冯喆等主演，铁道游击队队长原型之一的刘金山担当军事顾问的电影《铁道游击队》公开发行放映，主要讲述了 1939 年抗日战争时期，日本鬼子为了尽快占领中国，加快入侵的步伐，不断地把国内的枪炮运往中国，他们在中国烧、杀、抢，无恶不作，中国人民生活在水深火热之中。为打击日本鬼子，中国共产党便决定在山东鲁南微山湖地区组织一支游击队，这支不足百人的游击武装，任务就是通过艰苦卓绝的抗争，破坏敌人的铁路运输，也因此被称为"铁道游击队"，这支由铁路工人、小摊贩、矿工和流浪者组成的非正规部队，舍生忘死，在铁路线上与日军周旋了 7 年之久，是日寇侵华的心腹之患，最终赢得了侵略者的臣服，以钢铁般的意志成就了抗日战场上中华好儿孙的非凡传奇故事。影片中的一个片段让人看了真佩服游击队员的机敏大胆。游击队员经过乔装打扮，混进火车站，在火车上与敌人周旋，迷惑鬼子。当火车开到中途时，一部分战士们趁敌不备，悄悄地把车头和车身分开，而车厢里的游击队员则干净利落地把火车上的鬼子全部消灭掉。最后，让疾驶的车头和迎面驶来的货车剧烈地碰撞在一起，给日本鬼子沉重的打击。沉稳老练的政委李正"将相和"的人物形象，男女主人公的爱情桥段，铁道游击队英雄群像的塑造等经典故事情节都或隐或现地留存在了这部经典影视作品中。整部电影情节曲折、险象环生、扣人心弦、引人入胜，充分展现了游击队员们的革命乐观主义精神，以及朴素美好的内心世界。让没有读过原著的人们也永远记住了铁道游击队的故事，经典电影的叙事性与文化影响力由此可见一斑。

1957年，电影在上海首次上映时，上座率创新高，轰动全国。当年，北京人民广播电台和《北京日报》联合举办国产新片评选，它又被评为观众最受欢迎的十部影片之一。转眼半个多世纪过去了，铁道线上的英雄们也相继离世（小说作者知侠于1991年离开人世，"游击队员"冯奇也于2015年与世长辞）。然而，在新的世纪，他们的故事不仅没有被人们遗忘，反而以更多的形式被铭记，被传递。

一　文学剧本的电影化改编

提起电影《铁道游击队》，就不能不提及小说的创作者知侠。正是他和铁道游击队的不解之缘催生了这本书，铁道游击队本身的传奇经历又为书增色添彩，使其成为脍炙人口的经典。怎样才能成功地将小说改编为电影呢？导演赵明认为，"游击战争题材并不新鲜，但铁道线上的斗争却有其独特性。如何把这些英雄人物在铁道上的战斗生动地表现出来，赋予他们独特的、新鲜的艺术形式，这一点应慎重考虑。"基于此，创作人员在剧本写作时对原小说进行了提炼和浓缩，删去了诸如"进山整训"、"血染洋行"、"小坡被捕"、"打布车"、"掩护过路"等铁路特征不明显的情节，紧扣"铁路"这一特定环境，突出原著的主要精神、主要人物和主要情节。

尤其值得称道的是，导演赵明在处理该片时，并没有按游击片的条条框框去套，而是拍出了铁道游击队的特色。影片注意突出主旋律，渲染紧张气氛的同时，还穿插了抒情情节，如寡妇芳林嫂与游击队长刘洪的爱情。人物扮演上，曹会渠扮演的刘洪，秦怡扮演的芳林嫂，邓楠扮演的鲁汉，让我们看到了英雄气概不只是敢打敢冲、不怕牺牲，还有斗争策略，懂得打击敌人保存自己实力，能够审时度势、以退为进、灵活机动、泰山压顶、危机四伏中仍能谈笑自若，这来自内心的坚毅和精神的强大，所谓沧海横流方显英雄本色，这些人物形象的设计至今令人们难忘。在此基础上，为影片量身制作的主题歌《弹起我心爱的土琵琶》，旋律优美，朴素真切，充分展现了游击队员们的革命乐观主义精神，自问世后被广为传唱。

游击战争的题材，并不新鲜，但铁道线上的斗争却有其独特性。《铁道游击队》拍出了与《平原游击队》不同的特色，影片中最精彩的场景无不与铁道这一特定的环境及与之适应的斗争方式有关，克服了原小说战斗场面铁道特点不鲜明的缺陷。

二　提心吊胆的电影细节

影片中最令人深刻的是游击队员"打票车"一幕，这些镜头都是在上海近郊拍摄的，当火车在急速行驶中，游击队员刘洪要在一刹那跳上火车，对于一个毫无经验的演员来说并不是一件容易的事，不仅要胆大、心细、准确抓住时机，还要有丰富的经验。要想演好刘洪这个角色，必须练就一番硬功夫，如扒火车哪个手先上，哪个手先抓住，是有规律可循的。为了攻克这一难关，剧组专门从上海铁路局调来了一列火车供演员们训练，这列火车由1节火车头、5节客车、1节卧铺车厢组成。演员们就在这列火车上练习扒车跳车，吃住都在火车上。火车的速度由缓慢开始逐渐加快，演员们在专业人员的指导下，先跟在火车旁边跑，然后再练习如何抓住车门的扶手，如何起身往火车上跳。经过一段时间的练习，大家基本上掌握了扒车技巧，都能准确地跳上火车，也都为能准确地跳上火车，学会飞速扒车的本领而骄傲。扒车、跳车的惊险场面，扒车姿势，飞身上车的动作，实际拍摄中也只是简单地做了镜头技术处理。

最让人提心吊胆的，无疑就是影片最后刘洪骑马营救芳林嫂的戏，即格里菲斯经典的"最后一分钟营救"。芳林嫂被鬼子押去刑场，按照拍摄的要求，刘洪必须骑着飞奔的马，在列车即将到达的一刹那，从火车头前面穿越铁路，距离远了太假，距离近了又太危险，按照导演的要求，马尾则要刚好被火车碰上。在实际拍摄中，电影的军事顾问刘金山就在火车里，操纵着火车的行驶速度，演员曹会渠也算是冒着生命危险，较好地控制好了时间，在火车即将驶来的最后一刻，曹会渠骑马飞奔过铁道，顺利完成了拍摄任务。拍摄完毕后，刘金山对曹会渠的表演竖起了大拇指，这样的场景也着实让观众捏了一把汗。与小说不同的是，剧中刘洪与芳林嫂的感情戏份，导演想拍摄一场亲热戏，剧本里芳林嫂站起来打开门，靠在门边上，表示她此时情绪已经激动，但刘洪对工人谈恋爱是什么样子的，农民谈恋爱是什么样子的，始终拿捏不准，导致最后一场感情戏，就这样与"爱情"绝缘了。

作为铁道游击队里唯一的女性角色，芳林嫂的戏份虽并不多，但秦怡饰演的芳林嫂唯一的一场动作戏却成为伦理影片中永恒的经典。1944年的一天，刘二嫂在街上偶然得知日本特务队要偷袭铁道游击队，她就靠着她的小脚，报告了这一情况，打了一个漂亮的游击战。在这场戏里，导演要求秦怡把手榴弹正好扔到日本鬼子（陈述饰）的脚后跟上，芳林嫂一次成功，扔的位置更是恰到好处。人们记住了芳林嫂，这个勇猛果敢的女性角色。芳林嫂在历史上也是真有其人，现实中故事的主人公名叫刘桂清，铁道游击队的队员们都叫她刘二嫂，并非作家知侠笔下虚构出来的人物。

三　永远弹奏的"土琵琶"，传唱不衰

该片最令人难忘的可能还是游击队员被困微山湖时，部队休整，战士们演唱的"弹起我心爱的土琵琶"。此前，铁道游击队刚刚经历了一场恶战，遭日军特务队队长岗村疯狂围剿，大队长刘洪难耐激愤，打算破釜沉舟，率领游击队与日军做拼死一搏，政委李正的负伤和劝导让他猛醒、成熟，他按捺住冲动，说服了众人，退守到微山湖的小岛上，暂时休整以寻找机会突出重围。在这种艰难危急的情况下，飞驰的火车车轮急速向前，铁道游击队的战士们仍能坦然从容地唱起这动人的歌谣。舒缓深情的音乐一响起，此前紧张急迫的叙事节奏顿时松弛下来。夕阳西下，微山湖水波光粼粼，年轻的游击队员随性自在地边弹边唱，由个人吟唱到众人合唱，旋律由悠扬抒情到急促昂扬，将铁道游击队的勇猛顽强、乐观开朗的精神境界演绎渲染得出神入化、淋漓尽致，同时将革命者的乐观自信形象地表现出来。

"西边的太阳就要落山了，微山湖上静悄悄，弹起我心爱的土琵琶，唱起那动人的歌谣……"这首家喻户晓的电影插曲《弹起我心爱的土琵琶》，以优美的旋律和朴素的情感，穿越了半个多世纪的时空，时至今日仍让人心动不已。这首歌的诞生与当时刚刚调到上海电影制片厂搞电影音乐创作的吕其明是密不可分的。吕其明在回忆当时的情形时说："《铁道游击队》的文学本和后来的导演本都没有这首歌，但是我从作曲的角度，我觉得铁道游击队员的英雄形象、英雄主义的表现在戏里面是很充分的，但是在展示游击队员们革命的浪漫主义精神的篇幅却很少。所以，当时，我就跟导演提出来，可不可以增加一些歌曲，导演欣然同意了。"征得导演同意后，吕其明全身心地投入到这部影片歌曲的创作中去。他坦言，正是往昔的战争生活给了他创作的灵感，使其很好地把握住片中歌曲的创作精髓。况且游击队员们差不多都是不识字的农民，在这样一些游击队员的口中最适合传唱的应该是一些非常淳朴、近似山东民歌这样亲切的音乐语言。为此，吕其明多次到山东，对当地的民歌和戏曲进行研究，结合自身体验与电影创作背景，当革命浪漫主义和乐观精神与山东民歌特有的悠扬旋律碰撞出耀眼的火花时，这首经典的《弹起我心爱的土琵琶》便一泻而出。歌曲节奏明快，旋律优美，前半部是抒情的男声领唱，后半部是快速有力的男声合唱，抒发了战士们坚定的必胜信念和乐观主义精神，让人们从音乐曲调中再次领略到当年银幕上那些铮铮铁汉的风采。

四 视觉造型与布景

布景在电影中的运用也是在历史真实与艺术真实的基础之上。影片中有一场戏是描写"微山湖化装突围"，这场戏按理应该在微山湖拍才是，但摄制组到了微山湖实地考察后，觉得场景很不理想。经过反复研究，大家最终选择了到太湖拍这场戏。经过摄制组人员的共同努力，一个比"微山湖"还"微山湖"的场景便在太湖边诞生了。电影中的微山湖，湖面开阔，芦苇戚戚，符合真实的湖面景色。

不仅外景有玄机，而且货车外的景色也经过了特别的处理。片中，与游击队员飞身上车镜头相连的还有车厢内的打斗场景。观众都以为这场戏是在车厢内拍摄的,实际上,那只有一节半的车厢布景,全部都是在一个大摄影棚里布置成型的,座位、过道、车窗,布置得非常逼真,在这个摄影棚里,一切的小细节,都是按照老式的小票车设计。人走进布景,就像真进了火车车厢一样。车外有 3 道近景,靠近车厢是树,稍远一些的是电线杆,更远的则是山的布景。拍摄的时候,这 3 道景就以不同的速度循环转动起来,就像是火车行驶在田野之间,给人以身临其境之感。除此之外,车内戏也演得非常逼真。按照剧情要求,导演在车内安排了形形色色的乘客,其中以"跑单帮"的人最多。每一节车厢的两端,都有日本兵坐着压阵。游击队员们化了装,一个接一个地上了火车,每个人都寻找要袭击的日本兵,与他们套近乎。冯奇所扮演的身穿长袍的王强,拿着两瓶兰陵美酒和一只烧鸡上场。各就各位后,镜头开始转动起来,演员们也进入了各自的角色。最后的结果是,"鬼子"把一只烧鸡吃完了,却挨了冯奇一酒瓶子,直接敲击在日本兵演员的头上。酒瓶子碎了,"鬼子"也当场"晕"了过去,镜头一次性通过,演员一点也没有受伤,因为车窗玻璃和酒瓶等都是些弱不禁风的道具。为了不让演员受伤,酒瓶和玻璃窗都是用巧克力与白糖做的,着实让观众捏了一把汗。

五 时代意义与影响

一段黑白色的影片,一卷胶片演绎革命色彩。在那个物质缺乏的年代,中国解放不久,所有产业都刚刚兴起,电影在中国也尚处于萌芽状态。电影《铁道游击队》却客观展现出中国电影业的希望,影片的成功同样离不开电影工作人员的良苦用心。2000 年,中国摄影出版社发行了《铁道游击队队员掠影》一书。该书收录了 41 名健在铁道游击队队员的照片,以及他们的种种真实经历。这是由山东枣庄日报社的新闻工作者历时四载,在全国十几个省市寻访到的。

此外,为纪念抗日战争胜利 60 周年,经枣庄市委、市政府批准,由薛城区人民政府,枣庄市广播电视局共同投资建设了著名的城市品牌——铁道游击队影视城。其赫然屹立于薛城区风景秀丽的临山脚下,占地 500 余亩,集影视拍摄、传统教育、观光旅游等多功能于一体,并被列为全国

100 个红色旅游景点景区之一和全国爱国主义教育基地。2004 年，新版电视剧《铁道游击队》在此取景拍摄。现在为了纪念铁道游击队——这支具有传奇色彩的英雄队伍及其他们惊天地、泣鬼神的战绩，在山东省枣庄市薛城区临山上铁道游击队纪念园中心，建立了高 33 米，占地 2000 平方米的铁道游击队纪念碑；持枪冲杀的铸铜人物塑像，矗立于纪念碑顶端；碑正面为铁道游击队图案，左侧是自上而下贯穿整个碑体的五十根枕木，象征中国抗日战争胜利 50 周年；碑体正面为竖起的铁轨造型，体现了游击队员活跃在百里铁路线上，浴血奋战的深刻含义；底座正面镌刻碑文，碑底座两侧的花岗岩人物浮雕，再现了游击队员英勇杀敌的战斗场面；碑座的八级台阶象征八年抗战；碑体中央镶嵌着由原国家主席杨尚昆亲笔题写的"铁道游击队纪念碑" 8 个金箔贴面大字。截至目前，是唯一由国家主席题词的铁道游击队纪念碑。铁道游击队纪念公园位于枣庄薛城区临山路东首，主体建筑是铁道游击队纪念碑，它的周围，有薛国聚贤等 8 个形状各异的凉亭，八大景区 20 多个景点，20 余万株苍翠树木环绕公园，是以铁道游击队为主基调，集教育、游览、娱乐为一体的市级公园。此外，还设计了以"铁道游击队"人物形象为主题的网络游戏，玩家可身临其境地爬飞车、打鬼子，过足英雄瘾。

2015 年，适值抗战胜利 70 周年纪念日，同时也是知侠逝世 24 周年纪念日，知侠的夫人刘真骅决定复拍电影《铁道游击队》。一个又一个艺术版本记录着那段发生在鲁南铁道线上的动人抗日传奇，留给世人的是不同的解读、相同的感动。《铁道游击队》为什么拥有如此旺盛的生命力？用原铁道游击队长枪三中队指导员张静波的话说，是因为"铁道游击队的壮丽史诗，本身就是一座巨大的碑，是抗日军民万众一心用血肉之躯铸成的一座无形的丰碑"。以这些文艺作品为载体，他们的故事已经成为我们心中永远不老的传奇！漫长的 65 年，足以让人们遗忘很多。但那些反映伟大抗战的传世之作，却时刻唤醒我们的集体记忆。《铁道游击队》就是那棵"记忆树"上一段粗壮繁茂的虬枝。铁道线上游击队员们"爬飞车"、"搞机枪"、"炸桥梁"的年代早已远去，但这个民族曾有过怎样的艰难和困苦，又有着怎样的果敢与坚强，依然铭刻在人们心间。

第二节　重塑红色经典，再现抗战传奇
——电视剧《飞虎队》

近年来，根据文学名著改编电影或电视剧作品的现象屡见不鲜，重拍片口碑较差或优良的现象也都曾出现过，不足为奇，重拍无疑具有较大的难度。小说《铁道游击队》曾是风靡一时的抢手读物，先后被译成英、俄、法、德、越等近 10 种文字，成为全世界反法西斯战争的文学经典。飞虎队的故事情节和主要人物也谓妇孺皆知、耳熟能详，队长老洪、副队长王强、政委李正，以及彭亮、鲁汉、林忠、小坡等人物更是"先入为主"，早就成为定型化的人物，很多经典桥段和经典人物至今让人回味。时隔多年之后，素有"鬼才导演"之称的钱雁秋根据知侠所著的《铁道游击队》改编成电视剧，用全新的手法重塑《铁道游击队》，传承红色精神，向经典致敬。该剧由枣庄广播电视台、山东卫视传媒、北京完美影视联合投资拍摄，由电视剧《神探狄仁杰》原班人马联合打造，张子健、梁琳琳、贺刚、淳于珊珊等担当主演，相比以往的电视剧，新拍摄的《飞虎队》看点颇多。

一　技术的革新　新增跑酷的动作元素

对于自己的新片，有着"鬼才导演"之称的导演钱雁秋说道："作为经典，人物和情节不允许你有太大的改变，这会给人'炒冷饭'的感觉，所以必须要拿出点儿新的东西，把自己最拿手的奉献给观众。"这个新的东西，就是在传统的动作片中增加技术含量。这部戏跟原来那些作品相比，会有所创新，而且是有现实依据的。该剧同样围绕扒火车做文章，空战、车站、水站、陆战皆有，但又一反动作戏的常规化，将一系列的武打动作融入红色经典剧，对于"飞车多枪口、血染洋行、打票车、杀岗村"等经典桥段，适当加入道具，将跑酷的形式运用其中。跑酷，是一种很新颖的动作元素，但是用在扒火车的戏份里就很合理。剧中演员扒火车的镜头基本上都是演员吊威亚直接飞奔到奔驰的列车上，讲求动作性的真实，

而非武侠片的真空功夫。扒火车说起来简单，但是实际做起来不可能一下子就蹿上去，这根本不可能。细想一下，这其中一定有很多可操作性的前提，比如火车在什么速度最适合去扒，火车的哪个部位手最容易搭上，搭上之后人马上就跟着飞呢，还是先跟着火车跑一段再爬上去。最后拍摄的时候，经过导演组商量，决定拍扒火车镜头的时候，用一根带钩子的绳子先挂到火车上去，人抓着绳子先跟着火车跑一段，一点一点缩短跟火车的距离，最后再飞身而上，这样设计动作可能更合理一些，这样的戏份既激烈又好看。此外，还增添了关于铁路工人与日本鬼子肉搏的场景，且突然的袭击、火爆的枪战、拼死的打斗、激烈的爆炸无疑大大增强了影片的观赏性，特别是鲁汉和林忠面对围上来的敌人自杀殉国，以及结尾身负重伤的"列车英雄"彭亮驾驶着满载炸药的军火列车冲向停靠在站台上的日寇，并与其同归于尽的场面，惨烈、悲壮、震撼人心，反映出全民抗战的特点以及战争的艰巨性。

二　拒绝旧瓶装新酒　适应时代发展的好剧

文学作品的翻拍似乎已成为影视界的某种定性规律。"从全世界来看，优秀文学作品都会被一次次翻拍成影视作品，不只是我们国家是这样，《安娜卡列尼娜》拍过十遍，《傲慢与偏见》拍了十五遍，这是一个通例，我们是在尊重世界影视发展的规律。"山东广播电视台副台长闫爱华如是说。此外，枣庄市委常委、宣传部长张宝民同样在发布会上称："枣庄作为革命老区，留下了许多可歌可泣的传奇故事，铁道游击队就是其中的代表，作为红色经典，曾多次被搬上银幕，几乎是家喻户晓。这次钱雁秋导演再次聚焦这段传奇历史，用全新的手法再次演绎这部红色作品，相信一定会再塑经典。"小说《铁道游击队》早就有了，后又相继拍摄了根据小说改编的同名电影，广为流传，家喻户晓。俯瞰众多电视作品，无论思路、结构还是叙事方式，难免千篇一律。而电视剧《飞虎队》的再次启动，难免步其后尘。但该剧创作者表示，该剧并非一次单纯的重拍，不搞旧瓶装新酒，而是用新奇铸造丰碑，在创作思路、人物塑造上力求标新立异，承担着弘扬优秀文化的重任。

人物造型接地气，从之前发布会现场曝光的海报上看，刘洪这一角色的人物造型与之前的电影、电视剧中的人物形象有一些不同，在板带、鸭舌帽、对襟黑褂子等地方基本上延续了以往的风格。但在这部新剧中，刘洪的络腮胡去掉了，力求在精气神上寻求突破，也更接近历史上的铁道大队长洪振海的真实人物形象。电影版的刘洪，比较鲁莽，行事易冲动，电视剧中的刘洪则更多地加入了些智慧的东西，是个有勇有谋的人。正所谓"人智力不够时，才动拳头。"闫爱华表示，"刘洪这个造型比前几版更接近历史上的铁道大队队长洪振海这个真实人物的形象"，这个造型也得到了小说作者知侠夫人刘真骅的赞扬和肯定。

2015 年适值抗日战争胜利 70 周年，之所以选择这个题材重拍，有以下几个方面的原因：一是铁道游击队是一支非常伟大、了不起的游击队，民政部公布的全国 200 个著名抗日烈士中，铁道游击队就有三名。日军战败投降，唯一一次向我党游击队投降的成建制部队就是在枣庄，而且是日本鬼子近两千人的军队，这是非常了不起的，其他地方都是向国民党部队投降的。二是从电视剧的观众角度看，铁道游击队的故事是最炫最有可看性的，除了空战以外，车战、水战、陆战都囊括其中。第三个原因是基于我们山东卫视传媒弘扬优秀文化作品的责任。该剧预计2015 年与观众见面。

第三节　回溯流金岁月，重温红色梦想
——大型经典舞剧《铁道游击队》

光阴荏苒，岁月如歌，铁道游击队的故事作为红色经典，英雄业绩世代传颂，在亿万人民心中筑起了不朽的丰碑。伴随当下经济不断繁荣，生活节奏日益加快，经典的东西已经逐渐远离大众视线。为此，我们应饮水思源，多上演一些反映艰苦斗争年代的红色经典作品。2010 年 5 月，中国人民解放军总政歌舞团在国家大剧院首次排演舞剧《铁道游击队》，整出剧共分四幕六场，以其高规格的创作班底、鲜明的红色主题、巧妙的舞剧结构、道具的逼真化使用、雄浑悠扬的配乐、浓郁的地方特色，相继荣

获 2012 年中宣部"五个一工程奖"、"第十四届文华大奖"等奖项，为观众再现了一道精神大餐与视觉盛宴，在国内外享有很高的声誉。截至目前，该剧已先后在北京、福州、武汉、广州等地公演近百场，观影人次达20 余万人，这就是舞剧《铁道游击队》不断刷新的艺术履历。2015 年，在庆祝抗日战争胜利 70 周年之际，我们将目光再次聚焦该剧，再次走进那段烽火岁月，体验红色年代的血与火、情与恋。

抗日战争时期，山东鲁南地区百姓为生计所迫，常有人出没在临城与枣庄一带铁路线上，把日军抢掠的煤炭、粮食重新夺回到自己手中。这支队伍"怀中利剑，袖中匕首"，被人民亲切地称为"铁道游击队"。他们挥戈于百里铁道线上，扒火车、炸桥梁、截军列，与敌人开展殊死搏斗，令日伪闻风丧胆。舞剧据此真实史料改编而成，用舞蹈、歌曲等鲜明的艺术形式再现民族史诗，波澜壮阔地展现了伟大的中国人民在日寇面前，不屈不挠，顽强斗争，万众一心，抵御外辱的壮烈场景，浓墨重彩地描绘了无数中华儿女为了民族解放、人民幸福、国家富强，赴汤蹈火、舍生取义的英雄群像。

一　舞剧诞生与创作班底的必然联系

一直以来，总政歌舞团的单体舞蹈节目水平很高，无论是群舞还是独舞作品，在全国都取得过辉煌的成绩，具有巨大的影响力。但是随着人们，包括部队战士们的欣赏期待越来越高，单体节目容量有限，进一步的发展必须提上议事日程。总政歌舞团拥有众多的表演艺术家和艺术创作人才，积累了一大批优秀的舞蹈演员和编导，这为新的发展提供了充分的可能。在此基础上，总政歌舞团党委于 2009 年提出"以剧建团"的指导思想，明确了歌舞团新的发展方向。在这样的背景下，总政歌舞团党委提出了创作舞剧的任务，舞剧《铁道游击队》因此诞生了。《铁道游击队》是总政歌舞团自建团以来最正式的一部舞剧，创作班底规格高，由彭丽媛担任艺术总监；中国音乐家协会主席、著名作曲家赵季平担任总策划；总政歌舞团李社副团长、总政歌舞团创作室主任赵大鸣担任策划，杨笑阳担任总编导；音乐总监则由享誉中外的，曾创作了《秋菊打官司》、《大红灯笼高挂》、《红高粱》、《霸王别姬》等众多经典电影音乐的著名作曲家赵季平担任;著名青年作曲家,陕西省青联委员,曾创作了《和你在一起》、《新射雕英雄传》、《三枪拍案惊奇》等众多电影作品的赵麟担任作曲;青年舞美设计师,曾获第九届文化部文华奖舞台美术奖的沈庆平担任舞美总设计等;蜚声京城的北京"红凤凰"服装工作室创建者,著名服装定制设计师顾林和北京奥运会开幕式、大型音乐舞蹈史诗《复兴之路》造型总设计莽姗姗分别担纲服装艺术指导和造型总设计;著名青年作曲家赵麟的音乐才思也为舞剧增添亮点。

此外,该剧还集结了总政歌舞团众多享誉国内外的著名舞蹈家和优秀青年舞蹈演员。其中,有分别在白俄罗斯维捷勃斯克国际舞蹈比赛、日本名古屋国际舞蹈比赛、韩国首尔国际舞蹈比赛等国际赛场和国内"荷花杯"全国舞蹈比赛、CCTV 电视舞蹈大赛中屡获表演大奖和金奖的唐黎维、覃江巍、李志、苏鹏等多名舞蹈家将在本剧中精彩亮相;特邀著名舞蹈家、中国歌剧舞剧院国家一级演员山翀在该剧中饰演芳林嫂,并担任双人舞指导,颇具看点;而数十名曾参加北京奥运会、残奥会开闭幕式和大型音乐舞蹈史诗《复兴之路》表演的青年舞蹈演员也将登台展示。可谓群星荟萃、名家云集。一流的主创团队,保证了该剧一流的艺术品质。

二 艺术经典再创造,再现典型性人物

所有的历史都是当代史,要体现出当代的新理解、新阐释,对一个艺术经典的再创造并非易事。为此,舞剧的编排人员分别从剧本、音乐、舞蹈、服装、造型、舞美等方面进行了全新的美学营造与情感升华。舞剧中的舞蹈、音乐、舞美也为剧情叙事、人物塑造服务,一批富有潜力的艺术新秀在舞台上尽情舞蹈,将静态的舞台塑造得富有动感,所有空间都充满表现力地参与在其中,真正实现了舞美行为与舞蹈语言、故事讲述颇具新意的紧密组合,可谓在舞蹈叙事方面实现了最理想的状态,为弘扬社会主义先进文化做出了突出的贡献。

舞剧强调人物的性格化设计,关键人物都有其典型的性格化造型。"飞虎队",这个有着英雄色彩的名字,不仅是历史的传奇,也是《铁道游击队》故事中令人期待的点睛之笔,舞剧在如何表现"飞虎"形象上下了一番功夫。比如刘洪、王强、鲁汉、小坡等,战士们在360度旋转的飞车上与敌人激烈拼杀，营造出紧张刺激的"飞车搏斗"场面，具有相当的艺术震撼力。舞剧在几十年的英雄与当今的时尚感间建立起了一座桥梁，一座人性构成的桥梁，以使得今天的年轻人也能够更充分地感受、理解，进而仰慕这些英雄。让今天的观众彻底感受到，那个时代的英雄，个顶个都是性格鲜明的纯爷们。此外，舞剧还特意增加了小坡的爱情故事，一对年轻恋人的双人舞，当被悬置在蓝天下屋顶上自然地舒展、蓬勃时，浪漫青春的时代感油然而生，增强了作品的青春气息。

三 大胆构思结构，巧于舞蹈叙事

该剧在结构上可谓用心良苦，又十分巧妙。全剧分为四幕八场，没有复制小说的情节，也没有简单改造同名电影，而是始终围绕激烈的战斗场面与人物间情感叙事，将"打票车"、"打洋行"这些广大观众耳熟能详的故事情节，大胆地进行艺术处理，形成了全剧简洁质朴的影像风格。"飞虎队扒车"、"土琵琶演唱"、"芳林嫂之爱"等富于传奇色彩的舞剧细节，如流淌的血脉，疏通的筋骨，始终穿插融合在整部剧中，增强了剧目的紧凑感与可看性。粗犷的英雄气概、战士的强悍形象、呼啸而来的蒸汽机车、史诗般的雕刻群像，构成了整台舞剧不俗、不同、别具一格的独特风格。

舞归舞、戏归戏的状态不是好舞剧，包括曾被称为红色武侠小说的《吕梁英雄传》、《敌后武工队》等这样一批抗战文学作品，小说的核心魅力主要是故事妙趣横生的起承转合。对于舞剧，语言与行动不单单是符号，而是由人体动作主导着的整个空间运动的表意体系。因此，要改编成舞剧，在舞蹈叙事问题上，一定不可忽视。在以往的舞剧中，叙事是通过哑剧手势、字幕来处理的，舞蹈只是华丽的展览，舞美场景转换要专门的间隔来完成，观众观剧的节奏经常被打断，刚刚表演完的前段剧情的情感推力和故事张力一次一次被削减。舞剧是用动作与人物行为叙事的，如果只是用哑剧的方式勉强地叙事，然后跳到场面或抒情节点上去展开某一个华美的舞蹈，难免流入"有舞无剧"的滥觞，因此不能武断地认为舞蹈善于抒情而拙于叙事。用舞蹈交代剧情，创造和组织好一系列的"做什么"去完成和揭示出人物的贯穿行动、任务与目的，在人物的行动中去体现生活、塑造人物，并传达自己对生活的思索和诗情。因此，舞蹈本身的发生空间和动作本身的虚拟性，就赋予了舞蹈在叙事上可以更简洁、更跳脱、更自由的优势。舞剧《铁道游击队》在很大程度上避免了舞蹈与叙事的分离，真正实现了舞美空间运动与演员舞蹈的互动融合，极大地拓展了舞蹈语言的范畴。

典型造型绝对不能简单搬用粮票式的舞蹈形态，要在生活中去反复寻找、提炼，抓住独一无二、一看便知的性格化特征。典型造型还要具有充分的便于舞蹈展开的可能性，能在不同情势下自然转化成新的变奏体。然后，当人物在相应的规定情境中彼此发生戏剧行为的时候，这些性格化的典型造型就纠葛到了一起，产生了此时此地独特的独舞、双人舞、三人舞、多人舞。关系清楚了，戏剧叙事也就通畅了；性格鲜明了，戏剧叙事的舞蹈也就生动了。例如，在表现日军军官搜索炭厂，日军军官和王强斗智斗勇的一幕时，按一般的编排手法，可能只是一个一般意义上的男子双人舞。导演在处理这一段落时，加入了电影的转换手法，在王强和日军军官最激烈的心理较量舞段中，忽然插入小坡的、鲁汉的、彭亮的频闪式独舞段落，在表现两人较量的过程中，又用舞蹈表现出小坡、彭亮、鲁汉各自的心理活动，使原本很平常的男子双人舞段，形成了一段五人舞、六人舞。在此段落的最后阶段，又适时地加入了一个男子群舞"小车舞"，场景从人物心理活动的外化，直接转换为故事现场的呈现。这场搜索戏的全过程，在多层交织的立体化舞蹈叙述中，被表现得有声有色。自由的闪回，穿梭的叙事，不同人物被赋予不同的性格化的独特造型，似乎是一件衣裳的一粒粒纽扣。纽扣做好了，他们在不同场景、不同戏剧关系里发生自由的闪回穿梭的互相关联，才将这件衣服扣得严整熨帖，才让人看得明明白白。这种舞蹈形态的典型性塑造也是值得当下舞剧借鉴的。

四 空间化营造与大片式的视听

舞剧《铁道游击队》中，着力挖掘以舞蹈动作为主导的富有意味的各种空间运动表现力，将舞蹈动作与叙事结合得浑然天成、妙趣横生。这不仅拓宽了舞剧表演的空间，增强了电影大片般的视觉冲击力，更重要的是，舞蹈化的空间运动结构通过虚拟、夸张和动态展示，给了舞剧叙事新的张力层面，舞剧叙事获得了超越话剧式叙事的巨大自由度。如原剧情中的"打洋行"一场，刘洪等人要进三个不同场景的房间内刺杀不同的日军军官。如果在舞台真实地摆放三个不同的房间，一是太直白，二是舞台的空间势必会非常狭小；如果依次换景，一个空间一个空间地表现，置景太大复杂化且不说，叙述的拖沓和断断续续显然不可忍受。舞美总设计沈庆平在舞蹈设计上苦心寻求，找到了一个崭新的表现形式，将所有的元素巧妙地集中到一个立体的方形钢架结构上，通过这个方形结构不断地翻转、扣合，在流畅的流动中依次转换出三个空间。同时，方形结构的翻转流动中，演员又能在上面顺势攀爬舞蹈，形成独特的舞蹈处理。扮演日本军官的演员可以事先在预定的位置上等着，方形结构翻转扣压过来，自然地把他带入他所在的戏剧空间，这样，在舞美行为与舞蹈天衣无缝的融合中，故事的叙述清晰明了，故事场景的展开新意迭出。在这个翻滚转换结构流畅的舞蹈中，使用了目前的一种时尚运动——"跑酷"，还有武术打斗等元素，信手拈来，浑然一体。再如"打票车"一场，这是全剧的重中之重，舞美设计沈庆平在情境动态上下足了功夫。一列本身不动的火车，如果火车上的人物一直在转换，势必会混淆观众视线，把观众搞糊涂。而该舞剧中，火车上的人物是固定的，火车本体静止不动，以此凸显演员的奔跑、追逐、攀爬，可是实际不动的火车，却必须表现出强烈的流动感。舞美通过天幕夜晚星空的流动、地面草皮的移动，加之灯光的闪动、车厢内舞蹈演员的集体晃动，使观众看到了一列在舞台上"真实奔跑"的火车。就这样，"奔跑的火车"与演员间的上下攀爬、移动换位高度契合，使得整场剧风生水起！

舞蹈的出神入化，离不开道具恰到好处的使用。舞剧将表演与道具相结合，仿真式植被与演出浑然一体，使得演出看起来既丰满又充满了律动性。最值得一提的是"打票车"场景。编导利用视觉错觉，在舞台上放置了能够自由"跑动"的火车。火车不仅开上了舞台，演员们在 360 度飞速旋转的火车上，与敌人展开激烈厮杀，飞车搏斗的场景更是让观众大饱眼福，精彩刺激的场面令观众拍手叫绝。如同电影《火车进站》中，火车即将到来时，观众的热切期盼与惊讶如出一辙。在此，火车不仅仅是形象化的道具，而更多的是与演员高超舞技交相辉映，"扒火车"也因此成为全剧的点睛之笔。

此外，舞剧还尝试运用了定点灯光来加强连贯性，如第一场中，日本人搜查完炭厂后，怒气冲冲离开炭厂，鲁汉等人随之搬起大方桌冲向台口一侧，几个人物随之围拢上来，在方桌前形成一个造型，定点光亮，全场其他光源压掉，主要人物在定点光内进行故事的延续表演，刘洪掏出手枪、王强拿出酒瓶在策划"打洋行"的行动，使观众看到了前一场故事的延续和下一场即将来临的故事。利用电影拍摄手法，将舞台装置通过推、拉、摇、移、升、降、旋转等综合调度手段推进剧情发展，加上 LED 银幕的巧妙配合，绚丽灯光的独特视觉效果，颇具史诗片风范。

舞剧中的音乐时而雄浑激越，振奋人心，时而婉转优雅。音乐上出神入化的运用，有铮铮铁骨的硬朗，有幽婉情怀的低叹，让人印象深刻。据为该剧配乐的著名音乐家赵季平介绍，该剧有多处展现身姿娇健、果敢勇猛的铁道游击队队员飞奔在列车上战斗的情景，对于这些重点情节的配乐，他采用了颇具山东地区民间特色的"鼓子"、"胶州"和"海阳"。第三幕原剧中是小坡在弹琵琶唱《弹起我心爱的土琵琶》，而舞剧则大胆地采用了由彭丽媛团长演唱的《沂蒙山小调》，在旧的故事线中，寻找出了新的发力点。这一创新给全剧增添了一个新的纵深层面，故事叙述与听觉延伸，音乐与情节的完美混搭，带来了耳目一新的感觉。有评论说："一段段齐鲁大地的民俗风情，让军民鱼水之情动人心弦；一曲曲优美激越的音乐，歌咏出抗敌战士的豪迈情怀；而男女双人舞和婉转悠扬的曲调，则令战火中迸发出的爱情格外细腻，非常感人。"作曲家赵季平和赵麟的音乐风格也得到了专家的高度评价。

铁道游击队的故事发生在山东枣庄一带，具有较强的地域性，因此，该剧民俗场景红火热闹，舞蹈也与山东地区最具有代表性的秧歌——胶州秧歌、鼓子秧歌、海洋秧歌等融会贯通，富有浓郁的地方特色，增添了舞剧的写实性与地域性。如第二幕的"扭秧歌"一节，演员们身穿海蓝色大褂，腰挂鲜红色丝绸，以秧歌为动作元素，使舞台散发出鲜明的活力与磅礴气势，展现出山东妇女活泼开朗的性格。此外，第三幕中的女子群舞的舞扇段落，综合运用了胶州秧歌和海洋秧歌的动作要领，为我们展现出山东地区女性的柔性美，也为我们塑造了不畏艰险、乐观进取、从容向上的民族精神。而男性群舞中，身穿白色大褂的男子，别出心裁地使用钢枪作为表演道具，更是充分展现出山东好汉豪迈、爽朗的英雄气概，营造出一种力拔山兮气盖世的磅礴气势。

红色经典舞剧之所以能够经久不衰，一方面是由于红色经典题材更能引起大众的共鸣，唤起大众共同的记忆和民族自信心、自豪感。另一方面，是响应时代元素，用现代化的表现方式拉近了观众之间的距离，满足了当下大众的审美心理需求。舞剧《铁道游击队》是一座壮怀激烈的抗战英雄群像，是一部反映革命历史题材的精品佳作。特别是全剧核心形象——铁道游击队英雄战士们在火车头上挥舞胜利红旗的造型，可谓豪情万丈，气吞山河，给观众超值的艺术享受。因此，从整体内容到舞台呈现，从教育影响到艺术审美，该剧都可以称得上是一台场面恢宏，立体通透，令人震撼的经典舞剧。

创作艺术经典，是当代文艺工作者的重大责任，是一个非常艰难而又崇高的历史使命。艺术经典，要经得起历史时间的考验，还要能够跨越地理空间受到不同族群，甚至不同国度人们的欢迎。该剧无论从整体内容到舞台呈现，可满足多层次受众的审美需求——少年人观看，可接受红色教育，感受精神滋养；中青年欣赏，可参照艺术典型，确立人生航向；老年人品评，可回溯流金岁月，重温红色梦想。我们期待着军队文艺工作者多创作这样的优秀作品，也希望多看这样的剧目，它可以使从战争年代里走来的人，回望战火中的青春岁月；伴随共和国成长起来的人，回味曾经有过的理想和光荣，能够在全新的艺术视觉形象里感受属于中国人的精神价值力量和高尚的爱国主义情怀，并将之传承。

第四节 "七年磨一剑"

——连环画《铁道游击队》
的奇迹与辉煌

作为我国特有的一种通俗美术品，连环画曾红遍大江南北，承载了一代又一代人的公共记忆，也曾是孩子们炙手可热的读物。这套包含10册、1000多幅画页的连环画《铁道游击队》，由上海人民美术出版社的连环画家丁斌曾和韩和平联手创作，创作上精益求精，品质上乘。创作者本着对艺术高度负责的伟大精神，分血染洋行、飞车夺枪、夜袭临城、杨集锄奸、巧打冈村、苗庄血战、两雄遇难、湖上神兵、三路出击、胜利路上等几个部分，讲述了抗日战争期间，鲁南临城、枣庄一带活跃着一支铁道游击队。他们在党的领导下，依靠群众，运用智慧和勇敢，配合正规部队，粉碎了敌人的种种阴谋，沉重地打击了敌人的英雄事迹。

据丁斌曾回忆，"我和韩和平先后五下山东，通过生活体验，掌握积累了大量的第一手创作资料，用传统单线白描的形式来表现这部连环画。我负责造型创作打铅笔稿，韩和平勾线。"那一幅幅工笔线描、黑白或彩绘、生动有趣等多种形式表现出来的画面，形象生动，情节跌宕起伏、引人入胜，文字通俗易懂且富有写实感，讲求意境营造与语言锤炼，加之颇具特色的中国式画风，一度成为人们茶余饭后的精神食粮和引以为豪的智慧财富，同时也成为那个年代人们心底深处抹之不去的情结。时至今日，它仍是收藏市场上的宠儿。

一 20世纪50年代：他和它就这样结缘

连环画的创作者丁斌曾和韩和平初次接触《铁道游击队》时，便被它生动曲折的故事情节、智勇双全的英雄形象所深深吸引。当体会到那些铮铮铁血汉痛哭悼英烈，那种无从言说的悲和痛时，他更深刻地体会到了中华民族在日寇铁蹄下所蒙受到的巨大耻辱和中华儿女在这不屈不挠抗争中所付出的巨大牺牲，这也使他们意识到创作《铁道游击队》不单是他们小众群体的爱好和愿望，更应是一个革命宣传工作者义不容辞的责任和使命。作为资深的连环画工作者，他们敏锐地发现这是一个创作连环画的绝佳素材，他们通过反复阅读原著，对脚本进行详细分析研究，从中寻找可能在创作中产生的疑难，如人物造型、环境特征、道具等。原著作者知侠得知他们要将其小说改编绘制成连环画，非常高兴，特为他们提供很多帮助：为他们介绍了自己的创作过程；亲自研究脚本，提出利于完善改编工作的修改意见；介绍了铁道游击队当时活动的主要地方，提供了如何找到相关队员的重要线索，以便他们能有的放矢地体验生活。就这样，他们与《铁道游击队》结下了不解之缘。

二 烽火岁月：真实的生命体验

好的艺术作品都是经得起生活锤炼与打磨的。一个没有生活体验和审美想象的作家很难创作出脍炙人口，为人民大众所喜闻乐见的艺术作品。丁斌曾与韩和平更是深谙此道，从1954年开始，他们先后五下山东，深入实地，体验生活，沿途不断搜寻资料，画速写。到了山东境内，更是留心观察鲁南人的装束、生活方式及举止，感受浓郁的地域特征。此外，他们还深入到铁道游击队当年的主要活动地区——薛城车站体验生活，参观当年的建筑物，走访车站的工作人员还有当时的老工人，以及一些亲眼目睹或参加过战斗的老同志，和群众建立起了深厚难忘的友谊，以此成为创作的根基。同时顺道去群众家走访观察，了解当地的风俗习惯和语言习惯，为进一步了解铁道游击队的当年战斗、生活情形，他们又选择了去郝山和微山湖的杨村两处典型环境作为主要体验地点，并在郝山乡的村民家中，一面闲谈，一面作画，为连环画的最终成型打下了扎实的生活基础。为了选择故事中的饭店原型，他们还几乎跑遍了薛城的所有饭店，并在一家最符合故事情节的饭店里，与店主人交上了朋友，了解到了当年游击队和汉奸、鬼子在他店内吃喝的情景，这段生活对连环画的创作起到莫大的帮助作用。就这样，他们争取了丰富的第一手创作资料，确保了连环画的真实性内核。当时，可供借鉴的长篇现实题材是极少的，特别是运用飘逸洒脱的传统线描来表现现代生活。两位画家靠实地写生，研究历史资料，走访当年的游击队员和铁路工人，使场景、人物、情节一点一滴地得到充实。微山湖的绮丽风光与铁路沿线城乡交融的环境描写营造出强烈的地域特色，也还原了历史的真实。人物动作的设计、节奏的控制与画面的衔接，显示了技巧的成熟。大多数读者感兴趣的，还是游击队员与日寇的战斗场面，那些在火车疾驰中飞身跳跃的镜头，更是深入人心。

在连环画的创作形式上，他们选取了广大人民群众喜闻乐见的传统单线白描的形式来表现，充分借鉴了京剧《三岔口》的武打表现手法，武打身段非常漂亮，刀上翻斗，一跃跨过，两个动作干净利落，一气呵成，令人印象深刻。另外，慢动作左右顾盼，相互试探，身型及动作在富于喜感的同时，充满了艺术张力，克服了创作中出现的单线表现夜间战斗情节的棘手难题。电影式的画面无不令人沉醉，极力描绘出了枣庄一带个性鲜明、极富艺术感染力的英雄好汉。

三 创作受阻

"文化大革命"中连环画、评书等艺术形式的创作遭到严苛控制与相应的冲击。《铁道游击队》连环画也曾因为其"完全违背毛主席军事路线"、"美化刘少奇"等罪名被打成"大毒草"，遭受重点批判，反动派扬言要把它"批臭批倒"，致使连环画原稿在"文化大革命"中部分遗失，韩和平也被打成了"现行反革命"。评书《铁道游击队》的上部也在风风雨雨中遗失了大部分，下部也未能得以完成，被当成四旧产物、牛鬼蛇神，成了"革命"的对象。1978 年，连环画《铁道游击队》得以重版，但是改动较大，尤其是《夜袭临城》、《杨集锄奸》两册。主要原因在于："文化大革命"中部分原稿遗失；这两册书因创作早，在某些方面存在不足，对其修改很有必要；当时韩和平无暇抽身，修改工作主要由丁斌曾单独完成，所以与原风格有些差异。不过两种版本最大的差异还不在此。由于 70 年代末期微妙的政治因素使然，1978 年再版本中删除了原版中关于铁道游击队成功护送某首长过铁路，并听取首长分析抗战形势的相关描述。"多种原因导致'文化大革命'后重版的《铁道游击队》连环画没有保持原貌。尽管让人心生遗憾，但这套连环画仍深受人们喜爱，阅读后还是给人一种风采不减当年的感觉"。①

---

① http://news.artxun.com/dingbinzeng-1574-7868398.shtml, 2011 年 1 月 15 日。

四　书架上边缘化：有藏家，少读者

连环画作为用多幅画面连续叙述一个故事的绘画形式，如同电影艺术中的多镜头分割剪辑，题材具有中国传统文化和一定的历史时期特色，使其与其他国家的漫画作品有着很大的区别。然而一个不争的现实是：20世纪90年代以来，伴随艺术发展形式的多样化，连环画的风光不再，青黄不接，选题和绘画手法上落入窠臼，选题依然沿袭数十年前，多为古今中外名著和革命传统故事，却少了对当下的关注，缺乏原创性。如今的市场上，连环画新品屈指可数，能被读者认可的更是寥寥无几，更多的连环画不得不面临最终走向"文物"的命运。

在如今的连环画收藏市场上，不难发现，《铁道游击队》价值不菲。因为它有着属于自己的辉煌。十年磨一剑，作为《中国连环画优秀作品读本丛书》之一，这套由董子畏改编脚本，丁斌曾造型创作打铅笔稿，韩和平勾线，全套共十册近一千多幅画面的创作，1955年由上海人民美术出版社首次出版。1963年全国第一届连环画评奖中获得绘画创作一等奖、文学脚本二等奖。作为一部工程浩大的优秀"长篇"，连环画自出版以来，共计再版20次，重印47次，累计印发3652万册，成为中国连环画出版史上再版次数最多、印刷数量最高的现实题材连环画，也是两位画家公认的"花费精力最多、创作时间最长的作品"，创造了我国连环画发行史上的奇迹与辉煌。

虽然，连环画的春天已经离我们远去，并逐渐走上"文物"的道路，难免令人遗憾、惋惜。一个时代有一个时代的艺术样式，我们不能奢望现在的连环画还和从前一样。至少，注重民俗特色文化的连环画还能够得到保存与传承，让人欣慰。

第五节　再看新版《铁道游击队》的审美意蕴与时代价值

抗日战争时期，山东南部枣庄矿区以刘洪、王强为首的一批煤矿工人

和铁路工人，不堪日寇的欺压和蹂躏，在中国共产党的领导下，秘密建立起一支短小精悍的游击队，他们"飞车搞机枪"、"血染洋行"、"智打票车"、"夜袭临城"、"打冈村"、"搞情报"、"夺布车"、"上济南"、"下徐州"……活跃在日军侵华战争的主要铁路命脉——津浦线的山东沿线上，共同对日作战，鼓舞了铁路沿线人民的抗战士气，老百姓亲切地称他们为"飞虎队"，他们在八路军中的正式番号是"铁道游击队"。而日本侵略军为了消灭"心腹之患"——铁道游击队，在铁道线附近采取了残酷的扫荡和绞杀，使用了种种阴谋，组织了专门对付铁道游击队的特务组织，使铁道游击队面临一次又一次的险境。但铁道游击队在人民的支持与拥护下，周旋于铁道和微山湖之间，经受了残酷的考验，逐渐发展壮大起来。

1985 年，上海电影制片厂拍摄了一部 12 集电视连续剧《铁道游击队》，由张甲田饰演刘洪，牛娜饰演芳林嫂。但这部电视剧产生的影响远远不够，据小说原著作者知侠的夫人刘真骅回忆说，"剧中的故事情节严重脱离生活，掺杂了太多的人工痕迹"。它的拍摄手法和叙事模式已经与现代化审美、观众品位相背离，因此，我们要努力创造属于这个时代的经典。2014 年，中国人民抗日战争胜利 60 周年纪念，山东决定重拍《铁道游击队》，该剧在忠于原著、忠于真实的前提下，导演王新民首次将武打动作引入其中，还浓墨重彩地展现了小说中原有的，后在"文化大革命"中被删除的"掩护过路"等情节，将刘洪与芳林嫂的爱情戏贯穿始终，凸显出难能可贵的人情与温情。为了保持对经典小说的敬仰与尊敬，小说中的经典情节予以保留，传唱不衰的《弹起我心爱的土琵琶》依然被选作主题歌。此次改编在刘真骅看来，是对原著改编最成功的一次。该剧播出后，立即掀起一股"铁道游击队"热潮，"土琵琶"再次唱遍大江南北。2015 年该故事再次被翻拍成 30 集电视连续剧，那么，再次翻拍是否能够出新意？是否能超越观众心目中的那些经典作品呢？

一 人物武打性动作的植入

在知侠的原著里，铁路矿工们和日本鬼子肉搏的场面很多，但由于条件限制，以往铁道游击队的电影、电视剧拍摄都把主要精力放在讲故事上。新版《铁道游击队》最大的特点是突出动作性，呈现了国内最大规模的火车戏，也是不同于以往红色经典改编剧的最大看点。为此，剧组临时搭建了一条10多公里的铁道线，还调来了一整列火车十几节车厢协助拍摄了一个月。为了让戏看起来更真实更好看，擅长武侠戏拍摄的导演在武打动作上想出了许多惊险刺激的动作。如要求演员苦练"扒车"功夫，演员们虽然大部分为演动作戏出身，但面对飞身跃上行驶中的火车这种极富有危险与难度的拍摄动作，几位演员多次受伤依旧坚持拍摄，如此尽心地付出，就是为了给观众呈现出真实自然的打斗场面，可称得上是红色经典中的最好的一部。在火车上表演真功夫，通过扒火车、打洋行，突出了游击队员的神勇与果敢，既真实又自然，场面的精彩刺激可攀比港台武打剧，使战斗片真正"战斗"起来，活起来。

"铁道游击队"本身就是一个非常富有传奇色彩的故事，以前的作品在人物塑造、打斗场面的设计等方面都较粗糙，而新剧动作元素的注入，传统武术和电脑特技制作的相结合，形成真实性和欣赏性俱佳的武打风格，无疑会为观众带来很大的惊喜。

二 摒弃高大全式的英雄形象

枣庄与《水浒》中108条好汉聚义的梁山相隔不远，鲁汉、林忠、彭亮、小坡等许多铁道游击队队员，从小受到梁山英雄好汉的影响，性格中既有仗义豪放的英雄气概，也有桀骜不驯的草莽影子。他们开始加入铁道游击队后，不适应严格的组织纪律，和政委李正、队长刘洪之间产生了不同的矛盾，最终被开除队伍。在残酷的斗争中，在一次次血的教训面前，经过李正和刘洪耐心的教育和帮助，这些队员逐渐改掉劣习，最终成长为抗日英雄，鲁汉、林忠还为民族的解放献出了自己的生命。

知侠的原小说《铁道游击队》有40多万字，刘洪、王强等人一出场就是一个英雄人物，因为篇幅的限制，观众很难看到他们成长的过程，也很少有影视作品对小说的全部内容全覆盖。而在新版电视剧中，这些英雄人物不再像以往那么高大全，导演也没有浓墨重彩写英雄，而是将他们塑造成为有血有肉有感情的普通人。如刘洪不会像以前那样一出场就是合格的游击队战士，而是在党的教育下逐渐成长为有思想觉悟、勇敢杀敌的英雄的。而且在这部剧中，刘洪与芳林嫂的爱情逐渐浮出水面，变成了故事发展的一条主要线索。铁路工人芳林是刘洪的好朋友，为了给铁道游击队送情报，死在日寇的枪口下。芳林临终前，把妻子托付给刘洪。在生死的战斗中，刘洪和芳林嫂彼此产生了爱恋之情。刘洪碍于芳林的兄弟之情，把感情深深埋藏在心里……导演很好地把握住人物性格与生活背景的关系，以及感情戏的分寸，惟妙惟肖地把一个从群众中走出的英雄演绎得活灵活现，真实感人。

三　"心爱的土琵琶"依旧不可替代

翻拍经典作品，新老版本有着纠缠不清的关联，电视剧《铁道游击队》更是如此，《弹起我心爱的土琵琶》这首歌曲的影响力是其他任何一首歌曲都无法替代的，保留这首歌曲，也是对经典作品的一种致敬。该剧中这首主题曲旋律采用了交响乐队伴奏的形式，演奏得更有气派。

第六节　《小小飞虎队》
——儿童视角下的抗战
民间化表达

历年来，揭示中华民族历史苦难，讴歌不屈不挠斗争精神的抗战剧，一直是我国文学与影视界密切关注的焦点。在大量的抗战题材剧中，站在儿童立场上，展现抗战传奇的经典影片比比皆是，如《小兵张嘎》、《两个小八路》等，均分别从不同的剧作结构与角度，描写了儿童无惧无畏，睿智巧妙地与日寇汉奸周旋，打击敌人的英勇行为，得到了广大观众的一致好评。与此相比，2011 年，由山东电影电视剧制作中心、山东影视集团出品，钱晓鸿执导，赵冬苓编剧，枣庄电视台、徐州电视台联合打造，赵泽文、小叮咚、胡天阳和孙钰主演的，以儿童视角叙述抗战传奇的 28 集电视连续剧《小小飞虎队》正式与观众见面。该剧是在 1995 版本的基础上进行改编的，由原班人马历时三年，呕心沥血，七易其稿，在情节设置、人物形象塑造、影像呈现等方面均给予了新的发展与创新。

该剧以抗日战争期间鲁南铁道线及微山湖为背景，生动传神地讲述了交通员老吴在给山里八路军送情报的途中遭遇日军追杀，在万不得已的情形下，他选择将情报编成两句暗语告诉了正在芦苇边玩耍的主人公大壮（赵泽文饰），自此，胆小、怕事、笨拙的大壮拉上同村的虎子（小叮咚饰）和小银（胡天阳饰）发誓自愿组成"小小飞虎队"，踏上了前途未卜的打鬼子、捉汉奸、送情报之旅。从刚开始的误打误撞到顺利完成送情报任务，导演运用儿童式的机智、幽默和英勇，展现了在残酷的战争下孩子的善良、美好的心灵，用童真、童趣诠释了"友谊与正义"、"勇敢与担当"的可贵品质，将儿童的活泼、机智、风趣幽默与历史真实巧妙融合，重磅打造了国内第一部反奴化教育的儿童抗战戏，获得了大众电视金鹰奖最佳儿童剧奖，飞天奖三等奖等诸多奖项，影响颇广。

一 民间传奇性叙事与"精神狂欢"

从 20 世纪 60 年代开始，儿童抗战剧已经形成一套标准化模式：将革命式的宏观叙事与精神狂欢式的游戏相结合，儿童作战实力被夸大，被神话。这种模式被套用在多部作品中，难免落入"人云亦云"的窠臼，如当年的《小兵张嘎》中的嘎子在西瓜摊缴枪、堵烟筒等细节，被尊奉为儿童抗战游戏化精神的经典样板后，影视作品争相模仿，如与鬼子比赛打弹弓、手撕鬼子等，大量违背史实的剧情争先恐后地出现，消解了战争的残酷性与严肃性，解构了抗战叙事的整体性与神圣性。就连早期儿童剧中的小英雄，也都是智勇双全、疾恶如仇的形象，缺乏孩子应有的灵气与童趣。虽然在影视作品中，适当的娱乐与幽默可以减缓影片的叙事节奏，起到一定的放松与精神愉悦作用，但如果一味地追求热闹和滑稽，就容易滑入纯粹的感官愉悦与极乐主义的深渊。但在《小小飞虎队》中，导演巧妙地将飞虎队的民间性与小主人公家庭生活的民间性相结合，实现了抗战题材的民间化表达。该剧以三个小英雄的英勇抗战故事为叙事主线，以成人飞虎队的抗战传奇为叙事副线，同时穿插虎子二叔叛变，凤姐与飞虎队成员彭亮的恋情，小次郎与小小飞虎队结下的深厚友谊等戏剧性情节，多线叙事使得该剧剧情丰满。

该剧没有沦为意识形态宣传与说教的工具，没有将严肃的革命题材进行游戏化、狂欢化处理，而"是一种典型的抽空了民间原有的野性形态的、政治上已经规范化了的民间"①。此外，与以往同类型的抗战片有所区分的是，该剧中成人飞虎队的塑造，并没有合成一个秩序严谨的叙事结构，他们没有严格意义上的上级统领，更像是一个民间化合法化的"私人组织"，"八路"也仅仅成为一种符号的代名词，飞虎队的成立宗旨也是保护百姓的切身利益，他们被赋予了传统文化的侠义与道德精神，崇尚侠义，更是反映出民间英雄的鲜活特征，体现了百姓的夙愿，反映了百姓的情绪。剧中三位小主人公的抗战行动也并非自由的，虎子的母亲作为飞虎队地下交通员，但她却千方百计要将虎子留在家里照看妹妹；大壮的父母希望把变戏法和演杂技的绝活传给大壮，以保他将来衣食无忧；小银的奶奶则总是念叨着要把小银平安养大以对得起早逝的儿子等情节，更是多了几分民间化的合法化表达。

剧中狂欢化的场景有很多，如开场虎子、大壮、小银等试图用游戏化场景活捉胖鬼子，小银用弹弓射击日本相扑手，三个孩子试图进入鬼子军营捣乱，钻入米缸躲避巡逻队员的注意等细节，符合孩子的本能与可贵的纯真，是一种合法化的精神狂欢，增强了可看性。但也不乏传奇色彩的故事段落，如飞虎队员在日寇控制的铁路线上撞车头、反清剿、扒火车、横跨微山湖等，是对可视性与当下性元素的有机整合，而发现和铲除汉奸的几场戏中，更是明显加入了当下电视剧中非常流行的"谍战"元素，而飞速行驶的列车上空手打斗的环节，既惊险刺激又热烈好看，无不令观众大呼过瘾，此外，大壮几次落入日军手中却惊险逃脱的故事设置，更是增强了整部电视剧的戏剧性。

二 小小"英雄"人物的塑造

在观众的惯性思维中，电视剧中的英雄人物一般都是高大、勇猛、智慧型，他们个性坚毅且无所不能，身处事件中心时能力挽狂澜，《小小飞虎队》导演组在深入了解了当下电视剧创作现状后，对该剧文本进行了

---

① 王玉玮：《红色经典剧的民间化审美取向》，《福建艺术》2009 年第 2 期。

不同程度的翻新。如在人物选定上，摒弃"高大全"式英雄人物形象，设置了三个人物形象，虎子、小银与大壮，将其置身于宏大的抗战背景中，十分巧妙地把主人公从老版中相对完美的虎子转为新版剧中有着各种小缺点的小胖子大壮，人物塑造借用了好莱坞经典英雄人物的成长模式，即这个人只是平凡普通的人物形象，其原始力量很小，有着各种小毛病、小缺点，从无法抗衡到逐渐成长，再到可以抗衡，最终在紧急关头爆发出力量。但该剧大壮的银幕形象与我国传统的张嘎、潘冬子等形象有着强烈的反差，甚至一开始面对加入飞虎队打鬼子的行为，他也是畏惧胆怯的。他有着新时期儿童的特征：贪吃、懒惰、贪睡、好玩、爱做白日梦、爱哭，与英雄形象全然不符，正是这些性格"短板"，为全剧的情节扩张埋下了伏笔，让他在机缘巧合之下遭遇濒死的地下党员，在其请求之下肩负起了把秘密情报传递给飞虎队的重任，让这样"非典型"的小英雄去完成看上去不可能的大任务，又在途中为他设置层层关卡、重重阻挠，在面临残暴狡诈的日本鬼子时，他铤而走险机智地躲避了一次又一次风险，重情义，守承诺，最终成长为一个抗日小英雄。这个创新使得原本简单、没有悬念的故事顿时生动好玩了起来，正是由于大胖随后误打误撞得到了飞虎队的重要情报，踏上了寻找飞虎队的路程，全剧的高潮也随之到来。

大壮对情报的守口如瓶让他和两个死党虎子与小银的友情也受到了极大的考验，三个孩子在传递情报的路上更加深刻地体会到了友情的真谛与担当的可贵；而家人们对自己孩子的关注更是为该剧注入了一丝温情。同样，影片也从一定程度上对日本鬼子的孩子——喜郎予以了美化。他对于大壮、虎子和小银的欺负行为，不计前嫌，为了避免让他们受到惩罚，他不仅没有指认打他的孩子，还帮助他们成功逃脱日本军营。这个人物的塑造，超越了以往抗日作品中，日本人丧尽天良的固定模式，而是从另一个角度看，充满了人道主义的光辉。在抗战烽火的微山湖畔，小小飞虎队和抗日村民身上所闪现出的人性光辉，是每一个中国人都具有的民族气节。同时，该剧新增了"凤儿"这一角色——她是大壮的非亲生姐姐，但凤儿对大壮的疼爱与保护令人感动，她与飞虎队成员彭亮之间的爱情也让人遗憾。凤儿的出现始终与互相寻找却总是擦肩而过的小小飞虎队与飞虎队联系了起来，故事变得更加扣人心弦。这些带有"缺陷"的非传统意义上的榜样，不仅吸引了与剧中小演员同龄的观众，同时也抓住了成年观众的心，让观众在看剧过程中增加了许多担忧和期待。在这样一种诙谐幽默的氛围里，为了保护孩子的利益，编导们虽然安排了孩子打鬼子的情节，但却没有让孩子们接触冷冰冰的武器，让他们接触真刀真枪，直面鲜血，而是始终遵循"孩子应该远离战争"的创作观念，尽量从侧面展现战争，放狗咬，挖陷阱，用大便做成"巴巴雷"，还有小银的弹弓等，从孩子的视角看待战争，孩子在无限地接近战争却又从来不曾真正进入其中。

三 深沉理智化的偶像崇拜

据英国学者哈丁顿研究指出，人达到完美的主要因素，就是他在儿童时期从比他大的人中，选择可以信赖的人，作为生活的典范，以培养他们坚定的毅力与克服困难的意志。偶像崇拜历来被视为一种自然反应。拉康的镜像理论曾指出："6 到 18 个月的幼儿（尚无法有效控制自己的碎裂身体）在镜子中看到自己的统一影像，即产生一种完形的格式塔图景。这个完形的本质即是想象性的认同关系。这不是黑格尔所说的另一个自我意识，而是'我'的另一个影像。"正是缘于儿童对成人的英雄崇拜，进而刻意模仿，以一种"自我教育"的面貌呈现了教育的力量。但崇拜既要有度，又要选择好的、优质偶像。

"小小飞虎队"用心崇拜飞虎队的英雄事迹，崇拜大掌柜老洪，可谓是老洪的铁杆粉丝，他们三人打鬼子的举动甚至也是为了吸引老洪的注意力，于是他们自发组织，奉命宣誓，挖陷阱、捉汉奸、撒石灰、混军营、扒火车等，战斗方式是有趣幼稚，天马行空的幻想却又不失简单轻松接地气，形成了一种"儿童式的深沉"，这与当下年轻群体膜拜偶像不谋而合。大壮、虎子、小银钦佩飞虎队扒火车，抢物资的战斗能力，所以他们模仿飞虎队扒火车，希望有朝一日也能成为一名真正的飞虎队员。他们的理想简单而又可爱，对偶像的崇拜支持着他们的行动。优质偶像的思想、行为会带来积极的效应，甚至是仿效行为。但相反，不成熟的行为甚至诱导儿童走向不归路，如《喜羊羊与灰太狼》中的"烤火"情节，正是儿童的仿效终酿悲剧。而当大壮看到二叔田二也会扒火车，便盲目地崇拜起田二来，这种盲目差点惹出大祸。因此，该剧并没有引导孩子盲目崇拜，而是引导孩子适当选择优质偶像，激烈自我，最终实现自我价值的成全。

四 新版《小小飞虎队》的创新之处

首先，浓郁的人为关怀。不同于《闪闪的红星》中潘冬子目睹母亲牺牲，遂生起了替母杀敌的决心，《小兵张嘎》中嘎子看到奶奶被日本人杀害、佟乐妈被鬼子强暴等情节，于是孩子们为报家仇，深怀大恨，孩子们也从被破坏碎裂的小家庭走向革命大家庭。《小小飞虎队》中，主人公大壮不仅有溺爱他的母亲和一心想培养他做魔术师的父亲，还有疼爱他的姐姐，虽然最终姐姐不幸牺牲，但从剧情上看，家仇并未真正影响到大壮的成长，虎子的父亲和小银的父母虽被鬼子杀害，但在这两个孩子的成长过程中也没有过度渲染家族仇恨，而是用大篇幅的背景讲述孩子的父母亲在得知他们成立"小小飞虎队"后，到处找孩子，唯恐落入日本人的圈套，甚至关在家里不让出门的温情关怀，将人性化讲述融入历史现实中，孩子完成送情报打鬼子的任务看起来无疑是虚幻不现实的，该剧为了打破这种不现实性，故意安排了成长的烦恼——亲情的羁绊与家长的反对，使其成长历程既本色自然又真实可信。凸显出传统文化中"家和万事兴"的理念。正是通过家长里短的日常生活，父母的责骂与溺爱，才更凸显出整部剧的真实感，较大程度上引发了观众的情感认同。

影片并没有走向"一边倒"的叙事深渊，如影片开篇，小小飞虎队将日军头目野川的儿子喜郎诱骗出，趁其不备将他投入河中，而当野川得知喜郎被陷害后，更是将村落中所有的男孩抓起来，让喜郎指认，他虽然知道"凶手"是谁，但却死死咬住，网开一面。而后，大壮和喜郎因共同喜欢小黑狗，成了好朋友，喜郎不计前嫌，多次帮助大壮逃出敌营，孩子间的友谊已经跨越了战争，超越了国别。正如丰子恺所言："天地间最健全的心眼，只是孩子们的所有物，世间事物的真相，只有孩子们的所有物，世间事物的真相，只有孩子们能最明确、最完全地见到。"①

五 丰赡的视听语言成就大片式经典

成熟的艺术作品无不是内在情感与外在审美形式的完美统一，再好的故事也要通过外显的形式表现出来。影视剧作品中，视听语言是故事呈现的外在形式，直接影响叙事的成功与格调。提起儿童戏，给人的第一个印象，无非是低成本、小投入、小场面。但《小小飞虎队》的抗日时代背景以及火车站的场景造型决定了这部电视剧的高成本、大投入。该剧无论是资金投入还是战争武器的利用，都可算近年来儿童剧的佼佼者。为了营造真实而特殊的历史氛围，剧组建起了 2000 多平方米的沙沟火车站以及站前广场附属建筑，制作了近 1500 多套各式服装，租借枪械近 1000 支，租用蒸汽机车及车厢编组近 40 天，该剧的拍摄规模与投资额度在儿童题材电视剧作品中可以说是屈指可数的。片中处处可见广阔无垠的微山湖，空镜头更是提升了影片的观赏性和审美性。

此外，在声效的使用方面，也足见其功力。声音是电视剧的精神支撑，对于剧情的发展，人物形象的塑造起着重要作用。大壮的对白并非采用普通话，而是选择了颇具山东口音的普通话，一个农村出身的孩子，能讲出一口流利的普通话也是不合时宜的，这种纪实性的设置，既体现了故事发生的地域性，又真实再现了特定年代小小飞虎队员的形象。配乐同样荟萃了山东地方音乐的精华，凤儿与彭亮见面时，屏幕上吹奏的山东小调，喜郎与母亲在房间内谈话时，用日本民歌作为背景。在色彩表达方面，也可谓费尽心思。整体上分为三种基调：主题色调为浅灰色，表现三四十年代北方农村的残壁，与日军军营的灰黑色、飞虎队活动地区微山湖畔的暖黄色三种色调交叉进行，给人以强烈的心理暗示，也揭示出反对战争，向往和平的美好愿景。丰赡的视听语言，既真实再现了战争的惨烈，也揭示出战争对人类的灾难与侵蚀。

该剧导演钱晓鸿在综合利用电视剧视听语言特性基础上，又融汇了电影的影像特性，镜头间的快速切换，多种蒙太奇手法交叉使用，实景和虚

---

① 丰子恺：《丰子恺散文》，浙江文艺出版社 2000 年版，第 28 页。

景，真人表演与数码特效兼备，极大地拓展了故事的表达时空，使儿童剧由单纯的叙事艺术转变为艺术与文学兼具的高尚的文化作品。既具有动作片的惊心动魄，又具有了某种神话色彩。电视剧开篇，用一个梦境将观众带入剧情，亦真亦幻：大壮练就了一身本领，飞身跳入飞驰的火车，时而跳出车窗，时而蹿至车顶，时而拿起机枪打向鬼子，身手不凡。整个梦境的过程采用了快镜头切换，交叉蒙太奇与平行蒙太奇、心理蒙太奇手法的灵活运用，更增强了该剧的紧张刺激性，又吻合了神话剧的充分想象性。虚实相生，符合中华传统美学的观点，拓展了故事的叙事张力与艺术审美。这个片段借助梦境，传达出主人公大壮渴望成为飞虎队一员，抗击日寇的心绪，奠定了全剧的抗战基调，为下文"小小飞虎队"的创建埋下伏笔。此外，在表现大型的杀戮场面，导演并没有将镜头对准横尸遍野的惨烈与悲壮，避免了直接性揭露，而是有意采取意象化的意象处理，穿插进成人抗战传奇，即飞虎队的传奇世纪，虎子二叔叛变、虎子姐对飞虎队成员的迷恋等，多线叙事更使得该剧剧情丰满。

勇敢的虎子，憨厚的大壮，机智的小银，老版《小小飞虎队》给"80后"人群的童年岁月增添了许多美好的回忆，"微山湖，笑微微，猜猜我们都是谁。挖陷阱，撬铁轨，好像真正飞虎队……"当年的《小小飞虎队》如今早已成为经典儿童剧，每逢在怀旧剧场播出，依旧会引发大批观众的热捧，就连当年播出时的主题曲也仍为观众念念不忘，可见老版影响的深远性。如今新版热播，除了吸引青少年观众，还成为当年老版忠实观众们的精神寄托，在网络上引发了怀旧热潮。有人说，"《小小飞虎队》是山东孩子的童年经典，当年看到小银牺牲的时候我哭得稀里哗啦，不知道当年跟我年纪相仿的小演员们如今都身在何方。现在终于看到新版，虽然小演员不一样了，但仍然让我十分激动。"还有人回忆起了老版的主题曲，留言道："CCTV 播放新《小小飞虎队》，勾起了我对它的小时候的残存的记忆，片尾曲貌似是这样的：天上星，亮晶晶，好像一双双，一双双眼睛……"新《小小飞虎队》的播出，不仅带领他们重温了儿时的经典，更让他们找到了释放美好回忆的出口。

一个战火纷飞的年代，一群永不消停的孩子，他们是微山湖畔的孩子，他们在铁道游击队的传说中成长，他们梦想成为飞檐走壁的侠客，他们励志做从天而降的"小小飞虎队"，正是彼此怀着的一支小小飞虎队的梦想，让他们在仁义友爱的理念下与日本孩子"喜郎"互帮互助，让他们以无邪的童真童趣诠释了和平的价值和意义。作为一部以少年儿童的特殊视角展现的战争题材电视剧，该剧在把握当下社会文化心理的基础上，对红色经典影片进行了二次创作，而且更加尊重历史，形象更加贴近地气，形式更加活泼幽默，更符合时代发展与人类文化进程，实现了战争悲壮与孩童纯真，历史真实与现代审美，红色经典与时代诉求相结合，开创了儿童视角下抗战剧的新道路。《小小飞虎队》如一缕清新的风，为当代少年儿童输入精神钙质和心灵力量，也让今天的小观众们理解什么是中华民族的精、气、神，为青少年儿童补足了精神之钙。

第九章　以枣庄抗战为题材的其他电视片

第一节　烽火岁月铁血柔情
——《我的特一营》重现
台儿庄大战

　　2015 年适值抗战胜利 70 周年，为纪念这一重大节日，很多抗战题材的电视剧不断涌现荧屏，包括《1 号情报员》、《抗日奇侠》等，共同奏响了抗日剧叙事的主旋律乐章。其中，由著名导演侯明杰执导，徐佳、杨舒、吴京安、李明启等主演的电视剧《我的特一营》影响较广。该剧立足于激荡壮烈的民族战史，以警卫特一营营长周天翼及年轻将士们在前线英勇激战、慷慨赴死的经过为叙事主线，讲述了 1938 年台儿庄大战前夕，日军沿津浦线前进，企图合围徐州，国民党第 56 军特一营全体将士在营长周天翼的带领下英勇抗击日本侵略者，真实还原了参战官兵是如何在缺粮少衣、缺乏枪弹、孤立无援等极端困境下，用鲜血与生命保卫祖国的领土与尊严，慷慨赴死、舍身成仁的壮烈一幕。作为一部以铁骨柔情著称的抗战题材剧，它既体现了军队文艺创作一以贯之的重笔墨、精制作、真姿态的严肃态度，又客观细致地讲述了这段战史，上映即得到了业内外人士的诸多关注。

　　一　抢救历史，拒绝戏说，温情致敬抗战老兵

　　尊重历史与真诚创作是每个艺术家义不容辞的责任。在谈到《我的特一营》的拍摄初衷时，该剧导演侯明杰表示，该剧"以还原历史真实为己任，从搜集资料到与学者会谈，我们着眼于每一个细节，力求更多方面、更加真实地讲述这段历史与这些英雄，我们坚决杜绝任何抗战娱乐化。只有真实、客观、翔实地讲述'台儿庄大捷'，才对得起八年抗战，对得起英雄们洒下的热血"。战争的残酷和惨烈程度，远远超出和平年代人们的想象。为最大限度地真实还原激烈的战争场面，剧组在参考了大量的文献及历史资料基础上，选择在台儿庄附近取景，将临沂大战、滕县战斗、台儿庄大捷等巅峰时刻客观重现，还首次还原了会战中以劣势装备舍生抗敌的草根官兵。据历史资料记载，滕县战役中，王铭章率领的122师击毙日军共4000余人，全师5000余人几乎全军覆没，师长王铭章在战役中壮烈殉国。该剧将中华民族这段硝烟弥漫的历史，以影像化的形式呈现出来，创作出尊重历史事件的电视剧精品，堪称是了解台儿庄大捷的最佳读本。整部剧比较细致地重现了王铭章血战滕县的战史。在道具的制作上，镜头最大限度确保表演的呈现，加入纪实风格，燃放大量烟弹制造战场的紧张气氛，营造出烽烟四起的效果，精彩的爆破戏真实再现了当年的战争原貌。演员们手持的枪支在开枪时不仅会有火光一闪，更会有弹壳蹦出枪膛，显得既惊险又逼真，给人一种身临其境的观感。

在谈到该剧的创作意图时，制片人陈静表示："《我的特一营》既是对那段历史的致敬，也是对当年老兵的致敬。他们在国家危难时刻挺身而出，抛头颅、洒热血，为中国历史做出了极大的贡献，绝大部分人都是无名英雄，《我的特一营》就是献给像剧中周天翼这样的无名老兵，他们的爱国精神值得铭记。"近年来，关注抗战老兵的呼声越来越强烈，为向抗战老兵致敬，《我的特一营》以感情为突破口，真诚而接地气地对老兵的尊重、对抛洒激情与热血的老兵精神传承的重视可见一斑，让历史永不忘记老兵的辉煌。

二　拒绝炫技，视觉震撼

随着拍摄技术的不断进步，近年来，部分抗日剧一味追求画面好看，眼花缭乱的特效镜头，将叙事置之度外。而《我的特一营》剧组却将"拒绝炫技，抢救历史"作为拍摄理念，在拍摄上有一套严格的执行标准，无论从整体制作水准还是道具的苛刻要求上都堪称完美。该剧在声与影的交互切换中，将气势磅礴的战争场景一一重现，十分震撼。开头长达

10 分钟的枪林弹雨战争戏，更是让观众大呼过瘾。此外，该剧对空间的运用极为纯熟。尽管电视剧对战争的表现力较之于电影有天然的局限，但编创人员努力营造接近于战争大片的视听氛围，尤其是在紧张刺激的战斗场景中，快节奏的剪辑组合，大角度的视点切换，流畅的转场过渡，快慢镜头的交替运用，烟火连天的光影变幻，震撼的音响配合，逼真的道具设计，趣味的人物对话，极易使观众产生一种身临其境的紧张感与现场感，营造出了烽烟四起、刚劲雄浑的艺术风格。

内容的呈现与色调的搭配也是相辅相成的，屠杀、虐夺、打鬼子的剧作主题与灰白色的冷色调高度契合，凸显出历史剧的庄重与肃穆，苍凉与森严。尤其是周天翼战场上杀敌的镜头，一个快速急拉与仰拍镜头的巧妙结合，更是将英雄人物的骁勇善战与高大伟岸展现得淋漓尽致，也一定程度上增强了战斗的激烈气势，在声与影的交互切换中，将气势磅礴的战争场景一一重现，增强了该剧的叙事节奏，十分震撼。一个个站立的战士倒下的镜头，仰拍与俯拍相结合，快慢镜头的交替使用，更是运用了电影中叠入叠出的拍摄方式，将战争带给人类的灾难揭示得淋漓尽致。这体现出电视剧编创人员影视技术与军事知识兼备的良好专业素质。"马作的卢飞快，弓如霹雳弦惊"，观众们可以借此在浓墨重彩的电视艺术氛围中，真切地进入那段让中华民族永志不忘的历史，感受战场上的惊心动魄，以及每个人都战斗到最后一刻的大无畏牺牲精神。

三 以小见大，小人物里看人情

在电视剧市场竞争激烈的今天，主旋律叙事应尽量避免一味地说教，而应在丰富有趣的故事情节中阐述道理，说明真相，"以小见大"，将个体叙事的腾挪挥洒空间较之于"我们"的集体叙事。正如《我的团长我的团》、《我是特种兵》、《我的兄弟叫顺溜》等近年来颇受好评的军事剧一样，《我的特一营》的叙事重心同样落在"我"上，叙事主题"以小见大"是该剧的一大特色。它不再从宏观角度全景再现台儿庄战争的惨烈悲壮，不再浓墨重彩写英雄，展示大人物的运筹帷幄，不再把镜头对准作战指挥部的统帅名将，而是从一个普通参战士兵角度切入，将镜头深入人物内心深处，把草根战士的喜怒哀乐、爱恨情仇及个人命运刻画成一条故事的主线，以其独特的切入角度给该剧提供了一个柔情的内核，一个格外鲜活而又人性化的内核，显然洒脱灵动。

战争和爱情都是永恒的。细数以往的抗战剧，经典的烽火爱情有《亮剑》中李幼斌和田雨的"你侬我侬"，《潜伏》里孙红雷和姚晨的"情投意合"，也有《历史的天空》中张丰毅和殷桃的"夫妻感情"。但是，像《我的特一营》中杨舒和徐佳的"麻辣爱情"，还是第一次展现在抗战荧屏中。在拍摄过程中，徐佳坦言《我的特一营》除了有令人热血沸腾的精彩战争戏，情感戏更令人动容，兄弟情、战友情、战地爱情，在残酷的战争面前，感情既脆弱又格外珍贵。在《火凤凰》中被网友封为"咆哮帝"的徐佳在该剧中饰演一个宁可背叛兄弟、违抗军令也要誓死抵抗日军侵略的叛逆英雄周天翼，杨舒则延续《我是特种兵之火凤凰》的麻辣作风，出演"不爱红装爱武装"、勇敢追爱的巾帼英雄廖真真。戏里，廖真真（杨舒饰）是个标准的"军二代"，她从一开始就撒开腿追求周天翼，十分直接、炽烈。为了追随"情郎"，她甚至不惜离家出走奔赴前线，在残酷的战争面前，他们凄美决绝的爱情显得格外温情而珍贵。在热血抗战戏之外，二人充满戏剧性的感情戏份让该剧将"热血抗战！国人勿忘国耻、拼尽最后一滴忠魂血！"的精神发挥得淋漓尽致的同时，给该剧增添了一抹别样的柔情。

且看"特一营"中各具特色的"我"，如勇猛果敢的营长周天翼，"我演的特一营营长周天翼，其实就是个普通人，并不是英雄。他受了伤也会痛，难过了也会哭，也怕死也想活，但是在国家面前，在大义面前，在该做选择的时候，别人退缩他冲锋，别人保命他就义，他用自己的死来换取更多人的生，这才是特一营中的英雄。"足智多谋的副营长孙嘉谋，信口开河的"半仙"李有才，川音浓重的"老猫"吴老四，聪明灵活的"哨兵"罗松林，尚显稚嫩的新兵"小四川"等，一个人有一个人的声口，一亮相便深入人心。这些性格迥然相异的人物形象，既可以在"特一营"匆促紧张的集体生活中，也可以在与外围人物的关系链中，诸如恋人、上司、敌人、间谍、汉奸等，碰撞出大量的矛盾冲突。在紧张激烈的战斗场景间隙，这些矛盾冲突甚至可以产生轻喜剧效果。当观众们已然熟悉的主人公们在惨烈无比的战场上英勇牺牲时镜头闪回至那些曾经亲切的音容笑貌,以喜衬悲,以生衬死,以平凡映射伟大,感天动地的悲壮气氛便溢满荧屏。从人类共通处叙事具有很强的带入感,使得此剧具有了一种独特的人文气质和悲悯情怀。

四 抗战"致青春",塑造铁血偶像

在人们的传统观念里,战争剧是深受老一辈人士青睐的,这也道出了以往抗战剧的诸多创作误区,忽略了年轻人才是战争剧的收视主体。特别是在国与国、人与人间概念逐渐模糊的时代,年轻观众看完这些精品抗战剧后会突然觉得,他和这段历史其实是有关系的。《我的特一营》是一部不折不扣的偶像剧,充斥着一股浓郁的男性荷尔蒙气息,该剧主演徐佳饰演的特一营营长周天翼,以及大狗、半仙、老猫、哑巴、小诸葛等特一营队员都是"一硬到底"的纯爷们儿,他们集国家、荣誉、忠诚、责任和兄弟情义于一体,是中国青年追求的"铁血偶像",俨然一副中华好儿孙的真实写照,在社会盛行"小鲜肉"、"萌大叔"的当下,为观众诠释出一个魅力十足的别样硬汉型男。

剧中,徐佳饰演的男一号周天翼,外号周疯子,勇敢仗义、浑身是胆的热血硬汉,却又有些莽撞、经常违抗军令,个性桀骜不驯,是个不折不扣的"异类"。在阻挡日军机械化部队的战斗中,他敢于闹出兵变,违抗军长的撤军命令,继续率领部队冒险出击。虽然他以微末代价换来局部战役的胜利,但也落得个军法处置的下场。这个打起仗来像疯子,犟起来像倔牛,爱起来又像烈火的周疯子,虽然看似莽撞无理,实际上却是铁骨柔情。在特殊的时代背景下,日军压境,上级却强令撤退,眼看生灵涂炭、国土不保,在民族大义面前,周天翼心绪难平,毅然率领部队奔赴抗日前线。他不仅用鲜血和生命抒写了"中国不容侵犯"的事实,也将为观众呈现出一个"不一样的美男子"。正是这种不完美,才让人物更鲜活,他的爱国情怀传递得更自然,更令人动容。在悲壮的抗日战争进程中,台儿庄战役是一座不朽的丰碑。战争的主体就是千千万万个普通士兵,他们献出自己的青春甚至生命,但他们之中的绝大部分人都是无名英雄,他们的爱国精神值得铭记。该剧把握住了一个时代的精神实质,在纵横交错的历史事件中抽离出了最动人的景象。

五　"一线串珠"式结构与严谨纪实的创作法则

在重大的战争行动中，一支独立的正规作战分队可以自由地脱离所属部队，也可以自由地加入友军，自由地选择战场与战斗时机，从军事专业的角度来看是很难发生的。该剧在结构布局与艺术构思中，"特一营"既是进入战争的亲历参与者，某种程度上又是离开战争的"观察者"。这位"观察者"串联起了敌我对峙，串联起了友军各方，串联起了国共配合，也串联起了复杂的战争过程。"特一营"本身也承担着重要的叙事功能。如此，"一线串珠"式的电视剧结构使得头绪繁多的历史叙述显得流畅自然，教科书式的严谨纪实就实现了形象化的艺术转化和传达。

《我的特一营》将摄像机聚焦于 76 年前鲁南大地壮怀激烈的战场时，实际上就赋予了作品诠释伟大抗战精神的责任担当。一方面，电视剧全景式地展现了台儿庄战役的真实过程，重要的事件与人物皆严格依据史实，诸如双方将领的运筹指挥，敌我军队的排兵布阵，战争进程的逐次演变，国共之间的紧密配合，川军、桂军等各路军队的同仇敌忾，甚至一次阵地争夺战的反复拉锯，交战双方的番号、武器、军服、标识等，这就使得电视剧在宏大的叙事格局里呈现出历史教科书式的严谨。另一方面，在历史真实之中，电视剧精心塑造了一支作战分队——特一营的群体形象。很显然，特一营是电视剧的艺术再创造，但特一营官兵身上的忠勇、无畏、智慧与牺牲，却是反法西斯战争中中国军人形象的缩影。进而言之，在特一营官兵的身上，凝聚了习主席所指出的伟大抗战精神的内涵，即天下兴亡、匹夫有责的爱国情怀，视死如归、宁死不屈的民族气节，不畏强暴、血战到底的英雄气概，百折不挠、坚忍不拔的必胜信念。这样的艺术虚构，恰恰对应着对于历史语境的真实还原和真切认知。

《我的特一营》"卖萌"又"卖腐"，人物、情节、台词颇能击中年轻人的"萌点"。剧中也随处可见一些"战友情深"的"卖腐"桥段。例如，周天翼与廖光义（吴京安饰）"就算你叛逃到天涯海角，我也要拼死为你保驾护航"的难兄难弟关系；周天翼和孙嘉谋（张进饰）是一对"互补CP"，每当周天翼做出冲动决定，孙嘉谋总在第一时间为其献上最理智的判断决策；周天翼犯下大错被军长关押大牢时，大狗、半仙、老猫、哑巴、小诸葛等特一营队员心急如焚的小眼神；周天翼毅然率领部队奔赴抗日前线之际，特一营队员"你是风儿，我是沙"的誓死追随。在"眉来眼去"间，他们都将这份深厚的"战友情"表露无遗。在军座与"22师参谋长"战场上的对话中，"军座，你的脸上有几个窟窿"，"七个"。"小日本打上100个窟窿"，"是，军座，您的声音怎么变了"，"我刚吃了两个鬼子，给噎着了"，"小鬼子脸上有几个窟窿，有七个窟窿，他也是人，你怕啥，给我凿出一百个眼在说话。"堂堂正正地与小日本拼一死战。尤其是战场上"大哥"的称呼，缓解了战争的残酷。

台儿庄战役，历时一个月，在武器装备等方面明显弱于敌军的情况下，我方以5万热血军魂的壮烈牺牲重挫日军，打击了日方的嚣张气焰，增强了全国军民抗战必胜的信心，在中国抗战史上留下不可磨灭的印记。《我的特一营》再次将那场惊心动魄的战役搬上荧屏，在战争时代的洪流之下，该剧通过对一群抗战英雄的塑造，"真男人"周天翼与他的"特一营"战友们带领特一营杀出重围，用不怕苦、不怕死、不怕鬼子机关枪的"特一营"精神经住血与火的淬炼，力挽狂澜，警醒世人勿忘历史、缅怀先烈。无论恢宏壮阔，还是平静如水，历史总是以她匆匆的节奏渐行渐远。《我的特一营》是一部青春热血偶像剧，专为中国青年"补血"，补足精神之"钙"。

第二节　一点浩然气，千里快哉风

——且评电视剧《正者无敌》

所谓正者，却硬是演出了一场荒诞滑稽的大戏；所谓悲壮，却用嬉笑怒骂的方式轻松演绎。《正者无敌》是一部实打实反映川军悲情与豪迈的抗日战争剧，以大笑开头，以流泪结束，情节滑稽热闹，人物荒唐走板，是由《大宅门》的太太争宠、《亮剑》的见招拆招、《历史的天空》姜大牙似的人物狡黠最终混合而成的，但难能可贵的是最终却丝毫没有削弱其中的民族大义与英雄豪情。

一　川剧，嬉笑怒骂皆是戏

四川戏传统是擅长小人物的喜剧与调侃，正如乐观的川人本身一般，幽默是深入骨髓的，面对厚重沉寂的历史悲剧，都可以用嬉笑怒骂的方式举重若轻地表达出来，如新中国成立前家破人亡的强迫抓兵，都能被做成辛辣讽刺无比搞笑的《抓壮丁》。讲川人自己的故事，就难免要用川式风格的喜剧闹剧，才显得热闹，显得好看。看似喧闹的背后却遮不住丝丝悲意，喜剧的开端也只是让终局的悲壮更加震撼，如开篇冯天魁的烂仗，而太太的手段，封萍的正义都赢够了观众的笑声，吊足了观众的胃口，而此后他们的牺牲也同样赚足了观众的眼泪，中央军抗日的不作为，四川军阀相互的猜疑与算计，更是让该剧透露着一种宿命般的自我牺牲。而冯天魁的一切自我丑化只是为了能完成自己的抗日心愿，步步惊心中来自军营倾轧，来自妻离子散，来自后院失火，虽然最终一一化解，但也疲于奔命，只有在最后台儿庄一战中，方能尽显横刀立马大将军本色，阴谋化为阳刚，狡黠换做热血，又有不尽的意味深长。

而该剧的配音让喜剧效果更正更足，独具特色的川音更是多了几分神韵，细节之间无不深刻透露着四川特色，对白中随时可见"烂仗"，"棒老二"这类方言特色，喜感十足。另外还采用了四川地方军阀与正规军斗智斗勇的经典段子，为当地老百姓所喜闻乐见。甚至将相声中韩复榘的段子也原封不动拿来作为笑料包袱添加，闹上加闹。

二　川魂，《团长》之后再悲情

俗话说，无川不成军。川军在抗战时期扮演着重要角色，曾是中国抗战史上浓墨重彩的一笔，是一支不可忽视的抗日力量，但他们在历史上的种种功绩却被湮没，过多军阀割据也让川军少了几分领军人物的号召力。他们与正规军相比，是出了名的装备差、素质低，士兵只有草鞋穿，号称双枪队。因此，表现川军抗日的电视剧凤毛麟角，川军也大都是作为配角登场，很少提及。2009 年，《我的团长我的团》上映，所谓"川军团"

的"兵痞"们让观众重新树立对川军的形象，虽然此"川军团"只是打着川军旗号收罗各地的散兵游勇，但是他们也表现出了当年川军的狼狈特色。一手烟枪一手火枪，骑兵团无马炮兵团无炮，甚至工兵要向老百姓借镐头。在台儿庄，在徐州会战，川军都闹出了极大的乱子，但是也都打出了惊人的血性，付出了极大的伤亡。可以说，《团长》讲的虽然不是川军，气质上却贴近川军。而作为"英雄无敌"系列的压轴大戏，《正者无敌》紧紧围绕"正"字做文章，时刻以川军为主角，主题意识强烈，开启了一种新的题材。

川军精神上的抗日热忱与装备上的寒酸尴尬形成鲜明的对比，因此川军的悲壮中又加入了自嘲，对比《团长》，《正者无敌》对川军这种鲜明性格有了更直接更鲜活的体现，冯天魁买了一架老爷机，就敢自称空军，舍不得钱买炸弹，就空投大粪驱敌。河里几条渔船，就自称海军，土到了极致，也恶搞到了极致。《正者无敌》除了把诸多抗战川英雄的事迹加诸冯天魁身上之外，还借人物之口讲述了诸多四川将领的历史事件，让这部剧显得更加真实，也更有历史感觉。在抗日战场上，平时笑料百出的川军又个个显出了真汉子本色，对比暗中钩心斗角的"中央军"，地方军阀们反而更加显得质朴可亲，更加热血纯粹，更堪比中国的脊梁。大结局冯天魁坚守阵地的残酷，正如电影《集结号》中的惨烈，令人动容。《正者无敌》为川军正名，用川味风格向曾经的川军致敬。

主人公冯天魁生活在一个各方势力安插眼线的环境中，片中几个女性各为其主，处处设下陷阱，想要谋取自身的利益，这些角色的设置增加了戏剧性，而且这些角色还代表着各个派系之间的斗智斗勇，更加增添了情节的丰富性。主人公冯天魁虚与委蛇、插科打诨，这些人物的矛盾冲突形成了具有喜剧效果的碰撞，使该剧的前半部分妙趣横生，而随着剧情的进展，该剧笔锋一转，冯天魁带着两万多兄弟出川抗日，拿着最破旧的武器，仅凭借极为匮乏的弹药，坚持到底，无一生还。这部分故事借鉴于真实史实，更让这后半部《正者无敌》平添铁血和壮烈的色彩。

三 川人，另类英雄正能量

该剧不同于前几部作品，塑造了一个以前很少在电视中出现的人物形象冯天魁，冯天魁这个人物融合了王铭章、范绍增等四川军阀将领的历史原型，具有地域特征，百变陈宝国虽以前演过类似玻璃花一类的京城小混混，但却首次出演大老粗的地方军阀，挑战起了这个全新类型的角色。这是一个具有多重性格、外邪内正的人物，装疯卖傻，见缝插针，揣着明白装糊涂，经常在笑嘻嘻周旋间不动声色地实现自己的目的，陈宝国也充分展现了这个角色的复杂个性。外部形象是土匪，内部精神是军人，这个大智若愚的角色让他更痞更无赖更胡搅蛮缠，大出洋相，大搞活宝，嘻嘻哈哈中难分真假，让观众看到他演绎喜剧角色的另一面。因此，拿捏有度的演员表演，特别是该剧后半段的战争戏，强烈地突出了冯天魁的军人气质，这个人物从一个伪装的傻乎乎的军阀，转变成了一个战场上的抗日英雄。冯天魁用自己的身家性命与各方面势力周旋，面对中央军他嘻嘻哈哈阳奉阴违，面对上峰他时而大开玩笑时而翻脸骂娘，面对家中三位间谍太太他装傻扮痴暗中观察，只有面对妻儿面对国恨家仇他才流露出沉重与悲愤的一面。正因为陈宝国将冯天魁这个人物伪装的假面诠释得妙趣横生，所以他以后的真情流露才格外打动。陈宝国非常出彩地演出了这个粗丘八的军人本色和爱国情怀，释放出绝对爷们儿的正能量。

作者以喜剧入手，加入了冯天魁很多日常生活的戏份，同时也没有将其塑造为一副毫无缺点的圣人面孔，而是写成一个外邪内正——表面看是个不识字、行事鲁莽的粗人，内心却具有极朴素的爱国情感的普通人。这就将一个人物的血肉勾画了出来，一个人物就写活了。这样一方面让人们觉得这个角色是可爱的，拉近了与观众的距离，另一方面又写出了人的复杂性、社会性——任何人物都是有成长过程的，不可能生而为英雄。这种转变的过程才是最重要的，是重要的看点。只有写出了变化，才算完成了人物的性格塑造，也使得整个剧更贴近一种历史的真实。历史剧难写就表现在，要以今人之眼光去揣度彼时之情境，既要有距离感又要融入当下社会生活。只有如此，观众才容易进入剧作者精心设置的剧情中，感同身受。

《正者无敌》就像下里巴人的民间故事大集合，虽然写的只是偏居西南一隅的川军的故事，却可以发现在全面抗战的危急关头，即使是一个地方军阀，一个闭塞地区的普通人，都会迸发出一种热血、一股强烈的爱国心，无论他以前做过什么、是一个什么样的人，在这个时候都有可能发生行为转变。这种转变是由每个人内心的良知引发的，这种良知来自中华民族的某种内在精神，这种内在精神就是"正"，它是整个民族凝聚力的源泉。

四 辣妹子，宅门大院斗心机

整部剧除了看陈宝国的插科打诨，三个女人一台戏也是最大看点。《正者无敌》中几房姨太太各有千秋，都算不上真正的川妹子，但却深得川妹子真传，均将其又美又辣、处处心机的风骚媚态表演得淋漓尽致，尤其几位太太的对戏格外好看，常常是几个太太一起发威，周旋于冯天魁之间你争我夺的激烈性演绎得精妙绝伦，火药味十足。而围在其中无所适从，愁眉苦脸的冯天魁像个软汉子，暗中见招拆招，反而让太太们无计可施。这场大宅门谍战剧中，陈数扮演的二太太与唐一菲扮演的三太太斗法最为精彩，二太太是有口无心，泼辣火爆，气场十足，喜好当出头鸟，不仅抛开了以往角色的矜持劲儿，变成温婉淑女一枚，而且语言大胆露骨，撒起泼来更是火药味十足，一改她以往的青衣气场。不可否认，陈数是个眼中有戏的演员，因此让角色看似混不懔的闹腾中却时时让眼神出卖冷静与审时度势，自然而然给观众以"这个女人不一般"的感受。虽然难免剧中闹得过火，却能收放自如，最终的改变不仅合情合理，而且颇能打动观众的心；如果说陈数的演技在于强大的气场，那么唐一菲则将三太太这个角色演绎得婉转动人却又楚楚可怜，既有着符合身份的风尘味道，也有着阴谋狐媚、柔中带奸，表面与二太太关系搞得结实，实则暗中下绊，另有算计。唐一菲成功演出了光彩照人的另类风情美人计，令观众印象难忘。二太太的火爆，三太太的妖媚，再加上四太太的亦步亦趋，让冯家大宅热闹非凡。这些表面的争风吃醋背后，却是血色朦胧的三股势力的大比拼，危机四伏。

《正者无敌》是"英雄无敌"系列第四部，该剧沿袭了此前的军事悬疑风格，取材于川军出川抗日的真实历史事件，在主流价值观、情节剧创作指导下，将思想性、艺术性与商业性巧妙融为一体，讲述了真正的中国故事，发出了真正的中国声音，阐释出了真正的中国特色，不折不扣地记录了中国军事史，对我们民族是一件有意义的事情，为观众呈现出一部令人激情澎湃的精品大戏。通过这部精品剧的具体实践可以看出，主旋律电视剧与商业电视剧具有同样的生命力，弘扬民族精神的创作态度在当下和平时期仍旧值得发扬，笔者认为该剧有几个独特之处值得借鉴：

第一，主题上弘扬民族精神，创作上积极创新，制作上精益求精，该剧制作水准精良，画面极具层次感和质感，演员表演生动，战争场面宏大，虽是一部电视剧作品，却颇具电影的恢宏气势。这样的创作态度为观众最终呈现出一幅艺术性与真实性兼具的历史画卷。第二，该剧实现了艺术与商业的结合，既具有很强的现实意义，又具有强烈的戏剧性，符合观众收看电视剧的心理诉求。观众观看电视剧首先是因为对戏剧性的需求，其次才是为了接受教育，影视剧要寓教于乐，把艺术和商业有机结合起来，把戏剧性和纪实性结合起来。该剧取材于真实历史事件，但是纪录片观众不爱看，收视率也不会这么高，该剧既有真实的历史，又有戏剧性的结构，并且在正剧和戏说之间找到了平衡，可谓"大事不虚，小事无拘"。该剧的高收视率，正好迎合了社会大众的心理需求。

设想如果人人都能有一点浩然之气，有一点"正"的精神，有一点如川军班的魂魄和脊梁，形成人人讲和气、讲正义的良好氛围，相信这样的社会、这样的国家、这样的民族不会惧怕任何敌对势力的挑衅，敢于面对任何苦难与挑战。

第三节 以"血荐轩辕"浇历史块垒，《壮士出川》再现滕县保卫战

鲁迅先生曾在其诗《自题小像》中写道："灵台无计逃神矢，风雨如磐暗故园。寄意寒星荃不察，我以我血荐轩辕"，将自己的困顿与遭遇，坚定的爱国情怀与一腔热血写入其中，带有某种哀愤与气壮山河的气势。而由四川星空影视文化传媒有限公司与四川广播电视台联合巨制，曾拍摄

过《我的兄弟叫顺溜》、《远去的飞鹰》、《上阵父子兵》的花箐任导演，陈庄编剧，高姝瑶、林江国、王韦智等人主演的 35 集大型军旅剧《壮士出川》，名字取自"壮士一去兮不复返"之意，整部剧的基调与鲁迅先生的诗歌有异曲同工之妙，描写了在民族大义的感召下，抗战中，无数的川军英雄们共同谱写的一曲可歌可泣、荡气回肠的英雄赞歌。

取材于川军抗战史实的《壮士出川》，聚焦了中国抗日战争历史上最为悲壮的滕县保卫战，巧妙避免了沦为空泛性宏大叙事的滥觞，而是努力将细节落到实处，尽全力还原战争场面，塑造丰满的人物群像，再现了抗日战争时期，滕县保卫战场上川军浴血奋战，英勇杀敌的战斗精神，大片规格精良，广受赞誉，因此被称为中国版的"兄弟连"。

一 34 场战役打造中国版"兄弟连"，滕县保卫战真实过瘾

《壮士出川》剧集中的战争场面除聚焦了顿悟寺阻击战，滕县保卫战，以及淞沪会战、台儿庄战役、老河口保卫战等三大历史名战外，还涉及另外 34 场大小战役，真实再现了战争场面的惨烈，每一场都有严格的文史考究，在战争场面的展现上较为惨烈。编导们在军事方面的展现上挖空心思，从层出不穷的阵地战、白刃战到阻击战，力求达到展现于接近真实的战场感。"当年数百万川军穿着草鞋和短裤提着大刀上前线为国拼命，几十万壮士死伤，这段真实的历史不应该被戏说。"

同时在服装、道具、武打动作场面上也精益求精。60 年前的四川，交通极端落后，"蜀道难，难于上青天"。当时虽有长江通道和川陕公路，但车辆船只极少，川军长途跋涉数千里，第 41 军、第 45 军将士，身穿单衣，赤足草履，一直从成都步行 2000 多里，奔赴山西战场。11 月的山西，已是北国冰封，寒风刺骨，川军装备十分简陋，每个士兵仅有粗布单衣 2 件，绑腿 1 双，单被 1 条，单席 1 张，草鞋 2 双，斗笠 1 顶。所用步枪 80% 系川造，质量差。每个战士配备子弹三五十发，手榴弹二枚，大刀一把，一个团仅有几挺机枪。与武器装备精良的日军作战，战况十分惨烈。但川军在各次会战中，战士们满怀民族义愤，勇敢作战，不怕牺牲。1938 年 3 月，在台儿庄战役中，第 41 军代军长王铭章，奉命率部死守滕县，阻击敌军。日寇采取空军、炮兵、坦克部队和步兵联合作战的战术，

轮番进攻，川军拼命死守，王铭章等3000多将士全部壮烈牺牲，以身殉国。由于川军死守滕县三个昼夜，终于挫败了日寇增援台儿庄的企图，使友军能顺利完成对台儿庄的包围。

　　抗日战争初期的滕县保卫战，是川军阻击日军第10步兵联队南下的一次防御战，既是整个抗日战争时期唯一的一次以少战多以弱战强的正规战争，也是抗日战争中最惨烈最悲壮的战役之一。滕县保卫战剧情中，更是全面描写了滕县保卫战时期外围突斩、迁回作战，最终川军死守滕县的场景。尤其是三义桥一战中，日军利用其先进的武器大炮对川军发起进攻，川军由于地势原因无法躲避，只能以步枪抵抗，敌强我弱，装备悬殊，战士们完全处于被包围的劣势下，以死志抵挡，以血肉之躯与日军厮杀。战火纷飞中爆炸声与战士绝望的怒吼声混杂，枪战精彩，效果真实震撼，更显川军被困滕县的奋力与绝望，真实还原了悲壮宏大的战争场面。

　　在三义桥一战中，设备先进的日军用大炮对川军发起进攻，川军由于地势因素无法躲避，只能拿起步枪拼死作战，敌我装备悬殊，战士们在完全处于被围困的劣势下，以死志抵挡，以血肉之躯与日军拼搏。战火纷飞中爆炸声与战士绝望的怒吼声混杂，枪战精彩，效果真实震撼，更显川军被困滕县的奋力，虽然装备不如别人，但都是血性男儿都要浴血奋战到底，真实还原了悲壮宏大的战争场面。指挥台儿庄会战的第五战区司令官李宗仁指出："若无滕县之苦守，焉有台儿庄之大捷？台儿庄之结果，实滕县先烈所造成也！滕县一战，川军以寡敌众，不惜重大牺牲，阻敌南下，完成战斗任务，写出了川军抗战史上最光荣之一页。"① 这部剧的效果已经接近于耗资巨大的电影场面。描述川军战争史实的《壮士出川》，以剧中战争场面的真实震撼表现在播出后收获一片赞誉。国产电视剧近年来的水准的提升，可见一斑。在经历了抗战神剧的迷失之后，抗战剧终于回到严肃轨道。

　　二　人物形象真实可信，林江国被封"中国阿甘"

　　《壮士出川》在角色塑造上最值得赞赏的有两处：第一是对张抗形象

---

① 　http：//m. tiexue. net/touch/thread_ 6379848_ 1. html.

的"阿甘"式塑造：从《刁蛮公主》里憨厚耿直的司徒剑南，到《活佛济公》里幽默搞笑的赵斌，再到赖水清版《鹿鼎记》里虚伪奸猾的郑克爽，林江国诠释过众多让人印象深刻的角色，但饰演九死一生的铁血军人硬汉还是头一回。《壮士出川》中林江国饰演的男主角张抗，军校尚未毕业就奔赴前线，参与鏖战无数，从1937年的淞沪会战一直打到1945年的老河口保卫战，在战斗中顶撞，也在战斗中成长，最终如愿成为一名英勇善战的军官，在谈及对川军的理解时，林江国直言感动："抗日战争其实没有打到四川，可是四川人民自告奋勇站出来，出兵出粮，非常有血性。接到这个戏后，我翻阅了大量史料、老兵日记，看到有时一个团接一个团地填进，上千人一下就没有了，心里很不是滋味。"对于高强度的拍摄训练，他更是坚持锻炼，加强体能，拍摄期间演员每天都在爆炸、打斗中度过，危险不言而喻，为确保最佳效果，虽导演没有明确要求，林江国仍坚持所有戏份都亲自上阵。敬业的精神得到剧组人员的赞赏，被看作中国版的"阿甘"。

　　战争是残酷的，又是无奈的。剧中林江国挑梁男主张抗，以点及面，辐射数十万川军英烈。导演花菁有意让俊俏的林江国走起了硬汉路线，但并没有让他以高大全的姿态亮相，而是赋予这位骁勇的火线老兵性情和鲁莽的一面。川军在被日军精准炮火炸蒙之后，张抗执意乔装靠近敌方战线打下了日军定位我方阵地的侦察热气球，结果牵连战士牺牲，当领导杨彪指责这种牺牲毫无意义时，张抗怒火攻心动起了拳头。林江国饰演的张抗，虽不及《一代枭雄》里的孙红雷霸气，但比另一部同档剧《利箭纵横》中的于震则要硬气得多。

　　林江国曾在采访中透露，《壮士出川》是他从业以来拍过的最辛苦的一场戏，99天的拍摄，90天都在打斗、打仗，经常需要扛枪耍刀，甚至在第一集中就要背着战友闯过11个爆炸点，拍摄时险些被炸飞。王铭章的军队并没有全军覆没，外围还剩下不少军队，给予了客观演绎。其次是对女性形象的塑造以及延伸出的感情戏。左派人士葛薇、夏之悦和郑桂芳身上负载着四川女性和中国传统女性的集体价值观，她们的痛苦和牺牲，是四川民众和中国人民承受苦难程度的缩影，她们连同那面"死"字大旗，把四川人民共赴国难的悲壮，从"川军"这个职业军人集体，延伸、还原到淳朴的四川人民的伟大形象之中。

作品尊重历史人物、崇敬民族英雄，塑造了刘湘、邓锡侯、王铭章等四川籍军人的形象，在描写川军特有的地域文化特点时，则选取了靳继忠、张抗、杨彪、吴天禄、何阴阳、王长生、杨得贵、夏之悦、郑桂芳等角色。人物类别上，既有"左派"人士葛薇也有"右派"李波；川军内，有专业军人、平民子弟张抗也有袍哥老大吴天禄，阔少杨彪；虽然牺牲了一定的角色个性，但在亦庄亦谐的群像中，把袍哥文化、烟土嗜好、风水信奉与世家望族、留洋求学、坚毅自励、淳朴本分结合起来，容纳了特定时段历史和文化的复杂性，达到了通过群像展示时代风貌和地方风物的效果，四川人因此立体起来。民族危亡之际，他们以国家利益为重，深明大义，忍辱负重，慷慨赴死，以劣势武器，无数次与装备精良的日军进行殊死决战。在用辩证视角处理角色的基础上，作品让所有角色最终都走向敢于牺牲的正途，完成了民族大义的统一性。

编导在美化川军的同时，并没有弱化日军的角色。日军的装备与实力与中国战队相比，均略胜一筹，剧集中的桥本、藤田等日军高级军官的形象设置也各有特色，凸显中国军队落后的装备，作战的艰苦，川军团甚至连手榴弹都是土法制作的，杀伤力并不高。也正是在这样艰难的条件下，川军团和日军打了一场又一场殊死战役。

三　重视细节，颇具电影大片的质感

本剧在细节处理上有很多精彩之笔。比如，邓锡侯视察部队时，厨子秦福财不要奖章，只想添一件棉衣以抵挡早起做饭的风寒；在西充，曲晓松报名入伍时看见有包子，把自己领的那份儿让嫂子带回去，给没吃过包子的儿子吃，在打游击期间他打盹醒来时说梦见了儿子吃包子；和尚出身的杨得财，开始还没有从僧人的角色中挣脱出来，在战场不愿意杀鬼子，在目睹日寇暴行后，他大开杀戒，但当他面对日寇留下的婴儿，慈悲心又萌生出来。在叙述历史时，《壮士出川》比《喋血孤城》更加注重史实的还原，细节上的处理也极尽考究，运用草鞋、蓑衣、烟枪、大刀、单打一步枪、麻花手榴弹等道具，成功再造了川军将士衣衫褴褛、装备落后的形象。细节真实，张弛有度、收放合宜，史诗质感彰显无疑。

1938 年，鬼子对滕县发起了全面进攻，负责整个滕县防守的是王铭章。就在滕县即将失守，汤恩伯部队也无力支援的不利局面下，王铭章发过最后一封电报后砸掉电话，毁了密码，拿枪准备做最后的拼杀。靳继忠带人前往滕县县城冲杀，经过一天的激战，到晚 9 时许王铭章师长决心放弃滕县外城阵地，把第 41 军所属部队全部调进城内，集中兵力防守。命令在大坞、洪町、高庙和北沙河的官兵火速回城。但鬼子火力太猛，加之持续进攻，导致王铭章战死滕县。正是这几千川军和王铭章的战死，才使得台儿庄战役大捷。

《壮士出川》的画面质感备受赞誉，不少观众直呼仿佛看电影大片。实际上，在拍摄时该剧就采用了电影的手法和规格，同时使用多部全套电影设备从不同角度进行记录，每一个画面都极其讲究景深和光线。摄影出身的导演表示："整部剧我都是用电影规格拍的，所有的拍摄设备器材，还有技术手法，都是延续了电影的方式，用的是电影最好的机器，就是为了实现理想画质，更好地呈现所阐述的故事人物。"川军装备十分简陋，每个士兵仅有粗布单衣 2 件，绑腿 1 双，单被 1 条，单席 1 张，草鞋 2 双，斗笠 1 顶。所用步枪 80% 系川造，质量差。每个战士配备子弹三五十发，手榴弹二枚、大刀一把，一个团仅有几挺机枪。尽管武器装备较差，但川军在各次会战中，勇敢作战，不怕牺牲，特别是广大士兵，更是满怀民族义愤，冲锋陷阵，前仆后继，报效祖国。川军第 20 军和第 26 师参加淞沪会战时，在一片平原地带，没有任何可以防守的天然屏障。川军远道而来，仓促参战，几乎连像样的工事都无法修筑，全凭血肉之躯抵挡敌人进攻。

四 铁骨铮铮的男儿戏，《壮士出川》收视口碑"双赢"

当下很多抗日剧把战争变成了很娱乐的东西，但其实战争本身是很沉重而悲壮的。把《壮士出川》放在近年来描写国民党系统军队抗战故事的电视剧作品群中来看，有两个明显变化。第一，作品中国民党军队和地方士绅角色的正面色彩更为浓厚了，包括军事素质、文化教养、伦理道德都有提高。第二，作品描写的题材开始向专题化转变，出现了描写中国远征军的作品《中国远征军》、描写国民党空军对日作战的《远去的飞鹰》、《血战长空》。这次《壮士出川》描写的是国民党川军系统的抗战故事，看点多，诚意够，为这个专题化的转型增加了一个类别。

《壮士出川》战争场面激烈刺激，故事情节真实可靠，人物形象虚实得体、轻重有当，没有过度的夸张渲染，没有对江湖趣味的激赏，爱情故事的描绘，摆脱了沾染情感泛滥的弊端，对典型人物的刻画，也没有落入泛脸谱化的模式，很好地把握了传奇叙事与历史现实之间的关系，避免了沦为抗战题材娱乐化、游戏化的滥觞，是我国抗战题材电视剧中，第一部较为完整地描绘了一支国民党地方军队抗战功绩的作品，为抗战题材电视剧创作增添了地方系统叙事的新格局。《壮士出川》把握住了以社会效益为主导的大端，对今后抗战题材电视剧的创作，具有较强烈的参考价值，是一部可圈可点的好作品。

在电影《突破乌江》、《大渡河》、《血战台儿庄》等作品中，均提到了川军是一支反动派军队。这支"双枪军"既受国民党中央军的排挤，又是一支杂牌军，不堪一击。电影《血战台儿庄》中，也有对川军赶赴山东作战的介绍，王铭章师长在城头拔枪自杀的段落也给世人留下了深刻印象。"川军"的视野与形象的转变，是与大众传播的时代变化密切相关的，是与30年来我们的文化观念转换密切相关的。

台儿庄战役共歼灭日军1万余人，击毁坦克30余辆，缴获步枪1万余支，机枪数百挺，继平型关战役之后又一次打破了日军不可战胜的神话。《壮士出川》真实叙写历史壮烈一页，在题材处理和结构安排上，采用史实和传奇结合的方法，艺术再现了川军浴血奋战的峥嵘岁月，同时也是对目前充斥荧屏的抗战雷剧的颠覆和拨乱反正，填补了抗战题材中的一个空白，在中国抗战题材电视剧创作中具有独特位置和价值。中国有句古话"知耻而后勇"，四川人、重庆人都是有血性和一股子精气神的，面对民族存亡，虽历千难万险，都刚毅果敢、毫不畏惧。我们今人也要拿出"壮士出川"的勇气和魄力，增强"大局"意识，敢啃"硬骨头"，善于打硬仗。

第四节　拒绝戏说与娱乐，打造真实、扎实、平实的历史新剧

——评《台儿庄往事》

据《峄县志》记载：台儿庄大战期间，五百民众未及撤离，与城俱焚。1938 年大战爆发，整座城市被灰色阴霾的气息笼罩，到处都是瓦砾，硝烟和火光，随处可闻金属与肉体摩擦与搏击的响声，随处可见应声倒地的尸体，惨不忍睹。中国军队虽面对军事上、技术上、人力上的不足，但却拥有共同抗战的意志，克服了现实"短板"。最终，日军节节溃败，中国军队打赢了这场战役。现如今，台儿庄有 60 多处战争遗迹，在提醒我们，绝对不能戏说这段悲壮历史，更不能将它娱乐化。这里深埋着成千上万的英烈遗骨，在这块英雄的土地上拍戏有灵感，英魂常常会托梦于我们，我们不能愧对这些英烈。

大型战争传奇电视剧《台儿庄》日前正在山东枣庄热拍。该剧根据台儿庄战役的历史史实展开，剧组阵容强大，主创均为国内一流专业人员，创作始终秉持"接地气、耀骨气、扬正气"的剧作精神，遵循"真实、扎实、平实"的创作原则，真实客观地展现了这段令人震撼的悲壮历史，努力将该剧打造成一部全民抗战的英雄传奇、中国平民的心灵战史。

一　"大事不虚，小事不拘"的平民叙事

历史上的抗战剧大都秉持宏大的叙事策略，用非凡的人物，大情节，大场面和浓厚的氛围营造出大声势、大气象，产生巨大的震撼力。而史诗剧《台儿庄》与以往抗战剧表现中国军队顽强抗击敌人视角不同，巧妙地回避了对正面战场的描写，采用平民抗战的独特视角娓娓道来：该剧以1938 年的台儿庄大战为背景，以当年留守庄内的五百多平民坚守家园与日军进行殊死斗争的真实史料为依据，结构了一个以台儿庄青年萧换牙为代表的平民敢死队，为守住家庭文化财产，保护亲人朋友的小愿，发展到捐弃前嫌、英勇杀敌、拿起武器抗敌御辱、保家卫国的大爱的故事。全剧

情节曲折跌宕，扣人心弦，矛盾冲突一波三折，全景展现了台儿庄在大战前、战中、战后的风貌。台儿庄——这座北方水城作为运河古镇、文化宝地，无疑是秀美、富庶和安逸的，每个人都沿着自己的生命轨迹生活着；战争的打响，宁静与安逸瞬间土崩瓦解，人们也充分意识到，自己与家人会在瞬间阴阳相隔，家园毁于一旦。战争无情地将这座千年名城化为废墟，这场突如其来的战争将所有的美好摧毁，触目惊心，惨无人道。为了守住身边的文化财产，保护亲人朋友，保卫家园国土，台儿庄的老百姓决定拿起武器，捐弃前嫌，与国军一起奋勇抗争，血战到底，以大无畏的英雄主义献身精神踏上了战争的不归路。该剧采取画外音的方式书写历史故事，类似中国传统说书人的角色，把革命历史题材的极致化叙事策略和人物性格的刻画较好地结合在一起。

台儿庄战役是中国军队在抗日战争中取得的一次重大胜利，它沉重打击了日本侵略者的嚣张气焰，极大地鼓舞了全国军民坚持抗战的必胜信心。《台儿庄》用"另一只眼"去看待这段重大历史事件，突破当下抗战题材作品"千人一面"的"瓶颈"，向全国观众奉献一部最真实、扎实、平实的"三实"大剧，接地气，耀骨气，扬正气，努力将该剧打造成一部"全民抗战的英雄传奇、中国平民的心灵战史"。

二　地域文化的成功植入

电视剧《台儿庄》的拍摄主场景分别选在台儿庄古城和葫芦套铁路影视主题文化园中。根据剧本剧情的要求，战前大戏全部在运河古城拍摄，葫芦套影视文化园则作为战时和战后的主场景，将再现当年古城被毁，化为废墟的残酷战争过程和场面。根据这一要求，剧情中当年台儿庄火车站、薛城火车站、枣庄火车站、炮楼、城楼、护城河等场景，已全部搭建完毕。借此，台儿庄古城作为战前的主场景，也将被全景式地展现在电视剧中。随着该剧在运河古城的开拍，运河古城、葫芦套铁路影视主题文化园等外景地也开始热闹起来。为了真实再现当年台儿庄大战，场景道具都十分逼真，大到枪炮、车辆、牌匾、服装，小到香烟、书信、照片、标语，无论是火光冲天的废墟还是枪炮激烈的战壕，都让人一下回到了1938年那个寒冷的春天。

剧组还修建了台儿庄的十万码头、运河浮桥、明德女校、九和客栈、监狱、废墟、火车站等历史景点。片中既有残酷战争场面，又有人物情感冲突；既有真实的历史氛围，又有影视大片的范儿，真刀真枪、一丝不苟地重现英雄史诗，付出的辛勤汗水远远超出了泛娱乐化、戏说化的抗战剧，令人充满期待。在电视剧的拍摄片场，随处可见硝烟弥漫的废墟，震耳欲聋的炮声，日军飞机狂轰滥炸，坦克横冲直撞，布满弹孔的断墙，坚守台儿庄的军民以血肉之躯顽强抗击，俨然一幅惊天地、泣鬼神的英雄画卷。剧中的残酷现实就目前电视剧中的暴力美学的呈现来看，是比较写实的，毕竟形容战役惨烈的"三年不食湘江鱼，十年不饮湘江水"的场景是不容易被"80 后"、"90 后"所感知的。

三　再现典型环境中的典型人物

主人公萧换牙是一位平民英雄，与师父遭山匪打劫，幸存的他因从坟地身燃磷火回到台儿庄，在台儿庄暴发瘟疫后，被迷信地当作灾源而判处死刑。行刑中，却又幸运地得到了兄长等人的救助，逃离台城，四处经商。生于乱世的他通过不同的途径为革命出力，做过北伐军，当过挖煤工，干过枪械师，后来贩运丝绸，发了横财，却遭人陷害，被关进了上海监狱。出狱时，淞沪大战爆发，偶然得知首富燕认堂要变卖十万码头的消息，便于 1938 年春，带着金条回到台儿庄，买下码头，创办产业，成为商人。回城后，他结了与镇长秦念斋、首富燕认堂等人的宿怨，成全了师兄鲁永山和初恋情人万小枣的婚姻；为了买下十万码头，他又赶赴滕县，为燕家督促发往日本的货物，并与燕家大小姐燕向云建立了爱情。滕县失陷，台儿庄开始全面撤城，萧换牙仗义疏财，接济百姓。大战爆发，面对国难家仇，萧换牙毅然放弃产业，在炮火声中登高疾呼，带领一班台儿庄平民百姓铸成了一道保卫家园防线的平民敢死队，浴血奋战了几十个日夜。敢死队员利用民间智慧和绝活，专门与日军的特工队抗衡。其中，中共党员鲁永山、万小枣夫妇为给中国军队争取作战机会，以身探雷，壮烈牺牲。经历跌宕起伏，而每一个阶段拥有不同身份的他，状态自然也就有所不同。萧换牙本身是厌恶战争的，他看见一身军装，就会觉得恶心，不想天天打仗，而是渴望有个温暖的家庭，养家糊口。而说到想在片尾用各地方言为死在台儿庄的亡魂录一句"孩子，回家"时，一行清泪在他眼角滚落。战士们这种舍生取义的抗争精神无不令我们崇敬。

此外，该剧还塑造了龙路、小轮子、西北军张静波、张二愣、鲁永山、大豆腐、日军木野俊等人物形象。大豆腐——清清白白台儿庄人的风貌，张二愣为保全大家奋不顾身，将自己的灵魂永远守护在台儿庄上空，显示出台儿庄人民的筋骨与柔性。士兵们誓死坚持捍卫国土安全与人民生命保全，坚守台儿庄，狭路相逢勇者胜的奋勇杀敌的精神，展现了来自全国不同地域、年龄迥异、口音不同的弟兄们，均是吾辈军人光荣之所在。此外也有对日军形象的刻画，如日军木野俊得了便宜忘了恩的典型性性格特征，另外还写了台儿庄的羊汤、辣子鸡、煎饼卷大葱等地方美食无不令人垂涎欲滴。

重现这75年前历史性的一幕，演员们更是"血迹"斑斑，眼睛熬红，嗓子嘶哑，甚至为了完成拍摄进度，每天只睡五六个小时。烈日当空的台儿庄不少行人都穿上了短袖夏装，但演员们还是穿着臃肿破旧的粗布棉袄、棉裤甚至戴着棉帽上阵，一场戏拍完，常常热得满脸通红，汗流浃背。尽管每天大家都被弄得灰头土脸、浑身"血"迹，但主创人员热情高涨，都说"很受用""很幸福"。说"很受用"，是因为台儿庄军民当年百折不挠的爱国精神是今天时代所需要的；说"很幸福"，是因为遇上了一部值得大家"拼命"的抗战剧。在参与拍摄过程中，每个人的心灵和灵魂都得到了一次前所未有的血与火的洗礼，生与死的抉择。

1938年4月7日，经过中国军民密切配合，共同抗战，日军终于节节溃败，台儿庄战役最终大获全胜。世界主流报纸的头版评论道："历史上作为转折点的小城的名字有很多，滑铁卢、葛底斯堡、凡尔登，今天又增加了一个新的名字——台儿庄！"72年后，百岁之龄的萧换牙带领着参战勇士的后人们行走在台儿庄新城的大街小巷中，抚今思昔，百感交集。电视剧《台儿庄》总的来看用新材料、新角度、新理念、新审美书写了中国抗战，对残酷场景和血腥场面的处理也更艺术、更人性，展示了平凡人的不平凡信仰与斗争精神，感国运之变化，立时代之潮头，发时代之先声，理直气壮、巧妙艺术地倡导生动活泼、活灵活现的，体现社会主义核心价值观的优秀作品，通过有筋骨、有道德、有温度的作品，彰显了信仰之美育崇高之美，同时这种信仰和精神在残酷的斗争环境下显得更为可贵。

第十章　浩然正气书历史　如椽大笔写华章
——新闻报道中的台儿庄大战

　　1937 年 7 月 7 日，日本侵略军悍然发动"卢沟桥事变"，抗日战争全面爆发。日军为了实现迅速灭亡中国的侵略计划，在相继占领南京、济南之后，企图打通津浦线，连接南北两个战场，然后依靠其机械化部队的优势，夺取徐州，直下武汉。1938 年 3 月 23 日，日军直扑台儿庄，与守卫台儿庄的孙仲连将军的第二集团军遭遇，台儿庄大战正式爆发。经过 16 天的血战，至 4 月 8 日，中国军民经过浴血奋战，终于取得了全面抗战以来正面战场的第一次重大胜利，写下了"神圣自卫战史上最光荣之一页"。

　　台儿庄大捷可谓意义重大，因为它是鸦片战争以来中华民族抵御外侮取得的第一场胜利。这场中华民族革命的胜利，在军事上，消灭了日军一万余人，重挫日本侵略者征服中国的欲望，粉碎了日军"三个月内占领中国"的妄想；在政治上，增强了中华民族抗战必胜的信心，极大鼓舞了中国抗日军队的士气，已成为"民族复兴的象征"；在国际上，台儿庄大捷的威名引起了世界的关注，提高了中国在国际上的地位，改变了国际社会对中日战争的悲观态度。

　　如今，战争的硝烟散尽，"中华民族扬威不屈之地"已浴火重生，当我们反思战争时，不要忘记以血肉之躯赢得胜利的将领战士，也不应遗忘真实记录那段光荣、悲壮历史的新闻记者们，正是这些大战的见证者、记录者冒着敌人的炮火，出生入死、毫不畏惧，真实、客观地报道战况，以新闻实录精神，为我们留下了珍贵的历史资料。

台儿庄战役打响之后，中外记者陆续来到前线。据李海流在《范长江与台儿庄大战》中介绍，战前和战后，亲赴台儿庄采访的中外记者达30 余人，中国的资深记者有《大公报》的范长江、《星光日报》的赵家欣、中央社特派记者曹聚仁夫妇、《新华日报》的陆诒等，外国记者有美国合众社记者爱泼斯坦、苏联塔斯社记者谷礼宾斯基、芝加哥《每日新闻》记者阿西博尔德·希蒂尔、新加坡《星洲日报》记者胡守愚等，他们通过专电、通讯、评论、报告文学等不同形式，及时、准确地宣传中国军队英勇抗战的事迹，揭露日军的侵略暴行，以不同视角采写了战争的悲壮与激烈。如长江的《台儿庄血战经过》、《慰问台儿庄》、《台儿庄血战故事》，曹聚仁的《台儿庄巡视记》，赵家欣的《台儿庄血战记》，陆诒的《踏进台儿庄》等，这些全面展示台儿庄战况的新闻报道，是世界反法西斯战争史料的组成部分，也是 20 世纪人类反战史上宝贵的精神财富。

1938 年 4 月，中华全国文艺界抗敌协会派盛成理事代表"文协"，郁达夫代表国民政府军事委员会政治部，共赴台儿庄劳军，同年 6 月，"作家战地访问团"也由重庆出发，奔赴华北前线访问抗日将士。这些劳军的诗人、小说家、散文家与记者一起，写出了大量新闻与报告文学，例如第五战区司令长官部秘书臧克家写的《津浦北线血战记》，郁达夫的《平汉陇海津浦的一带》、谢冰莹的《踏进了伟大的战场——台儿庄》、以群的《台儿庄战场散记》、王西彦的《被毁灭了的台儿庄》、李乔的《活捉铁乌龟》等。

在炮火连天、国难当头之时，"行动高于一切"，作家、记者们纷纷以笔为战斗武器，追踪如火如荼的战斗生活，把握剧变的现实片段，快速、真实地描绘伟大的时代风云，写下了影响较大的作品，表达了强烈的爱国主义精神和民族斗志，具有思想性、战斗性和珍贵的史料价值。

这些报道虽然角度各有差异，但都将新闻性、时效性与战斗性发挥到了极致。从内容上看，这些新闻写出了前方军人的英勇牺牲，也写出了后方民众的忠诚热心；写出了伤病将士的凄惨与痛苦，也写出了难民的苦难悲哀；写出了敌人的凶暴顽固，也写出了战斗的艰辛残酷；写出了胜利者进攻的神威，也写出了溃败者退却时的仓皇。正如以群在《关于抗战文艺活动》中所言，作者们观察、分析战事，抓住"每一小变动的关节和枢纽，大体和细节"，敏捷、真实地记录事变的真相，"最忠实地记录出一定的人物（真人）和一定的事件（真事）的真状貌……不容许错杂和掺和，不容许虚构和作假"。不仅如此，许多作者通过记录与将士、百姓的对话，展现了台儿庄大战的惨烈，百姓房屋被毁、家破人亡的血泪事实，以及他们在精神上受到的巨大创伤。这种对老百姓真实感受和诉求的关注，是新闻记者的社会责任感和历史使命感使然。

这些作品较详细地记录了中国军民舍生忘死、可歌可泣的英雄战迹，刻画出伟大的抗日英雄与受苦受难的百姓形象。总体看来，有三类形象：第一类是叱咤风云、运筹帷幄的将领，如李宗仁、孙连仲、池峰城等人，他们坚定而自信，是战略战术的制定者和抗战的中坚。第二类是刚烈骁勇、坚持苦战的战士，如不惜殒命的"五十七壮士"，誓死不降、壮烈牺牲的"姜玉清"，受重伤后自知不能活，仍叹息"可惜我不能再打日本了"的张营长，殉国的一刹那仍左手持手榴弹，右手持步枪，保持"死而不已"战斗姿态的我军"尸首"……他们有着与敌人血战到底的气概，忠勇、崇高而伟大，是"民族战场上的好汉"。第三类是灾难深重却毫不畏惧的广大百姓，如在废墟中等待亲人回家的妇女、老人，誓不做汉奸的十二三岁的孩子……他们有着失去亲人的悲痛与家园被毁的痛楚，但依然乐观地盼望着战争胜利后能重建家园。这三类人物共同构成了打击侵略军的力量，是与日寇血战的中国人民的主体。

从艺术表现上看，这些作品大多呈现出雄浑、刚健、悲壮的风格，鼓舞激励着千百万中华儿女前仆后继，英勇战斗，增强了民族自信力和同仇敌忾的凝聚力。在创作手法上各有所长，如范长江在写人记事时，插入了一些富有思辨色彩的议论，创造了夹叙夹议的通讯文体，将叙事、抒情、议论融于一体，不拘一格写新闻。

谢冰莹则以散文笔法写新闻，阳刚中有细腻，激越中蕴忧伤，行文自如率性，酣畅自然。作者睁大了好奇的眼睛，将视力范围所及的一切经过加工，立体呈现台儿庄的"此刻"。借军邮所负责人林先生之口，以讲故事的方式，叙述了肉搏战、守炮楼、拖枪、刀战、自杀等事件。又凭借女作家特有的敏感与细腻，在许多地方直抒胸臆，情感炽烈，如"踏着一堆堆的瓦砾，一片片的焦土，走过了大街又穿过小巷，除了邮局一间房子还好好地存在着外，其余几乎成了一片平原。眼望着这满目凄凉的碎瓦颓垣，心里充满了一种说不出的凄怆和悲壮。我仿佛亲眼看到了成千上万的战士在和敌人肉搏冲锋，听到他们'前进！杀呀！'的呐喊！"作者走进激战的台儿庄，结合自己真实看到的战后凄凉悲壮的场景，通过想象勾勒出大战的惨烈，在叙事时让感情直接喷发出来，感情激荡奔放，真诚而有感染力，有利于调动读者情绪，强化爱国抗敌意识。

王西彦描摹战争则张力十足，其感染力甚至可以穿过历史风云，直抵今天的读者内心。作者重点再现了台儿庄这座被战争"毁灭"的城市，凄凉的城市"连土地也被烧得焦黑"，"炸弹壳像火灾后的破砖碎瓦"，月台上一片狼藉，难民和兵士哭号呻吟着……在这样充满画面感的城市背景下，读者很容易获得共鸣。在不断呈现真相的同时，作者冷静地插入一组数字，"房屋有 20000 间，可是被毁在炮火下的是相同的数目；庄子里的住民有 13000 人，战争来到之前能逃跑的都逃跑了，可是死在炮火下的有 500 个……"这些冷冰冰的数字和血淋淋的事实，真实表现了这场令人震惊的血战的残酷，让人难以呼吸，感觉压抑和沉重。

此外，有的作品使用了电影镜头般近景和特写手法，具有可视性和可触性，如臧克家的《津浦北线血战记》是集中反映台儿庄会战的长篇通讯报告集，战地速写、人物素描简洁传神，现场描写真切有力。语言精练自然，又渗透了诗人的灵性，文风质朴，感情十分饱满。

总之，这些新闻作品虽然在抗战的同一历史条件下，有着大致相近的审美追求和创作思路，但由于作者的艺术才能和审美理想存在一些差异，所以无论在内容还是形式方面，都呈现出多样性和丰富性来。

第一节　范长江的台儿庄浴血战实录

范长江（1909—1970 年）是 20 世纪 30 年代中国新闻界一颗璀璨的

明星，他被誉为"中国现代新闻史上最卓越的记者之一"，他创建"中国青年新闻记者协会"的日子——1938 年 11 月 8 日被定为"中国记者节"，以他名字命名的"范长江新闻奖"与韬奋新闻奖合并，2005 年成为我国新闻界的最高奖。

范长江曾说："我是愿意终身为新闻事业努力的人。"1937 年"卢沟桥事变"之后，范长江作为《大公报》的通讯科主任和战地特派员，立刻带领记者奔赴抗日前线：冀北、察南、晋北采访，采写了许多脍炙人口的战地通讯，发表在《大公报》中，这些悲壮而生动的战地通讯，记述了前线战事和我军民浴血奋战的场面，客观分析了战况，鼓舞了民众坚持抗战的士气，坚定了我方必胜的信心。

台儿庄战役打响后，4 月 4 日，范长江和陆诒即抵达徐州第五战区司令部，采访了台儿庄大战的主要指挥者司令长官李宗仁将军。离开徐州后，他们于 4 月 6 日来到军队发起总攻的前线，采访了司令部孙连仲将军，下午他们两人骑马抵达离台儿庄前线仅三里地的池峰城指挥所。年仅30 多岁的池师长是此次台儿庄大战的主将，"半个月无休息的战争，使他的头发和胡子都长得很长，嗓子已经哑了，面色有如无光的黄纸"。但他兴奋地向范长江透露："胜败存亡就看今天晚上"。果然，晚 8 时池军以歼灭战的优势向敌人总攻，4 月 7 日晨 2 时，对盘踞台儿庄寨内的 500 余敌人全部包围歼灭，晨 4 时跟踪北追，打掉了敌军在刘家湖的司令所。天亮之后，台儿庄以北 10 余里内各要点均被我军攻克，敌军狼狈溃散。这就是震惊中外的台儿庄大捷！上午 8 时，范长江在台儿庄南棠棣埠向《大公报》发出专电，迅速及时地将胜利的消息告诉世人。在台儿庄收复4 小时后，他与陆诒进入台儿庄，坐着手摇车循铁路北进至韩佛寺，后经过运河浮桥，从台儿庄西门入城，一路记录所见所闻。

在台儿庄大战期间，范长江在《大公报》发表了新闻专电 6 条，战地通讯 3 篇，分别为《台儿庄血战经过》、《慰问台儿庄》、《台儿庄血战故事》。在《台儿庄血战经过》中，作者分析了在连续 16 日的战争中，矶谷、板垣溃败的原因主要是我军成功运用了新战术。由于台儿庄运河南北两岸是平地，完全便于日军的机械化兵种的使用，因而没有强大的防御力量，易攻而难守。在这种地理劣势下，我军利用优良的战术形势，采用"回绕作战"的方法，获得了第二期作战的新战术思想的大成功。最后，作者指出了这场战争的重大意义在于："不只在消耗了敌人几万炮弹，不只在消灭了敌人近万的战斗员，不只在打毁了敌人十几辆坦克车，不只在粉碎了敌人打通津浦路的企图，不只在打败了矶谷、板垣，而在建立一种新的胜利的信念！即是我们只要采取主动的、机动的、攻击的、协同的作战方针，在运动战为主，而以阵地战和游击战为辅的战术原则下，我们一定可以保今后战争的胜利！"在《慰问台儿庄》、《台儿庄血战故事》中，作者一方面写出了战争激烈的程度：战后，台儿庄城内"举目败瓦颓垣、疮痍满地"，劫后余生的残破衰败之相历历在目，"一片焦土、万孔千伤"的残酷之相令人震惊。另外，作者深情地记录了将士们的英勇事迹，他们互信、忠贞，抱着牺牲的决心坚守台儿庄，创造了胜利的奇迹。此外，作者还用白描手法，记述了士兵们与敌人肉搏、拖枪的巷战故事。

范长江秉持新闻记者的职业信念，冒着危险，出入战区前线采写而成的新闻，将最前线战事做了迅捷而准确的报道，起到了报告事实、鼓舞民心的作用，为全民抗战做出了自己的贡献，他笔下的"台儿庄大战"也成为研究战争的宝贵资料。

第二节　诗人臧克家与《津浦北线血战记》

在这里，
我们发挥了震天的威力，
在这里，
用血写就了伟大的史诗，
在这里，
事实泄尽了敌人的底，
在这里，
我们杀退寇兵，

在残破的北城头插上了国旗！

……

台儿庄的名字和时间争长，

……

——臧克家《红血洗过的战场》

　　全面抗战爆发后，1938 年 1 月，诗人臧克家穿上戎装，去第五战区抗敌青年军团宣传科从事文艺宣传工作。台儿庄大战期间，臧克家随同第五战区司令长官李宗仁来到了台儿庄东南的车辐山。4 月 8 日至 15 日，臧克家不顾敌机每日前来轰炸的危险，三进三出台儿庄，对血战台儿庄的主力部队——第五战区孙连仲部下的二十七师、三十一师、三十师进行了实地采访，会见了孙连仲总司令、池峰城、黄樵松和张华堂师长等著名将领。

　　1938 年 4 月 15 日，臧克家离开了台儿庄回到徐州，在这十多天的细致采访中，他目睹了"把一个弱者可以锻炼成钢铁"的战争的残酷，真实记录了日军的残忍，也看到了中国军人在前线浴血奋战的英勇事迹；他感受到了万众一心共同御敌的坚强决心，也对这场正义的民族之战必胜充满了信心。于是，在"抗日将士高昂士气的感染下"，经过夜以继日的创作，他写成了《津浦北线血战记》这部长篇通讯报告集，并迅速赶往武汉出版。1938 年 5 月初，《津浦北线血战记》由生活书店出版发行，开篇是李宗仁威风凛凛地站在"台儿庄"站台旁这张广为流传的照片。目录后是第五战区司令长官李宗仁作的题词："暴日前受巨创于津浦路南段，野心尤未稍戢。近复挟其精锐数万之众恃犀利之器械，左攻临沂县右取临峄直逼台儿庄，炮火连天，所过为墟气焰炽张，有囊括我徐海之势。幸我将士用命血战兼旬旅进旅退反复搏击，卒将顽敌击退，双方伤亡惨重，为第三期抗战以来所仅有。余偕臧君克家遣赴前线督战巡视，台儿庄已成一片焦土，人民未及逃避死于敌人炮火之下者不计其数。敌尸未焚或已焚而残肢未化者累累皆是，臭气熏天满目凄凉，极尽人间之悲惨。因日军阀逞侵略之野心致两国人民罹此极度之牺牲，良可痛恨。希我军民不以小胜而骄，受挫而馁。吾人为求我中华民族解放而抗战，必须以大无畏之精神再接再厉，扫荡顽敌，还我河山，奠定民族复兴之基础，树立永久之和平焉。李宗仁写于前线四月十四日。"李宗仁的题词表达了一位中国国民党高层将领对抗战必胜的信心。

《津浦北线血战记》是当时第一本全面反映台儿庄大战的长篇战地通讯报告集，作品以大量的细节描写，全景式地描绘了战役的方方面面，如实记录了被采访人物的外貌言行，使读者如闻其声，如见其人，如观其景，通过作家对整个战役真切的描述，领略硝烟弥漫中的战争风云。

作品对津浦北线会战的战略地位进行了宏观分析，认为战争的"胜利与败挫，关系着中华民族的死灭和新生"，否定了"唯武器论者"与"失败主义者"散布的流言，肯定了战役胜利的重大意义："这一次津浦北线的胜利是一副兴奋剂，一注定心力，一个转折点，是中华民族新生的萌芽。"作品记录了运筹帷幄的李宗仁司令长官、白崇禧参谋总长，他们亲赴前方，指挥大军时"威严无比"；池峰城师长火线御敌，不尚空谈，有与士兵同甘共苦的牺牲精神；官兵们与日敌殊死搏杀，誓不投降的英雄事迹等。

在进入台儿庄之后，作家怀着悲怆的心情，描绘了台儿庄战后的凄凉之景：如"地狱"和"迷魂阵"一般，这里不见一间完整的房子，不见一个人影，一片土木的焦骸，一地凌乱的兵器，一股令人作呕的气息，一缕缕未熄的青烟……

屈处长谈及台儿庄血战经过时介绍，当时战况恶劣空前，"在敌人的炮火下，红的火苗，黑的烟云，台儿庄成了一座火城"。官兵伤亡很重，王团长挂了彩，康副师长受了伤，几百个壮士倒下了，五十七个壮士组成了"敢死队"，"回来的只有十几位，而且有的还带着伤……"激战了十小时，"大小北门，我守军全部为国捐躯"，"十二个营长七伤三亡"，骑兵连还剩十几个人，三十一师一师人只剩下一团……官兵们就这样争先杀敌，生死俱忘，"台儿庄光荣的一页，就是他们的红血染成的。"

作者还采访了三十一师战地服务团，写出了后方踊跃支前的事迹，他们慰劳、看护伤兵，有时还"和士兵一道上火线，卧战沟，抬伤兵"。连老百姓都自觉去抬伤兵帮忙，爱国热情高涨，一位老大爷说："有国才有家，有家没有国那是不行啦。只要我们打胜仗，房子烧了，算不了什么，不过以后个人多吃点苦头罢了。"老百姓在战争面前都有如此高的觉悟，他们不怕自己受苦，只怕失败亡国。作者由此总结出"军民合作，官兵合作，军政合作才可以得到胜利"的法宝，只有军民合力，前后方呼应灵活才可以发挥最大的伟力歼灭敌人。

作品在描写我军民携手抗敌的同时，也揭露了日军到处烧杀掳掠的暴行，"日本鬼子揪住中国人，在胸口刺两刀，看见你倒在地上，他们便拍手仰天大笑起来！"当他们退却时就放火把村子烧了，他们见人就杀，五六十岁的妇女都惨遭虐杀，马匹牲畜也不能幸免于难。日军顽固抵抗，荒谬而虚弱，"宁愿战死，自杀，都不肯投降或做俘虏"，有一个"大尉驾驶员"在军国主义的迷梦驱使下丧了命，是个"可恨又可怜的愚蠢者"。日军一本半焦的日记本中暴露了他们的狼子野心，"打开第一页，便是'天皇'的题字，第二页是一幅地图，我们的东北四省也在上面。"在敌尸袋中发现的"情书"，反映了日本民众反战的态度。

总之，在国难当头，诗人臧克家没有置身事外，而是亲临战场，与前线将士、百姓一起，以满腔热情和不怕牺牲的献身精神，拿起如椽大笔，记录了"台儿庄大捷"的激烈战况与抗战将士的真实身影，极具个性色彩，颇具史料价值、新闻价值和文学价值。正如评论家所言："他那质实铁硬的写实功夫，加之以诗人的灵性与文笔，把官与兵、军与民、我与敌刻画得栩栩如生，把战场上的方方面面描写得真真切切，让人闻得见浓烈呛人的硝烟，触得到战争残酷的冰冷，体味得出作家的炽热情怀。"[1]

---

① 秦弓：《臧克家与正面战场》，《山东社会科学》2011年第8期。

第三节　赵家欣简笔素描写大战

1938 年 3 月下旬，赵家欣作为厦门《星光日报》的特派记者，也是福建省唯一的战地记者，奔赴抗战的第一线采访，4 月 5 日，他与《大公报》的范长江搭乘一辆载煤的火车赶路。为了防止从颠簸的车上掉下来，他们用绳子系住车门两端，还遭遇过日寇的空袭，4 月 7 日，他们一路艰辛地到达了台儿庄前沿阵地。此时的台儿庄已成为一片焦土，到处可见"人的残骸，坦克车的残骸，枪炮的残骸……还有那数不清的新坟，尸灰……"（《被毁灭了的台儿庄》王西彦）战争的残酷令人触目惊心。赵家欣采访了孙连仲总司令、31 师池峰城师长，掌握了战况的第一手资料，写出了素描风格的战地报道《台儿庄血战记》。

作为抗日战争的亲历者和见证人，赵家欣多年后回忆说："1938 年，中国军队凭借血肉之躯和劣势装备，前仆后继，视死如归，在台儿庄会战中，打死打伤了自称无敌的日寇精锐部队一万多人，使亲临战地采访的记者们激动万分。"①

"凯旋门系白骨筑成，自由花是热血灌溉。"《台儿庄血战记》是前方战士用生命与鲜血谱写的战歌，慷慨而悲壮。在策马前进的过程中，作者将笔力转向战士们。在他笔下，将要上战场的将士格外忠勇，从前线被送下来的伤兵无上光荣。作者素描了基本的战争背景之后，重点实录了池师长的叙述，池师长作为典型的青年军官，穿着一件皮的航空式短风衣，戴着军帽，像个飞行员一样活泼。接下来，作者借池师长之口，完全按照时间顺序，从 3 月 23 日到 4 月 7 日，快速扫描了整个大战的经过：23 日我军向峄县进攻，在经过数小时遭遇战后，24 日敌军攻占台儿庄。25 日攻刘家湖，做第一次各线总攻击。26 日敌向我军侧击，炮火猛烈，激战三

---

① 朱开平：《"以笔为枪，投身抗战"——赵家欣和他笔下的抗日战争》，《福建党史月刊》2000 年第 10 期。

日终未得逞。29 日敌来 12 辆坦克车，被我军打坏 6 辆。30 日敌几千人窜入台儿庄，开始了内线的激烈战事。31 日巷战中，我组成敢死队 47 人夺西北角碉堡，4 人受伤后便自杀了，仅十余人生还，其余的都壮烈殉国。4 月 6 日 8 时，我军各线同时做第二次总攻，毙敌 5000 余人，4 月 7 日晨，向东北角碉堡进攻，终于获得了台儿庄大捷。

此刻，作者是忠实的记录者，他将人物的叙述一五一十地记录下来，大战过程清晰如放电影一般，向读者展示出来。视角专一，语言简洁有力，数字明确。还通过讲述十几岁的孩子自发反侦察的事迹，体现民众在大敌当前的战争觉悟，侧面表现战争对普通民众的影响。

赵家欣在文末揭示了台儿庄大捷的意义："台儿庄的大捷，将更奠定了中华民族复兴的基础。"最后作者热烈呼吁："前进吧！忠勇的将士，四万五千万的同胞，都准备庆祝你们的第二次大捷呢！"

第四节　郁达夫前线劳军报战捷

暴雨狂风遍地愁，
戒严声里过徐州。
黄河偷渡天将晓，
又见清流下浊流。

——郁达夫《北征杂感·过徐州》

1937 年 12 月，日军攻陷南京，国民政府迁都重庆，军事委员会迁到武汉，当时郭沫若是政治部第三厅厅长，拟邀郁达夫担任三厅对敌宣传处处长，要他赶来武汉。郁达夫于 1938 年 3 月底到达武汉，担任了第三厅的设计委员，少将军衔。郁达夫以满腔热情，立即投入到抗日宣传活动中去。

台儿庄大捷之后，举国欢腾，全民振奋。国民政府军事委员会政治部决定派员前往劳军，有少将军衔的郁达夫作为劳军特使，与国际宣传委员会总干事，"文协"理事盛成一起同行（盛成，1899—1996 年，一位赤诚的爱国者，集记者、作家、诗人、翻译家于一身，作为 31 师战地记者亲历台儿庄大战，留下了一部珍贵手稿《盛成台儿庄记事》，此稿漂泊辗转于世界各地 70 年后，终由北京语言大学出版社于 2007 年出版）。劳军代表于 4 月 17 日由汉口出发，先到了郑州程潜的第一战区，慰劳前线将士。20 日左右，从郑州乘火车到徐州。郁达夫与盛成抵达徐州后，见到了第五战区司令长官李宗仁，后一行人一路颠簸，到了台儿庄这个战略要地。战后的台儿庄，运河铁桥带着一身炮眼，北站破破烂烂，房屋满被创伤，"敌人残暴的痕迹，留在每个人的心上，留在每个建筑物上，留在每一块中华的土地上。"①

在战地军营中，郁达夫对官兵说："台儿庄大战是抗战以来中国正面战场第一次大捷，是中华民族扬威不屈的有力见证。参战的官兵们打出了士气，打出了中华民族抗战必胜的坚定信念。我受军委会政治部委托，专程前来感谢你们，慰问你们，向你们致敬。"郁达夫还向前线将士敬献了亲笔书写的"还我河山"旌旗，并说："抗战最大目的是救民族于危难，胜利最终必将属于我们！"②

在台儿庄的所见所闻极大地震撼了郁达夫，在这场生死鏖战中，将士的"每一滴血，每一滴汗，都是神圣的"。47 位义士慷慨赴死，英勇杀敌，为国捐躯的场面历历在目。作为记者，不仅要把后方的希冀与帮助，传达到前线，还要把这种艰苦卓绝的真情，带回到后方，此时，枪杆与笔杆紧紧联系在一起，全国军民骨肉相连，前方后方一心一德，这种亲历的感受在郁达夫后来写的报告文学《警报声里》也能见到。

在台儿庄，官兵的生活艰苦，精神生活很单调，为了鼓舞士气，郁达夫建议："在后方的执笔者，能多送些士兵的读物，及足以娱乐暇时的读书刊物等印刷品去，借此消遣。文人在战时所应做的工作，我想当以此事最为重要。或者我们大家来发动一种书的运动，将我们所读过的定期刊

---

① 盛成：《盛成台儿庄记事》，北京语言大学出版社 2007 年版，第 197—198 页。

② 李海流：《郁达夫的台儿庄劳军之行》，《春秋》2012 年第 3 期。

物，书报小说之类，通通捐助出来；送上各战区的后方办事处去，请他们转送前线，分给守土的将士们阅读。这岂不是轻而易举的一件事情吗?"

"水井沟头血战酣，台儿庄外夕阳悬。平原立马凝目视，忽报奇师捷邳郯。"郁达夫此次的劳军之行意义重大，作家不仅完成了劳军的任务，用新闻报道了前线的战绩，还引荐美国驻华武官参赞的史迪威上校会见了李宗仁，史迪威了解了台儿庄大战的情况后，撰写了一份给美国的报告，建议美国政府给中国经济援助，以购买战略物资。能促成美国的经济援华，郁达夫可谓功莫大焉。

郁达夫一代记者就是这样出生入死，不怕危险，在战场一线采访报道，义无反顾与将士共赴国难，与百姓同呼吸共命运。作为见证人，他们目睹了这场日本侵略者强加给中国人民的悲剧，记载了人类正义赢得伟大胜利的这段特殊历史。而今天，我们后人一方面不应忘记这场战役，在中国军队抗日战争史上，这是中国军队重创日本侵略者的一场血战，也是一场让中国人扬眉吐气的战役。另一方面，作为历史的记录者，他们用自己的"微观视角"，向我们展示了台儿庄大战的真相和历史细节，我们应该由衷地感谢他们!

附　录

票车上的战斗

（《铁道游击队》节选）

知　侠

　　三月的天气，已经渐渐暖和起来了。山东的春天短，几乎没有穿夹衣的习惯，因为脱下棉衣就该换单衣了。晌午头上，有的人已穿上了雪白的小褂子，可是到晚上还得穿上棉袄，因为夜里还是很冷的。

　　傍晚的时候，峄县车站卖票房边，挤着熙熙攘攘的旅客们，站台里已经敲了第二遍钟，票车快进站了，大家都在列着队通过栅栏门口，到月台上去。

　　票房上的膏药旗在晚风里无力地飘着，夕阳照在上边，染上一层血色。进月台的门两边是鬼子，端着刺刀，叉开着步子，瞪大了眼珠子，在审视着刺刀尖前过往的中国人。旅客们，都得低着头，从这森严的刺刀尖对峙的夹道里通过。入口处，有一个穿鬼子服装的汉奸，在搜查每个人的身上。通过这一关，每个旅客心里都战战兢兢的，一不小心，就被抓起来，送进鬼子宪兵队。一个胡子雪白的乡间老头，大概是第一次坐火车，不知被搜查出什么犯禁的东西，两个耳光打得帽子都飞了，嘴里的血顺着白胡子向下流。他被鬼子抓住袄领子提到旁边，一皮靴踢倒在地上，就被捆起来了。旅客们的心里都忐忑着，可是表情上还得掩饰内心的愤懑。

　　当大家都在为这个庄稼老汉担心的时候，汉奸在搜查一个黄脸的商人模样的人。这个穿着灰大褂子戴着礼帽的商人，手里提着贵重的点心盒子，他是那么自然地向周围的鬼子、汉奸点头哈腰，很顺利地通过了。可是他又回过头来，朝着他身后正被搜查的一个穿黑大褂的黑胖商人叫道：

"鲁掌柜！快点呀！"

鬼子在端详这个黑汉子脸上的一对眼睛，这眼睛里像冒着一股怒火，所以汉奸搜他的身子特别仔细。他平举了双手，让汉奸摸腰，他举起的两只手里，一边提着两只烧鸡，一边提着两瓶兰陵美酒，在空中晃着。搜过身后，黑汉子看着鬼子还在注意他，黑脸上便露出一线笑容，把礼品举到刺刀前让着鬼子：

"太君，米西，米西！"

这才缓和了空气，黑大汉被放过了。火车呜呜地开进站了，他和黄脸商人一齐到二等车去。

他们是从这二等车的两头进去的，穿黑大褂的人一进门就看到门边坐着一个鬼子，这次他和刚才在进口时不同了，好像进站口的鬼子特别使他憎恶，这车里的鬼子值得尊敬一样。他摘下了礼帽，满脸笑容地向这个趾高气扬的鬼子深深地鞠了一个躬，便坐在鬼子的对面。他又瞟了一眼鬼子身后板壁上挂着的龟盖匣子，就知道这是个押车的小队长。

黑大汉把烧鸡和酒都放在临窗的小饭桌上。小桌正位于他和鬼子的中间，夕阳透过玻璃窗照着兰陵酒瓶，泛着粉红诱人的颜色，一个酒瓶大概被主人打开过，酒味和包在纸里的烧鸡的香味，不住地钻进人们的鼻孔里。开始鬼子感到和中国人坐在一起很讨厌。可是当他的眼睛溜到酒瓶和烧鸡上，脸上就露出和悦的样子了。所以当黑汉子把最好的炮台烟抽出一支递上去的时候，这鬼子小队长也就接过来。黑汉子又那么殷勤地划了火柴为鬼子点烟，在一阵烟雾下边，鬼子的脸色变得和蔼些了。

"你的什么的干活？"小队长吸着烟，问起黑脸汉子的职业。"开炭厂，"黑衣汉子笑着说，"峄县有我的炭厂，枣庄有我的一个大炭厂，我们每次要向太君的煤矿公司定二百吨的货。"

"买卖发财大大的。"

"太君煤矿的发财大大的，我的小小的。"

"你的哪边的去?"

"我到兖州去,"黑汉子看到鬼子的眼睛又盯到烧鸡和酒瓶上边了,就说,"我去看朋友。"

当他说到朋友,突然站起来,打开了烧鸡的纸包,撕下一条大腿,带着大块的肥肉,他把这鸡身上肉最多最好吃的部分,让到鬼子小队长的面前。

"你,我的朋友大大的,米西!米西!"

"不不!"鬼子虽然推却着,可是嘴里的口水早流出来了。因为"皇军"到中国来,最喜欢吃鸡,一扫荡,他们就抢进农民的家,捉老大娘心爱的鸡,捉不住就用枪打,有时老大娘为护鸡而死在鬼子的刺刀下。现在,他看到这黑衣汉子把香喷喷的鸡腿举到他的面前,略一推却,就接过来,大嚼起来了。

黑衣中国人显得是个极慷慨的人,干脆把酒瓶子打开,倒满一茶杯,和鬼子小队长痛饮起来。小队长一边喝一边称赞着对方:

"你的好好的!"

黑衣汉子回头望了一下黄脸商人,这时他也正和另一头车门旁的鬼子对谈着,吃着点心。不时从那边传来一阵很欢乐的笑声。

这笑声引起车厢里旅客们的注意,人们不住地望着他们。一些人含着鄙视的眼神盯着这黑脸的和黄脸的中国商人。显然,有些人在暗暗地骂着他们:"你们是中国人呀,你们为什么这样无耻!"

火车已经向枣庄开动了,突然从外边进来一个中年的庄稼人,穿着带补丁的破棉袄,肩上搭一个钱褡,钱褡里装得满满的,有一簇葱芽露出来。他像是刚赶集回来,竟闯到这二等车里了。

鬼子小队长正和黑汉子喝得起劲,一看到这老实的庄稼人,便突然把酒杯放下,对这贸然闯进二等车的庄稼人凶恶地瞪起了眼睛。黑脸汉子忙站起来拦住鬼子抢上一步,叱咤着:

"你没坐过火车呀!这是二等车!你这个穷样子,只能坐三等车,快走!到那边车上去!别惹太君生气!"

背钱褡的庄稼人连忙点头说:"是是……"就退出去了。黑汉子笑着对小队长说：

"这是没见识的穷乡下人呀，太君不要生气！"

火车锵锵地向枣庄行进着，夕阳已经落山了。黑脸人和黄脸人与鬼子热闹地吃着笑着，他们越亲热旅客们就越讨厌他们。火车头上的汽笛呜呜地响了两声，快到枣庄了。

黑衣汉低声说："去解个手。"便到车另一端的厕所去了，推了一下厕所的门，说了声"有人！"就到另一节车上去了。

他到另一节三等车上，看见人挤得满满的，门两边的鬼子旁边也有和鬼子嬉笑的中国人，互相让着烟，吃着水果。他走了几节车厢都是这样。今天票车上押车的鬼子们都很高兴，因为他们身边都有讨他们喜欢的中国人。他们把枪挂在板壁上，用各种声音笑着，有的甚至喊着："花姑娘！"他们仿佛感到"中日亲善"真实现了，他们屠刀下的中国人都驯服了。黑大汉在一节车上看到刚才闯进二等车的庄稼人，他正在鬼子的身边眯着眼笑，从褡裢里掏出一把花生让鬼子吃：

"吃吧！这是我自己种的！"

黑衣人回到二等车，又和鬼子小队长喝着另一瓶酒。这时他看到黄脸人也出去"解手"了。他是走的另一端，因为二等车挂在列车的中间，刚才他到列车的前边去，黄脸人是到车后边去了。

火车渐渐慢了，黑汉子从车窗望到外边煤烟里的几根大烟囱，知道火车已经开到了枣庄车站。

票车进站的时候，天已经暗下来了，站西扬旗的红灯慢慢地发亮啦。就在这扬旗外边，路基旁边小矮树丛里，有两个人影在动。

老洪听见渐渐变大的隆隆声突然不响了。他望了一下车站上嘶嘶喷气的冒着烟的车头，低声地对彭亮说："票车进站了。"

彭亮感到快上车了，离上车只有五六分钟的时间了，一阵紧张使他的心跳起来。他不是担心扒不上车，论扒车的技术，他在队上是不次于老洪的，是个出色的扒车队员。使他心跳的是他感到自己马上要参加一次有重大意义的战斗了，在这次战斗里，他要真正作为司机来开车了。他按不住内心的激动，呼吸也有些急促。他悄悄地对老洪说：

"你在这边，我得到道北去，因为司机的位置在右边，咱们从两边上。"说着他扳开了手里驳壳枪的大机头，就准备从一个路基的小桥洞里钻过去。老洪一把拉住他说："我上去先开枪，记着别伤了自己人！"

"记着了！"离彭亮不远的地方是一个碉堡，他隐蔽地从一个小沟里钻进桥洞，到道北去了。

站台上的绿灯亮了，开车的喇叭声响了。"呜，呜——"一短一长的震耳的汽笛响过以后，车站上的火车头嘶嘶喳喳一阵，接着就轰轰隆隆地开过来了。彭亮爬到一棵小树近边，已经听到铁轨轧轧的音响，他迅速地爬过去，在路基的斜坡上停着。

轰轰隆隆的声音越来越大了，震得天摇地动。车头越来越大了，如果把车头比作跑来的大铁牛，那么，彭亮小得像一个黑甲虫样爬在颤动的路基斜坡上。可是这个铁牛越来越大，大得简直像半壁黑山样向他头前压过来，他毫不畏惧地迎着即将压到眼前的黑山，勇敢地蹿到道边的路基小道上。当车头的前部闪过他的身边，他的手臂像闪电一样向车头上一伸，抓住上车的把手，紧跟两步，身子一跃，右脚就踏上脚踏板了。

彭亮在脚踏板上缩着身子，略微一停，便把头向上伸得和上边司机工作人员所踏的地板一样平，猛一露头，往对面一看，他看到司炉的两只脚，司炉显然正在往锅炉里上煤。他从司炉叉开的两腿中间，一眼望到老洪从对面上车的脚踏板上，探出半截身，只见老洪把短枪朝他右边的司机座上一举，彭亮马上一低头，耳边听到"当！当！当！"一连就是三枪，机车忽然震动一下。当他再探出身来，看到鬼子司机像黄色的草捆似的倒在锅炉前边的铁板上，血汩汩地向他这里流。他马上蹿上去，老洪用枪逼住司炉，他就跳向右边的司机座，扶住了已经失去掌握的开车把手。老洪把司炉用绳子捆了，司炉是中国人，老洪对他说：

"工人兄弟，为了我们抗日的战斗任务，你只有先委屈一下了。"

老洪把司炉推向一个角落，就拿起大铁铲，把煤一铲铲地朝锅炉里送，锅炉里熊熊燃烧的火焰，把老洪坚毅的脸映得通红。彭亮把机车的速度加快了。

彭亮屏住气息，静静地坐在司机座上，腰里别着枪，手扶着开车把手，耳边听着呼呼的风声，眼睛直视着正前方，驾驶着火车，在傍晚的原野上奔驰。刚才在路基斜坡上，这像半壁黑山样向他扑来的怪物，现在已在他手下驯服地前进。这一列为鬼子警戒着的客车，现在从车头到车尾，整个都掌握在彭亮的手中了。就在这里，在这鬼子掠夺中国资财的大血管上，任彭亮作着自由的飞行。他的脸红涨着，心怦怦地跳动着，他感到一个熟练的司机在得意地驾驶时的愉快，他也感到一个英勇的游击队员，在战斗中创造奇迹般胜利时的紧张。愉快和紧张交织在一起，汇成内心按不住的兴奋。他是个多么不平凡的司机呀！

他自小就梦想着将来当一个司机，像现在一样，稳坐在司机座上，眼睛发亮地直视着前方，铁轨像两条抽不尽的银线一样，往自己脚下拉。在铿锵的机器声中，耳边听着呼啸的风声，无数的村落、树林、河流山脉……像旋盘似的往后滚，这是多么高兴的事呀！可是在旧社会里，父亲的叩头求情，也只能使他空有一身开车的技术，始终没有达到愿望。想不到今天，他成了抗日游击队员后，才真正地来当一个司机，虽然他这次开车，只有很短的距离，可是它的意义，不在距离的长短，他要掌握住它，像跳上急性的烈马奔向敌人一样，他要把它开到埋伏的地点，把敌人载到那里给以消灭。他就是这样的战斗的司机工人，虽然开车的时间短，但是对这次配合山区反扫荡的战斗，却具有重大的意义。几分钟后，就要实现这个理想了。

彭亮驾驶着火车在飞行，老洪提着大铲，把煤炭一铲一铲地送到炉口，添足了煤。彭亮迎着西天的晚霞，从前边的小玻璃窗里，望着远远的"口"字形的东西，他知道这是王沟站东的扬旗，要到王沟车站了。按平时司机的习惯，应该是拉响汽笛报告站上，并把速度放慢，准备进站停下，让车上的客人下来，并让站上候车的人上车。可是他不是一般开票车的司机，他现在是八路军的抗日游击队员。他知道王沟车站驻有鬼子，他不能在那里停下，因为前边等着他的不是王沟车站上候车的旅客，而是王沟站西六七里路的三孔桥下埋伏的战友。他没有把车速放慢，只向老洪打了一个招呼：

"王沟车站要到了！"

老洪抬起了头，他脸上满是煤灰和流汗，他瞪着发光的眼睛，抡起大铁铲往前边一指，像带领突击队冲锋的指挥员一样，怒吼似的命令道：

"冲过去！"

彭亮从老洪的吼声里，吸取到了无限的战斗力量，他像发怒的狮子一样，伸手抓住拉汽笛的绳索，往下一拉。

"呜——"

粗暴的震耳的吼声，在王沟车站周围连续地响着，火车驶进扬旗了，彭亮从小玻璃窗里，望到了前边月台上的黄色的、黑色的人影和红绿灯。他把开车的把手拉到最高速度上，火车像发了疯似的，轰隆轰隆地飞奔过去。

车站上的建筑和月台上的人影只在他的眼前一闪，就过去了，由于飞快的速度，站上传来的一片嘈杂声和喇叭声，也只是一霎就在耳边飞过了。彭亮驾驶着如飞的火车，冲过月台，一直向西扬旗外奔过去。他知道王沟车站上的鬼子和工作人员纵然知道事情不妙，可是也只能摊着双手，干瞪着眼，却不能使他所驾驶的飞奔的怪物停下。任凭敌人多少兵力，也拦它不住，谁敢撞它一下，就会叫他粉身碎骨；就是敌人用密集的炮火，也追它不上，因为它一转眼就驶过去看不见了。

老洪放下手中的铁铲，从司机房前边的小门里，攀着车身上的铁扶手，到车头的最前端的"猪拱嘴"上站着。由于车跑得特快，迎面的风在撕着他的衣服，像谁用力把他往后拉。前边的铁轨，飞快地往后抽。他一手抓着扶手，一手擎着驳壳枪。西方红紫的晚霞映着他的脸，他挺立在那里，浑身充满着力量，发亮的眼睛，向前边望着。他看到火车已驶过弯道了，马上就到三孔桥了，他仔细地向道旁搜索着。当他遥遥望着三孔桥铁道两边的路基上已散布有黑黑的人影时，他用力地向远处喊了一声：

"政委！准备好了没有？"

他把右手向旁一伸，这一伸是叫彭亮注意，接着对空放了一枪。彭亮马上把车刹了一下，像急奔的骑士拉了一下马缰。他接着又把一个机器按了一下，只听到"嘶——"的一个长声，把战斗的命令从铁管里一直通到全列车的各车厢。

当"嘶"声还未到来的前一分钟，二等车厢里黑衣汉子和鬼子小队长的第二瓶兰陵美酒已经喝干了，他们正在啃着烧鸡骨头。鬼子小队长把一只没多少肉的鸡翅膀，很感兴趣地在嘴里吮着，吮得吱吱地响。就在这时候，火车吭吭地以异常的速度驶到王沟车站了。旅客们都为这火车进站的速度感到吃惊。有的扒到车窗上，只看到王沟站的票房一闪就过去了，便惊叫着：

"王沟站怎么不停车呀！"

"我还要下车呀！"

车里霎时起了一阵骚动，这才引起了鬼子小队长的注意，鸡骨头还衔在嘴里，便往车窗外望去，他看到王沟西的扬旗已闪到后边去了。当他两眼满含疑问地回过头来的时候，突然感到车身晃了一下，随着车慢下来，一声长长的嘶嘶声传出。他还没来得及坐下，黑汉子已从腰里掏出一个苹果大小的纸包。鬼子小队长以为又是什么可口的东西，瞪大被酒烧红的眼睛看着。黑衣汉子的纸包，猛地照准鬼子小队长的眼上打去，这纸包在小队长两眼之间迸破，扬起一片白色的烟雾，一阵刺鼻的干石灰味向四下扩散。接着黑汉子猛地抱住鬼子小队长的腰，两人就滚到车厢中间的过道上了。

在这同一时间里，车的另一端，也扬起一阵白烟，黄脸商人也和另一个鬼子抱在一起，滚到地板上了。

"怎么回事呀！他们喝醉了么？"

"喝醉酒打皇军了？！"

车厢里一阵骚乱，旅客在议论着，靠近他们坐的都躲闪着，怕事的商人们恐慌起来。

黑衣汉子把鬼子小队长压在身下，可是他的衣角被窗前的小桌角挂住了，空酒瓶都砰砰地落到地板上，由于挂住了衣服，他不能把整个身子弯下来，被石灰迷住眼睛的鬼子小队长挣扎起来，把黑衣汉子摔倒了。他瞎着眼睛伸手去摸板壁上的匣枪。这时黑衣汉子急了，蹿上去，两手卡住鬼子小队长的脖子，又把他摔倒在地上。黑衣汉子把十个指头一齐紧缩，鬼子在嗷嗷地乱叫，鬼子憋急了，就用刚才啃骨头的牙齿，咬住了黑汉子的右腕，血哗哗地往下流，可是黑汉子忍住疼，没有放松手。

直到这时，车上的旅客，才看出这不是喝醉酒闹事。一些胆小怕事的都跨过他们的身子，或从座凳上绕过去，想溜到另一个车厢去，免得鬼子来了受连累。可是当旅客们从两头拥到另外的车厢里去的时候，另外车厢的入口处同样有中国人和鬼子搏斗在一起，挡住了去路。旅客们又退回来，各节车厢里，人声嘈杂，极度混乱。

就在这混乱的时候，车渐渐地慢了，旅客们突然发现从二等车的两个入口处进来了两个持短枪的人，只听来人喊道：

"老乡们闪开点！闪开点！"这是王强的声音。

王强走到黑汉子的身边，说道："鲁汉同志！撒手吧！跑不了他的！"鲁汉一抬身子，"砰砰！"王强已将两颗子弹打进鬼子小队长的脑袋里了。鲁汉马上从板壁上摘下了鬼子的匣枪。就在这时，车的另一端也响了枪，小坡打死了另一个鬼子，黄脸的林忠，从板壁上取下了刚才和他搏斗的鬼子的武器。

也在这同一时间里，前后各节车厢，都响起了枪声。王强和小坡、林忠、鲁汉到其他各车厢去，他们看到各车厢的短枪队员都顺利地执行了任务。

这时，火车已停到三孔桥上。

三孔桥四周都布满了持步枪的人，这是政委和老周带的区中队来接应。列车快到桥上时，列车上跳下几个伪军，都被他们俘虏了。

老洪和彭亮从车头上下来，到列车上去，他见了王强问道："怎么样，鬼子都消灭了么？"

"看样子是都消灭了，可是数一数，只有十一个鬼子尸体，原来我们调查的是十二个鬼子！"

"一定是跑了一个，事先埋伏的队员一个夹一个，不是都分好了么？你们短枪队也是一个打一个。"

"埋伏的人，到车上每人都傍住一个鬼子，可是二黑走错了车，没找到他的对象，没办法，他和小山共同夹了一个。"王强说。

"我去找一下，他还能飞上天去！"彭亮是个非常认真的人，他提着短枪到守车那边去了。他自己开车把鬼子带到这里，如果叫一个鬼子跑了，是太可惜的事。

在守车上，他看到一大堆麻，在微微地颤动。他再仔细看，麻的下边露出一个钉子靴后跟。彭亮把麻往旁边一拨，一个鬼子呼地蹿出来。这时，小坡和王友也在旁边，小坡大声叫着：

"抓个活的！"

可是鬼子从车门那里跃出来时，天已黑下来，为了怕鬼子逃脱，紧跟着三棵短枪朝鬼子的身影砰、砰、砰地打了几枪，鬼子死在路基边的碎石头上了。

天完全黑下来了，微风吹着，铁道旁已经发芽的柳枝在飘动，星星在天空眨着眼。黑色巨大的机车头，经过性急的彭亮一阵飞快地驾驶，像显得很疲惫，在那里嘶喳地喘着气。车厢里的旅客非常震惊，不知怎么才好。这时，只听队员们大声喊道：

"老乡们！不要怕！我们是打鬼子的八路军，请大家下车来，让我们的政委和大家说几句话。"

旅客们都从各个车厢里下来，不一会，桥下边集合了黑压压的人群，李政委站在桥头的石台上，用他清脆的嗓音对旅客们讲道：

"同胞们！我们是共产党领导的八路军的铁道游击队。我们这次打火车，是消灭火车上的鬼子。现在我们北山里的八路军，已拉到这铁路两侧，准备向枣庄的敌人进攻。刚才我们把票车上的鬼子消灭了，枣庄和临城的鬼子会马上来报复，你们留在火车上，会遭到鬼子的伤害，希望你们赶快离开这个地方，到四乡去躲躲。远道的旅客，可以绕路到其他车站上上车。"他表达了人民部队对旅客的关心以后，接着说，"同胞们！日本鬼子是我们民族的敌人，我们要坚决地把侵略我们的日本鬼子消灭在我们的国土上。我们八路军就是人民的部队、是抗日最坚决的武装，希望大家今后多多帮助我们！……"

正讲着，突然从远处传来一阵阵"哒哒"的机枪声，李政委匆匆地结束了他的讲话。

"机枪响了！敌人马上就要来到，同胞们再见！到四下去躲躲吧！最后让我们高呼几个口号：

"打倒日本帝国主义！"

"八路军万岁！"

"中华民族解放万岁！"

队员们都高举着手，随着政委高呼着，雄壮的呼声震动着人群和原野，人群里有的也随着高呼了。当旅客们四下散开走去的时候，小坡和小山把带来的宣传品、标语，贴满在各节车厢上。老洪和王强指挥着队员，打开列车前边的铁闷子车，从里面搬出军用物资，电话机，军用药品，日本食品。

"哒哒"的机枪从东西两端交射过来了。子弹在这列像条巨大的僵死的黑蛇一样的空车上空嗖嗖地乱叫。探照灯雪白的粗大的光柱，也从东西两边射过来了，鬼子的铁甲列车，轰轰隆隆地向这边开来。

政委和老周带着区中队，趴在这列车两头的路基上，向开来的铁甲车阻击。他们在远远的地方拆了两节铁轨，使铁甲车不能逼近。他们掩护着旅客们疏散，给队员们争取时间，多卸些物资，支援山区。

老洪带着队员卸完了物资，分给每个人扛着，然后离开了票车，向南边的山坡上走去。李正和老周把掩护部队撤了下来，敌人的掷弹筒朝他们射过来，小炮弹像雨点样在李正的四周爆炸。他的衣服已被打穿了几个窟窿，可是他还是那样沉着地把队伍安全地向南撤去。

枣庄和临城出动的铁甲车上的鬼子，向这边打了一阵，就从铁甲车上下来，从东西两个方向，向出事的票车冲过来。两路鬼子在票车附近会合了。可是这列车上一个人影也没有，只有押车的"皇军"一个小队的尸体，和车厢上被他们刚才射过来的枪弹射穿的洞孔。气喘的车头下部在嘶嘶地乱响，大概是被射过来的炮弹炸坏了汽缸。

鬼子气恼地又向铁路两侧黑黑的山边乱扫着机枪，乱打着炮弹。他们只能用火力追击，而不能派队伍去追击，因为他们是守卫铁道的兵团，他们的任务是来接应这列被劫的票车。至于到铁路两侧去扫荡，那是步兵的事。而且现在他们也不敢离开铁路线，一离开，游击队再趁虚来袭击他们的铁甲列车，他们的责任就更大了。所以这两路鬼子只有守在自己的铁甲列车旁边，向远方盲目射击，一边打电话给枣庄报告情况，一边让铁甲车上下来的工兵，用拆毁的铁轨修好，以便把这列空票车拖回去。

老洪和李正把队伍拉到小屯。王强和老周把夺来的军用物资撤到山边，找个秘密的山洞藏了。李正告诉老周，等山里有队伍来时，就交给他们带到山里，解决一下部队里的困难。

李正派了小坡带一部分标语，连夜赶到枣庄去。接着他们开了个紧急会议，准备应付即将到来的敌人的报复性扫荡，决定所有部队在天亮前都离开这个地点，分散活动。

当夜，老周把区中队分散到各个有组织的村庄，去动员群众空舍清野。老洪、李正和王强研究处理从火车上缴来的枪支，把短枪留下，配齐了各队员的枪支。十八个队员，每人都有一棵短枪。把缴来的几支马黑盖子步枪送给老周，作为区中队配合作战的礼物。

在讨论研究中，李正充分地表现出他在农村打游击的才能。老洪望着他的政委的细长的眼睛，静听他那么清楚地分析着情况，确定着对策，提出布置分工的意见。他在农村的游击战争中，是多么熟悉敌人的活动规律呀，正像老洪和王强过去熟悉枣庄及铁道线上的敌人的规律一样。老洪完全同意政委的决策：在敌人扫荡期间避免和优势敌人正面接触，因为短枪是不适于野外战斗的。他们划为三个组活动，由彭亮、林忠、鲁汉各带一个组，小坡留队部做通讯员。白天分散，减少目标；晚上集中，便于执行任务。紧张时由正副大队长、政委三人各掌握一个组。

当他们正在研究第二天怎样对付敌人的时候，小坡已经走在去陈庄的路上。他抄着小路，急促地走着，因为政委给他的任务是天明以前要赶回小屯。天亮以后情况紧张，带着枪不好走，而且部队也要转移了。

他不时回头望望西北方向刚打过票车的地方。敌人的铁甲车还停在那里，枪声不像刚才那样激烈了。在雪白的探照灯下，有人影在蠕动，大概鬼子正在赶修被拆毁的铁道。他更加快了脚步，他想在敌人还没回兵前潜回陈庄，危险性会更少些。敌人扫荡山区，枣庄兵力就不多，这次又抽去接应票车，那么，枣庄的敌人兵力就更少了。

小坡瘦瘦的黑影，一闪就钻过了桥洞，走到一个土窑边停下。他们过去搞洋行时就在这里集合，听政委动员。现在他又趴在这里了，因为他发现前边有敌人的巡逻兵在通过。他抹着脸上的汗，端着手里的短枪。当敌人过后，他借着熟悉地形，很快地转到陈庄村边，像只小黑猫一样敏捷地溜进庄里了。

他在黑影里溜到一个屋边，没敢叫门，悄悄地从矮院墙上跃进院子里。他扒在东屋的小窗边，轻轻地叩着窗，低声叫道：

"老张哥！老张哥！"

"谁呀？"屋里的床动了一下，打旗工人老张含着惊恐的声音问。

"我呀，小坡！把声音放低些，老张哥！"

屋门轻轻地开了，老张一把拖着小坡，到黑洞洞的屋里去，他正要划洋火，被小坡拦住了。

"你从哪里来啊？小坡！"

"从小屯那边。"

"你要注意呀！今天不知道出了什么事故，听说票车没在王沟站停车，上半夜鬼子的铁甲车往那边出动了。刚才还听到炮声，你们可要注意啊！"

"正为这事，老洪和政委派我来找你！有要紧的事托你做！"说着小坡摸黑把一束标语，塞到老张的手里。

"怎么？"听到为票车的事，老张着急地问，"出了什么事么？"

"那就是我们干的，我们把票车打了。车上的一小队鬼子杀得一个也没剩，这是配合山里反扫荡的第一次战斗。我们是想把进攻山区的敌人兵力拖回来。为了把枣庄的鬼子闹翻天，老洪和政委请你想办法把这些宣传品贴到车站上和枣庄街上。"

"行！行！"老张坚决地回答。

"那么，我现在要走了！"

"咱们队上没有吃亏么？"

"没有，一个也没有！"

说着小坡就又翻过院墙，在黑影里不见了。老张在门边望了半天，他的多皱的脸上，浮现了笑容。他关好了屋门，低声赞道：

"他们真有种！是好样的！"

第二天清晨，随着打票车的消息的传播，枣庄车站上、街上出现了"八路军万岁！""打倒日本帝国主义！"的标语。这事件震动了全枣庄，震动了整个津浦干线。因为这趟票车是固定的一次客车，是沿线各车站上的列车时间表里注明了的车次，几点到站，几点开出，都写得清清楚楚，到时间就要卖票，有人要乘这次车，或者有的要接这趟车的客人，都盼着它的到来。可是时间早过了，怎么还不到站呢？各站的旅客都着急地去问站上的人员。中国人都问日本鬼子，鬼子打电话到另一站问，一站一站地问下去，开始是说可能误点了，可是以后简直是没有下落了。因为这趟车上的鬼子不但都被杀死了，而且整个列车也被炮弹打伤，根本不能开行了。这消息被靠近出事地点的车站传出去，整个沿线车站上的鬼子都在电话机旁瞪大了眼睛，嘘着冷气，甩着电话机子，当再有旅客来问时，鬼子就暴吼着：

"这次车没有了！"

这消息就这样通过沿线的电话，传遍津浦干线几千里路，震动着驻扎各站的鬼子的心。

随着这次车上的旅客偷偷溜回枣庄，这消息也飞快地传遍了全枣庄的市民和矿工。在夜晚的灯下，在馆子里的饭桌上，在朋友之间和家人的交谈中，人们在纷纷地议论着：

"共产党领导的八路军开过来了，听说上万的队伍就埋伏在铁道两边的山坡上，要向枣庄进攻！"

"听说八路军有一班铁道队，他们都挎着匣子枪，身子比燕子还轻，火车跑得再快，也能飞上去。"

"这班人还会飞檐走壁呀！听说洋行里的鬼子也是他们杀的……"

"鬼子一遇到这班人，就该倒运了。他们打了票车，枣庄街上又贴了标语，他们会隐身法呀……"

打票车的事件在枣庄人民的秘密谈话中流传着，事情经过好多人的传颂，往往添枝加叶，后来简直传为神话了。因为在这七八万人口的矿区里，敌人修有大兵营，驻有重兵，却在不知不觉中，接连出现了打洋行、打票车的大事件，也的确够轰动一时了。

大兵营的鬼子司令官，一面敲着枣庄宪兵队长的脑袋叫骂着，要他限期破案；一面颤动着嘴唇，嘱咐着发急电叫扫荡山区的部队撤一个联队回来。

当天晚上，睡梦里的人们，都听到枣庄街上的汽车在呜呜地响，从山里撤出一千多鬼子，连夜赶回枣庄。拂晓，一千多鬼子配合伪军分两路，在铁道两侧，沿着山坡向西进行疯狂的扫荡。

炮声和机枪声整天地响，铁道两侧的村庄，经过老周事先动员，老百姓都把粮食、衣物藏了，鬼子一来，都跑向山里。鬼子在无人的村庄里烧着草垛、房子，对着山上逃难的中国农民漫无边际地发着炮，打着机枪。铁路两侧的小山村，在稠密的炮声里冒着烟。可是鬼子来回扫荡了三天，也没有找到八路军的影子。

第四天，当扫荡的敌人正准备撤回枣庄休息一下的时候，夜里，老洪和政委把队伍集中在山家林车站附近，展开大破袭，拆毁了一段铁路。小坡和小山爬到电线杆上割电线，林忠和鲁汉各带一个组，干脆用锯子锯倒了二里多地的电线杆。

恼怒的敌人，又出动扫荡了。但铁道游击队地熟人熟，他们和敌人在山头上转过来，转过去，敌人总是扑空。

就这样，他们牵制住了敌人的兵力，配合了山区反扫荡的斗争。

（节选自知侠《铁道游击队》，人民文学出版社 2005 年版）

老塘放水

（《煤城怒火》节选）

向　春

一

工人出伤住医院，真是大年午夜出月亮——稀罕！医院里汉奸院长听说是小岛叫住的，又是关山亲自送来的，所以，他特别重视，不敢怠慢。经过一阵子忙乱，鬼子、汉奸走了，工友们也被刘铁催着去休息了。

刘珍一看光剩下刘铁，才着急地问："怎么出的伤？"

朱大顺望着刘珍激动的表情笑了笑，刘铁把出伤的经过全说了出来。

刘珍脸带气色，表情剧变，胸部迅速起伏。她看门窗关着，气愤地说："朱大顺同志，你这不是为革命，也不是斗争策略，而是个人英雄主义、冒险主义！是在帮敌人的忙！我对你这种表现很有意见！"

刘铁急了，才要张口，朱大顺笑着说："刘珍同志，先别激动。你的批评是对革命、也是对我的关心，我很感激。"朱大顺停了停，继续说下去，"是不是冒险主义和个人英雄主义，先不去争论。不管怎样，这一点很值得我们今后警惕！"

刘珍望着朱大顺沉思。

"特委指示我们，工委也做出决定，我们的斗争要主动，要牵着敌人的鼻子走。怎样才会主动地牵着敌人的鼻子走？不知你是怎么想的！在猖狂的敌人面前，难道利用合法斗争的招牌，缩手缩脚地光去应付敌人行吗？能掌握斗争的主动权吗？"朱大顺看了看刘珍正在深沉思考的表情，接着说，"给敌人修六号采场，正体现了主动斗争的精神，也正是我们斗争的策略！只有这样才能使我们跳出被动的圈子。你不叫我出头露面干危险的活，为我的受伤焦急，这些都可理解！但是为了达到斗争目的，不付出代价能行吗？如果事实证明我违背革命利益，是冒险主义，我愿接受组织上的严肃批评和处分！"

刘铁忙接上说："刘珍同志，起初我对大顺的这个行动也不理解。但是，事实教育了我。我亲眼见到，这样做不但起到了蒙蔽敌人的作用，而且肯定能牵着敌人的鼻子走！使我们的斗争一定能占主动。"

刘珍觉得自己太冲动了，便缓口气说"你们想了没有，采场弄出来了，难道不给敌人出煤？"

刘铁笑着说："大顺同志已经安排好了。"刘铁兴奋地把打算说了一遍。

刘珍又沉思一阵，虽觉着有理，但她不放心，仍保留自己的意见。

门开了，又进来一些工友看望朱大顺。

由于刘珍的殷勤照顾，朱大顺的伤口没有感染，而且逐渐转好。为了蒙蔽敌人，刘珍给他缠了好多纱布，又用夹板托住，还给他弄了吊带，从外表看，真像断了胳臂。小岛听说朱大顺断了胳臂好长时间不能下窑，好像丢了什么似的。他传话给医院，要给朱大顺快快地治伤。

一连几天，工友、市民来往不断。范明启、吴兴富和马大嫂来了就坐好长时间，拉不够的心情话。朱大顺又问了范大爷的病情，还嘱咐范明启在三窑干活多留心。范明启一一答应，又说："李林去了三窑，他们可能叫我回二窑。"

有时朱大顺正跟工友们说话，汉奸就一头钻进来。朱大顺担心长此下去，会被敌人看出破绽，于是，他和刘珍商量好，为了工作便利决定回家养伤。

刚进家不久，刘铁就来了。朱大顺忙问："六号采场怎么样了？"

"差不多了。本来一天的活，捣捣鼓鼓弄了好几天。安了卸，卸了安。龟六看活进行得慢，除了叫骂，就说，'朱大顺的要在就大大的快了！'看来，明天能走钩。"

"小岛慌得要命，巴不得这就给他出来煤。"朱大顺笑着问："下一步的行动，你们研究了没有？"

"根据你的意见，去看了现场。我们说好了，到走钩时把洞子里的水全放下来。"

朱大顺严肃地说："太简单，尽管条件方便，可不能把对敌斗争看得太容易！要多想一想，既要很好地达到目的，还不能叫敌人察觉出来。要是前脚办了，后脚就叫敌人抓住，等于叫敌人看着干！"

刘铁出神地听着，"对！我看得太容易了。"

"听顾雷同志说，大中林二给小岛来电话，东京急于用煤。叫他在三天之内一定弄两万吨煤，货轮在港口等着。其他几个采场，拼了命也弄不了几千吨，小岛眼巴巴等着六号采场了。从明天敌人就要为两万吨煤拼上干，我们就利用这个机会，狠狠打击。要以六号采场为主，凡是能走钩的采场都搞点事故，当头给他一棒，给他一吨煤也出不来。"

刘铁听了，兴奋地说："小岛想得挺美，法西斯分子总把自己当成是主宰一切的。好，叫他'主宰'去吧！咱来它个到处开花炸懵小岛！"

"六号采场的行动，我考虑应分两步。"朱大顺深思着说，"第一，先放少量的水，接着车里煤少水多，把窑上窑下的敌人惹烦。然后，也就是第二步，你们要主动引导敌人上钩，叫他们自己决定放水，这样一来，就有戏唱了。不光六号采场三天出不来煤，还要影响其他窑。"

刘铁越听越兴奋，边点头，边说："好！好！这样一来，六号采场一停，再冒顶，就别想采了！"他心里暗暗称赞道："难怪陈钢夸他，他的脑瓜确实越来越灵便了！"他说罢，起身就要去布置任务。

"停停。"朱大顺平静地问，"这几天窑下的情况怎么样？"

"咳！快四十岁的人了还沉不住气，有了任务就想去干。"刘铁憨厚地笑笑，兴致勃勃地说下去："通过这些日子的发动，党的工作深入了，对工友们鼓舞很大。积极分子的斗争情绪更高了，光想大干！"刘铁咽口唾沫，"工会小组已经组织起来。俺那个采场共二十一个组，有的七个人，有的十个人，各组有正副组长。根据工委的指示，组与组不发生联系，各自分头执行任务。"

"党员同志们，应注意各工会小组的暗中配合，千万不能乱干。我们是有组织有领导地跟敌人斗！"

"这点很重要，经过研究，决定由党员暗中完成配合的任务。"

"我们的党员要秘密机智地去组织和领导工人斗争。"

"对！"刘铁高大的上身摇晃一下，"听运福说，他们采场今天干得很漂亮！"刘铁按照王运福的口气说下去，"龟六、梁钦山拉着董地湖蹿到采场，哭爹叫娘般喊叫着出一千吨煤。鬼子汉奸一大群，弹上膛，刀出鞘，吹胡子瞪眼。工友们答应得好，表现得也很积极。结果不是断链子，就是不拉炭。工友们暗中把大链上的销子弄成平的，溜子一拉，就脱销断链。工友们就慌着去接，忙活半天总算接好了，还没转一圈，咯嘣又断了。龟六这小子挂着刀，瞪着老鼠眼，气得深长舌头咳咳喘气。他叫梁钦山和董地湖去看看是不是人工捣鬼，正好谷子叶浑身汗水，从采场爬下来。呼呼喘着气说，'不是捣鬼，窑货们干得很起劲，是溜子老得没牙了！'龟六骂声'八格！'谷子叶一看龟六那瘟神样，连忙骂誓，'我说的有半点假，就是你的种！'不光梁钦山笑，连龟六也笑了。"

"谷子叶是个糊涂蛋，要给他多灌些迷魂汤，到时候还得利用他起点掩护作用。"

刘铁听了朱大顺的话，笑了笑，又说下去："因断链子耽误了半班活，事故又转到溜子尾。工会小组长焦宝石把溜子尾的压柱暗暗弄掉，司机猛一开动，哈！溜子尾撅上天，整部溜子都拉拱了。工友们喊着吵着，光着脊梁扒溜子尾底槽。龟六坐不住了，爬得满身出大汗，亲自去监督。他看工友们干得很卖力，就对梁钦山说，'他们出力大大的！'梁钦山忙说，'是的太君，他们的全能干，都听话大大的，确实是机械的不好！'"

"到点，龟六一看才出三吨煤，眼皮一耷拉，灰心丧气地说，'完了的，完了的！'龟六走后，工友们哈哈大笑，焦宝石说，'宁愿接链流大汗，就不给你鬼子出煤炭！'工友们的斗争劲头可旺啦！"

朱大顺笑着说："老刘，群众行动起来了，我们要善于引导群众。毛主席要我们党员在斗争中，善于发现问题，分析问题，从正确方面引导群众。你们在六号采场，成了敌人注意的中心。梁钦山一直打着我们的算盘。党小组既要大胆领着工人干，还得注意保密隐藏。有事多跟积极分子商量，不能把党员暴露出去。斗争的方法要多式多样，不能老一套。如果老是采用老一套的方法和敌人斗，长了，敌人就会发现我们！"

刘铁为朱大顺看问题深刻、全面所感动。他说："敌人正跟我们争夺群众，以扩充剿共班和矿警队为牌子，甜言蜜语到处拉人。那些怕苦的青皮，弄不好就会上敌人的钩，不提高警惕，咱们也会吃亏。"

刘铁的话启发了朱大顺，他果断地对刘铁说："乘这个机会，我们应当再派一部分党员和积极分子进去，这对我们今后的斗争会更有利。顾雷等同志在里边的作用，就证明了这一点。这就是毛主席说的敌中有我。听说有的同志不愿去，怕挨骂，告诉同志们，这是革命的需要！"

"小岛这些日子急得火烧火燎，坐不住站不稳。龟六、关山赶着梁钦山一群汉奸到处爬。城里，刘八叫高升带着人到处钻。城外，王凤德的狗腿子像苍蝇臭虫，从魔窟里窜来窜去。我们不多安些眼，就要吃亏！"

"这就告诉我们，在尖锐复杂的斗争中必须机智灵活。"朱大顺站起来，"关于放水的事，你要跟同志们仔细研究，一定牵着敌人的鼻子走！"

"好！"刘铁迈开大步刮风般走了。

二

龟六带着梁钦山、董地湖急急往六号采场奔。龟六一下窑，就叫梁钦山跟着。他发现梁钦山心毒手狠，对工人一点不留情面；再者，还觉得梁钦山对自己处处尽心。龟六是叫梁钦山摸透了，人虽老，眼皮像滑轮那样欢，脑袋像转轴那样活。龟六的老鼠眼一转，他就知道龟六要干什么，伺候得龟六光咧开狼嘴笑。梁钦山技术上不在行，有关技术上的东西他就叫董地湖说话。他落个陪着龟六乱逛的差使，借机狐假虎威一番。

刘小福在溜子头看到鬼子的灯光，忙催工友们进采场，他也嗖嗖爬上去。龟六来到溜子头，看大巷里没人，就冲着采场哇啦哇啦怪叫。梁钦山看没人应答，也没命地嚎叫起来。刘铁他们装听不见，铲子砸的溜子沿反而更响。梁钦山火了，拖着他那罗锅腰往采场爬几步，像狗咬猫似的怪嚎："耳朵都塞驴毛啦！平时磨滑有种，今儿有事，又抱孩子走娘家，显能耐啦！小福叫他们统统下来！"

直到刘小福应了声，梁钦山才喘着粗气爬下来。忙朝龟六报功："太君，我的一骂，他们统统的怕！"

刘小福不知龟六耍的什么花招，便去找刘铁商量。

"他们来多少人？"刘铁问。

"还是那二十多个。"

"不要紧，无非是训话，叫咱们工人给他们多出煤。走！"刘铁刚要动身，陈钢忙说："咱人多。不行的话，就拼他几个！"

刘铁瞪了他一眼，陈钢才慌着住口。

工友们移动着灯光，慢慢到了大巷里。一片暗淡的灯光，照出龟六粗短的魔影。工友们愤怒地瞪着他，一声不响。

龟六听说人到齐了，叫梁钦山宣布小岛的命令。梁钦山便公鸡挺脖似的叫喊："今天六号采场开张，为贡献我们的忠心，全采场要出两千吨煤，少一斤也不许上窑！"最后他又添枝加叶狐假虎威起来，"我说的话就是太君的话。那些不安分的要把眼皮撑开，谁要敢反抗，咱就来现的！要知道，生死大权在皇军手里！"他瞅一眼刘铁，刘铁在一旁冷笑。

陈钢一听梁钦山吓唬人，便轻声骂道："奶奶，当汉奸的成人熊啦！"

龟六怒视着一片小小的灯光，嗖地抽出东洋刀，厉声叫道："出不够的不许，不好好干的，就死了死了的！"他又张牙舞爪地挥了挥杀人刀。

人群中传来范明启声轻音重的话："别怕，听兔子叫，就不能耩豆子了！"

刘铁和工友们慢慢往采场走，工友们都望着他，见他从容自然，满脸挂笑，心里便有了底。刘铁心想："你鬼子抱的希望越大，我叫你失败得越惨！"他便大声说："累死累活把采场修好了，今儿头一天出煤，都要动动脑瓜，想想点子，多多出煤啊！"

龟六听了，问董地湖："谁的干活？"

"太君，朱大顺的好朋友，本事大大的刘铁呀！"龟六听董地湖一说，笑了笑。

刘铁走到范明启身边，向他丢个眼色，低声说："猛干才行！"

范明启明白，便"嗯"了声，拉上青年小杨走了。刘铁在一旁对小福说："你要沉住气，好好应付他们。"周大庆接上说："小福，胆越大越好！"

龟六知道进采场的滋味，既累又脏还危险。他一看见龇牙咧嘴的顶板，就缩身子。这个表面凶恶的野兽，却最怕死！今天，他打算寸步不离六号采场，便挎着指挥刀，坐在汉奸在溜子头附近给他搭的座位上。他贼溜着老鼠眼窥视一切。梁钦山卡着腰，像只狼狗守在龟六眼前，拉着架势，随时准备撕咬。

董地湖远远离开他们，不声不响地坐着，打算养养精神。龟六一不耐烦，梁钦山就慌忙派董地湖去看看。弄得年纪大、身体肥胖的董地湖上来下去地乱爬。累得他身上出大汗，张嘴喘粗气，心里一个劲地骂。有时还感叹："人老珠黄不值钱呀，老了的千里马还不如一条狗哪！"

开溜子的老师慢悠悠，装作很细心的样子。擦擦这里，摸摸那里，再翻销加油。等开动起来，没接两车，水顺着溜子哗哗淌下来。接一车有一多半水，砰！叭！砰！叭！煤块和矸石不但砸的水响，而且把水溅得老远。龟六脸上都落满了墨水点，灯光一照，像爬了一脸臭虫。突然，一滴墨水飞进龟六眼里，梁钦山急忙掏出毛巾给他擦。嘴里还劝说："太君，请坐远点吧！"谁知梁钦山擦疼了龟六的眼，他不但没回答，反而一脚把梁钦山踢出好远，董地湖见此情景，心里骂梁钦山："奴才样！"

龟六看一连接了十几车水，便大发雷霆，指使梁钦山赶快爬到上边去看看。梁钦山见水出，心里也怕，忙应了声"好！"就急着往采场爬。忽然想起董地湖，就大叫着把他喊过来。梁钦山板着脸，气冲冲地训斥董地湖："你干啥吃的！出这样的大事你还有心养神？"

董地湖一声不吭地跟着梁钦山向采场爬去。他瞪着梁钦山心里狠狠地骂道："老子哪里受你指使过！一年前你还巴结老子，用点心盒子盛着银元往我家送哪，你他娘的好了疮疤忘了疼。咳！一朝天子一朝臣，鬼子来了，汉奸吃香，你梁罗锅算得第啦！"

梁钦山也并不好受，他身子虽不胖，个子不高，天生的罗锅，具有爬采场的好条件，可他年岁大，又因抽大烟，嫖女人，全身没有四两劲。他连走带爬，差点要了命才到采场中间。累得他实在撑不住了，便倒在浮煤上倒气。他一边倒气，一边惊慌乱望，光怕有人用矸石砸死他扔进老塘里。想起刘铁在里边，更怕得厉害。他回头看跟来几个打手，心神才稍安定了一点。

工友们都坐在靠煤壁的浮煤上。从撺出的地板上看，水汨汨流着，梁钦山看了，直皱眉头，问刘小福："哪来的水呀？"

刘小福也装作发愁的样子说："上边老洞里积水多，放炮一震，渗下来了。今天开张光想弄个顺利，谁知出了这种倒霉的事！"

"有法治吗？"梁钦山想到自己跟小岛曾说过没水，不由得害怕了。"小福，你一定想个法把水排走！今儿可不寻常啊！"

"有啥法子，真难办啊！"

"对！"董地湖有意地接上，"这样一来，扒煤的就受罪了，趴不能趴，坐不能坐，煤也出不来！"

梁钦山瞪了董地湖一眼说:"你也没法?"

"卑职无能为力!我以前说有水,你不信,怎么样?"

梁钦山从采场连忙跑下去,刚想胡诌,董地湖抢着向龟六把水的情形大肆渲染一番。龟六一听老鼠眼珠钉住一般,他心里像掖把火,焦急起来。他想到在小岛和其他鬼子军官前夸下的海口:"六号采场出不来两千吨煤,我的永不上窑!"并且还以上司的姿态,给关山一伙打了气。他恨不得六号采场的煤一车接一车地飞快运到窑上,又干又亮车还满。现在有了水,该怎么办呢?停下?不行!两万吨煤的数字还压在他心头。梁钦山长吁短叹,一点主张也没有了,还光怕龟六追问他说没水的事。

工友们一点一点往溜子里擂煤,水大,煤少,结果全部被水溶化冲走。接一车,全是稀水汤,溅得满巷道都黏糊糊。一连出了几十车,窑上来了人,说因水过多,窑口的皮带转不动了,整个窑口都停止提煤。龟六一听全窑不能出煤,惊吓得黑溜溜的眼珠差点掉下来。梁钦山吓得不敢说话,身子光往暗处钻。董地湖不作声,躲到远处冷笑。

龟六知道卡住喉咙眼的厉害,气得他像只中了猎枪的狼,嗷嗥怪叫。他急转身,大叫大喊刘小福下来。这时梁钦山知道不妙,正想躲开,被龟六看见,一把抓住他,"你的良心大大坏了坏了的!"龟六怎么不恼呢?苦筋拔力修好了采场,前呼后叫地开始出煤了,早也没水,晚也没水,偏偏今天出煤来了水。他既怀疑有意放的水,又怀疑梁钦山他们不出真力。就把恶气照着梁钦山出,一气扇了他好几巴掌。打得梁钦山嘴鼻流血,眼冒金花,叫了声"娘!"就趴到水沟里了。董地湖一看龟六发了疯,紧往一边躲,心里直打怵。他骂梁钦山不相信有水,胡说八道骗小岛,眼下叫他跟着受罪。气得他吐口唾沫,瞪着梁钦山暗暗咒骂:"揍死你活该!"可水到底如何处理呢?他心里也没数,他为没法应付龟六害怕了!不由地叹一声:"朱大顺要在就好了!"

朱大顺在篱笆院里正指挥着工友在窑下进行破坏,为使小岛要的两万吨煤成为泡影,除布置李林、王运福几个在其他采场破坏外,他重点指挥六号采场。人在篱笆院,脑子一直翻腾着窑下的战情。同志们随时向他报告着情况,使他对窑下的斗争情况了如指掌,指挥得非常及时正确。当得知六号采场放了少量的水，心说："敌人快觉着卡喉咙眼的厉害了！"正要传信给窑下，同志们又报告了窑口运输机被水煤淤住。他兴奋地对天英说："敌人要发疯了，快通知刘铁同志，抓住时机叫刘小福引龟六上钩！把老洞的水全放下来，冲垮采场，淤住大巷，叫敌人寸步难行！"

工委决定放水的事，通过周大庆做好了刘小福的工作。然后，刘铁又跟刘小福接了头，从抗日的观点对他进行了耐心的教育。刘小福明白了放水的重要意义，便主动提出承担一部分工作。刘铁把打算告诉他，他高兴地说："刘哥你放心，我宁愿咬掉舌头，也别想从我嘴里露出一个字来。"

刘小福听采场下头嚷叫，知道龟六发作了，就从采场下来看情况，好引龟六上钩。龟六看到刘小福，像红了眼的饿狼，猛扑过去。龟六抓住刘小福正要动手打，就听大喊一声："龟六住手！"龟六猛吃一惊，贼眼乱望，只见一条大汉从采场朝他扑来！

三

龟六见从采场下来一个大汉，忙丢了刘小福，拿出应战的架势。他用手电直照大汉，当看清是刘铁时，忙说："刘的，怎么水的干活的？"通过修六号采场，龟六亲眼看到刘铁和朱大顺同样有本事。此时龟六既害怕刘铁冲过来宰了他，又想从刘铁身上想出办法来。

"你照着刘工头发火不应该，这水的事哪能怨他？采场上头有水，一放炮震下来了，你上去看看就明白了！"刘铁指着身上的窑衣，"你看，我下身不全湿了？咳！有水，俺干活的受罪！俺比你还着急哩，大伙正想法治水，不从根本上治不行！唉，今儿头一次开钩，光想多出煤，真不如愿呀！"龟六的手电光从刘铁脸上移到下身，可不，裤腿全湿了。

刘小福忙说："有水，活难干，还不安全，扒煤的不愿意，就我当工头的上来下去的也遭罪！"龟六看刘小福的下身，也全湿了。

董地湖乘机悄悄走过来，瞟梁钦山一眼说："太君，我是有言在先的，修六号采场时，我就说上头有水，别人不信，咱有啥法！"

梁钦山一听慌了，赶忙爬起来说："太君，上边不会存住水的！"他拧完裤子上的水，捂着热辣辣的脸说。

刘铁说："那好办，有没有水，咱去看看呀！"

龟六拍着刘铁说："好的，去看看的干活！"

梁钦山心里嘀咕着说："对，看看咱好想法。"

刘铁望着刘小福说："刘工头咱领着去看看吧！"说罢就领着龟六顺车眼往上爬。爬了好大阵子，才到六号采场上头的运输巷口。刘铁用手电照着满洞的臭水，比画着说："这下边就是出煤的地方。按理，上边洞子的水放干净，下边才能出煤。现在这样，最危险，要是水全淌下去，人不知道，会像小五窑那样厉害呀！"

"啊！"龟六的脖子缩得几乎跟肩膀一般平了。

梁钦山挨了一顿揍，正晕头转向，他又爬了百多米的上山，累得几乎断了气。看了满洞子水，吓哆嗦了，连忙朝龟六鞠躬，"太君，我该死！一年多没来过这里了，谁知变化这么大啊！"龟六凶狠地瞪着他。

"有人把你们骗了，你已清楚啦！"刘铁对龟六说，"这水既被知道了也不怕，慢慢放了一样出煤！"

龟六对董地湖说："你的说！"

"太君，一切你全明白了，我不再多说啦！"

梁钦山光怕龟六砍了他，吓得一句话也不敢说。刘铁看了他们的丑态心里好笑，想到大顺传来的话，觉得这正是引敌上钩的好机会！为了把龟六脑袋里装满"怕"字，他又严肃地说："这么多的水是这样的往下倒啊！"他比了个三十度的倾斜坡给龟六看，"要是大水全下去，我们一个也跑不了！"

龟六听了吓得打战，凶狠地瞪了梁钦山一眼，梁钦山脸上滚出汗珠。龟六呆愣了半天，才发愁地看着董地湖，想从他那里证实刘铁的话。董地湖忙点头说："太君，是的！"

鬼六恨梁钦山欺骗他，又见董地湖没有什么章程，呼地抽出东洋刀，往水里一指："你的去试试的！"

梁钦山想："刚才我挨揍，这回叫你受受！"于是便急忙帮腔："对，你是煤师，窑下的事都瞒不了你。"

董地湖哪料到龟六来这一手。以前当煤师指手画脚，光知道跟着混钱，窑下溜一溜，银元往家流。不但没出过汗，而且连危险的地方也不沾边。洞子里水到底多深，他哪里知道。面对龟六的杀人刀，吓得他头发梢上喷冷气，脖子以下滚汗珠。不下吧，他知道鬼子的刀不认人，下吧，谁知有多深的水？要真淹死了……

龟六看董地湖迟疑不前，"嗯"了声，便把手中的刀举起来。刘铁看到了火候，上去抓住龟六的手腕，"你杀了他谁当你的煤师哪！你想看水深浅，我下去。你们这些当官的，受不了这个罪。"

刘铁所以这样做，是要把面子留给董地湖，按大顺说的那样，一方面做好对董地湖的争取工作，再者有利于引敌上钩。他说完就往水里走，蹚的水呼呼响。他逐步把腿弯起，最后把腰一躬，水没到胸口上边。龟六看了，惊叫一声，他想刘铁个子这么高水都齐胸，太深了！

董地湖被刘铁救了一命，心里很感激："朱大顺的几个好友还真不错，出力的人到底是有良心！"

董地湖这种人，当他碰到周折时，就念点旧情；当他一帆风顺时，就趾高气昂什么都忘掉，甚至翻脸不认人。自鬼子来后，他对卜庆祥说："我在煤城几十年，是有名的泥瓦匠，为了不当面得罪人，好事坏事我都和稀泥。可是现在我赞成抗日。"

现在，他对自己说："人有指头大的恩情，应该当泰山一样称量啊！"

龟六用灯光尽量往洞子里边照，对那么深的一洞子水感到了头疼。他把刘铁喊上来，还是那套"大大的，好好的"夸了一通。

刘小福乘机说："太君，修六号采场你亲眼见了，他本事很大，他胆更大，又不怕苦！"

龟六看刘铁全身水漉漉的，一股冷气直冲他，使他倒退几步，不由得打个寒慄，伸出大拇指说："你和朱大顺统统好样的。"

刘铁不以为然地说："我们是出力干活的，啥也不怕，以后你慢慢地就更清楚了！"

梁钦山对朱大顺一伙老工人，本来就恨得牙根疼，今天看了刘铁的行动，一方面嫉妒董地湖，一方面恨刘铁。看龟六赞不绝口，只得跟着买好，便在肚子里骂，嘴上说："对，大大的能干！"

"太君，"董地湖向龟六深深鞠了个躬，"刘镐头为忠于太君，他不顾自己。窑下的水冰凉刺骨，看，他全身在打战，冻病了没法再给太君扒煤，叫他赶快上窑换衣服去吧。"

龟六和梁钦山同时瞪董地湖一眼。刘小福忙说："真的，刘铁冻病了，煤的更出不来，他的什么都懂！"

梁钦山见刘小福在帮着说话，又看龟六脸色有些好转，只好顺手卖个人情："请太君关照。"

龟六便说："好的！好的！"

刘铁看龟六几个束手无策，心想，"不怕你不上钩！"临走指着满洞子水说："有它，别想出来煤啊！只有处理它，煤才能大批地出！"他注视刘小福一下，刘小福点头。望一眼龟六，见龟六发愣，他便迈开大步呼呼地走了。刘铁心里说："把你龟六一步步挂到钩上来了！"他想到李林、王运福他们，自语着："他们也一定动手了。"一想到这次的战斗布置，他对工委的决定、朱大顺的计谋，从心里敬佩。

刘铁走后，龟六他们也随着下来了。

董地湖估计龟六得问水如何处理，便让刘小福拿主意。正好梁钦山也凑过来询问。刘小福说："按我的想法，干脆把水从采场放下来，再打总出煤，以后也没什么危险了。"

龟六回到溜子头，肚里真像吞下十几只狼羔子，抓肝挠心。他后悔没问刘铁有什么办法，只好问梁钦山。梁钦山好像胸有成竹似的，把刘小福的话当成自己的，全搬过来。董地湖没等龟六问他，他就表示了同样的意见。

龟六想，水从高处往下淌还不快吗！放了水逼着猛出煤，照样能完成两千吨。便对刘小福说："你的把水统统地放完，快快地干活！"

刘小福心里笑着，嘴上应着，急忙到采场去安排人。工友们听了，都很兴奋。周大庆把镐一掯，说："他娘的姜子牙钓鱼，愿上钩者自来！龟六愿上当，咱还有啥说的。都躲开，我去放水。"

陈钢说："周大哥，你手脚慢。我去！"

周大庆不同意："你留把劲儿以后打鬼子。趁我有口气，干他几件事，也叫这些魔鬼、炭迷尝尝我这老骨头的硬味！"

大家听了，都点头称赞。陈钢说："周大哥，真是人老骨头硬！"

周大庆在王天佐的陪同下，放水去了。不多会，汹涌的大水往采场猛烈冲来。浮煤一粒不剩，冲洗得地板溜溜光，水如同山洪暴发，汇到大巷，夹着煤，滚滚往外涌。眨眼工夫，巷道淤满的煤有半尺深，道轨水沟全不见了。用灯一照，像条黑色的河。

望着滚滚黑水，鬼子、汉奸大眼瞪小眼。龟六的两眼直勾勾盯着采场，恨不得一眼看到水的尽头。梁钦山光怕出现淹窑事故，他把身子缩成一个肉蛋蛋，紧往煤帮上塞，既怕龟六发现他叫他去干什么，又怕被水淹死。

刘小福、陈钢和工友们早就远远躲开，在开目的地方观看热闹。

董地湖心里虽害怕，但出了水他又感到解恨。他蹲在上帮的棚顶上，往四处看得非常清楚。瞅一眼龟六，心中发狠；看一眼梁钦山，轻声咒骂；望一眼躲到一边说笑的工人，他忽然明白放水是工人的计策，又为他们用智谋引龟六上当高兴；想到刘铁，他心里非常感激。……

龟六面对流不完的水发急了。原来他想得很简单，认为把老洞子的积水放完就行了。他哪里知道，水是从几个老塘里流下来的，根本流不完。梁钦山愁眉苦脸一言不发。龟六没了主张，忙去打电话叫采矿处想办法。

电话在下帮一个煤洞子里放着。龟六穿着深筒胶靴，急着往前迈，扑哧插进稀汤里。使劲一拔，光拔出右脚，靴子丢在煤泥里，可脚停不住，又插进淤煤里。身子往前猛一探，因失去平衡，左脚的靴子又丢在淤煤里。肥猪般的身子一摇晃，扑！——栽倒了。那满是横肉的脸上，全是煤水，一个大肉蛋，只剩下瞪着的白眼珠。梁钦山看了想，这时才见忠心哪，慌着去救。谁知也像木桩一样陷在那里，拔不出腿来，吓得他青爹黄娘地叫骂。几个鬼子、汉奸去救，同样陷进去，像臭水沟里跑进一窝猪，咪咪怪叫，呼呼挣扎。工友们看了，都吃吃地笑。小杨忍不住，喊了声："快看！玩狗黑的！"工友们的笑声，像根根钢针，刺进了龟六的心。

龟六在几个鬼子的搀扶下拼命挣扎，才算到电话前。鬼子用毛巾给他擦脸，一抹不要紧，不白不黑，成了个灰蛋蛋。活在古戏中的小鬼，连鬼子兵都吃声笑了。梁钦山没人管他，便学猪爬，一点一点地拱。

龟六刚要摸电话，正巧电铃响了。他抓过电话问了一声，也忘了是赤着双脚，猛地挺胸、立正。"咚"的一声，龟六的头被顶板碰着，痛得他眨眼歪嘴，还得朝着话筒"嗯，嗯"撅腔。

电话是小岛打来的。六号采场的水不光把它通往窖口的运输巷道淤住，连其他的运输巷道也淤满。不但不能运输，而且连人也不能通行了。

窖上的小岛正在暴怒，好像无数的刀子从四面八方向他刺来。今天一早，他抱着必胜的信心等待窖下传来佳音。谁知第一个得到的信息是四窖绞车眼里放大滑，把棚撞倒十几架，顶冒的严严实实，堵住两个采场都不能出煤。在场的关山看了，倒抽冷气，慌忙往窖上跑去报告。

小岛的心还没平复下来，又传来一个噩耗：三窖谷子叶采场的电机烧了。在场的周学昌见那么多煤一块运不出，急得他咒爹骂娘往窖上跑，向小岛请罪。

小岛得到这两个消息，如同两个铁拳对击在他的太阳穴上，搞得他晕头晕脑，天转地转。他抱头苦思冥想，一想到三个出煤比较多的地方，有两个垮台，便把出煤的希望寄托在六号采场了。他正要打电话找龟六，叫他多多地出煤，补上那两个地方的损失。电话还没来得及打，刘八几个走进来，"太君，听公事房说，六号采场出水！"

小岛不相信，他摸上电话问窖下，正巧龟六接着。龟六把出水的情况如实报告了小岛。小岛问跟刘八进来的采矿处长怎么办？那汉奸处长听了急喊："太君，上当啦！一放水，不光六号采场十天半月不能出煤！再淤住其他巷道就更苦啦！"

小岛听说他费了那么大劲，寄托全部希望的六号采场不能出煤，想到两万多吨煤的紧急任务，不由得暴怒起来，恶气冲着话筒出，把龟六骂了个狗血喷头。

龟六放下电话，像只疯狗一样，看到梁钦山刚刚爬到他身边，就猛踢一脚，梁钦山哇一声又落到水里去了。龟六又找董地湖，一时看不见，就抓住身边的鬼子打，嘴里一个劲地骂："八格！你们良心统统坏了坏了的！……"

龟六疯狂了！小岛疯狂了！

他们像穿上鼻钩的凶兽，被猎手牵引着，狂跳暴怒地嚎着！

（节选自向春《煤城怒火》，山东人民出版社 1975 年版）

黑泥（节选）

毕四海

五

打了二十多年的仗，从第一次粤桂战争，一直到进军江西，细细想了一下，从来没有哪一仗像今天这一场仗使得我觉出了它的沉重，它的事关民族存亡。也没有哪一仗能够像今天这一场仗叫我惴惴不安，神经紧张。

我早就预料到了这一场仗的万分险恶。但是，当险恶来临的时候，我仍然禁不住地惶恐，甚至觉得灭顶之灾就要来临。是的，这场仗，不仅仅关系到整个抗战的前途，甚至关系到了世界局势的变化。而且，我很清楚，这场仗打不好，我的处境将会出现严重的不妙。此刻，最关心这场战斗胜负的，除了我，还有他，他想我打赢，也想我打输，输赢对他来说，都是厚利可图。他这个人，不愧在上海滩的青洪帮里混过，学得精明得很，似乎永远赚而不会赔本。我对这场仗的胜败成竹在胸，可是，我仍然觉得失败的阴影在纠缠着我。从台儿庄大战正式打响的三月二十三日凌晨六时开始，我就被钉上了十字架，我就没有离开过这个地下室，我就没有了一点儿睡眠的欲望和吃饭的欲望。甚至，当她从上海给我挂来了电话，问我要不要她来到我的身边的时候，我都拒绝了她。罗斯福说他一见到她的情妇，政治才华便勃然大发。前年十二月十日傍晚，英国伦敦广播电台向全世界广播了英国爱德华八世的话：“……离开我所爱的女人我将力不从心，无法日理万机，履行国王的职责。因此朕郑重决定放弃王位，决不反悔。”我却不行，她的电话，只能使得我更加感到了这场仗的恐怖……这种现象，对我来说，可是十几年来从来没有出现过的。这一方面说明，我不是罗斯福和爱德华，在我心中，女人并不占第一位置，另一方面也说明，这场仗比情妇还迷恋着我的心。

我试图宽自己的心：

我的战略战术是很高明的，我在牵着敌人的鼻子走，我把矶谷师团牵进了台儿庄。我用孙连仲守城是知人善任，这只老狼，最善护窝的。汤恩伯是不大听话，可是，老头儿刚杀了韩复榘，必要时，我借此事敲打他一下，谅他也不敢怠慢。你的主子把你交给了我，你不听我的，哼，我就要收拾你！待孙连仲把矶谷打得缠得筋疲力尽的时候，汤恩伯赶到，内外夹击，仗是稳操胜券的……

李宗仁这样想着，心宽了一些。他走出了地下室，来到院子里。夜不知在什么时候降临的。

他发现，夜是地地道道地死了——没了一丝灯光，没了一缕动静。他苦笑了一下：我的"品茶"毕竟抵挡不住炮声对市民的威胁。

忽然，一阵排山倒海的声音从远方传来。李宗仁推开卫兵，爬上了当年的检阅台，向北方望去，只见一个火球，又一个火球……

火球和火球连成了片。火光中间白炽，四周通红，形成了一些锯齿獠牙。

一声咣，又一声咣……

咣咣声连成了一片轰隆隆的声音。

李宗仁感到了脚下大地的摇晃，听到了炮声撕裂天空的呼呼狂吼。远离战场的徐州尚且如此，台儿庄是个什么样就可想而知了。

稍许放宽的心又沉重起来。

"长官，委员长的电话。"卫兵来叫他了。

李宗仁心里猛地一抖，略一迟疑，便走进了机要室。

李宗仁望着参谋手里的电话，他却没有马上去接。他摇了摇头，苦笑了。

他想起了一些事情：

长沙会战时，薛岳本来打得很好。谁知，在战火正旺的时候，老头子打来了电话，把薛岳的部队调得个乱七八糟。薛岳失了长沙，一气跑到江西，逢人便说："跑远一点，他电话就打不通了！"我到徐州上任前，曾半开玩笑半顶真地说："委员长，'将在外，君命有所不受'，我希望你不要打电话直接指挥五战区的部队啊!"他笑了笑,说:"不打的!对你,我放心得过,放心得过。"如今,他怎么食言了呢?

李宗仁还是接过了电话。

"德公……累了啵?……台儿庄……仗只……"

李宗仁慢慢应着。

"……打不赢,是要……负责的!"这一句话,委员长用南腔北调的普通话。

李宗仁明白他的意思,他是在打伏笔呀!他可能已经知道了仗打得很苦,他开始张扬手里的军法了。

"委员长,如果我的部队装备精良的话,仗早就打胜了。"李宗仁也为自己开辟了后路。

话筒里好长时间没有动静。

过了一会儿,委员长向他讲起了全国乃至全世界的局势,情绪是消沉的:张伯伦鬼头得很,不想打仗,不管他人瓦上霜;法国人自恃有马其诺防线;而德国人,却拼命地扩充军备,加强侵略。西方世界没有希望啰!我们这里是外有豺狼,内有虎豹呀!德公,全靠你抗一膀子了。李宗仁听出了蒋介石的弦外之音,他慢慢应着,心想:你装出一副可怜相,让我给你卖命呀!这一仗我不是给你打的,是给一个民族打的,是给我李宗仁自己打的!蒋介石讲完局势,又说出了新词儿:

"对付你手里的那些……土皇上,要用重鞭子!"

"……委员长,他们很好。台儿庄两场最漂亮的序幕战,就是他们这些土皇上打的。"李宗仁放下了电话,他的手还在微微打着抖。他心里有一股郁愤升起来,一腔跌坐进皮转椅里,微微闭上了眼睛。

两位将军并肩向他走来。一个是庞炳勋,一个是张自忠。

他们的脚步很重,很重,踩得他的心好痛……一会儿,两位将军的身影淡化了,慢慢地消失了。又过了一会儿,庞老将军又出现了,花白的铜锤一样的脑袋,饱受战火洗礼的脸哭丧着。

庞炳勋按照下级见上级的规定给李宗仁行了礼,李宗仁很谦虚地还了礼,亲自为老将军沏茶,递烟。

"老将军，论年资，你是大哥，我是小弟，我没有资格指挥你，可是为了眼前的这场仗，小弟要委屈你了……"

李宗仁的面前的空间让一颗花白的脑袋占据了。这颗花白的脑袋顶着一座破败的城墙，城墙一动不动……几十门山炮的长长的黑洞洞的炮口对准了城墙，轰轰！炮弹打在了城墙上，炸开了花，炸开了一个缺口，那颗脑袋流血了，一缕缕，一丝丝……一些中国的士兵扑上来，用身子挡住了城墙的缺口……一个矮胖的日本军官疯狂地挥舞着弯刀，一群记者发出嗤笑："嘻嘻，皇军的精锐，竟然受挫于一支支那的杂牌！"

更猛烈的炮火开始了对那颗花白的铜锤一样的脑袋的轰击……

李宗仁眼前的幻想消失了。

他腾地一下站了起来，他扑进了作战室。

六

恶魔一样的夜。

生与死在台儿庄拉着锯。

台儿庄，弹丸之地。想不到，这座小小的古镇，能承受这么多炮火的轰击，能接受那么多尸骸的重压。更想不到的是，它能有这么顽强的生命力，被炮火撕裂成了碎片，而每一块碎片却还在战斗，还在复仇……

冬天迟迟不肯离去。

古运河里水默默地向北流着。它如今变得血一样红，血一样凝重了。它因为自己变得血腥、污浊而痛不欲生。往年，这个时候，它已是温情脉脉，常常扯起几叶白帆和一团团雾岚，给北中国描绘吴越秀色了。

师长池照松，头上，脸上，胳膊上，身上，全是血了。有他的血，有别人的血，有自己人的血，有敌人的血。昔日，他的那对大眼睛漂亮而又风流，常常招惹得一些女学生对他想入非非。凤洁多次忧心忡忡地、然而又不无自豪地说："你的眼睛，是一双天生诱惑者的眼睛，任何女人见了它，都会激动的。我……不怕，因为我已占有了它。"如今，这双眼睛，却变成了两炉仇恨的烈火，锥子似的紧紧盯视着北方——泥沟和北镇。那片土地，黄昏时候被日军夺了过去……

耻辱。

巨大的耻辱变作了巨大的仇恨。

他从那座王妃墓里出来后，疯了一样地和他的士兵与敌人拼了一天刺刀，总算夺回了北镇和泥沟车站。可是，敌人的坦克车又上来了，骄横地向他们冲来。他急了，捆了一束手榴弹滚到了一辆坦克前，把手榴弹填在了坦克的履带下。手榴弹响了，响得沉闷而又滞重。坦克被一团尘土盖住了。一片混沌。但是只有一小会儿工夫，随着一声吼叫，那辆坦克又从混沌中冲出来，更加不可一世地向他们扑来，附带着地狱里的风和雨。他红了眼，一腔热血里翻腾着仇恨。他觉得只有和敌人去同归于尽，才能使被仇恨煎熬着的心灵得到解脱。他的眼睛紧紧盯着那辆坦克的底舱，几乎是不由自主地向那个地方扑去。但他被士兵和参谋拖住了。同时，几个士兵扑了上去……

他有点不理解自己的士兵了。他指挥过自己的士兵和那支军队打过仗，他看见他的士兵的怯懦和厌战。为此，他曾经用手枪敲山镇虎式地杀过几个逃兵，镇压士兵的溃退情绪。如今，他什么也没有做，既没有来一番鼓动、宣传，也没有抓一两个示众，士兵们似乎是本能地视死如归起来。

也许，这是上苍的意志。

咔嚓嚓！一阵阵血水喷涌。硬是用肉体，阻挡住了坦克的前进。

可是，他们还是被赶了出来。

他想打自己的耳光了。他觉得，这一切，都是因为他开始的怯懦造成的。他不明白。他认为那时是一场梦。是的。醒来后仍不明白为什么做那样的梦的。他似乎看到了一只老狼的眼睛绿色的嘲笑，他似乎看到了……那双媚眼里向他投过来的粉红色的鄙夷……

"爸爸……也是这样？"

"是呀！妈说，爸爸年轻时候可是风流了，……打了几年仗后，变了，变得凶得不得了，可是，越凶，越招女人喜欢……"

"他是怎么变的？"

"不知道。"

"我会变吗？"

"会的。"

"为什么……肯定?"

"我觉着一定……"

如今,他的指挥所只好安在张家狗肉铺子里。煮狗肉的几口大铁锅全部叫炮弹裂碎了,几十年的老汤流了一地。

肉香味。

血腥味。

叮铃铃。

电话响了。响他娘的! 池照松学总司令的样子,骂了一句,不去接。

电话因为没有人接而响得更加焦急不安了。

池照松神经质地抓起了电话。

是老丈人。

老狼也会这样温柔。

"小松……"

酸酸的。想哭。软软的。想……

"你一个军人,脸皮子竟这样薄!"

"总司令……"

"你打得苦死了,为啥子不向我求援?"

"没脸……阵地丢了。"

"哈哈哈……咱爷们才丢了几寸? 老蒋头他丢了几百里,几千里。"

"爸爸,人家为君,咱们为臣呀!"

"小松……刚才,李宗仁来电话,问我受得了吗? 我说:'你根本用不着问这种话。'他说:'援兵很快就到。'"

"司令,汤恩伯不会像咱们那样听李宗仁的……"

"我说了,小松,不管哪家大嫂嫁人,咱爷俩都要守寡。"

"我守……你走吧,爸!"

"什么话?"电话咔一下放了。

池照松拿着话筒发起了呆。好大一会儿,他才放下电话,走出了指挥所。

　　恶战的间隙分外死寂。战斗着的双方都没有了一点点气力。谁都知道，这时候冲一下子，一定会胜利的。可是，谁也爬不起来了。看到战斗进入了巷战，池照松的心反而宽了一些。敌人虽然攻进了台儿庄，他们那是用坦克和重炮轰开的，凭着武器的优势攻开的。进了城，成了一个庭院一个庭院的争夺战，鬼子的坦克、大炮没有用处了，而我们的复仇的怒火却来了作用。刀对刀，枪对枪，人对人，我们不怕你们。

　　池照松站在院子里，几天来第一次看见了漫天的星斗，蓝湛湛的天空。他这一刻才醒悟了过来，在这个世界上，除了厮杀，还有牛郎、织女，还有月亮奶奶，还有调情的春狗，还有……

　　他几乎是本能地把脸别向了南方，目光也投向了那遥远的地方。那里，也是死一样的黑，死一样的静。那里，也许和这里一样的血腥。

　　他心里产生了一阵战栗，一阵酸疼。

　　这场战争，好像是专门来破坏我的幸福的。他的眼皮子有些潮，人在苦难、艰险、困难的时刻，似乎倒容易想起欢快、安全、轻松的事情，似乎更多情。

　　玄武湖的柔水，溶进了南京城的秋天。

　　明澄，碧清。

　　一个青年军官和一个女大学生漫步在湖边。

　　"照松，想我吗?"

　　"……"

　　"不想。"

　　"……"

　　"你——"发烧的脸蛋，颤抖的哀怨。

　　狂乱了，心。他又败给了感情。他本来是想用男女之情来考验一下他军人的克制力的。

　　他听凭一颗心的驱使，搂抱了凤洁。撒娇的、呢喃的热话:

　　"风流军人!"

　　"……我真幸……爸爸把你给了我!"红嫩的眼泪，汪汪地注满了碧绿的春心。

"你……为什么爱上了我？"

"妈妈为什么爱上了爸？"

"……"

"我们是真正的女人。"

"真正的……女人？"

"喜欢多情的凶猛，凶猛的多情。"

"我……"

"你也会的！"

他不说什么了。他顾不得说什么了。他只是把凤洁搂得更紧了，爱抚也更加大胆了。他本来是一个风流才子，当了兵，又是在未来的老泰山麾下，自然而然地压抑了许多天性。如今，恋人的一番话，勾起了他的诗情。

皇宫里的麝香，

撩拨得一个君王春情荡漾；

地狱的门口，

裸体的恋人在里边守着空房。

……

他不敢往那遥远的地方看了，也不敢往那些事情上想了。因为，他清楚地意识到，他马上就要被血火吞没了。我何必卖命呢？我有如水的爱情，几年来也搞到了足以终生享用的财富……

他的心灵里进行着一场搏斗。可怕。因为可怕的想法由于命令它停止而愈是顽固地往上升，往外冒。

突然，黑暗里的一个场面一下子击穿了他的灵魂——

……独腿，像人，像鬼。十根指头，杀进断墙里……站起来了。士兵，孩子样的士兵。磨石，沙磨石。霍——霍——……火星，火星。月亮，月亮。他的身边有七八个月亮。他在磨着月亮，复仇的月亮。他的那条只有半尺长的腿湿漉漉的，从挽起的裤腿上向下滴答着什么……"什么"滴答在月亮上，红月亮……

咣唧！月亮落在了地上，那个士兵倒下了，甚至都没有呻吟一声。

池照松扑过去，抱起了他。

他死了，睁着大眼，厉鬼。

池师长放下了他，扑通跪在了厉鬼的身旁，呜呜哭起来……

七

"李先生，我叫巴本，美国环球新闻社记者。"

"巴本先生，你千里迢迢到中国来，是想看看这场仗吗？"

李宗仁是很喜欢和记者打交道的，他极其看重"无冕之王"的作用。有几次他和他的争斗，他就是借助于记者而取胜的。可是，自从台儿庄大战的序幕拉开后，他却不大喜欢和记者打交道了。他怕他们把他捧得很高，到时候摔得很惨。因为，他对这一场仗，考虑得越周详，战略方针，战术方案制定得越精密，他越觉得失败会随时降临到他的头上……

然而，他接待了巴本。

因为第一，他来自美国，来自罗斯福的故乡，而他对罗斯福是崇仰备至的，他还有一些想法，想让美国的当政者知道，记者，无疑是最好的桥梁。第二，巴本刚从欧洲来，还和欧洲有着密切联系，而他，对欧洲的局势是异乎寻常地关注的。

"李长官，我在一个礼拜前，拜见了张伯伦和达拉第，他们……很令人遗憾，好像是两只乌鸦，专门给人们的心灵投放阴影。我几乎绝望了，在这个地球上，难道就没有人敢于起来教训一下战争恶魔吗？"巴本痛苦地摊开了双手："世界真是有趣，天天发生着对比，眼泪和欢笑，死亡和降生，抗战和投降。当你的部队在临沂和日本人血战的时候，在欧洲却发生了另一种事情。我看到了那种事情，听说了你们干的事情，我赶来了……"

"你想听什么呢？"

"我看够了阴云，想看蓝天；听够了胆怯，想听勇敢……"

李宗仁打量了一下巴本。他对这个足有两米高，瘦得像根木棍，整天在全球跑来跑去的记者产生了好感。听说，他是个影响很大的记者，我倒是应该通过他，让全世界认识一下我，免得让那个人的身影老是遮住我的身影。

"从最近的日子看，欧洲叫希特勒，墨索里尼的牛皮，讹诈吓破了胆，害了软骨症。张伯伦，用拱手作揖来换取和平，却只能换来亡国的灾难和个人的千秋耻辱。法国人在马其诺防线里，好像安全得很，殊不知，兔子躲在哪里都是危险的。国联也是软弱无能，对于日本侵略中国竟然听之任之，这样一来，侵略者神气了，他们最希望的事情，张伯伦之流都干了……"

"我们美国怎么样？"

"你们有力量。可是，你们是门罗主义的，你们不愿意管闲事。这样子下去，世界危在旦夕呀！"

"难道就没有法子想了吗？"

"学我们的样子，血战台儿庄；不要苟且偷安，步奥地利之后尘。"

巴本激动至极，他真想拥抱眼前的这位中国军阀。原来，他对中国的看法十分悲观，认为中国的政党和军队都是一些封建割据的土皇上，只会争夺天下，鱼肉人民……后来，他听说中国的共产党和八路军开始了抗日，他又高兴又悲哀。高兴的是中国终于有了星星之火，悲哀的是执政党和他们的军队竟然还在执迷不悟。如今看来，中国执政党的军队也开始和共产党的军队取一致步伐了。

巴本突然以一个记者的狡黠问：

"李先生，您可是一贯反共的，如今，您可是和共产党一致了呀？"

李宗仁沉吟了片刻，说：

"听说有人问到在野的丘吉尔：'你执政后，能和苏联联合，反对德国吗？你可是一贯反对苏联的。'丘吉尔说：'我的回答是肯定的，如果希特勒进攻地狱，我也会和地狱搞联合的。'"

巴本笑了。耐人寻味的笑。

八

好一只老狼！

仗打了七八天了，用几千名装备，素质都属劣等的"后娘养的"，抵挡住了几万名骄横无比，又有坦克又有山炮的"天皇骄子"。伤亡已过大半，弹药也已消耗尽大半，却咬着牙不吭一声。

李宗仁没有收到一次孙连仲亲自打来的叫苦的电话。几次电话，都是老狼的作战参谋打来的，例行公事，汇报战果。

但是，对于台儿庄此刻的危难，老狼身上的压力，李宗仁是不用想也知道的。

"汤恩伯怎么回事？"

"电催四次了。"

"他现在在哪里？"

"抱犊崮山区！"

"五天走了一百里？"

"是的。"

"要委员长，告诉他汤恩伯的自由行动！"

李宗仁颓丧地坐在了皮转椅里，把头埋下去，陷在深深忧虑之中。

我的计谋是上乘的。在矶谷骄狂吞天的时候，我主动让开了临枣支线，让他一路平安直赴台儿庄。我在台儿庄设下一个陷阱，等着矶谷。孙连仲是最好的陷阱呀，你就是一只虎，掉进了老狼的怀里，也休想出来。汤恩伯一到，内外夹击，矶谷往哪里逃？可是，如果汤恩伯不听话，迟迟不到呢？

巨大的恐惧罩上心头。

不能排斥这种可能性。汤恩伯和那个人是什么缺德事都干得出来呀！

巨大的恐惧变成了巨大的懊悔。

我为什么把如此重要的事情交给了汤恩伯？汤氏不是张自忠呀！张自忠为了救临沂，可以弃私仇而赴国难，而汤氏却是无论在什么关头都要保存自己的力量，以便在那个人面前保持住受宠地位角色呀！然而，不用汤恩伯，我又去用谁呢？张自忠，庞炳勋还没有擦干净身上的血迹，还要阻挡住北方的援敌。于学忠，是不能离开津浦南段的。川军邓锡侯，在滕县已用血肉之躯完成了使命……

恐惧，懊悔，忧虑，气愤……各种各样的思绪向李宗仁的大脑纷至沓来，加上几天几夜的苦熬，他实在支持不住了，沉重的脑袋一歪，便浑然入睡了。他的两条颀长的胳膊搭在了转椅的边沿上，像是抽去了筋骨一样软绵绵的。一串涎水，挂在了他的嘴角上，迟迟不肯坠落。几个参谋交换了一下目光，给长官轻轻披上了一件狐皮大衣。

抱犊崮山区。

拔山而起的崮顶，犹如一个个拳头，向苍天捅去。

魁梧的张自忠，在西北风里，只穿着一件雪白的衬衫，扛着一挺歪把子机枪，急行在羊肠小径上。他的身后，是几千名气喘吁吁的士兵。

好像是在另一条山路上。另一只中国军队也在行军。这支队伍衣帽新鲜，枪支锃亮，一律的德国造。他们慢腾腾地走着，不时有人哼起沂蒙小调："一更天里呀，月稀稀，小妹妹山洞洞里呀，熬急急。脸儿红，奶儿颤……"队伍爆发了哄笑。没有官儿制止。这支队伍的长官呢？谁也不知道。此时，长官汤恩伯正在抱犊崮的水帘洞里睡午觉哩。他这个人，每逢行军作战，指挥部总没有一个固定的地方，他只带少数随从和电话机四处流动。

李宗仁对眼前的一切都能看得见，听得见。先是感到奇怪，分明是发生在两个月里的两件事儿，怎么会挤到一块呢？随后，便是气愤气得心发颤，脑子疼。他想站起来，怒斥汤恩伯一番，表扬张自忠一番。但是不能。他办不到，心有余而力不足。因为有一块大石头压在他的胸脯子上，使他动弹不得。

张自忠向他走来了，低着头。

"长官，自忠……不是汉奸，七七事变前，奉宋哲元密令，和敌人周旋，背上了黑锅。北平完了，自忠逃了出来，进了南京，见街上贴着标语，骂我汉奸……委员长并非不知内情，可是他顺水推舟，想借民心……多亏您，为我洗清了冤屈。"

"你还要用血让国人看看你的心。"

"是。"

"我要你去临沂支援庞部。"

"长官，你让我去地狱都行，去临沂……"

"你有难处？"

"……啊！长官，自忠和庞氏有仇……那年，他叫蒋……收买，杀冯玉祥将军的回马枪，差一点点要了我的命……庞老头子他不仁不义！"

"可是庞老头子这个不仁不义之人，如今正和日本人在临沂血战，而你却对私仇耿耿于怀。"

"自忠知罪……我即刻跑步前进！"

血红的旗率领着疯狂的长蛇，向临沂急进。

长蛇缠住了临沂城……

血红的旗下是一条火舌……

一对仇人在城门下相见。

拥抱，四行热泪。

李宗仁向汤恩伯喊话：

"你应该学习自忠将军！"

汤恩伯不理，翻了个身，继续午睡。

李宗仁气疯了，终于掀掉了胸脯子上的石头，爬上抱犊崮，进了水帘洞，推醒了汤恩伯。

汤恩伯斜了李宗仁一眼：

"你不能胡乱拿我的军队来牺牲。"

"我……命令你！"

"命令……哈哈哈，天下只有一个人在我面前可用这个词。"

"你眼珠子长到头顶上了。"

"你为什么不能呢？"

他真想拂袖而去。可是，他不能。他说：

"你不火速赶到台儿庄，却让你的部队骚扰百姓。你知道百姓是怎么给你编的？'宁愿敌军来烧杀，不愿汤军来驻扎。'我要报告……"

"请便……"

"你……"

"我怎么样？反正我没有倒过蒋。"

两只三角眼，盯着李宗仁。

锥子扎到了心窝。痛苦，失败的痛苦比疼更难受。看了汤恩伯一脸蔑视，轻狂，心里的伤口上撒上了盐。

他大叫了一声，拔出了枪。

"长官。太冷，你醒醒！"

李宗仁睁开了眼。

黑夜又降临了。

他站起来，对参谋说："派一支机灵的队伍，带一架电台，跟着汤恩伯，把汤部的情况随时报告给我。"

黑夜怎么这个样子？白茫茫的，黑乎乎的，说白不白，说黑不黑，他猛地想起了狼皮。那个人曾经送给他一张狼皮，就像今天的黑夜这个样子。

"德公，狼皮能避邪！"

"谢谢，委座，我不信邪！"

"信则有，不信则无……不过，还是避一避的好！"

功亏一篑……民心，党心，军心，失去许多许多。我的分量将大大减轻……分庭抗礼……民族存亡，我的存亡……

"接武汉。"

怕阎罗，有时还要从阎罗手里讨香火。

……

"'牌儿'好打吧？"

"好打。不好打的也有！"

"……台儿庄现在怎么样了？"

不知为什么，老头子这一回通话没有用宁波腔，而是用南腔北调的普通话。

"老狼打出了水平，他住在王妃墓里，矶谷红了眼也没有法。"

"冯玉祥有福哇。"

"委员长，守住不成问题。问题是吃掉扑上门来的饿狗，全靠您的高足了。"

"小汤咋样子？"

"我才学浅短，指挥无力。"

"哈哈……"那个人大笑起来，震得耳机嗡嗡响。笑过之后，他又大声喊叫：

"你是帅，他是将！"

"那我可是要狐假虎威了！"

"哈哈……哈依，德公，你时刻想牵我的牛鼻子呀！"

"委员长，我哪里敢呢？"

……

李宗仁缓缓地吐出了一口气。他想，"在中国，干成一件事，有何等的艰难！盘根错节，钩心斗角，互相掣肘。日本人之所以敢于进犯比他大了多少倍的中国，也许是看透了中国人的这个致命弱点？"

松了一口气，他想起了昨天云龙山高僧送来的未名茶和一封信。信上说："……长于茶道之人，不但要善于饮，尚且善于存。送上未名茶一包，乃贫僧十年前赴福建自采的谷雨茶。请君于战火间隙小品。并赐教：茶为何茶也？存者为上乘之法，中乘之法，下乘之法耶？"

他笑了笑，拧开了竹筒的盖子。这种竹筒子李宗仁是熟识的，他有一个，当年冯玉祥从四川青城山出山时送的。竹筒子好像没有盖，是一节完好的竹节。但是，你只要用力一拧，盖儿便出现了。原来是那缝儿太细了，细得根本就看不出来。

战火般狂乱的心开始宁静。眼前空气的流动可以看得见了。

叮铃铃！

心猛地抖了起来。

镇定自若的将军也是神经最脆弱、最敏感的人。他与一般人的不同点，仅仅在于他能用最快的速度把慌乱、激动、不安稳定下来。

老狼亲自打电话来了。

猜度。但愿不是事实。

是事实。尽管他是多么希望他的猜度不准。

"我找李宗仁！"

这样怒火冲天的、毫不客气的喊叫，李宗仁几乎没有听到过。

李宗仁努力笑应着："我是李宗仁！"

"你品茶品得很自在呀！"

李宗仁大度地笑了。他想，你是一员骁将，却不是政治家。

"连仲兄，你受苦了。"

"你不要刘备摔阿斗！"

"连仲兄，战火紧急，有事你尽管直言！"

"你……在欺弱怕硬！"

李宗仁竟一时语塞了："……我明白你的意思，我即令汤恩伯火速前进！"

"你办不到，你注定了要吃那个王八羔子的亏！"

咔！老狼把电话放下了。

李宗仁拿着电话僵住了，他问自己：

我是不是真的有点怕？汤恩伯如果换成别的人，我还会这样子拐弯抹角吗？我沉浸在自我陶醉中，认为天底下，只有我敢和那个人碰一碰。如今看来，我也不是硬汉子……

这样想着，他的勇气好像来到了身上。他马上对着话筒说："接汤部！"

"汤军团长，我命令你火速前进，限明日拂晓前抵达！"

"长官，我已累成小毛驴了！"汤恩伯漫不经心地回答。与此同时，听筒里传来了小毛驴咳咳叫声……

"……这是委员长的意思！"

九

台儿庄东南角。

王妃墓。

张家狗肉铺。

春天应该来了。阳历四月，阴历三月，应该是遍野油菜花儿黄，田里楼叮咚响的时刻了。可是，今年的春脖子长，至今，田垄上的苜蓿才刚刚冒头，冬小麦还没有返青。加上战火纷飞，老百姓不敢也没有心绪春耕，使得这一方大地似乎还被遗忘在冬天里。

早晨，天空阴沉沉的、白茫茫的，像一张尸布，又像一块脏水结成的冰。

师长池照松吞下了几块狗肉，似乎来了兴头子，洗了洗十几天没洗的脸，掏出了一面小铜镜，对着镜子看了一眼。

他苦笑了。

凤洁，你一定不会喜欢我了。看见我这个丑样，脸皮子苍黑，还起了一层老皮。两个颧骨乍突出来了。眼白里布满了血丝，眼珠子则黄幽幽的，发着凶光。

他摇摇头，把那面铜镜狠狠地扔出去，扔进了运河里。

"来，参谋长，干他娘的一盘棋！"

他的参谋长是一个满面络腮胡子的山东大汉。"师长，棋没啥玩头！我正想着女人那玩意儿哩！"络腮胡子嘻嘻笑着，眼里流露着淫荡的光。

"你是狗改不了吃屎呀！"

池师长想起了参谋长的一段丑事：驻扎在河南的时候，络腮胡子半夜里摸人家房东大嫂的炕，把人家糟蹋了半死。他知道了后，命令卫兵把参谋长剥光了衣服吊在梁头上，他亲自用鞭子抽。小子也够硬的，身上一道道血印子，嘴里还在乱嚷："师长，你是有孙小姐，要没有，你也会干的，你会干女学生……"

他们下起了围棋。

"报告师长，敌人……"一个士兵进来报告。

池师长一行人冲出了指挥部来到了院子外面的高坡上。池照松的一颗心一下子落进了油锅里。

一群日本鬼子把十几个中国女人拖进了一座院子里。鬼子狞笑着，几个女人的衣裳全被撕光了，分别被几个鬼子拖进屋里。一个老鬼子——池照松认出了他，他是大佐福荣——抓着个小女孩，像一只秃鹫抓着一只小鸡……

池照松苍黑的脸，变成了猪肝，脖子上的青筋，一根根筷子般地暴突起来。他转过身，冲着身边的士兵们大叫：

"咱们是不是从娘肚子里出来的？"

"给我上！"光着膀子的池师长狠狠地挥了挥手，说："活剥了福荣！"

参谋长一把拖住了师长。此时，他已是泪流满面了，一根根钢针似的络腮胡子上珠光闪闪。他低着头，说：

"师长，让我领着人去吧！让我……这只畜生去对付这群畜生！"

四十多个光膀子，举着鬼头大刀，腰上挂着一圈手榴弹，跟着络腮胡子，冲进了敌人占领的区段。

鬼子们没有想到大白天里会有中国军队冲来，慌了，乱成了一团。但是，很快，他们就形成了包围圈，一场肉搏开始了。这场肉搏的残酷是战场上罕见的。一个个血的光环旋舞着，一个个人头滚动着。但是，仇恨形成的勇敢和力量也是有限的，四十多个士兵也一个个倒下了，只有参谋长还坚持着，和福荣对着刺刀。福荣的刀砍在了络腮胡子的膀子上，一条胳膊被削飞了。络腮胡子尖厉地怪叫了一声，用一只手举着大刀，跳了二尺多高，从高处硬劈下来，福荣的脑瓜被切成了两半。络腮胡子倒下去，大睁着两只凶残的眼睛……

上午九时左右，鬼子又组织了二十几辆坦克，对南关发动了凶猛的进攻。

矶谷命令："把南关，轧为平地！"

几十辆坦克排成四列纵队，轰鸣着，吼叫着，卷起一些青了的尸体，黑了的泥土，卷着一股血腥的风，向前推进。

一座座房屋被冲倒了。

一道道石墙被推塌了。

一株株幸存的树木被折断了。

池照松说："三条路——退到运河南；被碾成肉泥；和坦克同归于尽！"

几百名士兵一齐喊："同归于尽！同归于尽！"

哗一下站出了一些士兵，"把手榴弹都给我们！"他们喊。

几百名士兵把一束束手榴弹从身上解下来，捆在了站出来的四十多名士兵们的身上。

"我们只有手榴弹和躯体！"池师长一阵心酸。

"再出来四十名！"池照松又说。

哗，又站出来了四十名士兵。

马上，他们也变成了四十捆手榴弹。

池照松禁不住流出了眼泪。他在心里说："原谅我吧，婶子大娘，我把你们的儿子送进了虎口。"他朝着八十名士兵单腿跪了下来，说：

"我对不住你们！"

八十名士兵一个个泪流了一脸。一齐举手敬礼，像当年的火牛阵里的火牛，狂喊着，冲向了对面的坦克群。

他们三四个人瞄准了一辆坦克，然后，滚在了地上，滚到了坦克底下，分开，一个钻进了肚子底下，两个人分别躺在了两条履带下。

轰！轰！轰！

一声声巨响。

哗啦啦，一条条履带像一条条蛇舒展开了身子，再也卷不起来了。

有十几辆坦克成了一堆堆钢铁。

剩下的，幸存的坦克被中国士兵的疯狂吓破了胆，掉转了头，拼命地逃了回去。

冒着硝烟弹雨，池师长来到了八十多个士兵献身的地方。他的脚下，是一汪汪黑血，一块块黑泥。池师长脱下了军衣捡起了许多肉，许多骨，包在军衣里……

太阳从白惨惨的尸布里露出来了苍白的脸，把一缕缕白茫茫的光洒在默默无言的古运河上。白光并没有能改变运河现在的模样，运河水像血一般红。

池师长来到了运河边，把自己的军衣和那一包骨肉抛进了运河里……

血光照映着池师长的那张僵硬、苍黑的脸，如同夕阳照在深褐色的大地上。他觉得自己的心里空荡荡的没有了悲伤，也没有了仇恨，什么也没有了，包括那时刻存留在心底的儿女情。

"照松！"孙连仲来了。声音柔和而轻微。

池师长十分平静地看着总司令，说：

"我的部队快打光了。"

孙连仲点点头。

池师长淡淡一笑："汤恩伯坑我们了。"

"是老头子!"

"……总司令,你到这前沿来干什么?"

"看看你,我不放心!"

池照松眼窝有些热……

"小松,你总是到长江里游戏,我怕……"

"妈,我水性好!"

"要是腿肚子转了筋呢?"

"妈,你总是这样……"

"总司令",池师长心里在叫:"妈!"

"这里尽是炮火和子弹,你回去吧!"

池照松心里同时说:"妈,江边风大,您回去吧!"

"照松!"孙连仲脸上呈现出一副悲戚:"我不应该把你放到这里!"

池照松同时也听到另一个垂死的声音:"松儿,我真舍不让你自个儿留……留在这个世界上!"

"总司令!"

"凤洁到徐州了……"

池照松低下了头,他看到了脚下被人血浸透而变成了黑色的泥土。

"我想把你撤出去,换一个人替你!"

"总司令,不能那样!"

"为了小洁……"

"我,我不能昏头,对不住我的士兵!"

老狼流泪了,这可是从来没有过的事情。

(选自《毕四海小说自选集》上卷,山东文化音像出版社 1999 年版。刊发于《小说界》1987 年第 3 期;《中篇小说选刊》1987 年第 3 期转载)

龙凤旗（节选）

倪景翔

当火球一般的太阳刚从东方的天边露出来时，日军就开始了进攻。山炮弹、野炮弹和敌机临空投掷的炸弹，像冰雹似的落下来，整个滕县城一时硝烟弥漫，轰轰的爆炸声和唿嗵哗啦的墙倒屋塌声接连不断地响起，先是一堆堆一片片的大火在向四处蔓延，后来，这些蔓延的炮火就连成一大片，像火海一样了。

正在东城墙上察看城防阵地的孔昭棠，来到昨天夜里和王铭章会面的东门城楼旁的那两面被子弹穿了无数个洞的旗帜下，站在那里环顾着东南西北城里城外。炮弹像刮风似的呼呼从他头顶上飞过，他好像觉得什么也没有发生。宪军领着人安置伤员去了，只有鹿儿站在他的身旁。他很为司令的安全担心，几次想把他拉到城楼旁的防弹工事里去躲避，但都被他拒绝了。城外，郭城墙已大部分被炸塌，弹坑累累，一堆堆连成一片的黄土堆，像一片新埋的坟地。这块土地上的文昌学馆、山西会馆和众多的庙宇，大都成为一片废墟。文祖庙里那棵常落乌鸦的高大的老白杨树，枝枝杈杈已被打得精光，只剩下一根被炮火烧焦了的木柱站立在那里。转脸望城内，硝烟弥漫，一片火海。正在密集下落的炮弹，频频掀起一股股气浪，把砖瓦石块等物件高高抛起，满天乱飞。城墙上防守阵地的士兵，有的顺着云梯到内城墙下的防空洞里躲避，有的钻进城墙上的防弹工事里躲避，也有的抱着枪坐在那里倚着没有炸塌的城墙垛仰脸望着天空……他的心碎了，他疾声呼喊着："狗日的日本鬼子，我要杀绝你们这些豺狼！"鹿儿见司令感情太冲动，便不管三七二十一，硬是把孔昭棠拉到城楼旁的防弹工事门口。

防弹工事是用沙袋土袋盐袋，有的甚至是粮袋和木棒等临时搭起来的防御工事，见里面已坐满了人，有国民军的人，也有卫国军的人。几个国民军正以地道的四川口音骂，骂蒋介石不公，把他们川军当后娘养的，不给好武器而且瞎指挥让死守滕县这座孤城；骂汤恩伯迟迟不来解围只知道保存实力；骂韩复榘不战而逃枪毙他活该。这时，一个卫国军战士见司令来了，慌忙躬起身子往里挤，想给司令让个位置。几个国民军谁也没动一动。那个卫国军战士火了，用脚踢了一下他身旁的一个军官模样的国民军军人："瞎眼了，挤一挤让个位置！"那军官也火了，猛地从腰里拔出手枪："妈的，我这就毙了你！"另外两个卫国军战士被激怒了，一个扑上去抱住了他，另一个双手卡住了那军官的脖子。其他两个国民军军人要起身参战，鹿儿迅速掏出手枪，怒视着工事里的两个国民军士兵喊道："不许动！"这时，一个国民军士兵已举起手榴弹，骂着："反正老子也不想活了，谁再敢动一动，咱们就同归于尽！"孔昭棠怒喝一声："都给我放下手。"但双方谁也没有放下手。"啪！"孔昭棠一掌打在鹿儿脸上。鹿儿不甘心地把举枪的手缩了回去。另外两个卫国军战士也松了手。拿手枪和举手榴弹的两个国民军军人，慢慢地也把手放下了。孔昭棠两眼喷着火："我问你们，你们是不是中国人？中国人不和日本鬼子打，却要自己打自己？死在日本鬼子的枪弹下，是英雄；死在中国人自己的枪弹下，是狗熊！"说完，孔昭棠离开了防弹工事。

那个拿手枪的国民军军官突然从防弹工事里蹿出来，跑到城墙垛上，面向东方站立，在那里高喊着："日本鬼子，你打吧，打吧，老子不怕死！老子在这里等候你们！"防弹工事里的卫国军和国民军见那军官蹿出来，都大惊失色，先后追了出来。已走出几步远的孔昭棠，又折头回到那国民军军官身边，问道："兄弟，你怎么啦？"那军官从城墙垛上跳下来，蹲在地上呜呜地哭起来，边哭边说："孔司令，我带的一连人只剩我们三个人，我还有什么脸面活着？"孔昭棠把他从地上扶起来，两手紧紧地攥住了他的两只胳臂说："兄弟，你我都要记住他们，他们是为打日本鬼子而死的。滕县的老百姓永远不会忘记国民军的川军弟兄们，是你们保卫了我们的滕县城！"

敌人的炮击停止了。孔昭棠隐隐约约听到了坦克车的嗡隆嗡隆声。他拿起胸前的望远镜一看，果然，十几辆坦克车正从城河处向城东门开过来，每辆坦克车的后面都跟着一百多名持枪的敌人。这时，国民军的张团长急匆匆地从马道上跑上来，向孔昭棠打了声招呼，飞步向城墙南头去了，孔昭棠和旅长陆昭汉又到了防守东城墙几个段落的卫国军阵地看了看，然后，在东城楼处内城墙的女儿墙上坐下来，点燃了一支香烟，狠劲地抽着，时间不长，敌人的坦克车便冲了上来。哒哒哒哒哒——敌人的无数挺轻重机枪疯狂地向东城墙全线扫射着，枪弹呼啸着从他头顶上飞过。一群群敌机带着尖利的呼叫声俯冲下来，哒哒哒哒哒进行着疯狂的低空扫射。城南面方向，也传来非常激烈的枪炮声，这是敌人的另一部在向南关守军进攻。孔昭棠站起身来，他把剩下的烟头在手中捻搓着，走到外墙的墙垛后，他看见乌龟似的坦克车兵分两路，向城门楼南、北两个豁口处进攻。每辆坦克车后有百余人，车与车之间相距百米，前后重叠，波浪似的向前冲击着。不知为什么，一直面对强敌镇静自若的孔昭棠，此时竟然心里有点慌乱。

宪军气喘吁吁地跑上城墙来。他向孔昭棠汇报完安置伤病员的事后，说："魏方伦负伤了，刚从南城墙上抬下来。"孔昭棠一惊，问："伤重不重？"宪军说："不知道，现在正在倪富斋酒楼里给他包扎伤口。""谁跟着？""柴玉英，还有抬他的两个保安团的人。"孔昭棠沉思了片刻，说："宪军，你现在就去倪富斋酒楼，护送他赶快出城。你就不要回来了。"宪军惊愕地望着他。孔昭棠见宪军愣着，说："怎么还不走？就说我说的，你和玉英两个人，一定要把他送出城去，他是一县之长啊。"宪军听了，深情地望着孔昭棠，然后走过去，双手抱住他："爸爸，你……"孔昭棠抚摸着宪军的头："宪军，你大了，懂事了。去吧，爸爸没事，以后你找卫国军联络吧。"他没有说找他，此时他觉得自己很难活着走出滕县城。宪军点了点头，辞别了爸爸和鹿儿，飞快地跑去。

一群一群的敌机仍然在俯冲，在扫射，坦克车仍然在掩护步兵波浪似的冲锋。国民军和卫国军顽强地抵抗着。叭勾！叭勾！哒哒哒哒哒——轰！轰！叭勾！叭勾！哒哒哒哒哒——轰！轰！……

孔昭棠望着儿子的背影，心中感到一阵轻松，继而又感到惭愧和酸楚。他问自己：自私吗？他让他护送负伤的魏方伦出城，这当然是对的。但为什么不派别人呢？事实上，他不派保安团也有的是人。他内心深处想的是，让儿子早些出城，保住儿子的生命。三个儿子已被日军飞机炸死两个，这一个再牺牲了，太太能受得了吗？可是，卫国军的几百个兄弟，大部分牺牲了，他们没有亲人吗？想到这里，他觉得脸红心跳，像偷别人的东西似的。

进攻，反击；进攻，反击……激烈的争夺战，东城门楼南、北两个大豁口内外，已是尸体堆成山，鲜血流成河了。……

太阳西坠时，敌人又以平射炮的破甲弹猛轰东城门洞，半坍塌的城门楼中弹起火，城门被摧破敞开，敌兵五六十人突进了东城门，守军便以机枪射出的密集子弹横扫他们，手榴弹也雨点般扔在敌群里。突击进来的敌人被消灭了，但敌人采取的是波浪似的进攻，敌兵源源而来……趴在盐袋后的孔昭棠急了眼，嘶哑的嗓子呼喊着："给我狠狠地打！给我狠狠地打！"这时，他的胳膊被一只大手攥住了。他回头一望，见是国民军的张团长。

张团长告诉了他一个不幸的消息：王铭章师长和他的随从十余人，同时阵亡了。

一个小时前，南城墙已被敌人攻破。王铭章师长亲临城中心的十字街口督战。这时，南城墙上的敌人，以炽盛的机枪火力掩护步兵从西南城角向西城墙上的守军压迫。同时，敌炮兵又集中火力猛轰西城门楼。下午五时，西门和西门以南的墙垣全部落入敌手。紧接着，敌人便集中火力向城中心十字街口射击。王师长带着随从和警卫连一排的兵力，在争夺城墙西北角的争夺战中，全部壮烈牺牲了。

孔昭棠一时昏然。张团长什么时候离去的，他不知道。他只是久久地凝望着城西北角处。黑烟滚滚，弥漫了整个滕县城的上空。他的脑海中突然浮现出那张棱角分明的脸，那双闪射着一股蛮劲的眼睛。他耳边又响起那地道的四川话："我们川军全体官兵，誓与滕县城共存亡，我们没有好枪炮，但我们有血肉之躯！"昨天夜里的月光下，他和他还在城楼下亲切交谈着，而今，城楼不在了，他也走了。孔昭棠愤怒了，他举臂高呼："为王师长报仇！为王师长报仇！"太阳落山了，敌人的进攻反而更加猛烈。密集的枪炮和子弹越来越密地扫荡着东城门内的大地。随着黑夜来临，双方枪口持续不断冒出的火光更加耀眼。守军在敌人强大火力的逼迫下，在波浪似的攻击下，不得不撤到了城东北角，占据着东西南北唯一的一面北城墙。

孔昭棠站立在北城门"望阙"楼旁，向四周眺望着。仿佛害了病似的月亮，向大地洒下了惨白的月光，像是很难过似的，显得朦胧而昏暗。他望着被炮火毁灭了的滕县城，心里感到冰冷的恐怖滚烫的疼痛。几天前，它还是那么繁华那么雄伟那么辉煌，此刻，竟这样坍塌了，高大的城墙只显出给火焰熏黑的残破墙垣。城内各处，有数不尽的火堆正在燃烧着，红色的火焰一高一低，把整个滕县城照得忽明忽暗。无数的黑烟烟柱升起来。特别是城西南角，大概是高大的真祖庙正在燃烧，红色的火焰升腾着，黑色的巨大的烟柱持续地从那里升起来，这大大小小的烟柱，在天空中慢慢散开，汇成阴惨的丧幕。许多街道完全消失了，能标志着滕县城方位的高大建筑物也大都消失了。敌我双方的争夺战虽然停止了，但零星的枪声从城内、城墙上时而响起。他望着孔宅，弥漫的黑烟把他的视线遮挡住了，但他能断定，他的同仁堂药店他的那北堂楼他的那三三见九个小四合院组合成的东门里有名的孔宅，已成为一片废墟。屈贵怎么样了？姜小惠和她的孩子怎么样了？铁蛋怎么样了？安置在城内的伤员们都怎么样了……一阵微微的东南风吹来，使他闻到了煤烟、硝烟、尸体、血、油、灰尘、草木……混杂在一起令人作呕的气味。他的心中腾地升起一股熊熊怒火，然而这怒火只在刹那间便萎缩了，熄灭了。继而是一种凄凉的酸楚和无可奈何的悲哀。

"吱——吱——"他突然听见了一种叫声，这叫声他觉得很熟悉。想起来了，去年冬天那次下大雾时，他听见的就是这种响声。那是黑龙从他孔宅里飞走时的叫声。他大吃了一惊，忙抬头向空中望去，只见城上空竖着大大小小的黑柱子，似黑烟如云雾。"吱——吱——吱——"他听见无数个大的小的洪亮的微弱的吱吱叫声，随着这叫声，大大小小的黑柱子变成了一条条大大小小的黑龙。这些黑龙摆动着尾巴，昂着头，龙目闪着绿光，嘴角衔着的夜明珠闪着白光，绕着县城转着圈儿，然后各"吱——吱——"叫了两声，翻了两个滚儿，便一起向东飞驰而去。他眨了眨眼睛，黑龙不见了，他眼前仍是弥漫的烟雾。他想起了十年前大明湖里出现的黑云柱，想起了从那黑云柱里钻出来的或者说变成的飘带似的飞向天空中的黑龙，想起了对这征兆赵半仙卜的"龙战于野，其血玄黄"那一卦。他又想起去年那次下大雾时，从他屋脊上飞走的黑龙，爬走的长虫，他的心禁不住抖动起来。他突然又一次地感觉到滕县城颤抖了，城墙倾倒了，龙泉塔倾斜了，城河水混浊了……

"司令"，鹿儿叫道，"国民军的张团长来了。"孔昭棠从梦幻中惊醒过来。这时张团长已来到了他面前，伸出两只手，四只有力的大手握在了一起。张团长和孔昭棠交谈了好一会儿，最后决定，半夜时分国民军和卫国军有组织地进行共同突围。

张团长走后，孔昭棠仍在回想着张团长详细描述的王铭章师长的师部机关和警卫连在和敌人争夺城西北角阵地时的情景。特别使他不能忘记的，是那位警卫连的翟连长。他的脑海中，又浮现出那位只有二十七八岁年纪的英俊的年轻军人。他仿佛正站在他面前，望着他微笑，清楚地看见了那又黑又红的四方脸，那又圆又大的两只眼睛。他看见翟连长正挥舞着手枪，指挥着师部仅有的一排警卫人员，掩护着王铭章师长及参谋长等十余人，由城中心向城西北角处撤退。从南城墙涌进来的日本鬼子向前一步一步地进逼着。当他们撤到城西北角处顺着马道登城墙时，突然遭到了已被敌人占据了的西门楼上敌人的机枪射击，几个国民军战士倒下了。王铭章师长愤怒了，喊道："翟连长，带人把这门楼上的敌人消灭掉!"翟连长领着一排警卫人员扑上去。敌人的机枪哒哒哒疯狂地扫射着，又有几个战士倒下了。卧倒，然后又扑上去。哒哒哒哒哒，又有一批国民军战士倒下了。翟连长仍然领头在前面时而躬身飞跑时而伏卧在地上，带领着战士们艰难地前进着，射击着。他躬身飞跑着。突然，一颗子弹击中了他的胳膊，接着又一颗子弹击中了他的腿部，他倒下了。鲜血泉水似的往外流淌着。他向身后望了望，身后只有两名战士跟上来，他摸了摸腰中的手榴弹，又向西门楼爬去，他的身后留下一道鲜红鲜红的血迹。大概是敌人发现了他，也因为目标就只剩下他三个人，哒哒哒哒哒，全部子弹一起飞向了翟连长和另外两个战士。刹那间，翟连长站起身来，举起了一颗手榴弹。然而他连那颗手榴弹的弦还没拉开，便倒下了，再也没有动一动。……孔昭棠回想着。这情况是张团长从那警卫连唯一活着的一个受伤的战士那里了解到的。张团长是无意中对他谈出来的。没想到翟连长的死，极大地震颤了他的心灵，使他铭刻在心。

半夜时分，孔昭棠和张团长带着人把用盐袋堵死的北城门扒开了一个狭窄的通道。这时，等在那里准备突围的国民军和卫国军的人，一下子涌过来，争相夺路。负了轻伤的战士，由于使不上劲，被挤来挤去的人群推倒在地上，当作尸体踩踏着，尽管脚下不断地响起呻吟声求救声咒骂声，但谁也顾不了谁，只管在通道口处拥挤着。尽管孔昭棠和张团长几次怒喝也无济于事。在生存与死亡面临选择的关键时刻，对一些人来说，长官的命令已不再起什么作用。企图夺路而逃的爬上盐垛顶的一个国民军战士和一个卫国军战士厮打起来。孔昭棠望着这混乱不堪自相残杀的场面，心像被无数只毒蛇噬咬着，绞心地疼痛。他望着那两个抱在一起拼死相争的军人，使他想起了张屠户张三流淌出来的肠子，想起了土地孙窦三被炮弹炸飞的血肉，想起了翟连长迎着飞来的子弹挣扎着站起来的身体，想起了壮烈牺牲的王铭章师长、无数国民军和卫国军战士们，想起了自愿留在城墙上阻击敌人的国民军官兵，一股怒火骤然从心中升起。他从腰中拔出手枪，叭叭两响，盐垛上厮打的两个人同时从盐垛上滚落下来。孔昭棠大声吼道："弟兄们，活路只有一条，就是有组织地进行突围！"在场的人一下子都愣住了。但这只是刹那间的事，旋即，混乱的人群又拥挤起来。

昏暗的月光中，孔昭棠坐在一个盐袋上喘息着，张望着。占据了东、西城墙上的敌人大概发现了情况，机枪哒哒哒响起来，子弹嗖嗖地在空中飞过。大概是射程远的关系，毫无目标地乱飞着。留守在北城楼上做掩护的国民军的机枪也响起来：哒哒哒哒哒——城内时而有枪声和呐喊声响起，他知道这是守军的零星部队在和突进城来的部分敌人进行夜战。孔昭棠抬头望了望夜空，夜空被黑烟弥漫着。他听着匆忙而凌乱的脚步声、病员的呻吟声和突围人群的嘈杂声，心中无比凄凉和悲哀。这时，衣衫褴褛、已看不出真面目的陆昭汉急匆匆地走过来，望着孔昭棠问道："司令，突围出去之后，在哪里集合？"孔昭棠愣了愣，突然想起了赵半仙几天前卜的卦，他听那卦中的爻辞中有"利西南"一句，又知道只有西面没有敌人，便说："没有特殊情况，就在西南五里外的三义庙集合。"陆昭汉说："司令。你赶快突围吧，这里有我指挥就行了。"孔昭棠摇了摇头说："你们先突围吧，我这条老命不值钱了。"陆昭汉没再说什么，而是向他身后的防空架处招了招手，只见鹿儿领着几个身材魁梧的卫国军战士走过来，也不说话，架起孔昭棠，向拥挤的人群中走去……

他们突出了敌人的包围圈，伤亡极少。

这次突围的成功，一是因围攻城北面的敌人距城有三里远，没有发觉，二是因东、西两城墙上的敌人刚占据城墙，又是夜间，不敢下墙追赶，只是毫无目标地乱打一气。

拂晓，孔昭棠带着连他在内的五十八名突围出来的卫国军战士，凭着熟悉的地理环境，在城西南的三义庙集合后，时而向南时而向东迂回穿插，顺利地来到了鲁南山区。

他们心情沉重地走着。几天来的连续战斗，精力已消耗殆尽。但这山里的清新却使他们的精神为之一振。山道上潮乎乎的露水气味，好像把几天来吞进肚子里的硝烟味焦土味血的腥味尸体的臭味一下子全都赶跑了，他们深深地呼吸着，尽情地眺望着。东方的天边已开始发白，黎明前的晓风好像在卷动着天边上的一重黑幕。粉红色的云朵，像花似的向四边奔放。卫国军几乎每一个战士的心里，似乎暂时都忘却了悲哀和痛苦，充满了一种十分舒畅美好的感觉。

孔昭棠走着。他的心情越来越沉重，步履越来越艰难，想起他掏枪打死的那两名战士，他感到有点儿后悔。后来他知道卫国军的那名战士叫三羊。三羊尚有父母、妻儿老小。他家里人如果知道他是被他打死的，那该如何痛苦和仇恨。他又想起了那个国民军，也许，他也有父母和妻儿老小……

他脑海里的思绪越来越纷乱：袁成方现在在哪里？甄宪武现在在哪里？沈晓云现在怎么样？魏方伦会不会去雪山寺？卫国军以后的路该怎么走？……一个又一个的问题，如一团乱麻，在他脑海中缠绕着。一阵山风吹来，他燥热的脑子清醒了许多。他向前方望去，朦胧的夜色中，在他的视野内，似乎有许多条蜿蜒的巨龙伏卧在那里。他想起了昨天晚上滕县城里飞走的那些黑龙，是不是也都来到这里避难了？

"五哥——"悲凉的呼喊声，划破了黎明前的夜空。孔昭棠听见喊声，站住了步，他看见一个人从路旁不远处的一块大青石后跑过来。渐渐地，他看清楚了，是兄弟孔昭文。孔昭文跑几步走几步，来到孔昭棠面前，扑通跪倒在地，一边磕头一边哭着说："五哥，我对不起你呀。"孔昭棠吃了一惊，急忙问道："昭文，怎么啦？"孔昭文慢慢地站起身来说："五嫂，她……""她怎么啦？"孔昭棠一把抓住了孔昭文的胳膊，"快说，她怎么啦？"孔昭文吞吞吐吐地说："她，她被翼云山的人绑架了。"孔昭棠听了，脸色骤然大变。他呆愣了一会儿，然后望天长呼道："苍天……"呼喊声在山谷中回荡着："苍天……"

呼喊声在山谷中回荡着。

（节选自倪景翔《龙凤旗》，华夏出版社 2007 年版）

糊　涂

（《三八年日本人占领俺峄县城》节选）

张　继

峄县人不把汤叫作汤，更不叫稀饭稀粥或是什么，而是叫糊涂。于是早晨饭糊涂，中午饭糊涂，晚上饭也是糊涂，一天三顿都是糊涂。

碰上吃饭的时候你看吧，一人一只硕大的黑窑碗，用两只手捧着，往门口的高门槛子外一站，嘴皮子往碗沿子上一搭，唏唏溜溜地喝，声音响成一片，很香的样子，气派得很。

倘或这时候有人打门前经过就更见热闹了，喝的人连忙打招呼，竹木筷子往碗沿子上一磕，闷闷的一响，说，他大哥，在这里吃吧，稀烂稀烂的高粱糊涂。是个女声，声音很甜。

他大哥就答：不了，不了大婶子，家里孩他娘早就做好了，玉蜀黍糊涂混着青豆，鲜着呢。

答得热乎乎有情有义脚下却极少有停下来的。都在门口吃饭呢，一个招呼了自然都招呼，这样一路走下去芋头糊涂瓜干糊涂绿豆糊涂小麦糊涂南瓜糊涂之声此起彼伏，一街巷子都飘荡着甜丝丝香喷喷的糊涂气息。

峄县人喝糊涂喝得均匀，喝得滋润，喝得久远，喝得花样翻新，就喝得神高气爽面色红润。

三八年日本人占领峄县城。日本人在进兵峄县城之前在一个叫临沂的地方打过一仗，伤亡惨重，一个个蓬头垢面脸色疲惫，跟面色红润的峄县人一比根本不行，简直像瘪三。日本人就不服气，就问维持会的于会长。于会长想了想就说：喝糊涂喝的。

日本人不明白，日本人问：糊涂的什么？

于会长先说了一会儿，接着又怕日本人弄不懂就用手比划了一阵子，日本人被弄得越来越糊涂了，火气一上来就对着于会长的酒坛子脸打了一巴掌。于会长脸上的肥肉剧烈的一颤，他也就灵醒了，把手收起来，向日本人鞠了个躬，然后领着日本人到街上去看糊涂。

街道上很冷清，卖豆腐的孙三虽然还在卖豆腐，但是已不再拖着长腔喊：热豆腐嫩豆腐孙三家的豆腐哦——，而是有气无力地说豆腐，豆腐，像自言自语。晃香油的张大香已把香油挑子撂了，抄着手在巷口那边的一棵弯树旁弓着腰发呆，只有一条狗还撅着尾巴在巷道上走来走去。道是砖道，砖是青砖，有些年岁了，砖道上凹着一道道深槽。日本人的大皮靴在青砖路上踏得咔咔响，传得很远。

街上人大都在门口站成一溜捧着大碗喝糊涂，听到响声就躲了，并且并上了门。门是一扇接着一扇关着，于会长听见哐当、哐当、哐当，于会长的脸就有些长。街道已经走了一半，于会长想再走一会儿就到头了，于会长还想如果到头了他还是这么一直走下去，他的脸可能又要颤抖，而且不止颤抖一下。他就站下来，开始敲门，于会长敲了三下喊了两声，但是门没有开。

日本人说"八格"，然后对着门踹了几脚，门就开了。

这家人姓陈，姓陈的人家这顿饭做的恰好是绿豆汤，绿豆汤是糊涂中的精品，颜色绿盈盈，味道香喷喷，不光好喝而且好看，几个日本人围着糊涂锅转了一圈，后来一人一口气喝了三大碗，直喝得头上冒汗，满口生津。

不久，在峄县城驻守的日军都染上了喝糊涂的嗜好，一到吃饭的时候总有三个一群五个一伙的日军往街上人家去，峄县城人听见他们咔咔的皮靴声就皱眉，就头疼。后来就不约而同地把糊涂做得稀了些，淡了些，但日本人仍旧喝得有滋有味，气得峄县城人直骂：这些畜生，这些畜生。

好在没用几天这帮日本兵就开走了，可惜没有走多远，只是从城里搬到了城外五里屯。日本人搬到城外是与驻扎在南面台儿庄的国军交火的，台儿庄的国军来真的了，日本人打了一仗以为能赢，但是没赢。日本人又打了一仗以为能赢，但还是没赢，日本人就急了。日本人发急的样子很难看，哇啦哇啦地喊并且嘴唇上起了血泡，豆粒似的，一串接着一串，就觉得没劲，就有些蔫巴。日本军官逮住一个蔫巴的打摆子的日本兵恶狠狠地打了一巴掌，那个日本兵"嗨"了一声，挺了一下胸脯，但马上又蔫巴下去了。日本军官又打了一下，那个日本兵又"嗨"了一声，但很快又蔫巴了下去，并且比刚才蔫巴得更厉害。日本军官火了，拎着那个日本兵的衣领吼了一阵，问他到底怎么了。

那个日本兵蠕动着盖满血泡的嘴唇结结巴巴地说我真想喝一碗糊涂。

所有听到这句话的日本兵都把目光投向了他们的长官。

维持会的于会长接到日本人要糊涂的通知，是早晨饭以后。日本人要峄县人在中午之前无论如何要把糊涂送到，峄县人已经有了被日本人喝过几天的体验，于会长觉得问题不大，不料，县城人听到这件事以后都愤怒起来，他们说：日本人在台儿庄那打了吧？

于会长说打了。

他们说打的是哪国人。

于会长说是中国人。

他们说呸，让他们做糊涂喂日本人打中国人，没门。

他们说呸！

他们说日本人，哼！

于会长才觉得问题严重了些，有些慌，他说这糊涂无论如何也是要做的，得罪了日本人是要杀头的。

一个声音说杀头就杀头。接着许多声音都附和着杀头就杀头。

于会长看了这阵势就哼了一声，然后出了城。于会长是去叫日本人了。

日本兵来了一个小队。一小队日本兵是由一个小胡子军官领着的。小胡子军官进了县城就把县城里成年的人丁都抓进了南关的教堂里。小胡子军官显然很生气，他斜着眼打量着众人用半通不通的中国话说：为大日本皇军做糊涂，哪一个不愿意？

没有人搭理他，只有几声不太重的哼声。

小胡子也哼了一声，然后走进人群，指着一个大个子说：你！

大个子说我不想当汉奸。

小胡子狞笑了一声：你的不想当汉奸，就做鬼的有。说着拔出枪顶在大个子的胸脯上，脸色一变说：你的愿意不愿意？

大个子仍然慢吞吞地说我真不想当汉奸。

小胡子"咬西"一声，手一动，枪就响了，大个子倒了。人群里发出一阵吼骂声，有几个人还试图冲过来，但是被日本兵挡了回去。

小胡子掏出白手帕擦了擦枪管不动声色地说：不愿意的统统的死。小胡子说着又用枪指着一个酱盐店的老板说：你。

酱盐店的老板卖了一辈子的酱油和咸盐，年青时就得了个好吐痰的毛病，他咳嗽了一声把一口浓痰吐在了小胡子的脸上，然后又呸了一声。

小胡子又开了一枪，但是这一枪并没有把酱盐店的老板打死，老板疼得一边骂着一边在地上打滚。小胡子哈哈笑着，笑声没断的时候就又用枪指住了一个。这一回被指住的叫朱三合。

朱三合是个鸡蛋贩子，在街头上是个最最受人欺负的角色，平常只能三分五分地挣些小钱，原因：一是他的性子弱，二是他个子太小，只有一米五的样子，并且力气也太小，用县城人的一句话说，"连个女人也按不住"。

那个小胡子日本军官用枪指朱三合的时候，众人就觉得坏了，就担心这小子受不住，要坏事。果然小胡子的枪管还没有指到他的额头上时，朱三合就把身子一缩，显得更矮了。

那个小胡子似乎故意与他为难似的，用枪管在他多骨少肉的额头上用力一敲问：你的愿意？

众人的心一下子提了起来。

朱三合瞪着一双绿豆眼看看小胡子的枪管，再看看众人，看完了众人又看看小胡子的枪管，如是几次终于嗫嗫嚅嚅地说：太、太君，我愿、愿意。

人群里终于骂出声来。

骂：朱矮子你个孬种！

骂：朱三合你个挨千刀的！

骂：朱三合日本人的儿子！

……

朱三合看了众人一眼，汗就下来了。

小胡子大嘴一咧，露出一口白牙，他笑了。然后就吩咐于会长多给朱三合拨些米和面。

于会长说是。

小胡子说中午之前送到，送不到死了死了的。

糊涂在中午之前果然送到了城外五里屯。

糊涂装在一个泥缸里，外面包着棉被，用木轮车推着来的。但是太少了，只有十几碗的样子，日本人一人喝一口也不能轮过来，相反，被那鲜灵灵的糊涂汤子诱着，胃里就更难受了。有几个忍不住了还呲牙咧嘴地拔出战刀想要了朱三合的命，但是被那个小胡子军官喝住了。小胡子军官对朱三合也不满意，他问朱三合为什么做这么点糊涂。

朱三合先没有答话，而是挽一挽袖子把胳膊伸了出来，他的胳膊又黑又细，麻杆似的。他说太君，你看我这胳膊推多了能推得动吧。

小胡子用手捏了一下朱三合的胳膊，抽动着小胡子笑了。

让朱三合回去给于会长说让他帮着推。

朱三合说好，就回了。

但第二天中午都过了，日本人也没看到朱三合的糊涂车来，日本兵急眼了。

日本军官问：怎么回事？

小胡子"嗨"了一声，骑着马带着几个日本兵就往峄县城的方向去了，但是没有走多远，就看见朱三合和他的糊涂车在一段路的凹处放着，朱三合正撅着腚往上面推，累得满头大汗，但无论他怎么用力都推不上前面那段高坡。

小胡子叫几个日本兵帮朱三合把糊涂车弄上来后问：你什么的干活？

朱三合甩了一把汗说没见到他。

小胡子骂声"八格"，骑着马向县城驰去，他是想找于会长。但是他在县城找了个遍也没能找到，他想他可能跑到别的地方去了。他又骂了一声：八格！

小胡子回来的路上正遇上朱三合吃力地推着糊涂车往回走。小胡子满意地拍了拍朱三合的肩膀说：朱，你的良心大大的好。

朱三合说谢谢太君夸奖。说完又指着前面那一段凹路说太君，我推不上去怎么办。

小胡子想了想说：每天中午我派两名太君来帮你。

朱三合说太君，前面仗打得紧，就派一个吧，再加上我，能推动了。

第三天朱三合的糊涂车仍然没有按时到达。

日本军官对小胡子的办事能力忽然怀疑起来，他对着小胡子的脸左左右右地打了一阵之后，小胡子气咻咻地骑上马又往县城去，这一次他又在那个凹处碰到了朱三合，朱三合还是满头大汗地推着车，却总也推不上坡。

小胡子问：十三太郎呢？

朱三合眨巴了一会眼睛懵懵懂懂地说：哪一个十三太郎？

小胡子说：就是我派来帮你推车的太君。

朱三合说：我在这里好大一会儿了，一个人也没来，哪里来了什么太君。

小胡子想：这个十三太郎不知道跑到哪里去了，害得我挨了一顿好打，一会儿我非找他算账不可。

可是小胡子最终也没有见到十三太郎，而且以后几次，小胡子派去帮朱三合推车的太君都失踪了。日本军官和小胡子都怀疑峄县城里隐藏着敌人，就组织了一次清查，但是什么也没有查到。后来只好又猜测可能是地方游击队所为，正在胡乱推理的时候，一个刚刚失踪的叫大岛正男的日本兵回来了。大岛正男身上湿漉漉的，头上还滴着血。

大岛正男说他去帮朱三合推车，见朱三合把糊涂车停在这面坡对面那面坡上，就挥挥手说走吧。朱三合说不慌，凉快凉快再走。那块地方有一棵柳树，柳树旁边有一口井，很凉快。但是他刚到树下一站就听朱三合喊：太君，不得了，井里有个太君，死了。大岛正男连忙跑到井台上，还没看清是怎么回事呢就被朱三合从背后推了下去，之后朱三合又用石头砸了他一下，但是没有把他砸死。

大岛正男最后哭着说：井里面的太君多着呢。

日本人从那眼井里一共捞出七具尸体，有六条是日本人的，一条是中国人，就是于会长。

日本军官暴跳如雷，他说八格呀噜，然后带着人向朱三合家跑去。

朱三合正在家里做糊涂，看见日本人进了家估计出了事，当他看清大岛正男也夹在人群里时就知道真的坏了事，他摇摇头说：只可惜，我没有把他砸死。说完抱走身旁的一块石头，最初他想砸死那个日本军官，但是他一想太远了，怕砸不到，就一松手把那口糊涂锅给砸了，鲜红鲜红的高粱糊涂顺着锅台在院子里流淌。

这时候，日本人的枪也响了。朱三合的胸前血肉模糊，许多红色的汁液从他的身体里迸发而出，落在糊涂上。血是红的，糊涂也是红的。日本人看了好大一会儿，两种红色也没能混在一起。血还是血，糊涂还是糊涂。

（节选自张继《人样》，山东文艺出版社 2001 年版）

血　声（节选）

闵凡利

此文谨献给那些为抗战而默默死去的人们。

——题记

一

外婆家在山那边，隔着座山，是罗汉山。

山很疯，像上了年纪败顶的脑瓜。只有疯长的野草在风里飘，一起一起的，像海里的波浪。北面山腰上有棵树，血红血红的，是橡树。树下有座坟，像个哺婴的乳，饱满地耸着。坟前的碑老成了绿色，在野草里，硬硬地站着。上写"杨天武之墓"，那是舅舅的。

二

外婆一辈子只有两个孩子，一个是娘，另一个是舅舅。

舅舅死时，我十二。

那是夏天，天晴得发白，太阳炽炽地冒着白烟。外婆、妗子和我正坐在门口的树荫下吃午饭。秃三舅跑了进来，他浑身是血，气喘吁吁地说："婶，婶，天武……他……叫……叫……鬼子……打死……了……"

外婆的碗一下子掉在了地上，啪的一声，很响。我就感觉太阳也被震得一颤。外婆、妗子呆了，过了好大一会，妗子颤着声音问："天武……天武……他……他……怎么……了?""嫂子……天武……他……叫……鬼子……打死了……"秃三舅说完哇地哭了。我哇地哭了，扯着外婆的衣摆，一个劲地喊姥娘。外婆的泪稠稠地在眼里盈。满了就颤颤栽下来，砸在了我的头上，很疼。

这时，村长的破锣和他公鸡一样的嗓门在满街满巷地响："各家各户，都到家庙听皇军训话了喽。"

家庙在村东头，也是村公所。全村的老老少少都到了。鬼子牵着狼狗，狼狗坐在地上，吐着血红的舌头，狼狗旁站着个叫山本的鬼子，说是碉堡里的大队长，戴着圆眼镜，蓄着仁丹胡。他身旁放着个尸体，前心开了朵大红花，在阳光下，非常的艳。耳边的黑痣，泛着光，刺得外婆的泪刷地流了。

妗子也双手捂住了脸。

山本操着生硬的中国话问："这个地，你们的认识？"

村长忙走上前去，弯着腰，哈巴狗似的回答："皇军，俺们村，大大的良民，这个人，没有！"说完又仔细看了尸首，眼里流出了一种光，很怕。

"八嘎！"山本狠狠地说："这个人，猫猴子（指八路军）的干活，死了死了的！"接着他又问了一句："真的没有？"

村长又看了地上的尸首，忙给山本摇头："太君，真的……没有！"村长说这句话的时候，声音不是很高，但发着颤，颤得山本的笑好凶。

山本转身向他身边一个留着洋头很是瘦弱的男人咕哝了一会儿。那人弯着腰听后频频点头说嗨。之后走出几步，说："皇军刚才说了，谁是这个人的家属，快把尸首领回去，不然，就把他喂狗，让他连个全尸也落不了！"

人群一阵骚乱。外婆看样子要去领，秃三舅在后面拉住了她。村长一个劲地给外婆使眼色，那意思很明白。

人群鸦雀无声，掉根针都能听见。就在这时，只听"嘶啦"一声，外婆走出了人群，秃三舅手里攥着外婆的一截后衣襟。

山本走了过来，问外婆："这个，你的认识？"

外婆说："他是我儿子！"

翻译把这话说给了山本，山本两眼一瞪："八嘎！"手中的东洋刀抽出了一半。在阳光下，刀闪着阴森森的光，扎着眼。

外婆说："他是我儿子！"外婆说这话时声音很大，震得在场的人都激灵灵地打了个颤。

山本把刀送进鞘内。他问："这个，你儿子？"

外婆点了点头，说："是我儿子！"

山本问："你知道你儿子是怎么死的？"

外婆说:"是你们打死的!"

山本说:"这是给皇军作对的下场!"说完刷地抽出指挥刀,架在外婆的脖子上说:"给皇军作对,死了死了的!"

外婆没有吭声。

山本狠狠地把刀磨进外婆的脖子,刀刃上流出了红红的血,蜿蜒地爬,爬向了山本的手臂。

外婆梗着脖子,两眼定定地望着舅舅。

山本撤下了指挥刀,望着外婆,奸笑了两声,然后一努嘴,只见那只狼狗飞向舅舅的尸体,一阵乱撕。

外婆想护舅舅,两个鬼子死死抱住。外婆就张口咬了其中一个,咬了很深。另一个举起枪托,照着外婆的头就砸。

狼狗还在撕着,妗子要去,大伙围成墙,把她圈在里面。狼狗还在撕咬着,大伙们都转过脸去,用手捂着眼睛,攥成拳头。

望着这些捂眼的村民,山本脸上荡起一丝奸笑。他说:"和皇军作对,死了死了的!"他抬头看了看天,仿佛想起什么似的,说开路。然后甩手给了外婆一枪,外婆一下子栽倒了⋯⋯

妗子早已经哭成了泪人,趴在了舅舅的身上。秃三舅舅哭着走了过来,泪水落了舅舅的脸上。秃三舅舅跪下双膝,轻轻拭去舅舅脸上的血,他刚要去合舅舅的眼,妗子拉住了。妗子双膝跪在舅舅身前,用手把脸扶正,泪落在舅舅的脸上,妗子又温柔地抚去。然后用手把脸仔仔细细地摸够,才把眼给闭上。她憋着气力干完这个活,就像熬干油的灯捻,瘫了⋯⋯

外婆还有气息。大伙忙把外婆架起,飞快地送到村西的王大夫那儿⋯⋯

第三天,秃三舅舅和村里人一起,把舅舅抬到了罗汉山口,山上的那棵橡树不知谁栽的。反正很多年了,很大,像伞,血红血红的。秃三舅就把舅舅埋到了橡树前,那个向阳的土坡上⋯⋯

三

我的童年是在外婆家度过的,我学的第一首儿歌,就是舅舅教的。

舅舅教我儿歌那年我4岁。舅舅坐个小板凳，我坐着个木墩子。舅舅说小老鼠，我就说小老鼠；舅舅说上灯台，我就说上灯台。没多久，我就学会了。我就唱："小老鼠，上灯台，偷油喝，下不来，拿个小馍馍引下来。"

一到晚上，和舅舅、外婆在一块乘凉时，我就唱儿歌，外婆在一旁打拍子。我唱完《小老鼠》，接着唱《小巴狗》：

小巴狗，上南山，
割荆条，编小篮。
奶奶吃，爷爷看，
急得巴狗一头汗。
巴狗巴狗你别急，
剩下锅巴是你的。

唱完了，舅舅就把我抱起，欢呼。那时，舅舅眼里便对我流出一种光，像正午的阳光，烤得我身上火辣辣的。我发现，在舅舅的眼光里，我就像村西铁匠炉黑舅手中烧红的铁，等待着捶打，等待着淬火。

四

1938年，我们这儿来了日本人。烧杀抢掠，无恶不作。舅舅和秃三舅参加了卫家社。卫家社是这儿农民的自发组织。

罗汉山靠近津浦线铁路，离官桥车站鬼子的碉堡不到八里路。舅舅经常去打鬼子。

1941年的秋天，太阳阴沉沉的，像是和谁怄了气。鬼子又来扫荡。舅舅、土旦舅、秃三舅他们这些卫家社的人掩护着乡亲们向东北边的山里转移。舅舅那天穿着妗子连夜做出来的粗布白褂，背着大刀，大刀的红绸穗随风飘着，很好看也很威武。我想跟着舅舅，舅舅不让，我就哭。土旦舅就过来哄我。没想到，这是我和土旦舅见的最后一面。后来听秃三舅说，他们把乡亲们都安全转移了，就想干掉几个小鬼子。鬼子有一连多人，两挺歪把子机枪，可卫家社只有15支枪，其中5杆是土枪。另外10

杆还是从小鬼子手里夺的。这一仗败得很惨重，卫家社有 12 人死去，5 人受伤。土旦舅就在那时死的。

土旦舅、秃三舅、舅舅是从小到大的伙伴。舅舅和秃三舅发誓：一定要报这个仇。

一天，舅舅探得官桥车站洋房里的鬼子要去羊庄帮助木石据点里的鬼子进山里扫荡。从官桥到羊庄必须经过罗汉山口，那是唯一的路。鬼子有大批人马，卫家社的人说敌强我弱，不能拿鸡蛋碰石头。舅舅报仇心切，他和秃三舅一叽咕，两人便偷偷潜上了罗汉山。

舅舅和秃三舅埋伏在罗汉山口。两人相距 30 多米。1 米多高的草丛里啥东西都有，咬得两人浑身净木疙瘩。两人像灯影下的壁虎，眼里喷着一种光，像饿了多少天没有打着食的狼，红红的。

太阳一点点地升，苦苦的，像拉着重车的牛，很缓。

身旁的野花们很羞，都把头耷拉下去了。那株叫血里红的野花，正在鲜艳地怒放着……

舅舅抬起头，望了眼太阳。舅舅的裤子湿得呱呱地，那是姈子在油灯赶做出来的，做得很细致，很板正，很合身。

此时太阳爬上了天空，像一个剥皮的鸡蛋，白白地，地上像下了雪，刺着眼。

终于，西边山口飘起了浓浓的尘雾。雾中传来急促的马蹄声。

鬼子一步一步踏入了舅舅的伏击圈。小鬼子走得很急促，很匆忙。舅舅充血的眼里的光在急剧燃烧。突然，那种光强了一万倍，像拦住的河水猛然放闸，像饿疯的狼猛地扑向羊群，随着一声裂竹般的怒吼："打!!!"两枚手榴弹已在鬼子中间开了花。当即有几个小鬼子倒了下去。小鬼子懵了，等他们缓过神来，发现了舅舅他们，山本暴跳如雷，指挥刀一挥："杀鸡给给!"鬼子调整队形，向舅舅和秃三舅压去。

舅舅和秃三舅在卫家社一共偷了 12 枚手榴弹。每人 6 枚，6 枚手榴弹甩得每人只剩下 1 枚了，秃三舅跑向了舅舅，气喘吁吁地说："哥，鬼子上来了!"舅舅看看后面说："留得青山在，不愁没柴烧，你先撤，我在后边掩护!"秃三舅问："天武哥，那你呢?"舅舅说："你撤完我再

撤!"秃三舅说:"天武,我掩护你,我弟兄多,死了没事!"舅舅照着秃
三舅的腚就是一脚,说:"别说这晦气话,快,再晚就来不及了!"秃三
舅把手上唯一的一颗手榴弹交给了舅舅,说:"你也快点跑,不要恋战,
我到后边的小树林里等你。"舅舅点头说知道了,你快走!说着向外扔出
了一颗手榴弹。几个冲在前面的鬼子倒下了。秃三舅趁此猫着腰顺着小河
沟向后跑了。鬼子没有发现他,但发现了舅舅。他们像饿皮虱子一般,成
扇形向舅舅包围过来。舅舅知道,今天他打死了好几个鬼子,一命抵一
命,不光够本,还赚了好几个。他扔出最后一颗手榴弹,趁着烟雾,向西
北处的那株橡树跑去。橡树离舅舅没多远,在阳光下,傲傲地立着。舅舅
像平时奔那个地方去凉快一样,跑得很匆忙。微风吹过,橡树的叶子发出
热烈的声音,像是呼唤舅舅。

橡树就在眼前了,舅舅在翻越一块石头时,整个身子露了出来,这
时,枪响了,划着风,很脆,很响,舅舅一下子栽倒了,背上开出朵花,
红红的,很大,很艳。他身边的野花都惭愧地低下了头,唯有那株叫血里
红的野花,美丽地怒放着。

舅舅的死并没有给卫家社留下什么,舅舅和秃三舅是单独作战,这是
违犯纪律。舅舅没被追认为烈士,也没有记功。但那天晚上,舅舅的坟前
站满了卫家社的人。他们望着舅舅的坟,眼里都盈满了泪。

这段故事《罗汉山志》上有记载:

1942年夏,东山口村青年杨天武、杨天柱两人偷了卫家社手榴弹12
枚,在山口伏击了前去木石帮助进山扫荡的日军。日军死8人,伤12人。
杨天武为掩护杨天柱牺牲。

《穴庄志》上也有记载:

1942年夏,驻木石的日军联合官桥东站的日军决定去穴庄扫荡。由
于驻官桥支援的日军在罗汉山口遭到了伏击,致使官桥的日本援军没能及
时赶到,给穴庄游击队创造了时间,最后我军大获全胜。日军死25人,
伤30多人。缴步枪40多支,机枪4挺,手枪5支。手榴弹、子弹若干。

五

舅舅死后没多久,那天下午,我跟娘回家。那天,风温柔地吹着野草

起伏波荡，波涛一样。

我想舅舅。真的，很想。我不知舅舅是否还想我。我不能忘记给舅舅喊路的情景。

当我站在木凳上手里拿着我几乎拿不动的扁担，面向西南方，我仿佛看到了舅舅正甜甜地看着我，眼里对我流着一种光。那光很浓，使我激灵灵地打了个颤，猛然，我感觉力量增大了，向着西南方，大声地喊："舅舅，你西南大路走！"定定地把扁担指向西南方，给舅舅指出了一条光明的路。

远远地我看到了舅舅的坟子。坟子旁站着舅舅，他倔强坚毅的脸上露出孩子般的稚气，我不禁紧走几步，看清楚了，舅舅正在对我笑，他的笑像花一样盛开着，很美。他的眼里有一种东西，对我暗示着什么又期待着什么。我想向舅舅跑去，娘连忙拉住我的手，说："别乱跑！"我对娘说，我看到舅舅了。娘环视了一下四周，问我："你舅舅在哪儿？"我用手指了指舅舅的坟说："在那儿"。娘惊奇了半天，最后说我说瞎话。我的手还是定定地指向那团黑影。娘定睛看了会，叹了口气说："那是橡树"。我说不，那是舅舅。我又看到舅舅眼里那让我激动不已的光，那像花一样的笑脸，忙对娘说："舅舅在对我笑"，既而又对娘说："舅舅在对我说话"。娘问我说的什么，我说我听不清。

娘流泪了。娘抚着我的头说："不，孩子，那是风吹橡叶的声音，你听，唰……唰……"

我坚决地摇头："不，那是舅舅在说话！……"

时隔多年，娘老了。也是夏季的一天，娘说去外婆家。我和娘一块去了。

天刚麻麻亮，我和娘就上路了。天上有雾，并刮着轻微的风。娘走得很快。

走到罗汉山口时，那时太阳还没有升起，雾浓浓的，带着丝丝的腥味。

突然，娘惊叫了一声："孩子，我看到你舅了！"我问娘在哪儿？娘用手指着前方说："在那儿！"

我顺着娘手指的方向看，什么也没有，只是雾蒙蒙的一片。我对娘摇了摇头，说："娘，我没看到"。娘很生气，说："我看得清清楚楚，是你舅，还是小时候的样子，在笑！"

我不信，向前走了几步，这次看到了，那是一个黑乎乎的东西，很模糊。又往前走了几步，看清楚了，我知道那是什么，就对娘说："娘，那不是舅舅，是橡树！"娘生气地说："是你舅舅，你看，还在笑呢，在说么……我听不清，哎，老了！"我说："娘，那是风吹橡树树叶的声音，真的！"

娘坚定地说："不，是你舅舅在说话！"娘很虔诚，含着泪花说："他舅，孩子大了，听不懂你的话，你走吧，过几天，我给你送钱！"随后娘望了我一眼，眼里闪出一种光，很亮，忽地一闪，又消失了，娘的泪就流了出来，很稠。

望着我，娘像很陌生似的，继而又看着远方。一会儿，娘转过脸来，对我说："你舅舅走了，走了，往西南方向走了……"

不远处，罗汉山口到了。

（节选自闵凡利《血声》，《西南军事文学》2001 年第 3 期）

三幕剧《台儿庄》（节选）

罗　苏

第二幕

时间： 第二天

地点： 台儿庄城厢

人物： 黑妞儿、陈寡妇、曹老棒、王三儿、孙李氏、赵裕春

中村秀雄——敌军特务员，在满洲住过五六年。对于中国的风土人情相当熟悉。他阴险毒辣，他不但是对于中国人施展着他的阴谋的才干，他更监视着自己军队中的反战分子。

山崎——是一个伍长，充满了武士道精神的军人，讲究仪表，疯狂的战争给予他的一面是恐怖，一面是升官的幻想。

日兵甲——在战争中使他变得残暴，没有人性。以刺激来麻醉他自己的恐怖生活，以骄傲来填补自己莫名其妙的空虚。

日兵乙，戊，己，丁（有必要时可以增或减）

日兵丙——一个农民出身的三十多岁的一等兵，怀乡病很重，半年来的残暴的战争生活，使他越来越苦闷，对于自己生命的前途越发的惶惑起来，一个消极的厌战者。

日本哨兵

中国伤兵

背景：舞台的左侧，斜延到台底是一座灰色的城，残缺的堞口，洞穿了又用沙袋或泥土填补的痕迹。在靠台底的那边，是一座留有炮灰痕迹的碉楼。沿着城，可以远远望去的一条街景。舞台的右侧，靠近台底，有一所古式建筑的房子。沿着城的底边，是用沙袋和土堆砌成的掩蔽战壕，在街和城之间，种着一两棵树，还没有多少绿意。在这里，所有的东西，全保留着经过相当剧烈的战争的痕迹与气氛，恐怖和残酷在这里交流着。幕没有打开，炮声和枪声，喊叫声和着一切战争的音响交混着。从高昂的，极密的，非常混杂的声音中，渐渐地低缓下来，火红的光亮，不时地从幕后透过，有如暴风雨中的闪电。

在混杂的声音渐渐地静下来的时候，刚刚有一队人从幕后的舞台中冲幕慢慢地打开，舞台相当暗，时而为远处的火光闪烁着。在战壕边，横着三两个尸体（尸体中有一个是腿伤很重的中国士兵，还没有死去，另外两个尸体可以用伪制的，在演出上较方便）。

伤兵：（渐渐地醒来，无力地撑住沙袋堆，仰起头来，向四外遥望着。像是自语）怎么回事？我们的人都冲上去了吧！（又望了一下离自己很近的另外两个尸体，惊叫着）呀！死啦！我又挂了彩么？（他挣扎着要爬起来，但是显然的，他的腿已经不能动转了，哎哟了一声，又跌了下去。他再支起身来，从地上发现了一支手枪，抚摸着，又打开了枪膛，数着）还有三粒呢，有三粒也是好的。（他放进了袋子。口里很干似的咽着

吐沫，沉默着，又像希望着什么似的，用眼睛向四周搜索着）

刘四：（从房子的右侧背后的阴影里，蹑手蹑脚地，胆怯地闪了出来。向四下望着，忽然看见伏在城边的伤兵，急忙地向后退了一步，等看清了是中国兵，才又胆壮地走向城边来。）喂，你怎么还待在这儿呢？

伤兵：（没有听到刘四的问话似的）哦！好极了，老乡，请你赶快告诉我，我们的弟兄是不是全冲到前面去了，过了河没有？呵（他兴奋地仰起头来，等着刘四回答。）

刘四：（很担心地止住他那粗音的喊叫）喂！轻点，这儿已经有了鬼子呢。我来不及跑，一直躲在那房子后面的一条沟里，哦，刚刚这里还过去了一队鬼子兵，他妈的，追下去了！

伤兵：（失望地）你说什么？呵，退了么？

刘四：我也不知道呵！不过刚刚我站在那儿，还看得见前面碉楼上，（指着舞台右侧）插着我们的旗子呢。（枪声又起了，火光闪着）你听，那儿打得很凶呢。

伤兵：……（无语的，伤感地低下了头）

刘四：喂，你还不赶快跑？一会儿鬼子来了，还不是没命，起来呵，快点儿！

（催促着，一面又向四外望着）

伤兵：哎！我的腿，——（挣扎着又躺了下去）

刘四：腿子坏了么？可真是糟糕，我背你走吧，背你到……哦，我要走了几回，都不碰巧。我背你到小陆那儿去吧。

伤兵：（惊讶）什么小陆？我不去，我要找我自己的队伍。我不去。

刘四：小陆那儿不去？不要紧的，他是我的好朋友，他那儿有不少人哩，还有枪，走吧，我背你去。（伸手拉住伤兵手）我才倒霉，要不然早他妈和鬼子拼上啦！（这时候，有脚步声渐近，他急忙又放下了手，低声地说，快躺下，快躺下！）

伤兵：鬼子么？不要紧，我这儿还有三粒子，他妈的，至少不干他两个。（脚声逼近，伤兵伏下，刘四敏捷地又躲回房后去。）

（日兵甲、乙、丁三人踉跄上场，骄傲地呼啸着。）

日兵乙：（疲倦地）嚇！连个鬼都找不到。（用眼睛搜索着）

日兵丁：（嬉笑）哪，要鬼吗？这儿倒是有支那鬼呢。（手指着城边躺着的尸体）

日兵甲：（不悦而又骄横地）真是见鬼，也是三个啦！哼，都是死的，我再请你们吃两刀吧。（桀桀，狞笑，用枪尖，刺刀试弄着前面的一个，用脚踢着，没有声息，残暴地，不在意地刺下去，狂暴地笑。又移动了一下，挨近伤兵，用脚踢着，伤兵滚动了一下，甲举起枪，预备刺下去，伤兵敏捷地取出手枪射击。三个慌乱地退后了，没有射中，他们向房后掩蔽着，探出头来，又举枪射击。伤兵射出了第二颗子弹，扑跌下去。（一排密集的子弹，向伤兵射来。立刻上场的有日兵丙，伍长山崎，哨兵。互相会合了，又胆怯地散开，恐怖抓住了他们，蹑着脚步，壮了胆向城边包围过来，毫不吝惜地射击着，这时，跌伏在掩蔽壕下的伤兵，突地一仰，射出了最后一颗子弹，乙应声倒了下去，随着惊慌地射出一排又一排的子弹，伤兵跌进壕里，再没有了声音。）

哨兵：（探着）报告伍长，死了呢。

山崎：（舒了口气）哦，为什么不肃清呢，又消耗了我们多少子弹呵！这鬼，还牺牲了我们一个！

日兵甲：（向战壕走去，举起刺刀，残忍地刺下去）支那鬼，我叫你再活。（咿唔地啸叫着。）

山崎：（向哨兵）你到那边放哨，（向甲、丙、丁）赶快再搜查，这，这成什么话。（甲，丁搜查，哨兵举枪走上城坡，瞭望，有如木塑的像似的立在那里。）

日兵丙：（疲倦的样子，挨近乙的尸体，戚伤地叹息着，像是自语）又完了一个，这是你的武运的终结吧——（无聊地举起枪，向四下搜索着。）（稀落的枪声不停地响着，舞台逐渐亮起来。从城边的街道，送来了渐近的枪声，曹老棒肩荷着笨重的行囊，跟跄地上场，随在后面的是赵裕春，左手玩着铁球，右手提着几瓶酒，媚笑地走近山崎，鞠着躬。）

赵裕春：山崎大人你早呵！我知道你们一定很乏了，特地把我家守藏着多年的老酒，拿来孝敬你老人家。（嬉笑）

日兵甲：酒倒真是好久不见了，哈哈。

赵裕春：是呵，哦，中村大人没有在这么？他老人家也是顶喜欢喝老酒的，昨天晚见，他还喝过，他说，这老酒可真呱呱，比满洲喝的要好得多哩！他说他在满洲住过五六年。就没有喝过，这样好的酒。

日兵甲：有了酒，还得有菜啊！

赵裕春：是呀，是呀！我本应该替你们多备点好吃的下酒菜，可是，别提了，就是昨天，你们快要攻进来的时候，我正预备想法把那一船军火，用火烧掉，就叫他们把我抓住了，幸而在慌乱中，被我逃了出来，不然的话，我的命也没了，你们的酒可也喝不成功！（同向呆立的曹老棒。）喂，放下，就放在这儿吧，你快走，把我屋子里的那两只烧鸡拿来。

曹老棒：你……这一说抓了你没有冤枉呵……

赵裕春：混蛋，你这家伙，不要老命么？（怒目）。

山崎：（不耐地）吵什么？过来把这个抬下去。

（曹放下行囊，气喘着，拭着额际的汗，被山崎的呼叫惊住了，看见乙尸，叫惊地本立着。赵也失措地望着，放下了酒瓶，欲言又止了。）

日本甲：（粗暴地）来，抬到那边去。

（用枪托任意地击着曹老棒，赵赔着笑脸，连说是，是，同曹把日兵乙尸，抬下去，日兵甲随下。）

日兵丙：（无聊地把散碎的石块堆积着，坐下来，叹息。）

山崎：（靠着丙坐下来）喂，你怎么那样爱愁呢，想念着你的太太么？哈哈，放快活些吧，别发愁了，这里有酒哩，有酒哩。（向丁）来，一齐来喝一杯，你把这包子打开，这里面该还有些罐头吧。（他又轻松地笑了。）

（围在一起，把三支枪交叉在地上，口里吹着小调，打着包，把里面的一些罐头，干粮之类的分散开。山崎拿着刀子开罐头，丁把酒瓶打开，倒了一杯，放到唇边，停住了，又放到鼻子上嗅着。）

日兵丁：狡猾的支那鬼，这酒……

赵裕春：（喜冲冲地提着鸡上场）酒很好喝，这里还有熏好的嫩鸡，下酒顶好，山崎大人，我得请你们原谅，我们这地方小，可没有什么中吃的，这回一乱，又加上我叫这些混蛋东西扣住了，要不是早有个准备，那可就，那可就糟糕啦！

日本丁：你来正好，酒好，菜好，人也好，我先叫你喝一杯。

赵裕春：（忸怩）那怎么成，这一点，还不够你们大人们喝的哩，原来就很少的啦……（丁立起，有怒意，赵察觉）好的，这酒是……我先谢谢你，赏酒喝。（一饮而尽，笑着）

日兵丁：（满意地）好，你是好人，哦，你们这里的花姑娘，对了，花姑娘陪着喝，才好呢！你去，你去找来。

赵裕春（狼狈地）……唔，是，是——（下）

日兵甲（哈哈——）花姑娘——哼——（丁找出杯子，把酒斟了，递给大家）

日兵丁（接酒，有所惑地）酒，真是久远了哩，但是，但是比起了——

山崎：比起"正宗酒"还坏么？笑话呢，你要在支那打出路，第一，第一变成"支那通"呵！什么都想要日本的，那怎么成。来喝酒，有牛肉，还有鸡。你太太在家里也不会预备这么多好菜为你下酒哩！

日兵丁：山川君，这么想念你太太么。哈，哈哈——

日兵丙：不要取笑（看着辽远的原野）你们看，这么好的一片田，都荒了呢，没有人来下种，一个没有收获的秋天，可怎么过活。我的田和这儿的可有什么两样呢？（喝酒）

日兵丁：有人下种的，傻子，每天要放下不少的炮弹和枪子儿呵！

日兵丙：唔！那收获些什么哩？

日兵丁：遍地的支那的日本官员呵！哈，哈！

日兵丙：唔，——

山崎：（向丙）你失掉了皇军应有的气概啦！

日兵丙：（吃惊地）唔，是，是……

日丙丁：（喝酒）其实，要田有什么用呢，山川君，将来是，你当个山东督军，多好，参谋长是我的，替讨一百个姨太太，一百个，一百个哈，哈，哈，（不经意地擎起馍馍吃，忽觉陈腐）这馍馍还是从山西带来的吧，硬得像砖头，可怎么吃，我的天，今天又别想吃白米饭了！（狂暴的叫喊接近舞台，甲像拖尸似的，托着疯妇孙李氏上，喝酒的三个惊望着。）

日兵甲：这鬼地方，连这样的女人还要躲起来哩！

孙李氏：（披散着头发，衣饰不整，眼错乱地望着，用拳捶击着甲）放开我，你这鬼就是你，对了，就是你，打死了我的当家的，害死了我儿子，你，你放开我，我要我儿子，我的儿子。

日兵甲：（粗暴地），什么儿子，你要儿子？（下流地）哈哈，来。我给你儿子，我给你——（他扯着她的衣服，她猛地脱开了，又追着，拖向右侧的房子去）我给你儿子，——

（妇人仓皇地从右侧路上，见日兵，吃惊地欲退下，日兵戊追上，捕捉了，拖羊似的，过来。）

日兵戊：你们有酒么，好极了。

（这时候从舞台后侧的房子里，传出来各种声响，粗暴的吆喝声，惨烈的号叫，夹杂着哭泣与狂骂，捶击的声音，接着慢慢地低下来，和着间歇的狂笑。残忍和暴乱，在那里交织着。不时地传出一种含混不清的声音：我给你儿子，我给你儿子。）

日丙丁：要喝酒么？来吧，这里有酒，有姑娘，还有音乐，呵，音乐，你听，哈哈——

妇人：（她为那传来的残暴而凄厉的声音战栗着。像一个被命运判决了的囚徒，她为恐惧所镇压了，她忍受着所有人间最残酷的耻辱，她，没有反抗，连那伙伴的惨叫，也都变成了对于她的一种残害。她有语言，没有笑，像段木头——）

日兵戊：（狂饮着酒，沉迷着那声音的挑逗，他尽量地玩弄着他的捕获物，有如玩弄着一个棉质的玩偶。）喂！支那女人，笑呵，怎么不笑呢，哈哈，来喝杯酒吧，乖乖。

日兵丙：（被这些噪声扰乱着，他从口袋里取出记事册，烦躁地翻看着，写着，又拿起夹在里面的家信，烦躁和忧虑挂在他脸上。他低诵着）人类的悲剧呵！

山崎：（沉醉地）悲剧么？哈哈，山川，你太太带给了你什么好信息呢？

日兵丙："好信息？田荒了呢，父亲老病在家里，没有希望的生活着。她自己每天要到神社去祈祷，用眼泪陪伴着她寂寞。——嗯，问我们什么时候才能回去，回去，我的天，什么时候回去，鬼才知道。"（无可奈何地，斟了酒，放到唇边，又放了下来。）

山崎："哦，———个忠勇的皇军，是不该有这些想念的，你知道，你们是为了要征服残暴的支那呵！这是我们帝国皇军最神圣的任务！山川，你想错了，妻子田地，又算什么呢？哪，你看，这么辽阔丰沃的田野，不都是属于我们帝国皇军的么？（拍丙肩）傻子，勇敢吧，你看，我们来喝一杯！"

日兵丁：（举着杯，歪斜地在舞台上，跳着。偶然瞥见哨兵的背影）喂？来喝杯酒，老那么望着，多，多寂寞呵！

哨兵：（接过酒）谢谢你呢。（递还杯子，在城楼上散步。）

日兵甲：（衣履不整地，从门里出来，残暴和得意挂在他脸上。）一个儿子，这疯子。（随着他的笑声，传来了一阵阴凄的哭泣。）

日兵丁：（转回来）高桥！这么得意？"支那"女人的哭，可真是拿手呢，我得听听，我得听听（他一路笑着，闪进房子里去，随着是一些复杂的音响奏演着）。

日兵戊：（对于这木头似的乡妇的戏弄感到了厌恶，他敲击着但她也还没有完全放弃了他的戏弄。）这家伙该永远是不会笑的，混蛋。（玩弄着，又撕扯着她的衣服，上身破了，没有反抗，他继续扯着，她本能地向后移动着，戊醉态地追着，她退到土坡的地方，终于被戊捕住了，吼叫吓倒了她，疯狂地撕着衣服像碎片一样，被戊丢了出来，戊狂笑地，伏在土坡后边。声音从那里传出来，淫暴的声音，和着无可奈何的低泣，交织着。）

日兵甲：（用鼻音笑着）好一个没有笑的女人？（拿起酒瓶子，对着瓶口饮着，略感疲倦地坐了下来。）

赵裕春：中村大人！他们就在这里，我还替你预备了一点好老酒，就是，就是昨天你喝过的那个，……哦哦，你刚才，（边说边上场，中村挺直地走上，衔着半支雪茄，手里执着皮鞭一条。赵裕春卑躬地尾随在后面。）你刚才吩咐的事，我已经派人四处去找了，一会我就亲自再去找找看。就是你昨晚看见的那个是不？我管保，我管保。

中村： 嗯，你去吧，哦，还有，你还得赶快找人来，扛东西，晓得吧。（挥了挥手，赵下，看见五长）山崎，你们在喝酒么？好，我们来痛快地喝一场吧。哦，我忘记告诉你，这回的战争会很激烈哩。我们得做一个很好的准备，聊队长有命令，限今晚一定要攻下敌军在台儿庄的最后据点。（山崎及兵甲，丙起立致礼）坐下，坐下，还是喝点酒，这里的酒，可真是绝味哩。

山崎： （满斟一杯，递给中村）祝福你一杯，中村大人。这里还有熏鸡，牛肉对于下酒真是再好也没有了。（中村接酒饮着，坐下。）

日兵丙： 又是一个激烈的战争，也好，人总是要完的。（神经质地自诵着，但已为中村注意，他在地上荡了一下，捡一个角落坐下来，无聊地望着天。）

山崎： 哦，中村大人，这里有没有维持会呢？

中村： （蹙额，掸了掸烟灰）可别提了，我在中国做了这么多年的特务工作，还没有碰到这样的困难哩。台儿庄，台儿庄，简直是一个死地方，人都跑光了，连维持会的材料全没有。本来过去一个和我们来往过的小绅士，这不知碰到什么鬼，打死了！

山崎： 但是不要紧的，就在今天，我们一定可以把台儿庄完全占领了！我们来庆祝吧！（显然是有着不宁静的情绪，而为自己的骄傲镇压着的状态。用酒来掩饰着了。）

舞台后不断地映现着火花和射击的声音，不时地夹杂着女人的低泣和狂虐的笑。

日兵丙： （又是自语地）总是得有一场激烈的战争……

日兵甲： 激烈的战争?！哈哈，那不很好，明天，就是明天，我们就该到了徐州，徐州那里有的是花姑娘。（笑着，喝着酒，用鼻音哼着淫荡的小调。）

日兵丙：（烦躁地立了起来，横抹着额际的汗，在舞台的边缘踱了一下，向甲）徐州，徐州，到了徐州，也还是——？

日兵甲：（吃惊地）也还是什么？没有好看的花姑娘么？（大笑）你这傻瓜！

中村：（一直注意着丙，立起来，走近了丙）山川，到了徐州你觉得怎么样呢？

日兵丙：（吃惊地）哦，没有什么。我是说（支吾地）到了徐州，还要打郑州……

山崎：他在怀念着太平哩！他的田地，他的父亲——唉唉，山川是太不开阔了！（婆婆妈妈的好意，却变成了中村的好资料。）

中村：哦！（拉长地）山川在想着家么？倒是你不会忘掉皇军的军律吧，（严厉地）你告诉我，你还想些什么？（玩弄着手里的鞭子，示威地）

日兵丙：（惊惧地）没有想什么，中村大人。（想了一下）我很愿意在激烈的炮火里，我怕停下来，我怕停下来，我——（声音大得有如叫喊，苦闷迫着他。）

中村：（狡猾地）嗯，——好了，你把你身上的日记册拿给我看。（丙迟疑地，从袋里取出来，谨恭地递上。中村仔细地看着，又向丙端详着。）山川，你得好好干呵！你得知道你是为了要征服残暴的支那出征的么？（递给丙，转过来向山崎）山崎，你得负责呵！（山崎惶然地唯唯着。中村取出记事册记录着）。

（台后传出杂沓的声音，笑谑和狂暴，追逐女人的疯狂，渐渐远去。）

（日兵已上，走向土坡，戊疲倦地站起，已笑着，下流地推开戊，隐下去。）

日兵戊：（走上）木头，简直是木头。

（一颗流弹的声音，戊惊叫，大家都吃惊地，分向各方搜索，哨兵瞭望着。）

日兵甲：一个流弹。

（女孩子哀求的声音，赵裕春狡猾的笑声）

赵声：你这傻孩子，小陆早他妈的吃了卫生丸啦，还等个什么劲儿

呢。这个荒乱年头，女孩子家躲躲藏藏的也不是个长久之计啊。（拖黑妞儿上场）

黑妞儿：（狼狈地，恐惧地，哀怨着）赵大爷，您就做点好事吧，放了我吧，赵大爷（挣扎着，跪着，哀求着）。

日兵甲：呀！这才是。

中村：（拦开甲）唔，我来看，（沉醉地）比昨天晚上更美哩！赵裕春，她叫什么名字？

赵裕春：（得意地）她叫黑妞儿，咻，她可真是我们镇上顶漂亮的姑娘啦。中村大人，您看——（谄媚地）

中村：（淫荡地笑）好，好，你叫什么——黑妞儿，好漂亮的名字呀！来吧，不要怕，我们皇军是顶和气的，顶能保护你们的了，来，喝杯酒，我的姑娘，喝酒，对于女孩子真是顶好的一件事了。古时候不是有个叫——哦，叫杨贵妃的，喝醉了酒，那才，那才——哈哈哈！

黑妞儿：（一直在哀求着，到绝望时，变成了愤怒。）你这狗杂种，汉奸，我叫你不得好死。（挣扎，被中村挽住）

中村：（把酒递过去）喝点酒就好，姑娘，来，喝了好酒，我们可以……（舌卷着含混地胡乱地呢喃着。黑妞儿低着头，把酒杯击在地上）

山崎：这姑娘好大脾气哩！

中村：不喝酒也好，我顶喜欢你这样有脾气的姑娘，哈哈（戏谑地玩弄着，黑妞儿尽量忍耐地躲闪着，怒目，沉默不语）。

赵裕春：（无聊地）中村大人，人也找齐了，是不是扛子弹箱？

中村：唔，唔，（向戊）你去押着他们往前方运子弹。

（戊无精打采地，随着赵下）

声：黑妞儿，黑妞儿！（陈寡妇一路喊着上来，吃惊地望着女儿。）

黑妞儿：（猛地挣扎，奔向陈寡妇）妈——（躲在怀里，哭着，日本兵狂笑）

陈寡妇：（悲怨地）孩子，唉，都怨我，怨我舍不得住了几十年的老屋子。

中村：（像鹰抓小鸡似的，一把就将黑妞儿拖出来。黑妞儿悲惨地叫着，陈寡妇奔去抢着），喂，别哭天哭地的，把姑娘交给我是顶靠得住的了。（陈寡妇疯了似的抢着，忘了恐惧，碰击着拦住她的山崎。悲叫着，山崎狰狞地笑着，把陈寡妇拖着往台后侧的房子里去。）

陈寡妇： 黑妞儿——给我黑妞儿。（随着悲惨地号叫，被拖进了房子。从房里传出了陈寡妇的叫骂，厮打声，把门拉开了，又碰上了，号叫变成哭泣）

黑妞儿： （同时）妈——（用力地挣扎，受着中村的耳光，被中村用枪强制了。）妈——（无助地哭叫着）

（曹老棒，王三儿无声地背负着沉重的子弹箱，踉跄地走上，戊执皮鞭，有如儿戏似的，无情地抽打着，吆喝着，曹老棒失足，把弹箱摔倒地在上。戊恶骂着用鞭狠狠地抽打着。王三儿默默地望了一下，无言地过去了。曹老棒扑跌在地上，没有声息，挣扎起来，又扑跌下去。）

日兵戊： 起来，装死么？（皮鞭抽着）

（曹慢慢地，非常困难地爬了起来，搬动着箱子，但是无论如何，没有办法再负在肩上，沉重地，又倒了下去，戊猛力地踢着，暴虐地抽打着，曹哎哟了一声，有如死耗子似的匍着不动了。）

日兵甲： 装死呢，这家伙，要死那顶容易，（像踢足球一样的姿势，给了最后的一脚，连同声全没有了。）送你上天。

日兵戊： （气愤地）赵裕春！

赵裕春： （仓皇地）什么事？

日兵戊： 人死了呢，这样不中用的家伙，怎么能为皇军服务呢。BA-KA！

赵裕春： 是，是，我去找，我去找。（惶然欲退）

日兵甲： 找鬼，你扛下去。

赵裕春： （狼狈地）哦，是，是！（费力地举起，肩荷着，歪斜地跌撞下场，戊押着下去。）

中村： （同时进行着）还哭么？好啦！我的姑娘，我娶你做太太哩。支那姑娘是顶喜欢结婚的，我知道，我在支那待了五六年呢。（笑，下流地）我们立刻结婚，立刻。我还要送你个戒指。（从袋中取出了一大把戒指，摆在她面前，）你要那个，随你挑，随你挑。（黑妞儿气愤地不睬）别害臊，哪个姑娘不结婚呢，我来挑一个送你。（拣了一个，套在黑妞儿的手指上，其余的又放回袋子里。向大家。）来来，参加我们的婚礼吧，我们喝一杯。（举杯，大家狂虐地笑着，假意地祝贺。）

（丁从房子里走出来，哼着淫荡的小曲。）

日兵丁：这个疯子，死了呢。

日兵丙：死了，唔！（猛地看见中村的一对锐利的眼光，打着无聊的口哨，走了开去。到城边和哨兵共同地瞭望着。）

黑妞儿：呵！死啦，妈，妈呀！（向门冲去，被甲拦住，挣脱，冲开门，惊叫地退了回来。房子里传出了狂笑。丁甲笑着，黑妞儿昏倒地上。）

中村：（毫无吝惜地笑着，把黑妞儿拖起来，抱住）死了吗？哼……！（摇着，黑妞儿缓缓地醒来，愤怒引起了她大胆的反抗，用力地劈打着，中村激怒了，用鞭子狠毒的抽打。）你这贱东西，你敢反抗，你不要命么？好，我要叫你尝尝味道。（抽打着，她伏在地上，滚着，哭叫着。）起来，装死么？

日兵甲：（烦躁起来，无聊地）总是哭，到处都是哭。〔从土坡后边传出了桀桀的笑，他忽然想起了什么，下流地笑着，从行囊中搜找出一只照相机，向土坡走去，对准着，己忽地站了起来，互相笑谑着，甲拍摄。己狞笑着，嘴里含混不清地叽咕着。（这死东西，还是送你上天吧！）猛地用脚踏着，女人的号叫，兵的狂笑，一齐，渐低下来，己推着甲，嬉笑地走回舞台〕

日兵丁：（把黑妞儿拖起）别哭罢，皇军要命令你笑，懂吗，笑呵，笑呵！

黑妞儿：（愤然）我偏要哭，偏要哭，你的鞭子不能叫我笑，鬼子，不得好死的东西！

日兵丁：哭么？哭也好，你哭吧，我来唱歌，你来哭。哈！哈！哈！来呵！我们来听花姑娘哭呵！

（房里急剧地声音响起来，传出狂叫的声音，山崎仓皇狼狈地逃出

来，面部被划破了。疯妇和陈寡妇追出）

日兵丁：（吃惊地）又活了？这怪物。（大家包围过来）

孙李氏：（无顾忌地，乱打着，狂叫着）把我的当家的杀死了，又害我的儿子，我叫你活，你们这群狗仔。我叫你活——（含混地乱叫着。疯狂地挥击着，甲用力地扭住了她，山崎抚着脸上的创伤，用绳子把她捆绑着。她挣扎着，不断地叫骂着。黑妞儿抱住了陈寡妇，叫着"妈"低泣着。）

日兵甲：（扭开了陈寡妇和黑妞）你哭呵！（陈寡妇咒骂着，疯狂地用力地向甲的耳光打着，甲不及躲闪，大怒，拔出刺刀向陈刺去，陈号叫地倒下去。黑妞儿失措的，伏在陈身上，号哭着）

日兵丁：哭吧，这是世界上顶好听的音乐了！

（丁号召着，围着三个女人，跳踊着，丁哼着日本流行的下流的小曲调，配着阴惨的女人的哭泣。远远的枪声，远远的火光，相映着，狂暴和残忍，在这里杂乱地表演着）

声：快些，快些。（接着是马蹄的声音，混乱的喊声，冲来，又冲远了。鞭打着苦力的声音，由近而渐远，无声地踏过去，也远了。火光焚烧得更旺，更红，舞台上的歌声渐小，黑妞儿的哭泣变成昏濛的喃语。）

日兵戊：（匆促走上）中村大人！方才听队长下令，要准备冲锋，说是通峄县的交通已经隔断了。

中村：（吃惊地）呀！通隔断了，前面呢？（大家都呆然，为一种恐惧镇压了。）

日兵戊：前面打得激烈极了，尸都来不及烧哩！哦，对了，我们的接济也中断了。现在正在用无线电告急呢。

日兵甲：被围了吗？

日兵丙：（从城边走来）被围？呵！我的天！（无助的声音）

（众人慌慌然地，各人拿起了枪）

中村：（故作镇静地）我们准备好了。

山崎：是的。（向戊）你再去，唔，还有报告给队长，我们在这里防御，很坚固，必要时，再派队伍来。（戊下，向大家）我们准备好。（山

崎领甲，丙，戊向城边走去）

日兵丁：没有了接济可就糟。（看见酒瓶）唔，这里还有酒哩！（举起酒瓶，向嘴里倒，空的，换过几个，失望地掷在地上。取枪向城坡走去，朝四外瞭望着，不时为一声流弹，引着大家的恐惧。）

中村：（无聊地望着伏在地上哭泣的黑妞儿）你觉得很好听吗？这贱东西。

孙李氏：（在地上翻滚着）你们是强盗，你们杀了我当家的，杀了我儿子，还捆着我，我叫你们好死，你们唱呵，你们这……这些强盗。

中村：（愤怒地）你还死不掉，滚蛋，我送你去找你的儿子！（踢了一脚，妇号叫地昏过去）

（远远地有飞机声，大家注意地倾听着向空中望着。）

日兵丁：（惊喜）我们飞机来了，一定是为我们送给养的。（声渐近）呵！你们看啦，那上面不是丢下了输送袋么？一定是，一定是。

日兵甲：（望着）（对的）丢下来了。（声渐远），怎么啦！丢远了呢，我的天。

（大家正在热烈地企望着，然而机声远了，失望地垂下慢傲的头）

日兵戊：（街上）刚才飞机送接济的，也没有丢在这边，才糟呢，丢错了，准是！（顿足）

中村：这才混蛋呢，我去，我去。（欲下，又退回，向山崎）你们要注意防守。（下，戊随下）

（枪声密一阵，又稀下来，间或有炮声，红光闪着。）

日兵甲：（走下城坡）还是跟我们这个会哭的姑娘玩玩啵。（拖起来）喏！和我先亲个嘴。（搂住黑妞儿，被挣脱，又拖起，黑妞儿怒击着。）你还要反抗，我非叫你——（狰狞地笑着）叫你——（撕着她衣服，扯着她裤子正挣扎间，中村仓皇上）

中村：注意，现在立刻到梁庄集合，从北门冲锋。（后面传出队伍散乱地行动）这里留一个，（向哨兵）你得死守这里，不准退却。（急下，余随下）

日兵甲：（懊丧地）回头见！（愤怒地击了她一掌，昏倒地上，甲匆下。)

（台后混乱的音响演奏着。舞台静着，哨兵无聊地瞭望着，踱着，恐惧压住他，用口哨掩住心跳。终于，为某种欲念诱惑着，他走下城坡，走近黑妞儿，坐在石堆上，把枪放在一边，扶起来，亲着她的脸，再慢慢地解着她的衣扣。同时，一直躲在屋子背后山沟里的刘四，蹑手蹑脚地向外探视着，见哨兵，刚要扑去，猛地为一声流弹呲退了，哨兵急忙放下黑妞儿，拾起枪，向城外望了一下，四下没有动静，又回来，下流地笑着，放下枪，重新坐在石堆上扯着黑妞儿的衣裤，刘四摸着一块碎砖，偷偷地走近哨兵，猛地击下去，兵倒下，挣扎着，摸出刺刀，扑起，为刘四扼住，在地上翻打着，黑妞儿警醒，见刘四和日兵扭打，奋力地扑过去。刘四乘机抽出日兵刺刀刺下，日哨兵叫了一下，死去。)

刘四：我叫你这小鬼狠。

黑妞儿：刘四，你怎么来的，可把我吓死了。

（悲哀凄楚地）刘四，你看我妈死得多惨啊！还有那个疯子。（呜呜地哭起来）

刘四：（惊慌的）呀！我的傻孩子，你别顾哭啦，别再把鬼子哭来。

黑妞儿：（抑止地）不哭，咳，不哭。可是刘四，你知道小陆到哪儿去了？

刘四：小陆，他在刘桥呢，我以为你们已经一起走了，怎么没有跑呢？

黑妞儿：别提啦，他走时，本来要我和妈一块走时，偏是妈不肯，舍不得住了长久的老房子，又舍不得丢下这，又舍不得丢下那。闹了归终，再想走就来不及啦！我只得一直躲着，偏偏昨天晚上偷偷出来，想跑出城，也许会找到小陆。谁知偏巧碰到那鬼子，我连忙躲起来，看他们找了半天，一直走远了我才敢回去，唉，偏偏又叫那混蛋，不得好死的赵裕春找了我去献媚。可怜的妈，死得多惨啊，还叫他们拖到屋子里——（又低声哭起来)。

刘四：（劝慰着）哭也没有用啦，我们快走吧，等一会鬼子来看到，又是糟糕。我们去找小陆，这儿还有一把刺刀，一杆枪。（拾起枪和刀)

黑妞儿：快走，哦，可是妈怎么办呢？

刘四：那也没办法了，快走吧。刚才我在山沟里听着鬼子慌慌张张地叫嚷着，叫我们给包围了呢。我们得快去，鬼子又缺少接济，趁机会攻进来。走吧。

（黑妞儿欲行又回过头来，终于又向陈寡妇那儿走去，呆望了一会，挂着泪，又望了一下疯妇，不忍地低下头去解着绳子，疯妇突然醒来，黑妞儿惊退。）

孙李氏：哦……（挣扎，爬起来，望见刘四，错乱地）鬼子杂种，我叫你好死，你害得我好苦，你要杀又不杀死我，你——我的儿子，我的当家的，都死在你这强盗手里了，还要来糟蹋我，还——鬼子杂种，我非杀死你不可，我——（奔向刘四，痛苦地又跌下。）

刘四：哎，——哎，我是刘四，我是刘——四，哎，这才是糟糕，你回头再把鬼子喊来。黑妞儿，快走吧，快点。

孙李氏：（支起，又跌下）你——你，我杀——死——你。

刘四：唉，黑妞儿快走吧，我们多找些人来，小陆那儿有的是人，我们一定要报仇，黑妞儿，你听，有人呢，快走吧。（拉了黑妞儿仓皇走去，黑妞儿悲哀地望着倒在血泊中的陈寡妇，低声地叫着：〔妈妈，我亲替您报仇。〕向城洞前侧，偷偷地走去。下。）

孙李氏：（勉强坐起，打着旋似的）鬼子杂种，我叫你好死，我叫你好死，我非杀死你，我非杀死你，你跑，你跑到哪儿，我追到哪儿！（狂叫着，重复地。）

（火光和枪炮声不断地亮着，响着，配合了疯妇凄厉号叫）

——幕渐落——

（节选自王莹、舒群、适夷、锡金、罗烽、罗荪三幕剧《台儿庄》，读书生活出版社1938年版）

参考文献

1. 知侠：《铁道游击队》，人民文学出版社 1958 年版。

2. 黄子平：《"灰阑"中的叙述》，上海文艺出版社 2001 年版。

3. 知侠：《漫谈拙作话当年》，《山东文学》1980 年第 9 期。

4. 梁启超：《论小说与群治之关系》，《新小说》1902 年第 1 期。

5. 韩少功：《理一理我们的"根"》，《作家》1985 年第 9 期。

6. 王新华：《不能忘记的抗战·序》，上海画报出版社 2005 年版。

7. 向春：《煤城怒火》，山东人民出版社 1975 年版。

8. 毛泽东：《毛泽东选集》第一卷，人民出版社 1991 年版。

9. 周政保：《从〈血声〉说起》，《西南军事文学》2001 年第 3 期。

10. 孟繁华：《战争本质的国族叙事与个人体验——中国、西方战争文艺"历史记忆"的差异》，《山东社会科学》2006 年第 4 期。

11. ［美］维多利亚·林恩·施密特：《经典人物原型 45 种：创造独特角色的神话模型》，吴振寅译，中国人民大学出版社 2014 年版。

12. ［法］热拉尔·热奈特：《热奈特论文集》，史忠义译，百花文艺出版社 2001 年版。

13. ［美］J. 希利斯·米勒：《解读叙事》，申丹译，北京大学出版社 2002 年版。

14. ［法］让·伊夫·塔迪埃：《普鲁斯特和小说》，王森译，译文出版社 1992 年版。

15. 郁达夫：《郁达夫文集》，浙江文艺出版社 1992 年版。

16. 司马长风：《中国新文学史》下卷，香港昭明出版社 1978 年版。

17. ［美］悉德·菲尔德：《电影剧本写作基础》（修订版），钟大丰等译，世界图书出版公司北京公司 2012 年版。

18. 毛泽东：《毛泽东选集》第二卷，人民出版社 1967 年版。

19. 王玉玮：《红色经典剧的民间化审美取向》，《福建艺术》2009 年第 2 期。

20. 丰子恺：《丰子恺散文》，浙江文艺出版社 2000 年版。

21. 秦弓：《臧克家与正面战场》，《山东社会科学》2011 年第 8 期。

22. 朱开平：《"以笔为枪，投身抗战"——赵家欣和他笔下的抗日战争》，《福建党史月刊》2000 年第 10 期。

23. 盛成：《盛成台儿庄记事》，北京语言大学出版社 2007 年版。

24. 李海流：《郁达夫的台儿庄劳军之行》，《春秋》2012 年第 3 期。

25. 焦尚志：《中国现代戏剧美学思想发展史》，东方出版社 1995 年版。

26. 张仲年：《戏剧导演》，中国戏剧出版社 2003 年版。

27. 雷·S. 安德森：《论成为人》，叶汀等译，上海三联书店出版社 2012 年版。